Ross Thomas, *Stimmenfang*

Ross Thomas, geboren 1926 in Oklahoma, verarbeitete seine vielfältigen beruflichen Erfahrungen in seinen Politthrillern, in denen er vor allem die Hintergründe des (amerikanischen) Politikbetriebs entlarvt und bloßstellt.
In *Stimmenfang* bediente sich Ross Thomas explizit seiner Erfahrungen als politischer PR-Mann und Wahlkampforganisator: In den 1960er-Jahren hatte er von einer Londoner Agentur den Auftrag erhalten, die Präsidentschaftskandidatur des Stammesführers Chief Obafemi Awolowo im gerade unabhängig gewordenen Nigeria zu organisieren.

Ihm wurde zweimal der Edgar Allan Poe Award und mehrmals der Deutsche Krimipreis verliehen. Bis zu seinem Tod 1995 entstanden 25 Romane.

Ross Thomas

Stimmenfang

Ein afrikanischer Wahlkampf

Aus dem amerikanischen Englisch
von Gisbert Haefs

Alexander Verlag Berlin

Alexander Verlag Berlin –
unabhängiger Verlag seit 1983

Erste vollständige deutsche Ausgabe in neuer Übersetzung.

Alexander Wewerka, Fredericiastr. 8, D-14050 Berlin
info@alexander-verlag.com · www.alexander-verlag.com

Die amerikanische Originalausgabe erschien unter dem Titel
The Seersucker Whipsaw © 1967 by Ross Thomas
Licensed with Ross E. Thomas, Inc.

Die gekürzte deutsche Erstausgabe erschien 1984 unter dem Titel
Urne oder Sarg, Sir? im Ullstein Verlag, Frankfurt a. M./Berlin/Wien.

Lektorat: Marilena Savino
Umschlaggestaltung und Satz: Antje Wewerka

Printed in the EU (April) 2025
ISBN 978-3-89581-630-7

Confound their politics,
Frustrate their knavish tricks …

Old Song

Vereitle ihre Politik,
Durchkreuze ihre Schurkenstreiche …

Altes Lied

FÜR HARRIET

1

Meine Suche in vier Städten nach Clinton Shartelle endete in Denver, wo er für die Kwikway Truckers auf einem sandigen Baseballfeld Ecke 29th und Champa Shortstop spielte. Er spielte barfuß und hielt im inneren Teil des Spielfelds.

Die Tafel mit dem Spielstand zeigte die letzte Hälfte des neunten Durchgangs an und auch, dass die Truckers mit sechs zu fünf vor den Pueblo Ironmen führten. Am ersten Mal wartete ein Mann der Schlägerpartei auf die Chance, seinen Lauf zu beenden. Die Zuschauerbänke, die an der dritten und ersten Grundlinie entlang standen, waren zu drei Vierteln besetzt: Verwandte und Freunde der beiden Mannschaften und einfach Leute, die ein kostenloses Baseballspiel für einen angenehmen Zeitvertreib an einem warmen Juliabend hielten.

Ich suchte mir einen Sitzplatz neben einem fetten Mexikaner, der aus Zeitungspapier Tamales aß und dem Pitcher Ratschläge gab.

»Hau das Ei weg, Baby!« schrie der Mexikaner, eine gewölbte Hand zur Verstärkung an den Mund gelegt. Wahrscheinlich hatte er Polypen; jedenfalls gab etwas seiner Stimme einen wuchtigen Nachhall, der in der Nachtluft knisterte.

»Wo gibt's die Tamales?« fragte ich.

»Unten, Block drei, is'n Typ mit nem Wagen«, sagte der Mexikaner. Ich ging hin und kaufte drei Tamales bei einem alten Mann mit weißem Schubkarren auf Fahrradreifen. Zum Einwickeln nahm er *The Denver Post*, aber die einzelnen Tamales waren in Maisblätter gerollt. Sie kosteten je fünfundzwanzig Cent.

Ich ging zurück zu den billigen Plätzen und setzte mich wieder neben den Mexikaner. Der Pitcher versuchte einen weiteren schnellen Ball, aber der war zu niedrig und ging ins Aus. »Wieso trägt der Mann, der Shortstop spielt, kein Sportzeug?« fragte ich den Mexikaner.

»Moment«, sagte er und rief dem Pitcher noch etwas Aufmunterndes zu. »Der hat vorher mit hier draußen gesessen und zugekuckt, und wie Connors sich den Knöchel verstaucht, geht er zu dem Manager und redet mit dem, und dann geben sie ihm den Handschuh von Connors, und seitdem spielt er mit. Ist auch gar nicht schlecht.«

»Connors ist der normale Short, ja?«

»Isser, hat sich aber den Knöchel verdreht, im zweiten Inning, als er nach nem Sprung doof gelandet ist.«

»Und der große Typ spielt seitdem?«

Der Mexikaner kaute seinen Tamal zu Ende, leckte sich die Finger ab und nickte. »Genau«, sagte er, nachdem er sich gereinigt hatte.

Der Werfer holte weit mit dem Arm aus und gab dem Ball viel Effet. Es ging jetzt um die Entscheidung. Der Schläger erwischte den Ball aber noch mit einem saftigen Schlag, und der Mann vom ersten Mal rannte auf das zweite los. Der hartgeschlagene Ball kam flach ins Feld und prallte in einem nicht vorherzusehenden Winkel vom Boden ab, aber Shartelle erwischte ihn im Sprung und gab ihn mit einer eleganten Drehung in der Luft an den Feldspieler am zweiten Mal weiter, als ob er im ganzen Frühjahr und Sommer nichts anderes getan hätte. Der zweite Baseman schaffte einen guten Wurf zum ersten Mal, pünktlich fürs Double Play.

»Wie finden Sie das?« sagte der Mexikaner.

»Er kann jetzt nach rechts gehen«, sagte ich.

»Nicht schlecht für so nen alten Knacker.«

»Meinen Sie den Shortstop?«

»Der muss an die vierzig sein.«

»Und noch ein paar drüber«, sagte ich und ging von den billigen Plätzen nach unten zur Bank der Kwikway Truckers.

Ich war Clinton Shartelle noch nie begegnet, hatte aber Bilder von ihm in dem umfangreichen Dossier gesehen, das die Agentur zusammengestellt und in Leder hatte binden lassen, wodurch es beinahe einer Präsentation von Anaconda Copper glich. Kleinlich waren wir bei der Agentur nicht. Die Bilder waren überwiegend Pressefotos, grobkörniges Zeug von AP, UPI's Wide World, Black Star und den übrigen kommerziellen Häusern. Auf fast allen befand sich Shartelle im Hintergrund, anscheinend nur zufällig im Bild, knapp rechts hinter den Hauptpersonen. Auf den meisten Aufnahmen machte er ein besorgtes Gesicht, als versuchte er sich zu erinnern, ob er den Grill ausgemacht hatte. Auf anderen stand er neben verschiedenen Männern – jung, alt und mittleren Alters –, die strahlten, wenn auch mit irgendwie glasigen Augen, oder ein leeres Lächeln aufsetzten und kleine Siegesgesten machten: Daumen und Zeigefinger, die ein O bildeten, oder zum Boxergruß über dem Kopf gefaltete Hände.

Die Bilder zeigten Shartelle als Mann mit einem Gesicht in der Form eines verbeulten Herzens. Sein Kinn endete in einer groben Spitze, über die sich ein breiter Mund zog. Seine Nase war auf der richtigen Spur, bis sie etwa die Hälfte der vorgesehenen Strecke zurückgelegt hatte, wo sie dann leicht nach links abbog. Es war eine gute Nase, eine kräftige Nase. Auf den Bildern waren seine Augen dunkel und blickten direkt, die linke Augenbraue immer gehoben, was ihm einen fragenden Ausdruck gab. Falls dieses Gesicht überhaupt etwas verriet, dann eine Art amüsierter Besorgnis, die noch nicht zynisch war, aber kurz davor.

Als ich ihn erreichte, frottierte er sich mit einem Handtuch das kurzgehaltene Haar, das sein Markenzeichen war. Der Schopf lief oberhalb der Stirn spitz zu und war schneeweiß, seit seinem neunzehnten Lebensjahr.

»Gut gespielt, Mr. Shartelle«, sagte ich.

Er drehte sich um und sah mich an. »Für einen Scout der Pittsburgh Pirates sind Sie ein bisschen zu jung«, sagte er. »Aber es ist nett, einem Mann in meinen Jahren so etwas zu sagen.«

»Sie haben den Ball prima gefangen und gut weitergegeben. Ich bin Peter Upshaw.«

Er legte das Handtuch auf eine Bank, und wir schüttelten uns die Hand. »Es ist mir ein Vergnügen, Mr. Upshaw.«

»Ich suche Sie seit fünf Tagen. Sie kommen gut herum.«

»Sie lassen sich Zeit, Mr. Upshaw, aber Sie schaffen es.«

Ich lächelte. »Ein Überbleibsel aus meiner College-Zeit, als ich Versicherungen verkauft habe.«

»Und was verkaufen Sie jetzt?«

»Nichts. Ich arbeite für Padraic Duffy. In London.«

»*Den* Duffy?«

»Denselben.«

Shartelle nickte und blickte auf, als die Lampen des Baseballplatzes gelöscht wurden. »Und wie geht es dem armen irischen Jungen aus Chicago, der unbedingt Englands nobelster Lord werden will?« Es schien ihn nicht wirklich zu interessieren.

»Er war neulich einen Monat in New York. Wir haben alle gehofft, dass man sich ebenso gefreut hat, ihn da zu haben, wie wir uns gefreut haben, dass er dort war.«

»Er hat sich also nicht geändert, nehme ich an?«

»Nein, er hat sich nicht geändert.«

Shartelle warf mir einen abschätzenden Blick zu und nickte wieder leicht. »Und die Initialen hat er auch nicht geändert?«

»Nein. Sie stehen immer noch für Duffy, Downer und Theims. Limited.«

»Erfolgreich, wie ich höre.«

»Sehr.«

»Padraic Francis Duffy – oder Pig, wie wir ihn genannt haben.«

»Jetzt züchtet er welche, falls Sie das interessiert.«

»Sieht ihm ähnlich«, sagte Shartelle. »Schweine züchten, nur um zu beweisen, dass ein Schweinestall, solange er irisch ist, ein Kunstwerk sein kann. Chester Whites?«

»Poland Chinas.«

Shartelle zog ein Päckchen Picayunes aus der Tasche und bot mir eine an.

»Ich wusste nicht, dass die noch hergestellt werden«, sagte ich.

»Man kann sie in Tabakläden kriegen, Läden, die nur

Tabakwaren verkaufen. Die meisten Drugstores führen sie nicht.«

»Sie sind stark.«

»Mir wird es hier ein bisschen kühl«, sagte Shartelle. »Wollen wir nicht in mein Hotel gehen? Da kann ich duschen, und dann können Sie Ihren Spruch aufsagen.« Er sah sich auf dem verlassenen Baseballplatz um. »Irgendwie finde ich, das ist nicht der richtige Ort, um einen Vorschlag von Pig Duffy zur Kenntnis zu nehmen.«

Shartelle hatte eine kleine Suite im alten Teil des Brown Palace Ecke 16. und Broadway. Sie bot einen Blick auf die Berge, war in einer Mischung aus italienischem Landhausstil und Mid-Century Modern eingerichtet, wies etwa zwei Dutzend Bücher und einen üppigen Getränkevorrat auf. Es sah aus, als hätte er sich zu einem langen Aufenthalt niedergelassen.

»Sind Sie verheiratet, Mr. Upshaw?«

»Nicht mehr.«

»Na ja, ich schätze, diese Lebensweise wird einen verheirateten Mann kaum reizen.«

»Wahrscheinlich hängt das davon ab, wie lange er verheiratet ist.«

Shartelle grinste. »Könnte glatt sein. Machen Sie sich doch einen Drink, während ich dusche. Im Kühlschrank ist ein Kübel mit Eis, und der Kühlschrank ist die unterste Tür von dem Ding da, das wie ein *escritoire* aussieht.«

Ich goss eine Portion Virginia Gentleman in ein Glas, ließ zwei Eiswürfel hineinplumpsen, wobei etwas von dem Whiskey aus dem Glas spritzte, fügte Wasser hinzu und ging zum Fenster hinüber, um zu sehen, was das Gebirge bei Nacht zu bieten hatte. Hoch oben waren ein paar Lichter, aber bei Nacht sah Denver fast so aus wie Birmingham, New Orleans und Oklahoma City, die drei anderen Städte, wo ich nach Clinton Shartelle gesucht hatte.

Er kam aus dem Schlafzimmer und trug ein weißes Hemd, eine gelb, grün und schwarz gestreifte Krawatte, die rechtmäßig den Lancashire Fusiliers gehörte, eine dunkelgraue Flanellhose und schwarze Halbschuhe. Sein dichtes weißes Haar war gebürstet und lag eng am Kopf in einem feuchten, ordentlichen Stapel.

»›Denver‹, hat ein früher Siedler mal bemerkt, ›besitzt pro Quadratmeter mehr Sonnenschein und Hurensöhne als jeder andere Ort in den Vereinigten Staaten.‹ Er könnte recht gehabt haben. Jedenfalls würde sich Pig Duffy hier ganz zuhause fühlen.« Er ging hinüber zum falschen Schreibtisch und ließ ein wenig Eis in ein Glas fallen. »Wie ich sehe, haben Sie was zu trinken, Mr. Upshaw.«

»Alles bestens.«

Er setzte sich auf einen Stuhl mit Armlehnen und trank einen Schluck Whiskey. Aus der Ferne mochte er wie sechzig wirken, bis man sah, wie er sich bewegte. Dem Dossier nach war er dreiundvierzig. Aus der Nähe, wenn man das Haar ignorierte, sah er aus wie zweiunddreißig oder dreiunddreißig, trotz des breiten Munds und der krummen Nase. Ich schloss, es müsse an seinen Augen liegen. Man hat viel Unsinn über kindliche Blicke geschrieben, aber Shartelle schien die Welt mit den grauen, lernbegierigen Augen eines Neunjährigen zu betrachten, dem man gesagt hat, er müsse den unter einer Parkbank gefundenen zehn-Dollar-Schein sparen. Zwar weiß er, dass er nie wieder einen finden wird, er weiß aber auch, wenn doch, dann wird er es nie wieder einem sagen.

»Was für eine Rolle spielen Sie denn in Duffys Charade, Mr. Upshaw?«

»Ich bin leitender Mitarbeiter.«

»Welche Sparte?«

»Public Relations.«

»In London?«

»Ja.«

»Beim Duschen habe ich über Ihren Namen nachgedacht. Vor langer Zeit haben Sie mal eine Artikelserie über Ungarn geschrieben.« Er nannte die Zeitung, für die ich gearbeitet hatte.

»Stimmt. Das ist lange her.«

»Und jetzt sind Sie also Hausschreiber für Pig Duffy?«

»In diesem Jahr werden wir ›Public-Relations-Praktiker‹ genannt.«

»Wie haben Sie mich gefunden?«

»Ich habe mich beim National Committee in Washington erkundigt. Die hatten einen ungefähren Reiseplan. Ich habe Sie nur immer verpasst. Meine Anweisung lautet, Ihnen den Vorschlag persönlich zu unterbreiten, nicht am Telefon.«

Shartelle stand auf und ging zum Fenster, durch das man das nächtliche Panorama von Denver sah. »Und wie lautet Pigs Vorschlag?«

»Er sagte mir, ich sollte zuerst das Honorar erwähnen.«

»Sieht ihm ähnlich.«

»Es sind dreißigtausend.«

»Oh?«

»Pfund, nicht Dollar.«

»Ich sage noch einmal ›Oh!‹ und lege ein gewisses Interesse hinein.«

»Das kann ich Ihnen nicht verübeln.«

»Eine Wahlkampagne?«

»Ja.«

Shartelle wandte sich vom Fenster ab und sah mich an. »Wo?«

»In Afrika.«

Er lächelte, und das Lächeln wuchs zu einem Lachen. Einem entzückten Lachen. »Ich will verdammt sein«, sagte er, verschluckte sich und lachte abermals. »Hol mich der Teufel! Niemand außer diesem Hundesohn aus einem irischen Slum würde sich das zutrauen.«

»Er hat einiges einzusetzen.«

»Mr. Upshaw, er hat Mumm – Klöten wie aus Eisen. Ich habe im Lauf der Jahre einige Leute gesehen, die gern hoch pokern, aber was absolute Dreistigkeit angeht, kann keiner dem Landedelmann Padraic Duffy das Wasser reichen.«

»Er redet gut über Sie«, sagte ich in wackerer Verteidigung meines Arbeitgebers.

Shartelle zog einen Stuhl näher an meinen heran, setzte sich, beugte sich dann vor und klopfte mir aufs Knie. »Das sollte er wohl auch, Mr. Upshaw. Bei Gott, das sollte er! Sie wissen nichts über den ollen Pig Duffy und mich, und die Geschichte ist zu lang, um sie jetzt zu erzählen; ich will aber soviel sagen: Er *sollte* wirklich gut über mich reden.«

»Er sagt, Sie hätten ein- oder zweimal zusammengearbeitet.«

»Hat er Ihnen vom letzten Mal erzählt?«

»Nein.«

»Ich glaube nicht, dass er vielen Leuten davon erzählt, aber als die Sache beendet war, habe ich ihm gesagt, so wie ich jetzt mit Ihnen rede, wenn er meinen Namen je auch nur im selben Atemzug mit seinem erwähnte, würde ich ihm endgültig die Lampe auspusten.« Er klopfte mir noch einmal aufs Knie. »Und das habe ich ihm gesagt wie ein Südstaaten-Gentleman dem anderen.«

»Duffy ist aus Chicago«, sagte ich.

»Nicht, wenn er in New Orleans ist, nein. In New Orleans sagt er den Leuten, er wäre aus Breaux Bridge. Wo kommen Sie her, Mr. Upshaw?«

»North Dakota, Fargo.«

»Also, wenn Pig nach Fargo käme, würde er da behaupten, er wäre aus Mandan. Oder Valley City.«

»Sie kennen North Dakota?«

»Junge«, sagte er, »in diesem Land gibt's verdammt wenig Orte, die ich nicht kenne. Und wenn ich Sie ›Junge‹ nenne, dann ist das nur meine absichtlich schlichte Art zu reden, bei der sich die Leute offenbar wohl fühlen und meinen, ich wäre nicht zu helle, was ich vermutlich auch nicht bin.«

»Nennen Sie mich Pete.«

»Hatte ich vor.«

»Ich glaube, ich möchte noch einen Drink.«

»Nur zu. Also, was ist das mit Afrika?«

Ich bediente mich wieder beim Virginia Gentleman. »Duffy ist aufgefordert worden, die Strategie, die Leitung der Kampagne und die Öffentlichkeitsarbeit für Chief

Sunday Akomolo zu übernehmen, der Premier von Albertia werden möchte, wenn das Land am nächsten Labor Day von der Krone unabhängig wird.« Danach musste ich Luft holen.

»Wer ist Chief Akomolo?«

»Der Führer der zweitgrößten politischen Partei des Landes, der National Progressives.«

»Wie viele liegen im Rennen?«

»Es gibt vierzehn Parteien – aber nur drei von denen zählen.«

»Wie kommt es, dass Duffy dazu aufgefordert wurde?«

»Kakao. Er hat den Werbeetat des Cocoa Marketing Board an Land gezogen und seine übliche Promotion durchgezogen.«

Shartelle nickte. »Ich habe davon gehört. Die Kakao-Futures sind dadurch ziemlich in Bewegung geraten.«

»Eine Zeitlang war Kakao ein reichlich volatiler Rohstoff«, sagte ich etwas salbungsvoll. »Chief Akomolo gehört dem Cocoa Board von Albertia an, ist Duffy begegnet und hatte die Idee.«

Shartelle stand auf und ging wieder zum Fenster. »Okay, kurz und knapp: Wie hoch ist der Einsatz, um den es geht?«

»Kein Limit. Das Land hat zwanzig Millionen Einwohner – vielleicht eine Million mehr oder weniger. Es hat einen der besten Häfen an der Westküste. Es hat Öl, das noch nicht angetastet wurde, Bodenschätze, eine solide Landwirtschaft und eine eingebaute Zivilverwaltung, die noch hundert Jahre und einen Tag lang funktionieren wird, ehe sie zusammenbricht oder jemand vergisst, eine Akte abzulegen. Dafür haben die Briten gesorgt.«

»Wer zählt die Stimmen aus?«

»Die Krone.«

»Dann wird also der Bursche, der diesmal durchkommt, beim nächsten Mal die Stimmen auszählen.«

»Vermutlich.«

»Es wird also tatsächlich nur einmal eine Wahl geben, die erste, weil beim nächsten Mal die, die drin sind, dafür sorgen werden, dass es keine weitere mehr gibt.«

»Sie kennen sich offenbar mit der afrikanischen Politik aus.«

»Nein, ich kenne mich mit Politik überhaupt aus. Ich habe sie mein Leben lang studiert. In manchen Kreisen werde ich als führende Autorität angesehen, und das sage ich in aller Bescheidenheit.«

»Ihre Erfolgsbilanz ist beeindruckend, habe ich mir sagen lassen.«

»Was ist für Duffy drin?«

»Nicht so viel, wie Sie vielleicht glauben. Das Gesamtpaket beträgt fünfhunderttausend Pfund. Ihr Anteil wären dreißigtausend, wie gesagt.«

»Und wenn der Häuptling gewinnt?«

Ich blickte zur Decke. »Weiß ich wirklich nicht. Sagen wir einfach, es gibt wahrscheinlich ein stillschweigendes Übereinkommen, dass dann alles an DDT fällt – Werbung, Propaganda, Beratung, Marketing, Entwicklungsstudien – einfach alles.«

»Wieviel macht das alles zusammen aus, nach Ihrer Schätzung?«

Ich hob die Schultern. »Ich glaube, einen Jahresumsatz von zwanzig Millionen.«

»Dollar?«

»Pfund.«

Shartelle gluckste und schüttelte langsam den Kopf. »Na, ist das denn nicht was? Der alte Pig hat sich einen Niggerkandidaten von sechsundfünfzig Millionen Dollar pro Jahr eingehandelt und ruft um Hilfe. Mich. Das ist wirklich was.«

»Er hat gesagt, dass Sie das sagen würden.«

»Was?«

»Niggerkandidat.«

»Stört es Sie?«

»Mich stört nicht sehr vieles, Mr. Shartelle.«

»Junge, lassen Sie sich eines sagen.«

»Was?«

»Pig würde es nicht stören.«

Das folgende Schweigen zog sich hin. Ich zündete mir eine Zigarette an, eine anständige Lucky Strike, und rauchte sie ohne Freude, während Shartelle mich mit einem leichten Lächeln ansah. Es war das gleiche Lächeln, mit dem er einen Fünfzehnjährigen bedacht hätte. Dagegen war nichts einzuwenden; ich kam mir wie dreizehn vor.

»Also, wir können die ganze Nacht hier sitzen, und Sie können weiter abfällige Bemerkungen über Duffy machen, aber er bezahlt mein Gehalt. Regen Sie sich also nicht auf, wenn ich nicht mitsinge.«

Shartelle grinste. »Na na, Pete, Sie sind nur stinkig, weil ich von Niggern geredet habe, oder etwa nicht?«

»Nein«, sagte ich. »Ich bin nicht stinkig.«

»Also, Junge, ich könnte jetzt meine Mitgliedskarten beim NAACP und CORE raussuchen und sie Ihnen zeigen. Oder Ihnen freundliche Briefe in die Hand drücken, die mir ein paar meiner farbigen Freunde geschrieben haben, die bei dem ganzen Bürgerrechte-Tamtam sehr aktiv waren. Oder als Gentleman aus dem Süden könnte ich Ihnen sagen, dass ich die Farbigen *kenne*, weil ich mit ihnen aufgewachsen bin, was stimmt, oder dass ich eine gute alte farbige Mammy hatte, die ich mehr als jeden anderen Menschen auf der Welt geliebt habe, was auch stimmt. Ich könnte direkt vor Ihren Augen Beweise vorführen – echte Beweise –, dass ich wahrscheinlich der größte Niggerfreund auf der Welt bin, und als Zugabe könnte ich Ihnen in allen Einzelheiten eine bildschöne Mulattin beschreiben, die ich in Chicago umworben habe und wahrscheinlich geheiratet hätte, wenn sie nicht mit einem glattzüngigen Verkäufer für Feuerwehrautos abgehauen wäre. Er war Jude, glaube ich. Wenn ich also Nigger sage, dann nur, weil ich es nicht ertrage anzuhören, wenn ein breitmäuliger Bursche wie ich aus Opelousas oder Natchez versucht, Nee-ger zu sagen, und ihm das Wort wie eine Gräte in der Kehle stecken bleibt. Wenn ich Nigger sage, hat das überhaupt nichts zu bedeuten, ich halte mich nämlich an Shartelles Theorie der Rassenbeziehungen, und Shartelles Theorie wurde auf Grund von verdammt vielen Erfahrungen mit ebenso vielen Schwarzen wie Weißen gebildet und geformt, und, Junge, Sie kommen damit in den Genuss der Ergebnisse langer Stunden ernsthaften Nachdenkens und anstrengender Studien, und ich bin gewiss keiner, der für Introspektion viel übrig hat. Ich bin, wie Sie vielleicht bemerkt haben, mit einer extrovertierten Persönlichkeit gesegnet.«

»Ist mir aufgefallen.«

»Gut denn. Shartelles Theorie für harmonische Rassenbeziehungen ist einfach und gradlinig. Meine Theorie besagt, dass wir entweder den Niggern ihre Rechte zuerkennen müssen – nicht nur als Lippenbekenntnis, sondern jedes verdammte Recht, das es gibt, vom Wählen bis zum Huren, dass wir ihnen all diese Rechte einräumen müssen und ihr Recht darauf durch Gesetze erzwingen müssen, und damit meine ich scharfe Gesetze, die das FBI auf den Plan rufen, bis jeder einzelne von ihnen ebenso gleichberechtigt ist wie Sie weißer, angelsächsischer Mittelschicht-Protestant. Ich habe *entweder* gesagt, und das meine ich ernst. Entweder Sie geben ihnen das Recht, Ihre Tochter zu heiraten, falls Sie eine haben, und sorgen dafür, dass sie nicht nur die gleichen Rechte auf sozialen Status und Bildung haben, sondern auch die gleichen wirtschaftlichen Rechte – die gleichen Mittel und Möglichkeiten wie Sie, draußen in einer dieser schönen Vorstadtsiedlungen nach ihrem Glück zu streben statt in einem Slum. Und dann werden sie genauso sein wie ihr Weißen mit all euren gesunden moralischen Werten, eurer christlichen Tugend und eurer kostbaren Zusammengehörigkeit. Selbstverständlich verlieren sie dabei vielleicht irgendwas, so etwas wie Kultur, aber das hat nichts zu bedeuten. Also ich sage, entweder tun wir das für sie – machen sie wie alle anderen auch – oder, bei Gott, wir sollten sie in den Boden rammen wie Zeltpflöcke!« Shartelle schmetterte die Faust auf den Tisch, um mir zu demonstrieren, wie Zeltpflöcke in den Boden gerammt werden.

»Was meinen Sie mit ›euren‹ Rechten auf sozialen Status, Shartelle? Sie stecken doch ebenso tief drin.«

»Aber nein, Junge. Meine Urgroßmutter war eine niedliche kleine Oktorone aus New Orleans. Jedenfalls hat mein Daddy mir das erzählt. Und dadurch bin ich zu einem Vierundsechzigstel farbig, was in den meisten Südstaaten mehr als genug ist. Also, wer hat ein größeres Recht, Nigger zu sagen als wir Nigger?«

»Sie nehmen mich auf die Schippe, Shartelle.«

»Vielleicht tue ich das, Junge, aber ganz sicher werden Sie es nie wissen, oder?« Er machte eine Pause und grinste hämisch. »Aber Sie werden doch nicht behaupten wollen, dass das irgendetwas zu bedeuten hätte, wie?«

2

Am nächsten Morgen frühstückten wir zusammen. Shartelle hatte gesagt, er wolle Duffys Vorschlag in der Nacht studieren. »Ich werde ihn überaus gründlich erwägen, wie ein Kongressabgeordneter einem Wähler schreibt, der eine Brücke über den Grand Canyon plant.«

Beim Frühstück trug er einen dunklen, karierten, perfekt gebügelten Anzug, ein blaues Oxfordhemd mit Button-Down-Kragen und eine blau-schwarz gestreifte Krawatte, die er bei einem anderen englischen Regiment geliehen haben musste. Wir bestellten Würstchen, Eier, Toast, Kaffee und Milch für Shartelle. Er bestellte gewöhnliche Spiegeleier, ich auf beiden Seiten gebratene.

»Ich habe in der Nacht ein paar Telefongespräche geführt, Pete«, sagte Shartelle und strich Butter auf ein Stück Toast.

»Mit wem?«

»Ein paar Leuten in New York. Pig hat da ein bisschen angegeben. Das war zu erwarten. Aber es gibt etwas anderes, was Sie interessieren könnte – Sie werden auf Opposition stoßen.«

»Welcher Art?«

»Eine andere Agentur.«

Ich machte ein Gesicht wie Eisenhower, als man ihm sagte, MacArthur sei gefeuert. »Wen?«

»Renesslaer.«

»Oh. Oder vielleicht sollte ich sagen oh, oh.«

»Genau meine Reaktion«, sagte Shartelle. »Der Name Renesslaer trifft bei mir einen Nerv. Wie wenn ein Schuljunge mit den Fingernägeln über die Wandtafel kratzt.«

Ich überlegte einen Augenblick. »Sie haben Niederlassungen in London, Stockholm, Kopenhagen, Brüssel, Paris, Madrid, Frankfurt, Zürich, Rom, in einem Dutzend Städten in den Staaten, in Hongkong, Bombay, Tokio und Manila. Welche habe ich ausgelassen?«

»Toronto, Sydney und Johannesburg.«

Es gibt alle möglichen Werbe- und PR-Agenturen. Einige sind verzweifelte Ein-Mann-Unternehmen, die von den Provisionen leben, die ihnen ähnlich verzweifelte Radiosender und Verlage zahlen. Es gibt die schnellen, hitzigen Agenturen, die mit einem Erfolgsfeuerwerk starten und dann sanft in den gewöhnlichen Ablauf der Geschäftswelt gleiten, ganz wie Hersteller von Badarmaturen. Und dann gibt es Agenturen wie Duffy, Downer, and Theims, Ltd., Multimillionen-Dollar-Konzerne, die dank Charme, Genie, Überschwang und der Geschäftsmoral eines bankrotten Zirkus laufen. Schließlich gibt es noch etwa ein Dutzend Agenturen, deren Größe, Finanzkraft und Rücksichtslosigkeit nur ihrem überwältigenden Verständnis für Mittelmäßigkeit gleichkommt. Diesen Agenturen und den sie umschwärmenden Lotsenfischen verdankt die Nation das gegenwärtige Niveau ihres Fernsehens, Radios und des größten Teils der so profitabel exportierten amerikanischen Subkultur.

Von diesem runden Dutzend Agenturen war Renesslaer die dritt- oder viertgrößte, und während die meisten von ihnen ihr Vermögen mit der Befolgung von Menckens Gesetz machten und alles auf den schlechten Geschmack des amerikanischen Publikums setzten, hatte Renesslaer ein Weltgewissen entwickelt.

»Mit dieser Agentur haben sie eine weltweite Abteilung für öffentliche Angelegenheiten eingerichtet«, sagte Shartelle düster. »Und sie kombiniert die übelsten Aspekte von Moralischer Aufrüstung, Friedenskorps und internationalen Rotariern. Sie haben einen Vortrags-Service, der bei einem garantierten Publikum von fünfhundert Zuhörern innerhalb von zwölf Stunden einen Redner an jeden Ort der Welt fliegt. Und der hält den Vortrag in der Sprache der Zuhörer. Sie haben Büros für Ozeanien, Südwestafrika, Italien und Island. Soviel ich weiß, auch eins für die Antarktis.«

»Ich habe davon gehört«, sagte ich. »Sie verschicken den Text der Vorträge überall hin. Sie sind übersetzt und kommen überall in der Welt an dem Tag an, an dem der Vortrag gehalten wird. Sie wären überrascht, wenn Sie wüssten, wie viele davon gedruckt werden.«

Shartelle schenkte uns aus der Zinnkanne Kaffee nach. Er trank ihn schwarz, ich nahm Zucker.

»Mir fällt ein, dass sie voriges Jahr diese spezielle Wahl in Kalifornien bearbeitet haben«, sagte er.

»Für welche Seite?«

»Sie hatten den Typen, der früher im Film den Schurken gegeben hat. Der Mann, der immer der Gute war, hat um eine halbe Million Stimmen verloren.«

»Waren Sie mit von der Partie?« fragte ich.

»Hätte ich sein können, aber ich hatte ein bisschen rumgeschnüffelt, und mir war das alles zu riskant. Wie diese Halbirren abstimmen, kann ich nicht kalkulieren. Aber offenbar hat Renesslaer es geschafft, dass genug von denen im letzten Moment die Seite wechseln.«

Ich malte mit meinem Löffel ein paar Muster auf die Tischdecke. Shartelle war stumm und distanziert.

»Wer ist Renesslaers Klient?« fragte ich.

Shartelle wühlte in seiner Jackentasche und zog ein Stück Papier heraus. »Ich habe mir den Namen aufgeschrieben, wollte Sie nach ihm fragen. Renesslaers Klient ist Hadschi Sir Alakada Mejara Fulawa. Er stammt aus Nord-Albertia, wie man mir sagte. Was bedeutet Hadschi?«

»Das bedeutet, dass er nach Mekka gepilgert ist.«

»Soll das heißen, dass Renesslaer einen Nicht-Christen als Kandidat hat? Was wissen Sie sonst noch von ihm?«

»Er wurde in England erzogen und spricht Englisch mit perfektem Oxfordakzent, wenn es so etwas gibt. Er ist reich – ich meine damit die Sorte reich mit Privat-Jet und einer Flotte Rolls-Royce. Er ist der natürliche Herrscher über sieben Millionen Albertianer und lebt in einem Palast unmittelbar südlich der Sahara, der etwas von *Tausendundeine Nacht* hat. Die Briten lieben ihn, weil er die Unruhestifter in Schach gehalten hat.«

»Und Pig Duffy will, dass ich nach Albertia gehe und die Wahlkampagne für den alten Häuptling leite – wie heißt er gleich … Akomolo – und auch noch *Sunday* Akomolo –, gegen diesen Araber Hadschi Sir Alakada Mejara Fulawa. Also, ist das nicht ein Name, der einem einfach nur so von der Zunge rollt?«

»Soviel ich gehört habe, hat er schon ein paar Zungen ausreißen lassen.«

Shartelle schüttelte langsam den Kopf, ein breites, boshaftes Grinsen auf dem Gesicht und schieres Entzücken in den Augen. »Ich sage Ihnen, Petey, das ist Richard

Halliburton und Rudolph Valentino und Tarzan zu einem Paket zusammengepackt und mit einem hübschen blauen Band fest verschnürt. Mann, das ist außenpolitische Intrige und Madison Avenue und Trader Horn und *Afrika*! Und Pig Duffy sitzt da mitten drin, tappt herum und quiekt um Hilfe, und dann kommt der alte Clinton Shartelle, mit Tropenhelm und Buschhemd ausstaffiert, zur Rettung angestürmt. Mann, ist das schön!«

»Nennen Sie mich Peter«, sagte ich. »Nennen Sie mich Pete oder Mr. Upshaw oder Hey, Sie, aber um Gottes willen, nennen Sie mich nicht Petey!«

»Aber Junge, Sie reagieren schon wieder empfindlich auf meine Art zu reden.«

»Ach, zum Teufel, nennen Sie mich, wie Sie wollen.«

»Also, ich nehme an, dass Sie bei der Kampagne für Häuptling Akomolo mitarbeiten werden.«

Ich nickte. »Ich habe den kurzen Strohhalm erwischt.«

»Was genau soll Ihre Aufgabe sein?«

»Schreiben. Falls jemand da ist, der es liest.«

»Ah, das ist sehr schön. Was für ein Schreiber sind Sie, Pete?«

»Ein schneller. Nicht gut, bloß schnell. Wenn ich nicht schreibe, kann ich die Bleistifte spitzen und die Drinks mixen.«

»Und was genau erwartet Pig von mir?«

Ich sah ihn an und grinste. Es war das erste Mal an diesem Morgen, dass ich lächelte. »Mr. Duffy sagte, er möchte gern, dass Sie – und ich zitiere – ›der Kampagne ein bisschen amerikanisches Rambazamba einblasen‹.«

Shartelle lehnte sich auf seinem Stuhl zurück und

lächelte zur Decke hinauf. »Hat er das gesagt? Was hätte ich Ihrer Meinung nach zu tun?«

»Sie haben den Ruf, in den USA der beste Manager von Kampagnen zu sein, bei denen es um Hauen und Stechen geht. Sie können ehrlich Anspruch erheben auf sechs Bürgermeister von Metropolen, fünf Gouverneure, drei Senatoren und neun Kongressabgeordnete. In vier Staaten haben Sie die Verkaufssteuer abgeschafft und in einem haben Sie sie durchgebracht. In zwei Staaten haben Sie eine Ölabgabesteuer durchgebracht und in einem davon dafür gesorgt, dass die daraus resultierenden Einnahmen für den Schulbau verwendet werden. Mit anderen Worten, Sie sind der beste Mann, der zu haben ist, und Padraic Duffy lässt Ihnen ausrichten, dass er das gesagt hat. Sie sollen alles tun, was getan werden muss, damit Häuptling Akomolo gewählt wird.«

»Ich will Ihnen was sagen, Pete. Ich bin gerade am Ende einer sentimentalen Reise, wie man es nennen könnte.«

»Wieso das?«

Shartelle griff nach der Rechnung, zeichnete sie ab und stand auf. »Machen wir einen kleinen Spaziergang.«

Wir verließen das Hotel und gingen den Broadway in Richtung zur Colfax hinauf. Shartelle paffte eine seiner Picayunes.

»Bei dem Baseballspiel gestern Abend bin ich rein zufällig vorbeigekommen, kurz nachdem ich ein Haus gekauft hatte«, sagte er. »Für einen alten Sack war ich gar nicht so schlecht.«

»Sie sind dreiundvierzig. Kennedy hat mit dreiundvierzig Touch Football gespielt, mit schlechtem Rücken.«

»Ich gebe zu, ich bin halbwegs rüstig, aber das verdanke ich alles jugendlicher Weisheit und meinen frühreifen Lesegewohnheiten.«

»Sie haben vorhin eine sentimentale Reise erwähnt«, sagte ich. »Ist ungefähr einen Block her.«

»Die sentimentale Reise hängt mit meiner Jugend zusammen. Ich habe einmal hier in dieser Stadt gewohnt, wissen Sie.«

An der Colfax bogen wir ab, Richtung Capitol mit seiner goldenen Kuppel, an dem sich eine Markierung befindet, die besagt, dass genau diese Stelle der Stadt Denver 1609 Meter über dem Meeresspiegel liegt. Eine Meile hoch und immer eine Meile voraus.

»Von 1938 bis 1939 habe ich hier gewohnt, in einem Haus mit meinem Daddy und einer Freundin von ihm. Nicht weit von dem Baseballplatz entfernt, der – wie Sie vielleicht bemerkt haben – in einer etwas kümmerlichen Umgebung liegt. Damals war es das reine Elendsviertel. Ich war sechzehn, siebzehn Jahre alt. Mein Daddy und ich waren im Herbst aus Oklahoma City hergekommen, in einem großen schwarzen 39er LaSalle Coupé. Wir sind ins Brown Palace gezogen, und mein Daddy hat ein Stück Land bei Walsenburg gepachtet, sich eine Bohranlage und eine Mannschaft beschafft und drei der tiefsten trockenen Löcher gebohrt, die es je gab.«

Shartelle fasste mich am Arm und steuerte mich in einen Drugstore. Wir setzten uns in eine Nische und bestellten noch einmal Kaffee.

»Tja, Sir, mein Daddy ging wieder mal pleite. Er hatte in Oklahoma City geräubert und für zehn Produzenten in den Feldern im Osten etwas zustande gebracht und hatte die Taschen voll Geld, wenn er auch dafür wegen wilden Bohrens eine Weile sitzen musste. Er hat das Blaue vom Himmel heruntergelogen, dass es in Colorado Öl gäbe. Und er hatte natürlich recht. Er hatte nur an der falschen Stelle gebohrt.«

Die Kellnerin brachte uns den Kaffee. Shartelle rührte in seinem. »Wir sind aus dem Brown Palace ausgezogen und haben dieses Haus gemietet, das ich gestern gekauft habe. Ich und mein Daddy und seine Freundin. Sie hieß Golda Mae, ein hübsches kleines Ding. Es waren wirklich schwere Zeiten, aber ich habe einfach mit meinen Lektionen weitergemacht und meinen Daddy sich um die Finanzen sorgen lassen.«

»Was für Lektionen?« fragte ich.

»Mein Charles-Atlas-Fernstudium, Junge. Ich habe den ganzen Kursus über dynamische Spannungen durchgenommen. Eine Anzeige aus *The Spider* ausgeschnitten und ihn bestellt. Das war, als mein Daddy in Oklahoma City gut bei Kasse war. Verdammt, es war nichts anderes als Isometrie, das gleiche, was sie heute alle machen, aber ich habe die Lehrbriefe befolgt, als ob sie das Evangelium wären, und deswegen bin ich heute so fit.«

»Und was wollen Sie mit dem Haus machen, das Sie gekauft haben?«

Shartelle legte eine Hand vor sich auf den Tisch und machte eine abrupte Wischbewegung. »Jetzt drängen Sie mich nicht. Wenn ich etwas erzähle, dann auf meine Weise. Bald nachdem das Geld alle war, ist Golda Mae weitergezogen, und danach waren wir nur noch mein Daddy und ich. Es hat mir leidgetan, dass sie gegangen ist, sie war nämlich wirklich eine sehr angenehme Person. Eines Tages also ruft mein Daddy mich zu sich und sagt: ›Mein Sohn, ich verdiene nicht genug für uns beide, deshalb wirst du wohl eine Zeitlang selbst für dich sorgen müssen. Aber ich sag dir was: Du kannst den LaSalle haben.‹

Das war von ihm ein großzügiges Angebot, wenn auch wertlos. Wissen Sie, es war Winter, und wir hatten nicht genug Geld für Frostschutzmittel, deshalb ist der Zylinderblock vom LaSalle eingefroren und geborsten. Er war aber das Einzige, was er anzubieten hatte, und er hat das Angebot gemacht, und wir haben nicht über die Tatsache gesprochen, dass der LaSalle keinen Heller wert war. Ich habe mich bei ihm bedankt und das Angebot höflich abgelehnt – so, wie er es mir beigebracht hatte.« Shartelle machte eine Pause und rührte noch ein wenig in seinem Kaffee. »Gestern habe ich also das Haus in Denver gekauft, und vorher drei andere in New Orleans, Birmingham und Oklahoma City. Das sind die vier, in denen mein Daddy und ich am längsten gewohnt haben. Jetzt gehören sie mir, und wann immer ich Lust dazu habe, kann ich hineingehen und die Zimmer ansehen und mich an frühere Zeiten erinnern, oder auch nicht.«

»Wollen Sie in diesen Häusern wohnen?« fragte ich.

»Nein, ich werde der Hauswirt sein. Ich vermiete sie für einen Dollar im Jahr an arme Farbige. Die einzige Bedingung ist, dass ich jederzeit kommen und mich darin umschauen kann. Das ist doch nicht zuviel verlangt, oder?«

»Für einen Dollar im Jahr nicht.«

»Das habe ich mir gedacht.«

Wir standen auf. Ich bezahlte an der Kasse, und wir gingen über die Colfax zum Broadway zurück. Es war ein heller, kühler Julimorgen in Denver, und ich sah mich um und versuchte mir vorzustellen, wie es gewesen war, als vor siebenundzwanzig Jahren ein Siebzehnjähriger aufgefordert wurde, in seinem Erbteil loszufahren – allerdings hatte das Erbteil einen geborstenen Zylinderblock.

»Was ist aus Ihrem Vater geworden?« fragte ich.

»Ich weiß es nicht«, sagte er. »Wir haben uns nach einiger Zeit aus den Augen verloren. Ich habe seit fünfundzwanzig Jahren nichts von ihm gehört.«

»Haben Sie je versucht, ihn zu finden?«

Shartelle sah mich an und lächelte. »Kann ich nicht behaupten. Finden Sie, ich hätte es versuchen sollen?«

»Wie soll ich das wissen?«

Wir gingen schweigend weiter. Dann fragte Shartelle: »Wie bald will Pig mich in London haben?«

»So bald wie möglich.«

Er nickte. »Dann reisen wir am besten heute ab.«

3

Am nächsten Tag um 10 Uhr Mittlerer Greenwich-Zeit oder um 4 Uhr Eastern Standard Time oder um 2 Uhr Mountain Standard Time holte ich Shartelle im Dorchester in London ab. Wir waren die ganze Nacht über geflogen, nachdem wir in New York knapp den Anschluss erwischt hatten. Shartelle trug eine verschlafene Miene, einen leichten grauen Anzug, weißes Hemd und blaue Strickkrawatte. Das weiße Haar war gebürstet, und um die grauen Augen zuckte es leicht, als er meine Melone und den sorgfältig gerollten Regenschirm registrierte.

»Ich überlasse es Duffy, den Stetson zu tragen«, sagte ich ihm. »Ich versuche, mich der Umgebung anzupassen.«

Wir unterhielten uns wenig beim Frühstück und gingen dann die wenigen Blocks zum Büro zu Fuß. Jimmy, der Portier, mit allen seinen Ordensbändern aus dem Zweiten Weltkrieg und einigen zusätzlichen auf der Brust, hieß mich zuhause willkommen. Ich stellte Shartelle vor. »Es freut mich immer, wenn uns ein Gentleman aus Amerika besucht, Sir«, sagte Jimmy.

»Ist Mr. Duffy schon da?« fragte ich.

»Gerade eingetroffen, Sir. Höchstens vor einer Viertelstunde.«

Shartelle folgte mir die Treppe zu meinem Büro hinauf. Ich stellte ihn meiner Sekretärin vor, die sagte, sie freue sich, dass ich wieder da sei. Auf meinem Schreibtisch lagen zwei Zettel, Mr. Duffy zurückzurufen. Shartelle sah sich im Zimmer um. »Entweder steht dieses Unternehmen am Rand des Bankrotts, oder es verdient zu viel Geld«, sagte er.

»Warten Sie nur, bis Sie Duffys Gehäuse gesehen haben.«

»Das Einzige, was hier nicht hineinpasst, Junge, ist diese Maschine«, sagte Shartelle und deutete auf meine Schreibmaschine, eine etwa fünfunddreißig Jahre alte L. C. Smith.

»Das sei eine Andeutung von Klasse, meint Duffy. Es hat die Firma zehn Pfund gekostet, das verdammte Ding überholen zu lassen. Wenn er Klienten hier herumführt, erzählt er ihnen, ich hätte meinen ersten namentlich gezeichneten Artikel darauf geschrieben und könnte auf etwas anderem keine Zeile schreiben.«

»Benutzen Sie das Ding jemals?«

Ich setzte mich hinter meinen U-förmigen Schreibtisch und schwang eine elektrische Smith-Corona-Reisemaschine heraus. »Ich benutze die. Sie ist schneller. Wie schon gesagt, ich bin ein Schnellschreiber.«

Shartelle ließ sich in einem der drei hochrückigen schwarzen Ledersessel nieder, die um meinen Schreibtisch versammelt waren. Jeder hatte einen massiven Teakholzwürfel mit einer Schieferplatte neben sich, und auf jedem stand ein Keramikaschenbecher in leuchtenden Farben.

»Wie der gute alte Mann gesagt hat, Sie haben einen Teppich auf dem Boden und Bilder an der Wand. Was fehlt, ist nur ein bisschen Musik in der Luft.«

Ich drückte auf einen Knopf. Gedämpft ertönte Fahrstuhlmusik, etwas aus *Camelot*. Ich drückte wieder auf den Knopf, und es wurde still.

Shartelle grinste und steckte sich eine Picayune an. »Eins ist mir aufgefallen«, sagte er. »Sie haben keine Tür.«

»Die einzigen Türen im Haus sind die eine zur Straße, die vorgeschriebenen Feuertüren, die zu den Klos und vier für die Damentoiletten. Alle anderen hat Duffy rausnehmen lassen. Er sagt, dass jeder, der jemand aufsuchen will, jederzeit die Möglichkeit haben soll, seinen Kopf reinzustecken. Geheimnisse gibt's nicht bei Duffy, Downer und Theims. Es ist ein Irrenhaus.«

Wie auf ein Stichwort stürmte der Hüter des Irrenhauses herein. »Shartelle, verdammt, was hast du so lange getrieben?« fragte er. Es war Duffy, in ländlicher Aufmachung. Er trug einen grünen Tweedanzug, dessen Gewebe so locker war, dass man es mit einem dicken Nagel durchbohren konnte, ohne ein Loch zu hinterlassen. Sein Hemd war so blassgrün, wie es diesseits von Weiß möglich war, und seine Krawatte bestand aus schwarzer und grüner Wolle. Ich sah zwar nicht hin, war aber sicher, dass er dazu derbe braune Wanderschuhe trug.

Shartelle löste sich aus dem schwarzen Ledersessel, nahm seine Zigarette in die linke Hand und streckte seine rechte langsam Duffy entgegen. Er ließ sich Zeit. Ein Lächeln, das reines Entzücken auszudrücken schien, legte sein Gesicht in Falten, während er den Kopf leicht auf eine Seite neigte. Ich war vergessen. Duffy besaß Shartelles ungeteilte Aufmerksamkeit. Es war die Shartelle-Behandlung. Zuneigung und Sympathie lagen in seinem Blick, doch wichtiger war, er zeigte ein echtes und zutiefst persönliches Interesse an dem Menschen, dem er die Hand schüttelte. Wenn ich an Duffys Stelle gewesen wäre, ich hätte die Brücke gekauft und vermutlich auf die Fähre eine Option genommen.

»Pig Duffy«, sagte Shartelle, und sein Grinsen wurde noch breiter. »Ich schwöre, es ist die reine Freude, dich so gesund und gut in Form zu sehen.«

Duffy ließ das Pig durchgehen, ohne auch nur mit einer Wimper zu zucken. Er packte Shartelles rechte Hand mit seinen beiden und schüttelte sie wieder und wieder. Er warf den Kopf zurück und kniff seine blauen Augen zusammen. »Neun Jahre, Clint. Ich habe versucht, mich zu erinnern, wo es gewesen ist, als ich heute morgen hereinfuhr. Chicago, die Stockyards Inn.«

»Am 22. Juli.«

»Um vier Uhr morgens.«

»Suite 570.«

»Bei Gott, es stimmt!« Duffy ließ Shartelles Hand los. »Du hast dich überhaupt nicht verändert, Clint. War der Flug erträglich? Hat mein Junge hier sich ordentlich um dich gekümmert?«

»Mr. Upshaw ist die Höflichkeit in Person. Und ich möchte hinzufügen, ein erstklassiger Verkäufer. Ich bin hier.«

Duffy gönnte mir einen flüchtigen Blick aus seinen blauen Augen. »Wie geht's, Pete?«

»Sehr gut.«

»Haben Sie Clint über alle Einzelheiten informiert?«

»Nur über die Highlights.«

»Er erwähnte dreißigtausend Pfund«, sagte Shartelle mit seinem herzlichen Lächeln. »Es war von allen Highlights das hellste. Wieso treibst du dich in Afrika herum? Ist das nicht etwas außerhalb deines Territoriums?«

Duffy legte los. »Als ich davon hörte, hab ich das auch gedacht, Clint. Ich dachte: ›Padraic, du hast schon genug am Hals. Du hast gar nicht die Zeit, dich so um die Sache zu kümmern, wie es nötig ist.‹ Dann hab ich überlegt, ob es nicht jemand gibt, der die Kampagne durchziehen könnte.« Er machte eine Pause, kaute nachdenklich an seiner Unterlippe und blickte zu Boden. Seine Stimme wurde sanft und nahm etwas von stillem Respekt an. »Ich bin zu dem Schluss gekommen, dass es nur einen Mann gibt – nicht in England, nicht in den Staaten, sondern nur einen Mann auf der ganzen *Welt*. Und das ist Clint Shartelle.« Er hob den Blick, sah Shartelle direkt an und sagte demütig: »Deshalb habe ich Clint Shartelle gebeten, mir zu helfen.« Wieder machte er eine Pause, ehe er – fast beiläufig, aber nicht ganz – hinzusetzte: »Und wichtiger noch, Afrika zu helfen.«

Shartelle schüttelte kaum wahrnehmbar den Kopf. Es war eine Geste unverhohlener Bewunderung, wie sie der Konzertmeister der Darbietung eines Virtuosen entgegenbringt. Seine Stimme klang fast so sanft wie die Duffys, und der Flieder schien zu blühen, als er sagte: »So vorgetragen, Padraic, könnte niemand sich weigern.«

Duffy strahlte auf, packte Shartelle am Arm und steuerte ihn auf die ewig offene Tür zu. »Ich hab den ganzen Vormittag für dich freigehalten, Clint. Wir wollen ein wenig plaudern, und dann kriegst du den Kandidaten zu sehen. Er ist vor zwei Tagen angekommen und fliegt heute Nachmittag wieder zurück, aber ihr könnt euch beim Lunch vertraut machen.« Duffy wandte den Kopf. »Kommen Sie mit, Pete.« Ich hielt das für einen netten Nebengedanken.

Wir gingen durch die Halle, vorbei an Duffys zwei Sekretärinnen, bis dahin, wo »Der Hutständer« den offenen Eingang zu seinem Büro hütete. »Der Hutständer« war eine Statue aus verschweißtem Metallschrott. Sie ragte auf einem Onyx-Sockel, war über zwei Meter hoch und sollte die Kreuzigung darstellen. Das war jedenfalls der eigentliche Name. Die größte Querstrebe sah verdächtig nach der verrosteten Stoßstange eines 1937er DeSoto aus, eines Wagens, der einmal bei den Autoverrückten in Los Angeles sehr beliebt gewesen war. Leicht angeheitert und ein bisschen ignorant nach einem besonders guten Mittagessen hatte ich einmal meine Melone daran gehängt. Duffy wollte danach eine Woche lang nicht mit mir reden, aber seitdem nannten alle es »Der Hutständer«. Shartelle streifte ihn mit einem beifälligen Blick, als wir in Duffys Büro gingen.

Es war nicht wirklich ein Büro; eher war es ein riesiges Wohnzimmer, und es roch nach Leder dank der sechseckigen Stücke sechs Millimeter dicker Kuhhaut, die als Tapete dienten. Es gab Ausblick auf den Platz und die Botschaft, einen Kamin, in dem Feuer brannte, ein paar extrem gemütliche Sessel und einen großen Kaffeetisch aus Eiche, hergestellt, wie Duffy behauptete, aus dem hinteren Ende eines riesigen uralten Weinfasses. Hier und da standen, strategisch verteilt auf individuellen Wandregalen, Produkte der wichtigsten Kunden: eine Dose Instant-Tee, eine Packung Taschentücher, eine Flasche Ale, das Modell eines Jets, die Miniatur eines Bankhauses, ein Automodell, eine Packung Kakao und ein Zigarettenpäckchen. Jedes Objekt hatte seine eigene Nische, die es nur für eine Jahresrechnung von über drei Millionen Pfund gab. Einen Schreibtisch gab es nicht, wohl aber ein Telefon in Reichweite von Duffys Sessel, der in einer Ecke hinter dem ungeheuren Weinfasskaffeetisch hockte.

Duffy nahm seinen Platz ein und deutete für Shartelle und mich auf zwei Sessel. Shartelle sah sich in dem Raum lange und genau um und nickte dann beifällig. »Du bist bei den Engländern ganz schön vorangekommen, könnte man meinen«, sagte er zu Duffy.

»Wir wachsen, Clint, erweitern uns jedes Jahr etwas.«

Wir wurden unterbrochen von Wilson Davis, dem Art Director. Er klopfte nicht an, sondern kam einfach herein und hielt Duffy einen Entwurf unter die Nase.

»Hallo, Pete«, sagte Davis zu mir.

»Wie geht's, Wilson?« fragte ich.

»Wenn er sich irgendwann entscheidet, was er will, wird es mir ganz gut gehen.«

»Macht er dir das Leben schwer?«

»Das ist die vierte Runde. Wohlgemerkt, die vierte.«

»Damit kommen wir der Sache schon näher, Wilson«, sagte Duffy. »Das ist etwas, wovon man sagen kann, dass es das Wahrzeichen von DDT trägt.«

»Schlecht ist es nicht«, räumte Wilson ein.

»Gut. Dann machen Sie weiter.«

»Überlegen Sie es sich auch nicht noch einmal?«

»Nein. Das ist die Grundlage für die Kampagne, die ich versprochen habe. So werde ich sie führen.«

Wilson nahm den Entwurf vom Kaffeetisch und ging.

»So geht es den ganzen Tag«, sagte ich zu Shartelle. »Die DDT-Politik der offenen Türen.«

»Spart wirklich Zeit«, sagte Duffy. »Beseitigt psychologische Probleme. Dieser junge Mann ist ein begabter Art Director – der beste in London und so gut wie jeder, den man in New York finden kann. Wenn er mich sprechen will, kommt er einfach herein. Er muss sich nicht erst an einem halben Dutzend Sekretärinnen oder Assistenten vorbeikämpfen. Er braucht nicht eine halbe Stunde vor einer verschlossenen Tür zu warten und sich zu fragen, ob ich gerade über ihn rede. Er kommt einfach herein, sagt, was er zu sagen hat, und ist eine Minute später wieder draußen. Seine Zeit ist etwa fünf Guineas die Stunde wert. Ich schätze, diese Methode erspart ihm eine halbe Stunde Wartezeit plus eine weitere halbe Stunde, die ich Empörzeit nenne, wenn er in sein Büro zurückkommt.«

»Klingt vernünftig«, sagte Shartelle, »und da du gerade von Geld redest, sollte ich dich an meine üblichen Bedingungen erinnern.«

»Ein Drittel jetzt, ein Drittel bei Halbzeit und ein Drittel eine Woche vor Abschluss der Arbeit. Richtig?«

»Plus Spesen«, sagte Shartelle.

Duffy griff nach dem Telefon und wählte eine einstellige Nummer. »Würden Sie feststellen, ob Mr. Theims schon den Scheck für Mr. Shartelle gegengezeichnet hat? Schön, bringen Sie ihn herein.«

Eine von Duffys Sekretärinnen brachte den Scheck. Duffy prüfte ihn und reichte ihn Shartelle. »Zehntausend Pfund.«

Shartelle warf einen Blick darauf und steckte ihn in eine seiner Brusttaschen. Er zog sein Päckchen Picayunes heraus und zündete sich eine an. »Pig, alter Kumpel«, sagte er, »was genau soll ich für dich tun, um dieses Geld zu verdienen?«

Duffy starrte Shartelle aus seinen porzellanblauen Augen an, packte die Armlehnen seines Sessels und beugte sich etwas vor. »Es ist die größte Sache deiner Karriere, Clint. Die wichtigste. Whitehall hat sie im Auge, und das State Department auch. Ich bin in Albertia gewesen, Clint, und das ist fantastisch. Es ist die Gelegenheit, der Demokratie in Afrika eine Bastion zu schaffen. Die Chance, deinen Ruf als einen der fähigsten politischen Strategen der Welt zu etablieren. Das Wichtigste aber für mich – und wie ich weiß, für dich – ist die Chance, dass ein guter Mann ins Amt gewählt wird.«

»Dein Klient?« fragte Shartelle.

»Chief Akomolo.«

»Ich nehme an, du hast von Renesslaer gehört«, sagte Shartelle. »Auch die wollen unbedingt, dass ein guter Mann gewählt wird: Hadschi Sir Alakada Mejara Fulawa – mein Gott, das zergeht einem wirklich auf der Zunge!«

Die blauen Augen meines Anführers wurden kalt. »Renesslaer hat Fulawa? Wer hat dir das gesagt?«

»Freunde in New York. Keine besonders guten Freunde übrigens. Ich bin überrascht, dass du es noch nicht gehört hattest.«

Duffy wandte sich an mich. »Wussten Sie das?«

»Shartelle hat es mir gesagt.«

Duffy griff nach dem Telefon. »Kommen Sie mit Ihrem Block«, schnaubte er.

Eine Sekretärin kam. Ich weiß nicht, woher er sie bekommt, aber es scheint jede Woche eine neue da zu sein. Nach einem Tag scheinen sie alles über die Agentur und über die Leute, die in ihr arbeiten, zu wissen. Dann verschwinden sie in aller Stille, um durch eine andere, ebenso tüchtige ersetzt zu werden.

»Kabel an Trookein, New York: ERFAHRE GROSS R BETREUT HIMMELCHIEF OPERATION PAWPAWLAND STOP WARUM UNS UNBEKANNT FRAGEZEICHEN ERWARTE KOMPLETTEN BERICHT PRO NARBENGESICHT SCHNELLSTENS ENDE DUFFY.« So wie er das herunterbellte, stand alles in Großbuchstaben.

»Keine Grüße?« fragte die Sekretärin.

»Teufel, nein!« sagte Duffy.

»Wollen mal sehen«, sagte Shartelle. »Groß R muß Renesslaer sein; Himmelchief der alte Hadschi Sir; Pawpawland, nehme ich an, ist Albertia. Wer ist Narbengesicht?«

»Chief Akomolo«, sagte ich. »Das ist sein Kodename, wegen seiner Stammesnarben.«

Shartelle kicherte leise. »Tragen Sie den Ring mit dem Geheimcode, Petey?«

»Wir brauchen einen Namen für Clint«, sagte Duffy.

»Wie wär's mit Butterkeks?« schlug Shartelle vor, ohne das Gesicht zu verziehen.

»Verdammt gut. Setzen Sie es auf die Liste«, befahl Duffy der Sekretärin.

»Wie werden Sie genannt, Pete?« fragte Shartelle.

»Scaramouche«, sagte ich mit einem Schulterzucken.

»Und Sie, Pig?«

»Lohnsklave.«

»Ist das eigentlich nötig?«

»Ja und nein. Einen Nachrichtendienst kann man damit nicht foppen, aber es verhindert, dass die nur beiläufig Neugierigen Informationen erhalten, die sie verkaufen oder weitertratschen können. Eigentlich ist es nur eine geringfügige Vorsichtsmaßnahme.«

»Die hellen Jungs von Renesslaer werden dadurch bestimmt nicht getäuscht.«

Duffy lächelte freundlich. »Bestimmt nicht, Clint. Das ist dein Job.«

»Nur damit alles klar und sauber ist, Pig, ich hoffe, du hast den Kandidaten über die Grundregeln unterrichtet. Erstens: *Ich* leite die Wahlkampagne – von den Buttons bis zum Bankett. Zweitens: Ich habe nichts mit Geld zu tun.«

»Ich weiß das, und der Kandidat weiß es auch«, sagte Duffy. »Für Geld ist gesorgt. Du brauchst dir nur auszudenken, wie es ausgegeben werden soll.«

»Darin bin ich normalerweise ziemlich gut.«

»Was ich dich fragen wollte: Wirst du mit der Opposition fertig?«

»Renesslaer?«

»Genau.«

Shartelle stand auf und trat ans Fenster. Er blickte eine Weile hinaus und ging dann dorthin, wo er die Miniatur des Bankhauses sehen konnte. »Das sind ganz tüchtige Burschen«, sagte er. »Ich wäre der letzte, der sie kleinreden will; da das aber für keinen von uns ein Heimspiel ist, könnte ich einen kleinen Vorteil haben. Habt ihr gute Leute für die Recherche?«

Duffy nickte. »Die besten.«

»Du kannst dich darauf verlassen, dass Renesslaer die besten hat, also hast du nur die zweitbesten. Aber kannst du sie von der Leine lassen falls nötig?«

»Sie stehen dem Häuptling zur Verfügung – und dir.«

»Wie ich es verstehe, wird es ein Dreier-Rennen: Chief Akomolo, der alte Hadschi Sir mit dem schönen Namen und noch jemand. Wer ist dieser Dritte und was hat er im Köcher?«

»Dr. Kensington Kologo«, sagte Duffy. »Er kommt aus dem Osten von Albertia. Der Doktortitel ist echt. 1934 hat er an der Universität von Pennsylvania seinen Dr. med. gemacht.«

»Wen hat er hinter sich?«

»Etwa ein Drittel der Bevölkerung in seiner Region. Dazu die Eisenerzminen und einen Teil des Zinns, was ihm viele Anhänger bei den Gewerkschaftlern und den radikaleren jüngeren Leuten gibt.«

»Klingt nach einer guten Grundlage. Macht er Chief Akomolo Sorgen?«

»Nicht so viel wie Fulawa.«

»Hast du überprüft, ob er eine Agentur für seine Kampagne hat? Ich würde sehr ungern da draußen feststellen, dass ich es mit Renesslaer und Doyle Dane gleichzeitig zu tun habe.«

»Genaugenommen ist es keine Agentur«, sagte Duffy und beobachtete Shartelles Gesicht gespannt.

»Wer ist es denn?«

»Die CIA.«

4

Shartelle ließ sich tief in seinen Sessel sinken, schlug die Beine übereinander und starrte an die Decke. Er machte es sich noch bequemer, indem er die Arme hinter dem Kopf verschränkte. Duffy beobachtete ihn. Ich beobachtete Duffy.

»Nun ja, alter Kumpel«, sagte Shartelle langsam, »damit ist der Kreis gewissermaßen geschlossen. Für dich und mich, meine ich. Es scheint mir noch gar nicht so lange her zu sein, dass du und Downer und ich diesen französischen Rundfunksender für den Opa dieses Vereins eingenommen und wieder verloren haben.«

»Das war im Krieg, Clint.«

Shartelle sah Duffy an und runzelte die Stirn. »Weißt du, Pig, es hat mich immer verblüfft, wie glatt und mühelos du hier drüben gestartet bist. Ich meine, dein Unternehmen hat floriert von dem Augenblick an, als du dir am Victoria-Bahnhof ein Taxi genommen hast.«

»Ich habe mir im Krieg hier eine Menge Kontakte geschaffen. Das weißt du doch, Clint.«

Shartelle sah sich im Raum mit dem Blick eines amtlichen Gutachters um. »Ja, das stimmt wohl. Und ich kann mir denken, dass du immer noch eine Menge Kontakte hast, sonst könntest du nicht wissen, dass die CIA mitmischt.«

Duffy blickte mich an. »Niemand außer euch beiden weiß davon. Niemand außer euch beiden sollte es erfahren. Ich habe die Information von einem bekommen, der mir einen Gefallen schuldet. Einen großen Gefallen, den ich eigentlich anders einfordern wollte. Profitabler, möchte ich sagen. Verdammt viel profitabler. Jetzt ist dieser Gefallen komplett abgegolten.«

Shartelle richtete sich in seinem Sessel auf. Er sah mich an und zwinkerte. »Was wird Chief Akomolo zu all dem sagen?«

»Er darf es verdammt noch mal nicht erfahren, Clint. Weißt du doch.«

»Ich wollte nur sicher sein, dass du es weißt.«

»Er darf es nicht erfahren«, wiederholte Duffy. »Niemand darf es erfahren. Was erwartest du denn von uns? Dass wir eine Presseerklärung herausgeben und der CIA die Hölle heiß machen, weil sie sich in die Innenpolitik eines der jungen unabhängigen Staaten Afrikas einmischt? Quatsch. Was tun wir denn deiner Meinung nach – oder Renesslaer, was das betrifft?«

»Wir haben hier drei amerikanische Unternehmen, die versuchen, ein Hindernisrennen zwischen drei Pferden zu manipulieren«, sagte Shartelle. »Was mir daran seltsam vorkommt, ist, dass keiner der Kandidaten mit einer britischen PR-Agentur kuschelt. Da gibt's ein paar sehr clevere.«

Duffy seufzte erschöpft. Er blickte auf die leere Türöffnung und schien sich zum ersten Mal zu wünschen, es gäbe etwas, womit man sie schließen könnte. »Chief Akomolo hasst die Briten. Fragt mich nicht, warum, gehört einfach zu seiner Lebensart. Sie sind Kolonialisten. Sie sind die imperialistische Macht. Fulawa hat sich von der hausbackenen Philosophie von Renesslaer begeistern lassen. Er ist außerdem zynisch genug, um zu glauben, damit bis an sein Lebensende und noch länger alles so lassen zu können, wie es ist. Und was Dr. Kologo angeht, die CIA hat ihm eine Kampagne verkauft, die nur auf einem basieren kann, nämlich Geld. Das ist die einzige Erklärung, die ich habe.«

Shartelle beugte sich in seinem Sessel vor. »Padraic, korrigier mich, wenn ich mich irre. Sehen wir die Sache einmal so: Ich glaube, du hast mir erklärt, dass Dr. Kologo seine Basis bei den Gewerkschaften und der radikalen Jugend hat.«

»Alles unter fünfundvierzig ist jung«, sagte Duffy.

»Was hat dann der alte Sir Hadschi?«

»Die Moslems und die Emire. Es ist ein bisschen kompliziert, aber er hat die Zügel fest in der Hand. Außerdem hat er die politische Rechte – wenn man sie rechts nennen kann.«

»Rechts wovon?«

»Vielleicht von den deutschen Sozialdemokraten oder den Labour-Mitgliedern hier. Aber nicht viel.«

»Und Chief Akomolo?«

»Er hat die Sozialisten und seinen Stamm – und das ist der größte Stamm, den es in Albertia gibt; allerdings sind einige von denen Moslems.«

Shartelle nickte. »So weit klar. Und wie weit links sind die Gewerkschaftsleute, die Dr. Kologo unterstützen? Wie China?«

»Mein Gott, nein!«

»Nicht einmal Russland?«

»Nein. Die Gewerkschaften und die Jungen sind eben gerade noch links von allen anderen. In ganz Albertia gibt es nur einunddreißig Kommunisten, zweiunddreißig, wenn man die alte Mrs. Pryce-Smith dazurechnet, die sich da zur

Ruhe gesetzt hat. Aber sie ist Engländerin und zählt nicht. Es gibt keine radikale Rechte und keine radikale Linke. Nicht wie wir das kennen. Alle sind links von der Mitte, aber nicht so weit, dass man sie wirklich unterscheiden könnte.«

»Na schön«, sagte Shartelle, »langsam ergibt es ein bisschen Sinn.« Er erhob sich und ging im Raum auf und ab. »Teufel auch, Pete, das ist besser als je zuvor! Wir haben Afrika und Jungle Jim und Stammes-Chiefs und Geheimagenten, die alle durch den Regenwald schleichen. Wir haben hochkarätige Schreiber und verwirrte alte Kolonialbeamte, die die letzten Reste des Empires zerbröckeln sehen. Das alles haben wir, so wild wie nur möglich und knapp südlich von Timbuktu!« Er drehte sich abrupt um. »Und selbstverständlich will die CIA da hinein, und wisst ihr, warum? Weil sie überall angeschwärzt wird, dass sie die Spinner unterstützt, die Militärs und die Rechtsextremisten, statt der guten, soliden liberaldemokratischen Vertreter des Volks. Deshalb hat sie Dr. Kologo als Kandidat – ein guter Mann, wie Pig ihn nennen würde. Er steht politisch nicht rechts, klebt nicht mit dem Militär zusammen, hat die Unterstützung der Gewerkschaften, und wenn er gewinnt, kann die CIA durchsickern lassen, dass sie diesen guten Mann unterstützt hat. Wenn er verliert – na, wenn schon. Sie hat den besten verfügbaren Mann unterstützt, und er hat verloren. Jedenfalls hat sie nicht den finsteren militärisch-industriellen Komplex gefördert – falls Albertia schon so was hat.«

»Ganz so ist es nicht, Clint«, sagte Duffy. »Zum großen Teil stimmt es, aber nicht alles. Kandidaten stellen sich dort unten weitgehend so wie hier in England zur Wahl, in

Wahlbezirken. Wenn nun keine der drei Parteien im Zentrum eine einfache Mehrheit kriegt, kann eine Koalition die Regierung bilden. Diese Möglichkeit ist sehr wahrscheinlich, und wenn sie eintritt, werden Chief Akomolo und Fulawa beide Dr. Kologo umwerben, weil sie sich gegenseitig verabscheuen. Und die CIA könnte das letzte Wort darüber haben, wer der erfolgreiche Bewerber sein wird.«

Ich hörte nur mit halbem Ohr zu, als sie dazu übergingen, die Geschicke eines großen Stücks des afrikanischen Kontinents für das nächste halbe Jahrhundert oder so zu entwerfen. Vielleicht war es das, was mir in all den Jahren gefehlt hatte, als ich in Hotelfluren und zugigen Hallen von Regierungsgebäuden herumstand und darauf wartete, dass jemand eine verschlossene Tür öffnet und Lügen über das erzählt, was man drinnen besprochen hatte. Man erfuhr nie wirklich, was sie gesagt oder ob sie gegähnt und in der Nase gebohrt oder nur über Frauen geredet hatten, während die Assistenten das Kommuniqué heraushauten.

Ich fragte mich, wie Duffy herausbekommen hatte, dass die CIA sich in die Kampagne einmischte, und ich fragte mich, ob nicht zwei Männer ganz ähnlich wie Duffy und Shartelle in einem Hotelzimmer oder einem Büro in Paris oder London oder Lagos oder Virginia herumgesessen hatten, als einer sich an den anderen wandte und etwas sagte wie: »Was hältst du davon, ein bisschen was bei dieser Albertia-Sache zu riskieren? Wir können Johnson hinschicken – der hockt bloß im Büro und schmollt.« Und der Andere sagte: »Nicht schlecht, Stanley (oder Bill, oder Jack, oder Rex, oder Bryan). Bring du das doch zu Papier, und ich kümmere mich drum.«

Die Schärfe, die sich in die Stimmen von Duffy und Shartelle eingeschlichen hatte, ließ mich wieder hinhören. Ich hatte das Gefühl, ich hätte Notizen machen sollen.

»Das war nur ein Hilfsangebot, Clint«, sagte Duffy. »Downer ist jetzt sowieso da und könnte noch ein paar Monate bleiben, um dir und Pete zur Hand zu gehen.«

»Ich glaube, ich kann Downer nicht gebrauchen, weil ich Downer kenne und schon mit Downer gearbeitet habe. Ich weiß noch, wie du und ich und Downer in Lüttich waren und versucht haben, nach Aachen zu kommen, und dieser verdammte Mistkerl ...«

»Schon gut, ich weiß es noch. Also schön, Downer ist gestrichen. Fällt dir jemand ein, den du gern an Bord haben würdest?«

Eine Sekretärin brachte einen Stapel Briefe herein, legte sie vor Duffy auf den Kaffeetisch und gab ihm einen Füller. »Unterschreiben Sie das«, sagte sie. »Jetzt.« Duffy unterschrieb und redete dabei weiter. »Wir könnten jemand aus den Staaten einfliegen, wenn du willst, ich habe auch ein paar Kanadier, die wir dem Chief gegenüber als US-Amerikaner ausgeben können.«

Shartelle ging wieder auf und ab. Er wartete, bis die Sekretärin Duffy die Briefe wieder abgenommen, sich ihren Füller aus seiner Jackentasche geholt hatte und gegangen war. »Ich kannte mal einen Mann, der weiter über seine privatesten Privatsachen geredet hat, während seine Privatsekretärin im Zimmer war, und eines Tages kam er in sein Büro, und sie waren dabei, die Möbel fortzuschaffen und seinen Namen von der Tür zu kratzen.«

»Ich habe nichts gesagt, was sie verstehen würde.«

Shartelle seufzte. »Du redest einfach weiter. Hier sagst du eins und da zwei, und ein hübsches kleines Mädchen addiert es zu drei, und du hast keine Ahnung, woher der Schlag kommt, der dich trifft. Aber um zu meinem Bedarf an Hilfe zurückzukommen: Ich schätze, der alte Pete und ich werden mit allem fertig. Er kommt doch mit?«

»Ja«, sagte Duffy entschieden, »für die gesamte Dauer. Natürlich hast du die Leitung, Clint.«

»Ach, ich werde nur das Denken und das Reden und das Herumschnüffeln übernehmen und Pete das Schreiben und die Verwaltungsarbeit überlassen.«

»Büropersonal kannst du da unten engagieren«, sagte Duffy.

»Wann sollen wir nach deiner Meinung fliegen?« fragte Shartelle.

Duffy sah mich an. »Wie wäre es mit morgen? Wenn ihr mir die Pässe gebt, beschaffe ich heute Nachmittag die Visa. Okay, Pete?«

»Klar«, sagte ich. »Ich bin dann einen ganzen Tag wieder hier gewesen. Selbstverständlich kann ich morgen fliegen.«

»Aber Pete, das ist doch ein Erlebnis, das Sie nirgendwo sonst kriegen können. Sie sind der Beste, den wir haben, und noch ein bisschen mehr Erfahrung dieser Art, dann kann keiner vorhersagen, wie schnell Sie aufsteigen. Downer sieht das auch so, und Theim ebenfalls.«

»Schön reden kann er aber, oder, Pete?« sagte Shartelle mit einem breiten Grinsen.

Duffy stand auf, kam zu meinem Sessel und legte eine wohlmanikürte Hand auf meine Schulter. »Er ist gut, Clint. Er ist eines der besten Naturtalente, die ich je gesehen habe.

Er hat diese Gabe für Analyse und Synthese. Er ist besser, als ich in seinem Alter war – und ich war einer der Besten.«

Shartelle nickte, ohne zu grinsen. »Das will ich dir lassen, Pig. Du warst einer der Besten.«

»Ich habe immer noch meine Finger mit drin, weißt du.«

»Inwiefern?«

»Wenn die ein paar Wörter brauchen, fallen die mir gewöhnlich ein. Also dann«, fuhr Duffy fort. »Die Pässe.« Er nahm sie von Shartelle und mir entgegen, rief die Sekretärin und gab sie ihr mit der Anweisung, dass sie nachmittags fertig sein sollten. »Mein eigener Arzt kommt um vier vorbei, um euch die nötigen Impfungen zu verpassen.«

»Wogegen?« fragte Shartelle.

»Pocken, Gelbfieber, Typhus und Tetanus. Oder bist du kürzlich dagegen geimpft worden?«

»Nein.«

Die Sekretärin kam wieder herein, ging zu Duffy und flüsterte ihm etwas zu. Er nickte.

»Er ist da«, sagte Duffy.

»Wer?« fragte Shartelle.

»Chief Akomolo. Wir essen mit ihm zusammen im Speiseraum der Geschäftsführung. Spezialgerichte mit allem, was dazu gehört. Die Erdnüsse werden dir schmecken, Clint. Wir haben einen albertianischen Koch gefunden, der daraus eine bemerkenswerte Suppe machen kann.«

»Ich werde mich über eine Erdnusspampe wohl kaum begeistern.«

»Versuch es, Clint. Versuch es einmal ganz unvoreingenommen.«

»Soll ich raten, was es sonst noch gibt?« fragte ich.

»Na, was?«

»Hühnercurry.«

»Und zwar scharf«, sagte Duffy. »So, wie der Führer ihn gern hat.«

»Der was?« fragte Shartelle.

»Der Führer. So nennen wir ihn. Das ist … Also, es ist treffender als Ministerpräsident und nicht ganz so vertraulich wie Chief.«

»Ich werde ihn Chief nennen«, sagte Shartelle fest. »Es ist das erste Mal, dass ich für jemanden arbeite, der ein richtiger Häuptling ist, und ich werde mir die Gelegenheit nicht entgehen lassen, ihn mit seinem rechtmäßigen Titel anzusprechen.«

Duffy sah aus, als täte ihm etwas weh. »Sei höflich, Clint. Diese Leute sind sehr empfindlich. Die Engländer haben keine Ahnung, wie man sie behandeln sollte. Sie haben sie wirklich schäbig behandelt.«

»Also, Pig, du willst mir doch nicht erklären, wie ich Nigger behandeln soll, oder, alter Kumpel – mir, wo ich doch mit denen aufgewachsen bin?« Seine Stimme, normalerweise warm und sogar sanft, hatte eine schneidende Schärfe bekommen, die einiges an Kälte barg. Es war die gleiche Stimme, die er mir gegenüber benutzt hatte, als wir in Denver zum ersten Mal die Kampagne besprachen.

»Weiß Gott, Clint, ich will dir überhaupt nichts erklären. Ich will nur sagen, dass die Albertianer sehr empfindlich sind, was ihre Behandlung durch Weiße angeht. Vor allem durch Briten. Mehr solltest du da nicht reinlesen.«

Shartelle ging zu einer anderen Wand und bewunderte ein Gemälde, das Duffy dort auf die Ledertapete gehängt hatte. Es war abstrakt, ausgeführt in eisigem Blau, das kalt aus den tabakbraunen Tönungen des Raums hervorleuchtete. »Weißt du, ich glaube nicht, dass ich meine Haltung zur farbigen Rasse irgendwem gegenüber rechtfertigen werde, Pig. Wenn du also meinst, dass meine höfliche Südstaaten-Erziehung und meine ländlichen Manieren diesen deinen Klienten verletzen werden, dann sollten wir vielleicht das Ganze besser abblasen. Ich werde mich ein paar Wochen in London herumtreiben und dann einfach zurückfliegen, und wir tragen einander nichts nach.«

»Zum Teufel, Shartelle, sei doch nicht so kindisch. Ich habe doch nur gesagt, dass diese Leute empfindlich sind.«

»Das ist wirklich ein hübsches Bild«, sagte Shartelle. Er drehte sich um und sah Duffy lange an. »Du lernst es nie, oder, Pig?«

»Na schön, vergiss es«, sagte Duffy. Sein Gesicht war rosiger als gewöhnlich, und kleine Schweißperlen traten auf seine breite Stirn unter dem sich ausdünnenden schwarzen Haar, das er glatt nach hinten kämmte. Es war nicht mehr dicht genug, um einige kahl werdende Flecken zu bedecken. All das registrierte ich mit einem Anflug von Befriedigung. »Gehen wir runter ins Esszimmer«, sagte er. »Ich mag ihn nicht warten lassen.«

Wir gingen durch die türlose Tür, vorbei an dem Schrottungeheuer und den Flur entlang zu einer Feuerschutztür. Wir durchquerten sie und gingen eine Treppe hinunter. Wegen der Menge von Rechnungen für Arbeitsessen bei DDT hatte Duffy das gesamte Parterre der Agentur in eine hotelgroße Küche und mehrere Speiseräume umgewandelt, in denen die leitenden Mitarbeiter mit ihren Kunden essen konnten. Duffy ging voran, Shartelle und ich folgten.

Der Häuptling erwartete uns im Speiseraum. Er saß in einem tiefen Sessel und erhob sich, als wir eintraten. Ich hatte ihn schon von weitem gesehen, war aber noch nicht mit ihm zusammengetroffen.

»Padraic«, sagte er herzlich. »Welche Freude, Sie zu sehen.« Sein Englisch war präzise, hatte aber einen merklichen Akzent.

Neben ihm stand ein großer junger Afrikaner. Er lächelte nicht, blickte aber auch nicht finster. Sein braunes Gesicht war in einer ruhigen, fast selbstzufriedenen Gelassenheit erstarrt, aber seine Augen flackerten zu Shartelle und mir herüber, ruhten lange genug auf uns, um uns zu registrieren und zu klassifizieren, und wanderten dann wieder zum Chief. Der junge Mann war nicht nur groß, er war auch breit. Er trug einen blauen Anzug mit weißen Nadelstreifen und schwarze Schuhe, die Größe 48 und extrabreit sein mussten. Er blieb dicht an Chief Akomolos Ellbogen, aber etwas dahinter. Seine schwarzen Augen wanderten dann durch den Raum, ruhten kurz auf Duffy, gingen dann noch einmal zu Shartelle und mir und kehrten zu Chief Akomolo zurück. Es war ein sehr aufmerksam beobachtender junger Mann.

Der Chief selbst trug die Tracht seines Landes, die *ordona*, ein weitfallendes Obergewand, das über den Kopf gezogen wird und in anmutigen Falten bis auf die Knöchel fiel. Unter dem Saum lugten weite Hosenbeine aus dem gleichen Material hervor, und der V-förmige Halsausschnitt enthüllte ein den Hals umschließendes, mit

Goldfäden besticktes Hemd. Auf seinem Kopf saß in einem verwegenen Winkel eine rote Samtkappe, die an eine Pillenschachtel erinnerte.

Akomolo verzog das Gesicht zu einem Lächeln, als er Duffy begrüßte. Sie schüttelten sich die Hand, und die Augen des Afrikaners funkelten hinter seiner goldgefassten Brille. Sechs tiefe Schnittnarben bildeten auf jeder seiner violetten Wangen parallele Gräben. Es waren die Male seines Stammes, die man im Alter von sechs Jahren ins Gesicht geschnitten und zum Schwären gebracht hatte, damit sie den Rest seines Lebens erhalten blieben.

Duffy stellte mich als den berühmten ehemaligen Auslandskorrespondenten aus dem bedeutenden Staat Norddakota vor. Ich tauschte mit dem Chief einen Händedruck, aber seine Augen waren auf Shartelle gerichtet. Dem großen Afrikaner, der neben Akomolo aufragte, stellte ich mich selbst vor. Er sagte, sein Name sei Dekko. »Ich bin der persönliche Adjutant des Führers«, sagte er in tiefem Bariton. Ich sagte, ich freute mich, ihn kennenzulernen.

»Und Sie müssen Mr. Shartelle sein«, sagte Chief Akomolo. Wieder funkelten oder glitzerten seine Augen hinter den goldgefassten Brillengläsern. »Padraic hat mir viel von Ihnen erzählt.« Er streckte die Hand aus, und Shartelle ergriff sie und sah dem Chief fest in die Augen.

»Ich halte es für eine besondere Auszeichnung, Ihre Bekanntschaft zu machen, Sir«, sagte Shartelle. Ich hörte, wie Duffy erleichtert aufatmete.

Die *ordona* von Albertia ist nach dem Prinzip eines Zelts gemacht. Sie hat ein Loch, durch das man den Kopf steckt, und die Arme finden ihren Weg aus dem ponchoartigen

Gewand, indem sie die Falten zusammenraffen und mit einer anmutigen, unbewussten Bewegung über die linke oder rechte Schulter werfen. Als der Chief die Falten auf seiner linken Schulter anordnete, sagte ich mir, dass dies etwa die gleiche Geste war, die römische Senatoren gemacht haben mussten, um ihre Toga zu arrangieren.

»Sie genießen in Ihrem Land einen beträchtlichen Ruf, Mr. Shartelle«, sagte Chief Akomolo. »Mein persönlicher Adjutant, Chief Dekko, hat ein gutes Maß an Recherchen über Sie angestellt. Um einige Ihrer Erfahrungen sind Sie zu beneiden.«

Shartelle deutete höflich eine Verbeugung an. »Es freut mich, dass Sie sich die Mühe gemacht haben, meine Qualifikation zu prüfen.«

Der Chief lächelte. »Das habe ich nicht gemacht, weil ich meinem lieben Freund Padraic etwa nicht vertraut hätte, das versichere ich Ihnen. Er hat Sie und Ihre Fähigkeiten in den höchsten Tönen gepriesen. Aber bei einem Unternehmen von solcher Bedeutung muss ich meine Verbündeten und ihre Fähigkeiten genau kennen. Denn wissen Sie, Mr. Shartelle, ich betrachte mich nicht als Staatsmann, sondern eher als Politiker. Als Staatsmann könnte ich es mir erlauben, Fehler zu machen. Als Politiker darf ich das nicht.«

»Eine kluge Unterscheidung, und eine, die nach Erfahrung klingt«, sagte Shartelle. Er ging zu Dekko und reichte ihm die Hand. »Ich bin Clint Shartelle, Chief«, sagte er und bedachte den riesigen jungen Mann mit dem Shartelle-Lächeln.

Dekkos unbewegliches Gesicht veränderte sich nicht. Er

ergriff Shartelles Hand und machte eine kleine Verbeugung. »Es ist mir eine Ehre.«

»Nun haben sich alle vorgestellt«, sagte Duffy. »Wie wäre es mit einem Drink vor dem Essen?«

Chief Akomolo lächelte. »Sie kennen meinen Geschmack, Padraic.«

»Zitronensaft, stimmt's?«

Der Chief nickte.

»Und Sie, Chief Dekko?«

»Bristol Cream Sherry, wenn Sie welchen haben.«

Duffy warf ihm einen abschätzenden Blick zu. »Bristol Cream, selbstverständlich.« Duffys Ton verriet nichts. Der junge Mann hatte eben einen Fehler gemacht. Es wurde ihm plötzlich klar, und fast wäre ihm seine gelassene Miene entglitten.

»Was möchtest du, Clint? Martini?«

»Bristol Cream Sherry«, sagte Shartelle sanft.

Ehe mein besseres Ich die Oberhand gewinnen konnte, sagte ich: »Martini on the rocks, einen doppelten bitte.«

Duffy drückte auf einen Knopf; der Kellner der Agentur erschien und nahm die Bestellungen entgegen. Wir standen in einer Gruppe herum und redeten über das Wetter in England und das Wetter in Albertia. Duffy erzählte von seinen Erfolgen bei der Zucht von Poland-China-Schweinen, und Chief Akomolo äußerte Interesse an der Möglichkeit, in Albertia hitzeresistente Brahma-Rinder zu züchten.

»Wir treiben unser Vieh vom Norden vierhundert Meilen weit zu den Schlachthäusern im Süden. Viele verenden unterwegs. Alle verlieren Gewicht.«

»Wie groß ist eine Herde normalerweise?« fragte Shartelle.

»Fünfhundert bis tausend.«

»Und alles zu Fuß?«

»Ja, auf der Straße. Es gefährdet den Verkehr, Rinder werden krank, Treiber desertieren. Es ist ein reichlich unsicheres Geschäft. Wir sollten ein neues Programm entwickeln.«

Sie unterhielten sich weiter, und ich hörte zu. Es war ganz ähnlich wie die Unterhaltungen vor dem Mittagessen bei den Mittwochssitzungen des Lions Club. Der Häuptling sprach von den ökonomischen Problemen seines Landes, vor allem von der Kakaoernte. Duffy redete über die Marotten des Klienten eines Rivalen. Shartelle gab hier und da einen Kommentar ab, war aber meistens damit beschäftigt, Chief Akomolo diskret zu studieren.

Nach dem Zitronensaft, den Bristol Creams und dem Martini setzten wir uns zum Essen an den runden Tisch. Duffy saß rechts vom Häuptling, Shartelle links. Der Chief seufzte beifällig, als der Teller mit der Erdnuss-Suppe vor ihn hingestellt wurde.

»Ihre Aufmerksamkeit ist manchmal überwältigend, Padraic«, sagte er.

Duffy lächelte. »Ich dachte, Sie hätten vielleicht genug von der englischen Küche.«

»Nicht nur von der Küche, sondern auch von den Engländern selbst«, sagte der Häuptling. »Ich versuche von Herzen, sie nicht zu hassen. Ich versuche, nach den Lehren des Heilands und gemäß meiner baptistischen Erziehung zu leben. Aber es ist ein kaltes Volk, Padraic, kalt und gefühllos und rachsüchtig. Drei Tage lang habe ich jetzt versucht, das Problem der Kakaoexporte zu lösen, und seit drei Tagen laufe ich in der Bürokratie im Kreis herum.«

»Wenn ich irgendwie helfen kann«, sagte Duffy, aber der Häuptling schnitt ihn mit einer Handbewegung ab.

»Sie haben schon zuviel getan. Nein, die müssen begreifen, dass ich kein kleiner Junge bin. Wenn wir es mit den Spitzen zu tun haben, gibt es keine Schwierigkeiten. Nur bei diesen kleinen Beamten laufe ich gegen diese Wand aus verhohlener Verachtung und bürokratischer Ineffizienz. ›Natürlich, Chief Akomolo‹«, äffte er nach, »›erfordert das, was Sie wünschen, eine gewisse Zeit.‹ Das ist es, was sie nicht begreifen. Dass ich keine Zeit habe. Dass gerade jetzt Zeit mein kostbarstes Gut ist.«

Der Kellner kam herein und räumte die Suppenteller ab. Er brachte eine große, zugedeckte Silberplatte, setzte sie mitten auf den Tisch und nahm mit einer schwungvollen Bewegung den Deckel ab. Akomolos Augen funkelten hinter seinem goldenen Brillengestell. »Padraic! Hühnercurry!« Er griff nach dem Vorlegelöffel, häufte sich eine große Portion auf den Teller und begann hungrig zu essen, wobei er leise Grunzlaute ausstieß und genießerisch mit den Lippen schmatzte. Tröpfchen von brauner, fettiger Soße spritzten auf seine blaue *ordona*. Jeder bediente sich selbst. Ich löffelte mir eine bescheidene Portion auf den Teller. Was mich betraf, hätte es Paella mit Tabascosoße sein können. Ich schob es auf meinem Teller herum und hielt mich an meinen Martini, wobei ich mir zu meiner Voraussicht gratulierte, dass ich mir einen doppelten bestellt hatte. Shartelle nahm einen Bissen, kaute und schluckte.

Er öffnete den Mund etwas und griff nach einem Glas Wasser. Das Gericht war mit jeder greifbaren Pfeffersorte gewürzt. Duffy aß ebenso hungrig wie die Albertianer. Ich kam zu der Überzeugung, dass er keine Geschmacksknospen hatte. Wie ich bemerkte, folgte Shartelle meinem Beispiel und schob das Essen auf seinem Teller hin und her.

Der Chief tunkte mit einem Stückchen Brot die letzten Reste auf, schob es in den Mund und wischte sich die Finger am Tischtuch. Seine Serviette lag unbenutzt neben dem Teller. Er reckte sich und gähnte gewaltig. »Das war ausgezeichnet, Padraic. Wer hat es gekocht?«

»Ein Student der Londoner Universität. Natürlich aus Albertia.«

Der Häuptling nickte. »Natürlich. Es war gerade richtig gewürzt. Hat es Ihnen geschmeckt, Mr. Shartelle?«

»Ein sehr interessanter Geschmack, Sir«, sagte Shartelle und lächelte.

Duffy bot Zigarren an, die aber keiner nahm. Der Kellner brachte Kaffee.

»Sagen Sie, Mr. Shartelle, haben Sie Präsident Kennedy gekannt?«

Shartelle nickte.

»Wie gut?«

Der Weißhaarige lächelte. »Gut genug, um ihn *Jack* zu nennen, als er ein junger Abgeordneter war, *Senator*, als er Senator war, und *Mr. President*, als er Präsident war.«

»Haben Sie bei einer seiner Kampagnen für ihn gearbeitet?«

»Nur, als es um die Präsidentschaft ging, aber da hatte ich mehr zu tun mit einem Senator und ein paar

Kongressleuten. Bei der Convention 1956, als er die Nominierung als Kandidat für die Vizepräsidentschaft wollte, habe ich gegen ihn gearbeitet. Ich war bei Kefauver.«

»Er ist jetzt auch tot, nicht wahr?«

»Ja.«

»Gab es bei Präsident Kennedy Ihnen gegenüber irgendwas an Animosität, weil Sie für Mr. Kefauver gearbeitet hatten?«

»Ein bisschen, aber er ist darüber hinweggekommen. Nachdem Kefauver die Nominierung gewonnen hatte, ist Kennedy zu mir gekommen und hat gesagt: ›Mit Ihren Weststaaten hätte ich es schaffen können, Clint. Nächstes Mal denke ich daran, Sie aufzusuchen.‹«

»Und hat er es getan?«

»Sechs Monate später, gleich nach der Wahl. Wir haben eine Vereinbarung getroffen.«

»Ich habe ihn sehr bewundert. Er hat das Beste verkörpert, was unsere Zeit kennzeichnet und was Ihr Land zu bieten hat. Er war einer der wenigen Männer, von denen man ehrlich sagen kann, dass sie als Inspiration dienten. Sein Tod war für mich ein persönlicher Kummer.«

»Das war er für sehr viele«, sagte Shartelle. »Er besaß die Magie, nach der alle gesucht haben. Gute Magie.«

»Da Sie Mr. Kennedy bewundern und ihn gekannt haben, könnten Sie mir vielleicht etwas erklären, worüber ich mir schon lange den Kopf zerbreche?«

»Ich will es versuchen.«

»Warum wurde Johnson nicht festgenommen?«

Shartelle hatte die Tasse fast an den Lippen. Er setzte sie vorsichtig ab. »Wie meinen Sie das, Chief?«

»Was ich sagen will: Warum hat man Johnson nicht unmittelbar nach dem Attentat festgenommen? Er war doch offensichtlich derjenige, der von Kennedys Tod profitierte. Mir scheint, es wäre selbstverständlich gewesen, ihn festzunehmen.«

»Wer hätte es tun sollen?«

»Ihr FBI und Ihr Mr. Hoover«, sagte Chief Akomolo. »Vielleicht unter Mitwirkung Ihres Militärs.«

»Wollen Sie etwa sagen, es wäre ein Plot von Johnson gewesen?« fragte Shartelle; dabei schien er Chief Akomolo mit einer Mischung aus Entzücken und Bewunderung anzusehen.

»Keineswegs. Ich sage nur, wenn ich an der Stelle Ihres Mr. Hoover gewesen wäre, hätte ich ein paar Burschen ins Gefängnis gesteckt – Johnson, Ihren Mr. MacNamara, Rusk, vielleicht das ganze Kabinett. *Ich* hätte einen *Verdacht* gehabt, und *ich* hätte ganz bestimmt gehandelt.«

»Aber der Vizepräsident wird beim Tod des Amtsinhabers Präsident«, sagte Shartelle.

»Genau, und wer kann denn sagen, dass Johnson diesen Oswald nicht angeheuert hat? Schließlich ist es in seinem Heimatstaat Texas passiert. Das ist doch ein genügend großer Zufall, um auch den naivsten Geist argwöhnisch werden zu lassen, Mr. Shartelle.«

Shartelle betrachtete den Afrikaner mit offener Bewunderung und einem breiten Grinsen im Gesicht. »Chief«, sagte er, »Sie und ich, wir werden sehr gut miteinander auskommen. Jawohl, Sir«, sagte er und nickte, wobei er immer noch lächelte. »Sehr gut.«

5

Albertia hat die Form eines Trichters, und die Tülle ist Barkandu, die Hauptstadt. An dem dreiunddreißig Meilen breiten Küstenstreifen, dem Zugang des Landes zum Meer, gibt es einige der schönsten weißen Sandstrände der Welt und einige der tückischsten Unterströmungen. In der Mitte des Sandstreifens liegt ein natürlicher Tiefwasserhafen, der die Stadt geographisch und wirtschaftlich teilt. Im Norden, zum Landesinnern hin, liegen die fünfzig Quadratmeilen Elendsquartiere, wo die Albertianer von einem jährlichen Durchschnittseinkommen von 96 Dollar leben. Im Süden liegen die breiten Boulevards, die ordentlichen grünen Rasen, die Konsulate, Bürohäuser, Hotels – in dem Jahr gab es vier gute –, Nachtclubs, ausländische Geschäfte, Warenhäuser und der Jachtclub.

An dessen Stelle gab es im frühen neunzehnten Jahrhundert den behelfsmäßigen Kai, wo die Fracht des emsigen Sklavenhandels verladen wurde. Die Briten machten diesem – jedenfalls dem legalen Teil – 1842 ein Ende. Der Kai verfiel, bis 1923 der Jachtclub gebaut wurde. Jachten gab es damals nicht, aber der Name klang ganz nett, und die Distriktbeamten konnten ein kühles Bier bekommen, wenn sie aus dem Busch nach Barkandu kamen zu ihrem halbjährlichen Besuch in der Zivilisation. Der erste Albertianer wurde 1953 als Mitglied aufgenommen. Er war Arzt und hatte an der Universität Edinburgh studiert.

Paul Downer, der Downer von Duffy, Downer and Theims, Ltd., holte uns am Flughafen ab mit einem Humber Super Snipe samt Chauffeur. Er schwitzte selbst in dem durch Klimaanlagen wohltemperierten Flughafengebäude. Er trug einen weißen, in den Achselhöhlen bereits durchgeschwitzten Leinenanzug, ein weißes Hemd, eine blaue Strickkrawatte und schwarze Schuhe. Er rauchte unaufhörlich.

Wir schüttelten uns reihum die Hände. »Ich nehme an, Sie kennen sich«, sagte ich zu Shartelle.

»Natürlich, Paul und ich, wir kennen uns. Wir waren zusammen im Krieg. Stimmt's, Paul?«

»Schön, dich wiederzusehen, Clint«, sagte Downer.

»Bleibst du noch lange?« fragte Shartelle.

»Ich fliege mit der Abendmaschine zurück. Padraic hat mich angerufen. Er sagt, es gibt in London zuviel zu tun und er braucht Hilfe. Ich hätte mir eigentlich gar nicht die Zeit nehmen können, hierher zu kommen. Ich hab es nur gemacht, um behilflich zu sein. Politik ist nicht mein Fall – weißt du ja, Clint.«

»Ja.«

»Also, ich habe Zimmer im Prince Albert reserviert. Ich dachte, wir könnten dort zusammen essen. Dabei kann ich euch kurz einführen, und anschließend gehen wir ins Konsulat hinüber und unterhalten uns mit Kramer.«

»Wer ist Kramer?«

»Der Generalkonsul«, sagte ich. »Felix Kramer. Er tummelt sich in Afrika, seit Dulles Außenminister war. Anfang der fünfziger Jahre haben sie ihn hierher abgeschoben, weil er ausgezeichnet Chinesisch, Japanisch und noch ein paar andere asiatische Sprachen spricht.«

»Völlig logisch. Aber ich glaube nicht, dass ich Mr. Kramer treffen möchte, Paul.«

Downner lächelte weise. »Aber er möchte dich sehen. Vergiss nicht, sowohl das State Department als auch Whitehall haben an der Sache großes Interesse.«

»Also, Paul, alter Kumpel, zwischen uns wollen wir doch eins klarstellen. Mir ist es völlig egal, ob der Außenminister persönlich plauschen will. Ich bin hier, um eine politische Kampagne zu managen, und ich glaube nicht, dass Mr. Kramer sehr viele Stimmen hat.«

Downer errötete. Er hatte ein rosa Gesicht, und es nahm ein dunkleres Rot an. Das war bei ihm immer so. Manchmal wurde er sogar rot, wenn man ihn um Feuer bat. »Verdammt, Clint, ich habe die beiden letzten Wochen hier damit verbracht, dir die Wege zu ebnen. Das Außenministerium ist nicht glücklich darüber, dass Amerikaner ihre Finger in die inneren Angelegenheiten anderer Länder stecken – vor allem nicht afrikanischer.«

Shartelle zog sein Päckchen Picayunes aus der Tasche, nahm die letzte heraus, sah die Packung traurig an, zerknüllte sie und warf sie weg. »Die werden mir fehlen«, sagte er.

»Versuchen Sie die hiesigen«, sagte ich. »Eine Marke heißt Sweet Ariels. Man hat mir gesagt, sie wären beinahe genau so schlecht.«

Shartelle wandte sich an Downer. »Du hast gesagt, du willst die Abendmaschine nehmen?«

»Ja, ganz richtig.«

»Tja, ich mach dir einen Vorschlag. Du setzt uns einfach im Hotel ab, und ich rufe Mr. Kramer an; Pete und ich gehen dann zu ihm und machen ihm unsere Aufwartung. Ich weiß ja, dass du wahrscheinlich noch tausend Dinge zu erledigen hast, ehe du in die Maschine steigst, also zerbrich dir nicht den Kopf über ein Mittagessen oder derlei, und ich werde Mr. Kramer alles erklären. Ich nehme an, er ist ein kluger alter Knabe und hat für deine Situation volles Verständnis. Und wenn du in London bist, kannst du Pig ausrichten, dass ich nichts sagen werde, was die Firma oder ihn oder die US-Regierung oder unsere Frauenverbände in Verlegenheit bringt.«

»Also, vielleicht sollte ich doch mitgehen, Clint. Ich kenne Kramer und seine Art.«

»Ich weiß das Angebot wirklich zu schätzen, Paul, aber wie ich schon sagte, du hast bestimmt noch tausend Dinge zu erledigen. Ich glaube, Pete und ich können Kramer die Sache so erklären, dass er nicht zu besorgt ist wegen ein paar amerikanischer Landsleute, die das politische Klima zum Spaß und für Profit manipulieren.«

»Vielleicht sollte ich Padraic anrufen und …«

»Es ist nicht nötig, Padraic anzurufen. Wenn du nämlich Padraic anrufst, dann bin ich mit dir in der Abendmaschine nach London.«

Downer murmelte etwas, das als Zustimmung gelten konnte, wurde noch ein wenig röter und folgte uns zum Zoll, wo wir unser Gepäck abholten. Ein großer, dünner junger Schwarzer trug es zum Wagen und verstaute es im Kofferraum.

»Wir nach Prince Albert fahren«, sagte Downer zum Fahrer. »Du wirst Pidgin lernen müssen, Clint«, setzte er hinzu. »Was anderes verstehen sie hier nicht.«

Shartelle nickte. Er sah aus dem Wagen auf die Straßenszene, während wir uns durch den nördlichen Teil von

Barkandu schlängelten. »Ich weiß nicht, ob es am Lärm liegt oder an den Farben«, sagte er.

»Was?« fragte ich.

»Sehen Sie es sich an, Pete. All die Frauen, die vor Kisten sitzen und sich gegenseitig etwas verkaufen. Sehen Sie sich ihre Kleidung an – blau und grün und orange und violett. Und hören Sie sich das an – klingt wie Tagesanbruch auf einer Hühnerfarm. Geht einfach immer weiter.«

»Die Frauen sind die Mammy-Händler«, sagte Downer. »Man nennt sie auch Kleinhändler. Sie haben erheblichen politischen Einfluss.«

»Tatsächlich?« sagte Shartelle.

Der Lärm kam von allen Seiten. Das Kreischen zweier streitender Frauen, das Plärren eines außen montierten Lautsprechers, der den Passanten das Programm von Radio Albertia in die Ohren dröhnte – schrille, orientalische, fast atonale Musik in höchster Lautstärke. Der Verkehr war dicht – pausenlos wurde gehupt. Ziegen streunten umher und schnüffelten zwischen dem Müll auf der Straße, die auf beiden Seiten von braunen Lehmhäusern und Geschäften mit einem, zwei oder auch drei Geschossen gesäumt wurde. Zwischen den Ziegen und Hühnern wimmelte es von Menschen. Bettler – nicht sehr viele – streckten offene und meist ignorierte Hände aus. Nackte Kinder, die beinahe frisch wirkten, kickten einen Fußball in einem improvisierten Spiel. Ein Mann lief uns vor den Wagen, und unser Fahrer drückte auf die Hupe, trat auf die Bremse und verfluchte ihn. Der Mann lief weiter und lachte. Unser Fahrer sagte: »Der will sterben«, drehte sich um und grinste Shartelle an.

Er war ein guter Fahrer, konnte bluffen und – wichtiger noch – beurteilen, wann das zu riskant war.

»Das ist übrigens euer Wagen«, sagte Downer, »und der Fahrer auch.«

»Wie heißen Sie Fahrer?« fragte Shartelle.

»William, Sah.«

»Sie fahren gut, William.«

»Danke, Sah.«

»Er bekommt zwei Shilling am Tag extra, wenn er nicht zuhause ist«, sagte Downer.

»Das sind an die achtundzwanzig Cents«, sagte Shartelle.

»Völlig ausreichend«, sagte Downer.

Shartelle stieß mich in die Seite. »William, da Sie von nun an für mich und Mr. Upshaw fahren, kriegen Sie vier Shilling am Tag, wenn Sie nicht zuhause sind. Wenn Sie einen Unfall bauen, werden Sie wieder auf zwei Shilling heruntergesetzt. Okay für Sie?«

»Kein Unfall, Sah«, sagte William grinsend.

»Sie verwöhnen die«, knurrte Downer.

»Wenn's nicht mehr als sechsundfünfzig Cents am Tag kostet, mach ich das glatt.«

Über die Spitze des V, das den Hafen bildete, führte eine vierspurige Betonbrücke, auf die William hinauflenkte. Die Brücke war gebogen und hoch genug, dass auch die größten Frachter unter ihr durchfahren und an den Kais anlegen konnten. Radfahrer und Fußgänger nutzten einen erhöhten Weg auf der linken Brückenseite. Eine Frau, die ein Baby auf den Rücken gebunden hatte, trabte über die Brücke und balancierte drei mindestens drei Meter lange Balken auf dem Kopf. Das Baby schlummerte selig. Jedenfalls schrie es nicht.

»Das hält sie stundenlang durch«, sagte Downer. »Das Holz bringt sie aus zehn, vielleicht fünfzehn Meilen Entfernung her. Trabt die ganze Strecke. Läuft im Morgengrauen los. Ihr Mann fällt das Holz und schneidet es zu. Sie schleppt es in die Stadt. Vielleicht kriegt sie dafür ein paar Shilling.«

Hinter der Brücke erreichten wir den Queensway Boulevard, eine vierspurige Prachtstraße mit einem sorgfältig gepflegten Rasenstreifen in der Mitte. Zu beiden Seiten der Straße standen niedrige Häuser mit vorspringenden Dächern weit hinter Rasenflächen, die akkurat mit Blumenbeeten und Sträuchern besetzt waren. Ich konnte Palmen, Hibiskus und Bougainvilleas identifizieren. Die anderen waren mir unbekannt. Auf einem Rasenstück hackten zwei Männer mit Macheten das Gras ab. Sie beugten sich fast im rechten Winkel vor und stützten sich auf kurze Stöcke.

»Jäten die Burschen da Unkraut, oder sollen die so den ganzen verdammten Rasen mähen?« fragte Shartelle.

»Die mähen den Rasen.«

»Mit Macheten?«

»Rasenmäher kosten hier etwa neun oder zehn Pfund. Die Leute arbeiten den ganzen Tag für vier Shilling.«

»Das muss doch ein ganzer Morgen Rasen sein.«

Downer hob die Schultern. »Hilft gegen Arbeitslosigkeit.«

Die Wohngegend wurde abgelöst von dem Geschäftsviertel. Weiße Blöcke aus Glas und Beton ragten zehn, zwölf oder fünfzehn Etagen hoch in den afrikanischen Himmel. Shartelle entdeckte ein Bank-of-America-Schild. »Die Truppe lässt sich auch nichts entgehen, wie?«

»Geld ist Geld«, sagte Downer weise.

Mit elegantem Schwung bog William in die weite Kurve der Auffahrt des Prince Albert Hotel. Der Bau war neu, und sein Architekturstil würde keine Preise gewinnen. Er war errichtet aus vorgegossenen weißgestrichenen Betonplatten. Die Fenster saßen in Nischen und waren blaugetönt. Das Hotel stand an der Bucht; ich nahm an, dass man von der Rückseite einen beachtlichen Ausblick hatte.

»Hier warten, William«, sagte Downer, als die livrierten Pagen unser Gepäck holten. Ein lächelnder Libanese checkte uns ein und schnippte mit den Fingern nach weiteren Pagen, die unsere Koffer übernahmen. Der Fahrstuhl war automatisch, aber es gab trotzdem einen Liftboy. Noch ein Beitrag zur Lösung des Arbeitslosenproblems, dachte ich. Shartelle und ich bekamen nebeneinanderliegende Doppelzimmer, und Downer folgte mir in meins.

Die Klimaanlage lief mit voller Kraft, und Downer in seinem durchgeschwitzten Anzug schien etwas zu frösteln. »Sie sollten Shartelle besser im Auge behalten, Pete«, sagte er.

Ich gab dem Pagen Trinkgeld, er bedankte sich mit etlichen »Thank you, Sah« und ging, ohne mir zu zeigen, wo das Bad war. Vielleicht wusste er es nicht. Ich schaute selbst nach, stellte fest, dass es die üblichen Dinge enthielt, sogar Seife, ging ins Zimmer zurück, öffnete meinen Koffer und sagte: »Wieso? Er leitet die Show. Ich bin bloß der Lademeister.«

»Er versteht diese Leute nicht, anders als Sie und ich.«

»Anders als Sie«, sagte ich. »Ich verstehe überhaupt keinen.«

»Er kann es uns beim Konsulat versauen.«

»Kramer ist doch Amerikaner, oder?«

»Ja, natürlich.«

»Shartelle versteht Amerikaner. Vielleicht versteht er keine Albertianer, aber Amerikaner versteht er. Ich glaube nicht, dass er es uns versaut.«

»Sie kennen ihn nicht. Ihm gehen manchmal die Sicherungen durch, und wenn ihm das hier passiert, sind wir ziemlich aufgeschmissen.«

»Ich bin ihm erst vor vier Tagen begegnet, kenne ihn also nicht besonders gut – wie Sie sagen. Er macht mir aber nicht den Eindruck, dass ihm irgendwo die Sicherungen durchgehen.«

»Ich kenne ihn noch vom Krieg«, sagte Downer. »Aus Europa. Ich könnte Ihnen einiges erzählen, was er gründlich vermasselt hat.«

Ich sagte nichts. Ich nahm meine Hemden, Unterwäsche und Socken aus dem Koffer und verstaute sie in der Schublade des Schreibtischs. Ich hängte vier Anzüge in den Schrank. Ich legte acht Krawatten in eine andere Schublade. Ich brachte Zahnpasta, Zahnbürste und Rasierer ins Bad. Ich hatte kurzes Haar – kurz genug, um weder Bürste noch Kamm zu brauchen. Ich hatte weder Pyjamas noch Alaunstift, Aftershave, Deo-Roller oder Mundwasser. Falls ich stinken sollte, zum Teufel damit.

»Gründlich vermasselt«, sagte Downer.

»Im Krieg«, sagte ich.

»Genau. Im Krieg.«

Ich ging wieder ins Bad und machte die Dusche an. Ich drehte das Heißwasser auf und nahm einen der Tropenanzüge – hergestellt aus Luft und Kohlefaser, glaube ich, und garantiert knitterfrei – und hängte ihn im Bad auf, damit der Dampf ihn glättete. Dann setzte ich mich in einen Sessel und betrachtete Downer, der auf dem Bett saß und zitterte.

»Ist Ihnen kalt, oder haben Sie Malaria?« fragte ich.

»Die verdammte Klimaanlage«, sagte er. »Ich nehme mein Arelan regelmäßig. Haben Sie mit Ihrem angefangen, bevor Sie hergekommen sind?«

»Nein.«

»Sie werden Malaria kriegen. Hier, nehmen Sie das.« Er warf mir ein Pillengläschen zu.

»Wie Atebrin?«

»Nein, man wird nicht gelb davon.«

Ich ging ins Bad, wo es an die fünfzig Grad sein musste, und holte mir ein Glas Wasser. Ich nahm eine Pille und schluckte sie. »Eine pro Tag?«

»Nehmen Sie lieber zwei. Schadet nicht.«

»Auch nicht der Potenz, wie?«

»Darüber sollten Sie sich keine Gedanken machen, solange Sie hier sind, Pete – falls Sie nicht Kopf und Kragen riskieren wollen.«

»Auch ein Gesichtspunkt.«

»Also, passen Sie genau auf Shartelle auf.«

»Er ist der Chef.«

»Ich war dagegen. Ich habe Duffy gesagt, dass ich dagegen bin. In den Staaten mag Clint der Beste sein, aber hier ist er nicht in den Staaten.« Downer machte eine Pause, um sich eine Zigarette anzuzünden. Seine Hände zitterten, und die Zigarette zwischen seinen Lippen zitterte mit. Vielleicht trinkt er, dachte ich. Aber das war eine trügerische Hoffnung. Dazu war er nicht der Typ. Sein Selbstbewusstsein brauchte das nicht.

»Sie wissen, worauf Clint gefasst sein muss?« fragte Downer.

»Worauf?«

»Kulturschock.«

»Meinen Sie, er geht zu den Eingeborenen über, Paul?«

Downer paffte noch ein wenig an seiner Zigarette. Er inhalierte nicht, und beim Rauchen machte er kurze saugende Züge und stieß den Rauch schnell wieder mit leisem Rauschen aus. Es war eine Marotte, die mich schon lange irritierte.

»Nein, das nicht. Er ist nicht Gauguin. Ich meine, er war sein ganzes Leben in den USA außer der Zeit in Europa mit Duffy und mir, und da mussten wir ihn dauernd an der Hand halten.«

»Das war, als Sie alle beim O. S. S. waren?«

»Stimmt. Ach, er konnte ein bisschen Französisch, das ist alles. Aber Afrika ist anders. Einer wie Shartelle kann sich vielleicht nicht darauf einstellen. Also, Sie und ich, wir haben im Ausland gelebt, Pete. Wir können die Dinge nehmen, wie sie kommen. Hitze, Dreck, Krankheiten, seltsame Sitten – das bringt uns nicht so durcheinander wie vielleicht einen wie Shartelle.«

»Wir sind irgendwie Kosmopoliten«, sagte ich hilfsbereit.

»Genau – da treffen Sie den Nagel auf den Kopf. Ich lebe jetzt seit zwanzig Jahren in London. Ich verbringe ziemlich viel Zeit auf dem Kontinent. Ich fühle mich aber in Paris genau so zuhause wie in New York. Für mich gibt's keinen großen Unterschied zwischen London und Chicago.«

»Da gibt's aber die kleine Sprachbarriere«, sagte ich.

»In Paris?«

»Nein. In Chicago.«

Downer lachte. »Nicht schlecht, Pete.«

Er war eigentlich gar nicht dumm. Er hatte eine Leidenschaft fürs Detail, arbeitete hart, konnte bei Gelegenheit schnell professionell Text erstellen – das hatte er bei Hearst gelernt, wo er sein Arbeitsleben verbracht hatte, bis Duffy ihn 1952 zu DDT brachte. Aber er war salbungsvoll, pedantisch, und, Gott, wie er reden konnte! Er glaubte an die Unfehlbarkeit von Duffy, Downer und Theims, Ltd. Er kaufte alle Produkte, nutzte sie getreulich und empfahl sie seinen Freunden. Seine Kunden – die Dossiers, um die er sich kümmerte – waren fehlerlos. Hätten sie Fehler gehabt, wären sie keine DDT-Kunden gewesen.

»Ich werde ihn langsam einarbeiten – nicht zu viele Schocks auf einmal«, sagte ich.

Downer nickte. »Sehr klug. Und hören Sie, Pete, wenn Sie in Schwierigkeiten geraten – egal, was es ist – und Hilfe brauchen, bin ich so greifbar wie das Telefon.«

»Ich werde daran denken.«

»Also dann – das Haus in Ubondo ist auf und hat Personal. Hier sind die Schlüssel.« Er warf sie mir zu. »Das Konto bei Barclay lautet auf Ihren Namen. Das Guthaben beträgt rund fünfhundert Pfund, die Sie für Spesen benutzen können. So was wie ein Umlauffonds. Wenn's knapp wird, sagen Sie Bescheid, und wir füllen auf. Sie bezahlen das Personal – hier ist eine Liste mit dem, was sie bekommen. Bezahlen Sie die Leute monatlich, und lassen Sie sich einen Rat geben: Leihen Sie den Leuten kein Geld. Sie kriegen es nie wieder. Lebensmittel bekommen Sie im Supermarkt von Ubondo. Einkaufen werden

Sie selbst müssen – dem Personal kann man dabei nicht trauen. Lassen Sie alles anschreiben und bezahlen Sie es einmal im Monat.«

»Wie viel Personal?«

»Fünf Leute, dazu der Nachtwächter. Sechs.«

»Was zum Teufel sollen zwei Personen mit sechs Mann Personal?«

Downer seufzte. »Schauen Sie, Pete. Sie brauchen einen Koch. Sie brauchen einen Steward. Sie brauchen einen Boy, der dem Koch und dem Steward hilft. Sie brauchen einen Fahrer – das ist William. Den kennen Sie schon. Sie brauchen einen Gärtner – Sie haben ein Grundstück von anderthalb Morgen. Und Sie brauchen einen Nachtwächter.«

»Wozu den?«

»Den Nachtwächter? Er schreckt die Diebe ab. Es ist eine Art Versicherung – oder Protektion –, da bin ich mir nicht sicher. Aber sobald hier jemand den Nachtwächter entlässt, kommen innerhalb einer Woche Einbrecher.«

»Na schön. Wann wird Akomolo aus London zurückerwartet?«

»Er ist schon da, seit gestern Abend spät. Aber er hat so viel zu tun, dass Sie die Möglichkeit haben, sich in Barkandu umzusehen, beliebig Kontakte herzustellen und erst dann nach Ubondo zu fahren. Sie werden von Ubondo aus arbeiten, weil Akomolo dort sein Hauptquartier einrichtet.«

»Sonst noch was?«

Downer überlegte. »Sie können sich ringsum vorstellen. DDT hat sich hier bei den Briten schon ein gewisses Ansehen verschafft. Sie wissen, wer wir sind.«

»Kakao«, sagte ich.

»Trinke ich jeden Morgen zum Frühstück«, sagte er.

»Ich auch, Paul. Und eine Tasse vorm Schlafengehen.«

Es klopfte an der Tür. Ich öffnete, und vor mir stand Shartelle, und ich glaube, dass ich jetzt endlich wirklich verstand, was das Wort prachtvoll bedeutet. Shartelle war prachtvoll. Er trug einen Seersucker-Anzug, der so gut saß, dass er nur Maßarbeit sein konnte. Das Leinen war schwarz-weiß gestreift und sah frisch, sauber und kühl aus. Es war weniger der Anzug, der mich so verblüffte, als die dazu passende Weste. Ich hatte noch nie einen Seersucker-Anzug mit Weste gesehen. Er trug ein weißes Hemd und eine schwarze Strickkrawatte. Auf seinem Kopf thronte ein Hut. Er saß kokett schief. Es war ein schwarzer Schlapphut. Ich hatte nicht gewusst, dass es derlei gibt. Shartelle lehnte sich an den Türrahmen und paffte an einer Zigarette.

»Sie sehen überwältigend aus«, sagte ich.

Er kam hereingeschlendert und drehte sich, um uns die Möglichkeit zu geben, die volle Wirkung zu genießen. »Ich habe im ganzen sechs, einen für jeden Tag außer Sonntag. Sonntags trage ich meinen Ausgehanzug.«

»Hat der auch eine Weste?«

»Haben Sie nie einen Seersucker-Anzug mit Weste gesehen, Junge? Das ist der nächste Renner. Wie gefällt Ihnen der Hut? Ich schwöre Ihnen, dass er vierzig Jahre alt ist. Also, sehe ich wie ein wohlhabender Baumwollaufkäufer aus New Orleans aus oder nicht?«

»Scharf«, sagte ich. »Wie ein Rasiermesser.«

»Zufällig hatte ich das in Denver tragen wollen«, sagte Shartelle. »Die Weste war für die Abendkühle. Aber ich glaube, diese Tracht könnte dafür sorgen, dass ich hier in Albertia ein bisschen auffalle. Was meinst du, Paul?«

Downer war schon auf dem Weg zur Tür. »Auffällig, ja, wirklich auffällig. Ich habe Pete mit den Details vertraut gemacht, Clint. Jetzt muss ich noch ein paar Dinge erledigen, ehe ich ins Flugzeug steige. Hat mich gefreut, dich wiederzusehen.« Er packte Shartelles Hand und schüttelte sie.

»Es war nett, Paul.«

»Pete, würden Sie mich zum Fahrstuhl bringen? Ich habe ein paar Kleinigkeiten, die ich Ihnen noch erklären muss.«

»Natürlich«, sagte ich.

In der Lobby packte er meinen Arm. »Genau das habe ich gemeint«, flüsterte er. »Sie müssen auf Shartelle aufpassen.«

»Der Anzug?«

»Ja, verdammt, der Anzug.«

»Tja, er ist bemerkenswert.«

»Das meine ich ja. Davon habe ich doch geredet. Das muss doch zu einem Kulturschock führen.« Er drückte noch einmal auf den Fahrstuhlknopf. Zur Überraschung erschien der Fahrstuhl.

»Kulturschock«, wiederholte er, als er in den Fahrstuhl trat. »Denken Sie daran, Pete.«

»Wessen Kultur soll denn den Schock bekommen?« fragte ich, aber die Fahrstuhltür hatte sich bereits geschlossen, und er hörte es nicht mehr.

6

Ich ging zurück in mein Zimmer, stellte die Dusche ab und barg meinen Anzug. Ich hängte ihn zum Abkühlen vor eine Öffnung der Klimaanlage. Shartelle stand am Fenster und sah auf den Hafen hinaus. Wir hatten die Zimmer mit Aussicht.

»Toller Hafen«, sagte Shartelle. »Viel Betrieb.«

»Sie importieren hier eine Menge – leider mehr, als sie exportieren, und das trübt die Handelsbilanz.«

Er wandte sich vom Fenster ab und ließ sich in einen Sessel skandinavischer Art sinken, die nach Ansicht des Innenausstatters gut nach Afrika passten. »Sind Sie Downer gut losgeworden?«

»Er ist weg«, sagte ich. »Er macht sich Sorgen um uns – fürchtet, wir kriegen Malaria oder einen Kulturschock oder beides.«

»Er hat sich immer schon Sorgen gemacht.«

»Sie kennen ihn aus dem Krieg?«

»Ja.«

»Sie mögen ihn nicht?«

Shartelle gähnte. »Es ist nicht so, dass ich ihn nicht mag, Pete, nur, dass ich ihn nicht gebrauchen kann. Er meint es gut, aber mir wäre ›Hurensohn‹ lieber als ›er meint es gut‹. Vergessen wir ihn einfach. Wann sollen wir zu Kramer gehen, dem alten China-Kenner?«

»Wir sollten ihn anrufen. Soll ich das machen?«

»Lassen Sie mich mal«, sagte Shartelle. Er nahm das Telefon ab und verlangte das amerikanische Konsulat. »Richtig«, sagte er. »Das amerikanische Konsulat.« Er lauschte eine Weile, hielt dann den Hörer vom Ohr weg und starrte ihn an. Dann legte er ihn wieder ans Ohr und sagte: »Dann versuchen Sie doch das Konsulat der Vereinigten Staaten von Amerika ... Ich weiß, ich hatte das amerikanische Konsulat verlangt ... Jetzt möchte ich aber mit jemandem vom Konsulat der Vereinigten Staaten sprechen ... Nein, niemand in den Vereinigten Staaten, sondern das Konsulat der Vereinigten Staaten.« Er ging jetzt auf und ab, soweit es die kurze Telefonschnur erlaubte. Er legte die Hand über die Sprechmuschel und drehte sich zu mir. »Ich soll mit seinem Vorgesetzten sprechen.«

»Ich habe gehört, dass es normalerweise fünfzehn Minuten dauert«, sagte ich. »Ich überlasse Ihnen gern alle Telefonate.«

Ein Palaver von weiteren drei oder vier Minuten mit dem Vorgesetzten folgte, ehe die Verbindung zustande kam. Shartelle nannte seinen Namen und fragte nach Kramer, wurde informiert, dass Kramer unterwegs sei, um eine USIS-Bibliothek in Ost-Albertia einzuweihen, und wurde mit jemand anderem verbunden. Bei einer Frage, die an ihn gerichtet wurde, schossen Shartelles Augenbrauen in die Höhe. »Aber ja, natürlich, wir würden uns freuen, ihn zu sehen . . . Ja, das passt. In einer halben Stunde also. Sehr gut.« Damit legte er auf und ging wieder zum Fenster, um noch ein wenig den Hafen zu betrachten.

»Kramer ist heute unterwegs.«

»Hab ich gehört.«

»Aber wir haben eine andere Verabredung.«

»In einer halben Stunde«, sagte ich, während ich in meinen Carbon-und-Luft-Anzug stieg.

»Mit dem Beauftragten für politische Angelegenheiten.«

»Wer ist das?«

»Clarence Coit.«

»Und wer ist Clarence Coit?«

»Er war einmal ein großes Tier in Südamerika. Hat sich dort einen guten Namen gemacht.«

»Womit?«

»Mit dem Arrangieren von Staatsstreichen für die CIA.«

Wir gingen nach unten in die Cocktail-Lounge und fanden dort einen australischen Barmann, der behauptete, er könne einen trinkbaren Martini mixen. Er konnte. Wir tranken zwei und schlenderten durch die Lobby, die aussah wie fast jede Lobby in einem neueren Hotel zwischen Miami und Beirut. Reichlich Marmor und Wandbilder und Teppiche und große sandgefüllte Aschenbecher. Die libanesischen Angestellten hielten noch immer die Rezeption besetzt, und die livrierten Albertianer schleppten noch immer die Koffer.

William hatte den Humber im Schatten eines Baums an der runden Auffahrt geparkt. Er sah uns, ließ den Motor an und fuhr vor die Tür. Shartelle wollte vorn einsteigen.

»Mastah fahren hinten«, sagte William entschieden.

»Warum?«

»Ist richtig, Sah. Richtig Sah fahren hinten.«

Shartelle kam zu mir auf die Rückbank. »Sie wissen, wo das Konsulat der Vereinigten Staaten ist?« fragte er.

»Amerikanisch Konsulat, ja, Sah. Nicht weit.«

»Dann los.«

Es war nicht weit, nur etwa eine halbe Meile. Es sah aus,

als sei es gleich nach dem Zweiten Weltkrieg gebaut worden von einem Architekten, der sich von der südkalifornischen Mission-Design-Schule zu sehr hatte beeinflussen lassen. Es zog sich über etwa einen Morgen mit Sträuchern, Beeten und Rasen hin, vor den Albertianern durch einen hohen schmiedeeisernen Zaun und vor den Elementen durch ein rotes Ziegeldach geschützt, das aussah, als wäre es aus alten halbierten Londoner Schornsteinaufsätzen gemacht. Wir fuhren durch das offene Tor zum Haupteingang. Es gab keine Posten; die Marines würden erst nach der Unabhängigkeit kommen, wenn das Konsulat zur Botschaft aufgewertet war.

Die Rezeptionistin war eine Brünette mit zu viel Lippenstift, zu wenig zu tun und einem Akzent aus St. Paul. Sie rief einen Albertianer herbei und wies ihn an, uns zu Mr. Coits Büro zu bringen. Dann widmete sie sich wieder ihren Nägeln. Wir folgten dem Albertianer durch eine Halle, in der ein paar Reproduktionen von Frederick Remingtons Indianern und Cowboys hingen, und wandten uns nach links. Wir gingen durch eine Tür in ein mittelgroßes Vorzimmer, besetzt von einer schmächtigen Blondine mit grünen Glupschaugen und eher zurückhaltendem Lächeln.

»Mr. Shartelle und Mr. Upshaw?« fragte sie.

Wir sagten ja, und sie sprach kurz ins Telefon. »Mr. Coit ist gleich für Sie da«, sagte sie. »Nehmen Sie doch bitte Platz.«

Wir setzten uns, und Shartelle zündete sich eine seiner Sweet Ariels an. Die Sekretärin tippte weiter. Die Klimaanlage brummte bei dem Versuch, die Raumtemperatur knapp über zwanzig Grad zu halten. Es gab nichts zu bereden. Wir warteten, ergeben wie ein Handelsvertreter und sein Lehrling im Vorzimmer eines Einkäufers, der seit sieben Monaten nichts bestellt hat und dies wohl auch heute nicht tun wird.

Nach zehn Minuten ging die Tür auf, und ein Mann kam heraus. Er streifte uns mit jenem knappen Blick, wie Leute ihn verwenden, die unbemerkt die Art der Behinderung eines Krüppels prüfen möchten. Er eilte durch die Tür zur Halle.

Das Telefon auf dem Tisch der Sekretärin klingelte. Sie nahm ab und sagte ja. Sie legte auf und sah uns an. »Mr. Coit ist jetzt für Sie da«, sagte sie. »Nehmen Sie bitte die Tür da.«

Wir gingen durch die Tür da in ein großes Büro; es enthielt einen Schreibtisch, mehrere Aktenschränke mit Kombinationsschloss, ein paar Stühle, einen Teetisch, eine Couch, einen Mann und einen Wandkalender. Der Kalender war von der komischen britischen Sorte, bei der die Wochentage an der falschen Stelle stehen. Jeder in diesem Monat vergangene Tag war sorgsam durchgestrichen. Die geraden Tage waren rot, die ungeraden grün markiert. Das Mobiliar war komplett in Kriegsschiffsgrau gehalten und stromlinienförmig zur Minimierung des Windwiderstands.

Der Mann war hinter dem Schreibtisch und ging auf uns los wie der Stürmer eines Collegeteams. Es gab den schnellen festen Händedruck, die Prüfung der Stühle hinsichtlich ihrer Bequemlichkeit, das Verschieben von Aschbechern in angenehmere Positionen. Clarence Coit wollte von uns gemocht werden; vielleicht wollte er von jedem gemocht werden, und möglicherweise hatte er beschlossen, dies sei am besten zu erreichen, indem er jeden mochte.

Wir setzten uns und sahen einander freundlich an. Coit war so groß wie Shartelle, etwa eins fünfundachtzig, und hatte glattes schwarzes Haar, das er aus der breiten Stirn straff zurückgekämmt trug. Seine Gesichtszüge waren regelmäßig, die Zähne weiß, und er stellte sie mit einem etwas schiefen, entschuldigenden Lächeln zur Schau, so oft sich die Gelegenheit bot. Seine Nase war einfach eine Nase, aber sein Kinn war ordentlich und fest und stand ein wenig vor. Er hatte dunkelblaue Augen, die unter buschigen, geraden Brauen saßen. Seine Pupillen zuckten hin und her. Es waren rastlose Augen, die Shartelles Anzug offen beifällig musterten.

»Tut mir leid, dass Kramer nicht da ist, aber ich bin verdammt froh, dass Sie heute Nachmittag vorbeikommen konnten. Hoffentlich habe ich Ihren Terminplan nicht durcheinandergebracht.« Er hatte einen weichen Bariton.

Ich überließ dem Sprecher unseres Teams das Reden. Wenn Coit von der CIA war, sollte er sich mit dem professionellen Countryboy messen, und möge der beste Lügner gewinnen. Ich beschloss, auf Shartelle zu setzen.

Nach einem Zupfen an seiner eleganten Weste erwiderte Shartelle, Mr. Coit habe keineswegs unseren Terminplan durcheinandergebracht, der noch im Aufbau sei, und in Anbetracht der Natur unserer Tätigkeit in Albertia sei es sehr freundlich von ihm, uns einige Minuten seiner Zeit zu widmen. Als Zuständiger für politische Angelegenheiten könne er uns sicher ein paar Ratschläge geben, die uns unnütze Mühe und fruchtloses Nachforschen ersparen würden. Wie Shartelle das servierte, war es der beste Honigklecks, den ich ihn bisher einem ums Maul hatte schmieren sehen.

Coit saß alles aus, die Hände vor sich auf dem leeren Schreibtisch gefaltet, die Augen auf Shartelle gerichtet, und hin und wieder nickte er, um dem Sprecher zu signalisieren, dass er richtig und deutlich verstanden werde. Coit war ein professioneller Zuhörer. Wenn er seine Schau für mich abgezogen hätte, hätte ich den ganzen Tag geredet, beginnend mit der Zeit, als ich drei war und man mir das Dreirad geklaut hatte. Es war blau, hatte eine Klingel an der Lenkstange und an der Hinterachse Metallplättchen, auf denen ein kleiner Passagier stehen konnte.

Aber Shartelle erzählte Coit nicht einmal von seinem Daddy und dem LaSalle mit dem geplatzten Motorblock. Er hörte einfach auf zu sprechen und begann zu lächeln. Es war diese Art Schweigen, bei dem einen das Gefühl überkommt, man müsste sich räuspern oder den Stuhl verschieben oder vom Wetter reden. Dafür war ich jedoch nicht zuständig, also sah ich mich im Büro um, wo es ein signiertes Bild des Präsidenten gab, der grimmig von einer Wand herabschaute. Ich nahm an, dass es eines von Tausenden war, die von der zentralen Versorgungsstelle am Tag nach Kennedys Ermordung in die ganze Welt geschickt worden waren. Anhand der Größe und Einrichtung des Büros konnte man abschätzen, wie viel Coit im Jahr verdiente, aber nichts über ihn sagen. Alles Persönliche – ein Bild, eine Skulptur oder eine Vase mit Blumen – fehlte vollkommen.

Schließlich stand Coit auf, ging die wenigen Schritte zum Fenster und blickte durch einen Spalt in der Jalousie.

Welche Aussicht sich ihm bot, konnte ich nicht ahnen. »Ich weiß Ihr Vertrauen zu würdigen, Mr. Shartelle«, sagte er zur Jalousie. »Und ich muss gestehen, dass ich Sie um die Aufgabe, die vor Ihnen liegt, nicht beneide.«

»Mr. Coit, wenn man dem Vertreter einer Botschaft oder eines Konsulats der Vereinigten Staaten nicht mehr vertrauen könnte, dann würden wir, finde ich, in einer ziemlich schäbigen Welt leben«, sagte Shartelle.

Coit nickte ernst und setzte sich wieder hinter den Schreibtisch. »Ich bin erst seit ein paar Wochen hier, aber für meinen Job war es nötig, die politische Szene Albertias intensiv zu studieren. Je länger ich sie studiere, um so fester wird meine Überzeugung, dass von allen Nationen, die südlich der Sahara im Entstehen begriffen sind, dieses Land fast als einziges die Bereitschaft und die Befähigung besitzt, sich der vollen Herausforderung zu stellen, welche eine Selbstregierung mit sich bringt.«

Er machte eine Pause und zog ein silbernes Zigarettenetui aus seiner inneren Jackentasche. Er trug einen hellblauen Tropenanzug aus Kammgarnmohair, ein weißes Hemd mit Tab-Kragen, in dem unter dem kleinen Knoten seiner blaurot gestreiften Krawatte eine goldene Nadel steckte.

Coit öffnete das Etui und hielt es Shartelle hin, der den Kopf schüttelte, und dann mir. Ich nahm eine auf Grund der Theorie, dass es vermutlich eine amerikanische Zigarette war und dass er sich freuen würde, wenn jemand ihn ausreichend mochte, um seinem Geschmack in Sachen Tabak zu vertrauen. Es war eine Filterzigarette, aber ich riss den Filter ab und legte ihn in den Aschbecher.

Coit schien es nicht zu bemerken, oder es kümmerte ihn nicht.

Nachdem unsere Zigaretten brannten, begann er uns wieder zu erklären, warum wir die Mitgliedskärtchen seiner Bruderschaft unterschreiben sollten. »Als Politikwissenschaftler ...« Er brach ab, um sein entschuldigendes Lächeln anzubringen. »Wenigstens bin ich das nach dem, was auf dem Diplom der Johns-Hopkins-Universität steht ... Als Politikwissenschaftler habe ich also mehr als ein nur flüchtiges Interesse an Leuten, die sich mit Realpolitik befassen. Daher ist mir Ihr Name, Mr. Shartelle, vertraut. Und ich erinnere mich auch sehr gut an Mr. Upshaws brillante Berichte aus Europa in dem Schicksalsjahr 1956. Ich glaube, wir können miteinander als Professionelle auf dem Gebiet der Politik sprechen, wenn ich mich auch eher als Beobachter betrachte, als Student, wenn Sie so wollen, und weniger als Praktiker.«

Es war eine lange Rede, und dabei hatte Shartelle die Daumen in seine Weste gehakt, den Kopf ein wenig auf die Seite gelegt und die Ecke gemustert, wo Wand und Decke sich trafen. Er nickte nachdrücklich, sobald Coit einen Satz beendete. Ich fand es als Reaktion irritierend.

»Schauen Sie, Gentlemen«, fuhr Coit fort, »Sie haben die Möglichkeit, den Wählern in Albertia die Chance zu geben, über die Zukunft ihres Landes zu entscheiden. Sie können ihnen ein sauber entworfenes und klar umrissenes Bild von den Dingen päsentieren, um die es geht. Wenn Sie Erfolg haben, werden Sie der Öffentlichkeit einen höchst bemerkenswerten Dienst erweisen.«

Shartelle hatte die Daumen immer noch in der Weste.

Den Stuhl hatte er ein wenig gekippt, und die Augen verweilten weiterhin in der entfernten hohen Ecke des Raums. »Ihre Bemerkungen sind sehr freundlich, Mr. Coit, und es ist nett, dass Sie aus unserer Aufgabe, die nötigen Stimmen zusammenzubringen, eine so erhabene Mission machen. Es macht mich stolz, aber nicht zu stolz, hoffe ich, denn wie Sie wohl wissen, ist Stolz eine Sünde. Darum möchte ich für den Fall, dass wir die Themen nicht so klar herausstellen, wie Sie es gern hätten, das Verdienst – oder auch den Tadel – mit den Jungs teilen, die die Opposition von Chief Akomolo beraten … Dr. Kologo und Sir Alakada.«

Shartelle starrte weiter an die Decke und bemerkte deshalb vielleicht nicht die Haarrisse in Coits Fassade. Oder vielleicht doch, denn er klopfte abermals forschend dagegen.

»Sie wissen ja, es sind hierin weitere externe Kräfte verwickelt. Eine ist die größte Agentur der Welt – jedenfalls im politischen Sinne. Sie hat schon im Fernen Osten, in Europa, auf dem Balkan, im Nahen Osten gearbeitet …« Er machte eine Pause. »Und Südamerika.«

Ich beobachtete Coit. Die Rüstung bröckelte ein bisschen. Sein Mund stand etwas offen. Seine Hände malträtierten einen Kugelschreiber.

»Das ist als Gegner schon eine beachtliche Agentur«, sagte Shartelle, den Stuhl immer noch zurückgelehnt, immer noch ins Studium der Zimmerdecke vertieft. »Sie sind sicher vertraut …« Wieder machte er eine Pause, diesmal, um sich eine Zigarette anzuzünden. Coit wand sich beinahe in seinem Sessel. »Vertraut mit … Renesslaer?« Als Shartelle den Namen endlich aussprach, setzte er den

Stuhl wieder mit den Vorderbeinen auf, und die metallenen Kappen knallten sehr hübsch auf den grauen Linoleumboden. Coit zuckte zusammen. Nicht sehr stark, aber es war ein Zucken. Allerdings war es schwer, zu entscheiden, ob es durch das Geräusch oder den Namen Renesslaer verursacht worden war. Er starrte Shartelle an.

»Renesslaer?«

»Ganz richtig. Das ist die Agentur, von der ich gesprochen habe. Sie ist in der ganzen Welt groß im Geschäft, wissen Sie, und sie werden den alten Hadschi Sir Alakada etcetera oben im Norden beraten.«

»Ich habe von denen gehört«, sagte Coit. Sein Ton war gezwungen. Es schien ihn nicht mehr zu interessieren, ob wir ihn mochten oder nicht. »Sind Sie ganz sicher?«

»Ja, völlig sicher«, sagte Shartelle. »Man hat mir gesagt, der Vertrag wäre unterschrieben und besiegelt. Die Leute von Renesslaer müssten jetzt jeden Tag hier auftauchen, und dann dürfen Sie ihnen Ihren netten kleinen Vortrag halten über ihre Chance, die Themen klar zu umreißen. So etwas mögen die.«

Coit sagte nichts. Er hatte die Handflächen von unten gegen die Unterseite seiner Schreibtischschublade gepresst. Man konnte es an den Nackenmuskeln erkennen. Sie waren eben so sichtbar wie die bittere Abneigung in Coits Augen. Er wusste jetzt, dass Shartelle wusste. Schlimmer noch, er wusste, dass Shartelle mit ihm gespielt hatte.

Shartelle stand auf und streckte die Hand aus. »Mr. Coit, unser kleines Gespräch mit Ihnen war für uns wirklich die reine Freude. Ich hoffe nur, dass wir Ihren Erwartungen gerecht werden können.«

»Wir werden es bestimmt versuchen«, sagte ich freundlich und schüttelte ihm gleichfalls die Hand.

Aber er war ein Profi. Wenn ich ihn nicht ganz scharf beobachtet hätte, hätte ich die Haarrisse nicht bemerkt. Jetzt waren sie wieder völlig verschwunden. Er lächelte uns an, geleitete uns zur Tür und hielt sie für uns auf. »Ich hoffe, dass wir uns bald wiedersehen, Gentlemen. Ihr Besuch war sehr aufschlussreich. Ich werde Ihre Fortschritte – und auch die der Firma Renesslaer – mit Interesse verfolgen, das kann ich Ihnen versichern.« Wir wollten eben hinausgehen, als Coit sagte: »Übrigens, haben Sie auch etwas von einer Agentur gehört, die für Dr. Kologo im Osten arbeiten soll?«

Shartelle blieb stehen und sah Coit in die Augen. Ihre Gesichter waren nicht mehr als zwanzig Zentimeter voneinander entfernt. »Nein, Mr. Coit, habe ich nicht. Sie vielleicht?«

»Nein, ich auch nicht.«

»Wenn Sie etwas in der Richtung hören sollten, würden Sie es uns wissen lassen?« fragte Shartelle.

»Selbstverständlich«, sagte Coit.

Shartelle sah ihn noch einmal an und nickte leicht. »Selbstverständlich.«

Wir gingen in die Halle und fanden den Weg zur Vorderseite des Konsulats. Wir schlenderten aus den angenehmen zweiundzwanzig Grad hinaus in die siebenunddreißig Grad des Barkandu-Nachmittags. Beide setzten wir schnell die Sonnenbrille auf. Shartelle rauchte eine weitere Zigarette, während wir darauf warteten, dass William mit dem Wagen vorfuhr.

»Sie haben ihn gepiekst«, sagte ich.

»Ein bisschen. Er ist aber ganz cool geblieben.«

»Stimmt.«

»Wir werden ihn schon aufwärmen«, sagte Shartelle. »Bis zum Labor Day wird er sieden.«

7

Auf dem Rückweg zum Hotel geriet der Wagen in einen Nachmittagsstau, und wir mussten mit vier Meilen pro Stunde über den Bailey's Boulevard schleichen. Es wehte nicht die geringste Brise, und wir schmorten in der Hitze, die so dick und mit den Händen greifbar war, dass ich am liebsten nach Luft geschnappt hätte. Shartelle ließ sich zu dem Zugeständnis herbei, seine Weste aufzuknöpfen, nahm den Schlapphut ab und fächelte sich damit.

»Fächer«, sagte er.

»Was?«

»Fächer. Sie kennen doch die von Bestattungsunternehmen, auf denen Werbung steht?«

»Wie die von The Great Commoner beim Scopes-Prozess?«

»Genau. Solche werden wir beschaffen, Pete. Wollen Sie sich das notieren?«

Ich zog mein Notizbuch und schrieb: »Fächer«.

»Wie viele?« fragte ich.

»Ein paar Millionen«, sagte er. »Sagen wir lieber drei.«

Hinter »Fächer« schrieb ich: 3.000.000. »Meinen Sie, das bringt's?«

»Wir können nicht verlieren«, sagte Shartelle. »Nicht mit drei Millionen Fächern.«

»Um richtig auf die Pauke zu hauen, finden Sie nicht, wir sollten ein bisschen Werbung draufschreiben? Vielleicht einen Vers?«

»Sie sind der Wortmensch, Junge. Machen Sie sich ans Dichten.«

»Ich setz mich am Nachmittag dran.«

»Mastah wünschen mich fahren?« fragte William und wich geschickt um Haaresbreite einer Ziege aus.

»Wann?« fragte ich.

»Jetzt, Mastah.«

»Nein.«

»Ich geh zu Bruder Haus«, verkündete er.

»Sie haben hier in Barkandu einen Bruder?« sagte Shartelle.

»Viel Brüder, Mastah«, sagte William und zeigte lächelnd seine großen Zähne. »Sie geben mir essen. Gehen kurze Zeit.«

»Okay. Sie gehen zu Bruder kurze Zeit«, sagte Shartelle. »Sie wieder Hotel sechs Uhr. Klar?«

»Ja, Sah!« sagte William.

»Und was macht mein Pidgin, William?« fragte Shartelle.

»Sehr gut, Sah«, sagte er und kicherte. »Sehr schön.«

»Was sind Eure Pläne für den Nachmittag, Sahib?« fragte ich.

Shartelle blickte aus dem Seitenfenster auf den Hafen. »Toller Hafen«, sagte er. »Tja, ich will mir ein paar Hickorynüsse beschaffen, das Gesicht färben, in meinen Burnus schlüpfen und durch die Basare ziehen, um den Eingeborenenklatsch aufzuschnappen. Und dann muss ich anfangen zu planen«, fuhr Shartelle fort. »Planen kann ich am besten in einsamer Beratung mit mir selbst.«

»Damit wollen Sie höflich sagen, ohne meine Gefühle zu verletzen, dass Sie nichts von der DDT-Theorie des Brainstormings halten, wo jeder alles ausspuckt und sich in der Schweinestreu dann eine Perle findet.«

Shartelle sah mich an. »Das macht ihr doch nicht wirklich – Sie und Pig und all die anderen Erwachsenen?« Er klang entsetzt.

»So wahr mir Gott helfe.«

»Kommt was dabei heraus?«

»Nicht für mich. Aber ich bin auch eher der Typ, der im nassen Wald lauert und auf die, die gemütlich ums Lagerfeuer sitzen, Steine schmeißt.«

»Sie wollen eingeladen werden, mitzumachen, wie?«

»Damit ich nein sagen kann.«

»Sie haben vielleicht Probleme, Junge«, sagte er.

»Ich gehe schwimmen.«

»Das ist gesund. Treffen wir uns um sieben zum Abendessen.«

»In der Bar?«

»Einverstanden.«

Im Hotel ging Shartelle auf sein Zimmer, und ich erfuhr vom Libanesen am Empfang, dass das Hotel einen Pendelverkehr zum Strand unterhielt. Einen Umkleideraum gab es auch am Strand, aber keine Dusche. Ich ging nach oben, holte meine Badehose, einen weißen Hut mit schlapper Krempe und das größte Hotelhandtuch, das ich finden konnte, und erwischte den Morris Minor, der als Shuttle diente. Ich war der einzige Fahrgast.

Am Strand gab es einen Kiosk, bei dem es Pepsi-Cola und Bier gab. Ich kaufte eine große grüne Flasche Beck's, nahm sie mit zu der Hütte, die als Umkleidekabine diente, zog mich um und nahm das Bier und meine Kleidung mit hinab zum Strand. Er war praktisch leer, abgesehen von drei oder vier albertianischen Kindern, die einen kleinen braunen Hund am Strand hin und her jagten, wobei das Tier verzückt mit seinem riesigen, buschigen Schwanz wedelte. Die Kinder erwischten den Hund nie, aber das schien keinen zu stören. Ich stellte meine Schuhe auf den Sand, faltete Hose, Hemd und Unterwäsche und legte sie auf die Schuhe, so sorgfältig wie ein Selbstmörder, der zur Erinnerung an ein verpfuschtes Leben etwas Ordentliches zurücklassen will. Ich breitete das Handtuch auf dem Strand aus, zog die Krempe meines Huts in die Stirn, trank einen Schluck Bier, zündete mir eine Zigarette an, setzte mich auf das Handtuch und schaute aufs Meer.

Wie die übrigen Bewohner Dakotas hatte ich das Gefühl, dass alles, was größer war als ein Teich von zwei Morgen, die Verheißung wilder Abenteuer barg. Der Ozean war ein Gefäß unerträglicher Erwartungen. Ich saß da und sah zu, wie der Benguela-Strom in den Golf von Guinea rollte und sich der Südatlantik in Brechern auffächerte. Ich drückte die Zigarette aus, wühlte die Bierflasche fest in den Sand und rannte ins Meer. Ich erwischte eine Welle und tauchte hindurch. Ich konnte die Unterströmung fühlen, die mich kalt und stark nach Fortaleza und Cayenne zog, achttausend Meilen entfernt. Ich beschloss, dass ich nicht dorthin wollte, deshalb schwamm ich zurück, bis meine Füße den Boden berührten. Dann versuchte ich es noch einmal und kam mit der Unterströmung zurecht, spielte mit ihr, um zu sehen, wie lange ich durchhalten konnte, bis ich mich abmühen musste, um wieder an Land zu kommen. Ich war ein unterdurchschnittlicher Schwimmer, aber das machte das Spiel interessanter. Bei Regen hätte ich in meinem Hotelzimmer bleiben und Russisches Roulette spielen können.

Zigaretten, Martinis und englisches Essen hatten bei mir zu chronischer Unterernährung geführt. Ermüdung zwang mich, meinen Krieg mit der See zu beenden. Ich stolperte zurück zu meiner säuberlich gestapelten Kleidung, schüttelte den Sand aus dem Handtuch und trocknete mich ab.

Der blaue Jeep fuhr so weit wie möglich hinunter, bis der Strand zu steil abfiel, und blieb dann stehen. Das Mädchen, das ihn lenkte, stieg aus und lief auf die Umkleidekabine zu. Sie klopfte an die Tür, und als sie keine Antwort bekam, ging sie hinein. Sie trug eine dieser blauen Taschen einer Luftfahrtgesellschaft. Der Jeep hatte oben auf der Motorhaube eine weiße Aufschrift, aber er war für mich zu weit entfernt, um sie zu lesen.

Ich zündete mir eine weitere Zigarette an, holte die Flasche Beck's aus dem Sand und trank. Das Bier war warm, aber nass. Ich beobachtete die Umkleidekabine, und nach ein paar Minuten erschien das Mädchen wieder und kam mit ihrer blauen Luftlinientasche und einem großen, schwarzrot gestreiften Badetuch auf mich zu. Sie trug einen weißen, zweiteiligen Badeanzug, der beinahe ein Bikini war. Sie bewegte sich mit einer unbeholfenen Anmut, die vollkommene Unbefangenheit verriet.

Ihr Haar war blond, fast schon weiß, als verbrächte sie zu viel Zeit in der Sonne, und sie trug es achtlos lang. Es rahmte ein glattes gebräuntes Gesicht ein, das niemals eine Empfindung verhehlen würde. Das Gesicht lächelte, als sie auf mich zukam, die blaue Tasche schwenkte und ihr Badetuch über dem Arm trug. Das Gesicht war lebendig – der Mund breit und voll, und das Lächeln hob sich blendend weiß von der dunklen Sonnenbräune ab. Sie hatte freundliche, sanfte dunkelbraune Augen, denen zu vertrauen man lernen konnte.

Sie war ganz der Mädchen-Typ. Ihre Brüste bildeten sonnenbraune Halbmonde, wo sie über den Saum ihres Badeanzugs herausragten. Der Bauch fiel flach unter dem Brustkorb ab und rundete sich dann hübsch an den Hüften. Die Beine waren lang, und mit Absätzen wäre sie mindestens eins siebzig groß. Es war alles da, hübsch und anmutig geformt in nahezu perfekten Proportionen, und sie schien sich dessen völlig unbewusst zu sein.

Als sie noch zehn Schritte von mir entfernt war, wurde ihr Lächeln wärmer und sie sagte: »Hallo.«

»Hallo«, sagte ich.

»Würden Sie auf meine Sachen aufpassen, während ich im Wasser bin? Als ich das letzte Mal hier war, haben sich ein paar Kinder damit davongemacht, und ich musste im Badeanzug zurückfahren.« Sie breitete das schwarzrote Badetuch auf dem Sand aus und ließ ihre Tasche darauf fallen.

»Ich heiß Anne Kidd«, sagte sie und reichte mir die Hand. Ich nahm sie.

»Peter Upshaw.«

»Sind Sie Amerikaner?«

»Ja.«

»An Ihrer Aussprache konnte ich es nicht erkennen, aber ich habe Ihnen ja auch noch gar keine Chance gelassen, etwas zu sagen, nicht wahr? Ihr Hut verrät Sie aber. Seit Daytona habe ich so einen nicht mehr gesehen.«

»Er ist seit vielen Jahren in der Familie.«

Sie lächelte mich an. »Ich bleibe nur kurze Zeit im Wasser. Bitte, gehen Sie nicht fort.«

»Ich bleibe hier.«

Sie lief zum Wasser hinunter, und trotz des Sandes lief sie gut. Sie erwischte eine Welle, durch die sie hindurchtauchte, und begann mit einer geschmeidigen, mühelosen australischen Kraulbewegung zu schwimmen. Sie schwamm, als hätte sie einen großen Teil ihres Lebens im Wasser verbracht. Ich sah ihr gern zu. Sie schwamm fünfzehn Minuten lang, und dann kam sie wieder den Strand heraufgelaufen, wobei sie die Füße etwas, aber nicht zu sehr, nach innen setzte. Ihr sonnengebleichtes Haar hing ihr nass und glatt auf die Schultern. Sie blieb bezaubernd.

»Sie erinnern mich an einen Fisch, den ich gekannt habe«, sagte ich.

Sie lachte und griff nach dem Badetuch, schüttelte es aus und begann, ihren Körper abzutrocknen. Ich sah ihr interessiert zu.

»Als ich drei war«, sagte sie, »haben sie mich zu Hause in den Pool geworfen. Das war bei einer Party. Meine Eltern fanden das lustig. Ich habe aus Selbstschutz schwimmen gelernt.«

»Sie hatten keine Angst.«

»Dazu hatte ich gar keine Zeit, glaube ich. Daddy ist hineingesprungen, meine Mutter hinterher, komplett angezogen, und dann auch die ganzen Gäste, und die haben mich hin und her gereicht wie einen Strandball. Sie haben mir erzählt, es wäre sehr spaßig gewesen. Ich kann mich nicht daran erinnern.«

Nachdem sie ihr Badetuch ausgebreitet und sich, die Knie unters Kinn gezogen, darauf gesetzt hatte, bot ich ihr eine Zigarette an. Sie lehnte ab, sagte aber: »Kann ich einen Schluck Bier haben? Ich habe schrecklichen Durst.«

»Es ist warm. Aber ich hole Ihnen gern eine neue Flasche.«

»Ich bin daran gewöhnt, dass es warm ist. Ich will nur einen Schluck.«

Ich reichte ihr die grüne Flasche, sie trank und gab sie mir zurück.

»Und wo trinken Sie Ihr warmes Bier?« fragte ich.

»In Ubondo.«

»Wohnen Sie da?«

»Ich unterrichte da. Ich bin beim Friedenskorps.«

»Ich habe noch nie jemanden vom Friedenskorps getroffen«, sagte ich. »Mögen Sie es?«

»Nach einer Weile denkt man nicht mehr darüber nach, ob man es mag oder nicht. Man ist einfach dabei.«

»Seit wann sind Sie hier?«

»In Albertia?«

»Ja.«

»Fünfzehn Monate. Ich bin nach Barkandu gekommen, um nach meinen Zähnen sehen zu lassen. Die Baptisten haben hier eine gute Zahnklinik. Wie sind Ihre Zähne?«

»Meine eigenen.«

»Irgendwer hat mir mal gesagt, man sollte nicht mehr an sich denken als an seine Zähne. Seitdem denke ich dauernd an meine Zähne. Denken Sie oft an Ihre?«

»Jeden Morgen; und jeden Abend.«

»Ich mag meine Zähne«, sagte sie. »Sie scheinen das Dauerhafteste an mir zu sein.«

»Wie viele Leute vom Friedenskorps gibt es in Albertia?«

»An die siebzig. Einige sind oben im Norden. Ungefähr zwanzig von uns sind in der Gegend von Ubondo und vielleicht fünfundvierzig im Osten. Sie sind noch nicht lange hier, oder? Das sehe ich daran, dass Sie noch so weiß sind.«

»Gerade erst angekommen.«

»Aus den Staaten?«

»Aus London.«

»Konsulat oder Entwicklungshilfe oder was? Ein Missionar sind Sie nicht, glaube ich.«

»Kein religiöser. Ich bin hier, um für ein bisschen Interesse am Wahlkampf zu sorgen.«

»Ah. Einer von *den* Amerikanern sind Sie. Sie sind zu zweit, oder?«

»Ja.«

»An der Universität in Ubondo wird über Sie geredet. Von den Studenten.«

»Ich hoffe, die reden gut über uns.«

»Nicht besonders.«

»Was sagen die denn?«

»Warten Sie – etwas über Werbetechniken à la Madison Avenue …«

»Das war zu erwarten.«

»Amerikanischer Imperialismus, verkleidet als politische Beratung. Dann meinen die auch noch, Sie hingen mit der CIA zusammen. Stimmt das?«

»Nein.«

»Das freut mich. Wirklich. Ist das nicht komisch?«

»Ich weiß es nicht.«

»Warum sind Sie wirklich hier?« fragte sie.

»Es ist mein Job. Mit so etwas verdiene ich meinen Lebensunterhalt.«

»Ist Ihnen das nicht peinlich?«

»Ist Ihnen Ihre Arbeit nicht peinlich?«

»Warum sollte sie?«

»Ich meine, dem Friedenskorps beitreten. Ist Ihnen das nicht peinlich?«

»Ich bin eine von denen, die sich gern kümmern«, sagte sie. »Es stört mich auch nicht, wenn die Leute das wissen. Deshalb ist es mir nicht peinlich.«

»Warum sind Sie eingetreten?«

»Wegen Kennedy.«

»Meinen Sie ›Fragt nicht, was euer Land für euch tun kann‹ und so weiter?«

»Zum Teil. Ich war in Washington, als er vereidigt wurde. Daddy war eingeladen, weil er gespendet hatte oder so.«

»Derselbe Daddy, der Sie in den Pool geworfen hat?«

»Derselbe.«

»Es war eine gute Rede«, sagte ich.

»Deshalb bin ich eingetreten. Ich habe gemeint, ich könne helfen.«

»Und können Sie?«

Sie blickte mich an und dann auf den Ozean hinaus. Eine Brise war aufgekommen, und sie fühlte sich kühl auf meiner verschwitzten Haut an. »Ich weiß es nicht«, sagte sie. »Jedenfalls bin ich engagiert. Ich habe mich früher nie für etwas engagiert. Vielleicht habe ich nur mir selbst geholfen. Vielleicht ist das der Punkt, an dem man anfangen muss.«

»Aber Sie empfinden nicht mehr das Gleiche?«

»Nicht seit Kennedys Tod. Ich bin mehr als zwei Jahre, nachdem er erschossen wurde, eingetreten, um mir zu beweisen, dass mir wirklich daran lag. Aber das war es nicht. Irgendwie hat sich alles geändert.«

»Er war jünger«, sagte ich. »Das spielt eine große Rolle.«

»Es gab noch etwas Anderes«, sagte sie. »Man redet und schreibt so viel über seine Anmut, seinen Stil. All das hatte er, und er hatte eine schöne Frau und zwei nette Kinder. Das hat ausgesehen wie etwas aus einer schlechten Reklame. Aber es hat ihn anscheinend nicht interessiert, wie es wirkt – ich meine, er hat nicht so sehr an sich selbst gedacht ...«

»Und an die Zähne«, sagte ich.

»Ja. Er wusste, er hatte alles, was alle anderen haben wollten, aber dass er es hatte, hat ihn nicht mehr wirklich gekümmert. Ich rede ziemlich durcheinander, oder?«

»Machen Sie weiter.«

»Die haben ihn umgebracht, weil ihm nichts an dem gelegen hat, woran denen lag; weil sie es nicht ertragen haben, dass er nicht so war wie sie. Sie haben ihn nicht umgebracht, weil er gut war, sondern weil er besser war als alles andere ringsum, und den Kontrast konnten sie nicht ertragen.«

»Wer ist das – ›die‹?«

»Ach – Oswald, all die Oswalds. Davon gibt's Millionen. Und die haben sich insgeheim gefreut, als er tot war. Das weiß ich. Ich meine nicht, dass sie Demokraten waren oder Republikaner oder sonst was. Aber sie haben sich einfach nicht wohlgefühlt, als Kennedy da war, und jetzt fühlen sie sich wieder wohl. Sie haben wieder das Altvertraute, diesen schäbigen Texaner, und über den können sie lästern und ihn verspotten und sich überlegen oder jedenfalls genauso gut fühlen, und das konnten sie bei Kennedy nicht.«

»Nicht schlecht als Theorie«, gab ich zu.

Sie schaute mich an, und das Lächeln, das mir galt, war kühl. »Sie sind keiner, der aus dem Häuschen gerät, oder, Peter Upshaw?«

»Ich sage doch, nicht schlecht als Theorie.«

»Das meine ich nicht. Das ist das, was ich empfinde. Es ist mir völlig egal, ob Sie dem, was ich empfinde, zustimmen oder nicht, weil ich das, was ich fühle, nicht ändern kann. Ich habe bloß gesagt, dass Sie nicht aus dem Häuschen geraten, egal weshalb, nicht wahr? Sie sind vorsichtig. Und wenn Sie vorsichtig genug sind, werden Sie nie erwischt, und wenn Sie nie erwischt werden, werden Sie nie etwas empfinden.«

»Sagen Sie mal, Kleine, hocken die Studentinnen nach ihren Freitagabend-Dates immer noch in den Wohnheimen herum und unterhalten sich über Sex und Gott, während sie ihre Unterröcke halb hochgezogen halten, um ihre Brüste zu bedecken?«

»Also, das musste ja wohl kommen.«

Ich sagte nichts und sah auf die Wellen, die den Strand hinauf Fangen spielten.

»Sie sind verheiratet, nicht wahr?« fragte sie. Ihre Stimme war dünn und leise.

»Nein. Geschieden.«

»Lieben Sie Ihre Frau sehr?«

Ich sah sie an. Die Frage war ohne Hintergedanken; in ihr lag nur eine merkwürdig sanfte Neugier.

»Nein«, sagte ich. »Ich liebe sie nicht sehr. Ich liebe sie überhaupt nicht. Warum fragen Sie?«

»Weil Sie einsam zu sein scheinen. Ich dachte, Sie wären vielleicht Ihrer Frau wegen einsam. Aber das sind Sie nicht, oder?«

»Nein.«

Wir saßen auf unseren Badetüchern im afrikanischen Sand, schwiegen und betrachteten den Ozean. Ein paar Möwen versuchten im Wasser ihr Glück. Die drei Kinder jagten den kleinen braunen Hund mit dem übergroßen Schwanz den Rand der Brandung entlang, drehten dann um und ließen sich von dem Hund jagen. Sie schrien und lachten, und der Hund bellte fröhlich.

»Wollen Sie noch mal ins Wasser?« fragte sie.

»Sie?«

»Ja.«

»Wer passt auf unser Zeug auf?«

»Das können wir selbst vom Wasser aus; wenn jemand in die Nähe kommt, schreien wir. Sie können die ja verscheuchen, wenn sie versuchen, es zu klauen.«

»Also gut.«

Wir liefen zum Meer hinunter, erwischten dieselbe Welle und tauchten durch sie hindurch. Als wir auftauchten, waren wir sehr dicht beieinander, darum küsste ich sie. Es war ein kurzer, nasser, salziger Kuss, und sie lachte und sagte: »O Gott«, und ich verstand, was sie meinte. Und so standen wir im Ozean an der Küste von Albertia und küssten uns noch einmal und hielten uns für, wie mir schien, lange Zeit umschlungen. Dann kamen das Lachen der Kinder und das Bellen des Hundes näher. Wir drehten uns um, und die Kinder zeigten mit Fingern auf uns und lachten. Wir lächelten und winkten ihnen zu, und sie lachten noch mehr und fingen wieder an, den Hund zu jagen. Ich hielt Anne bei der Hand, und zusammen gingen wir wieder den Strand hinauf. Ich half ihr beim Abtrocknen, und wir sagten nichts, bis wir angezogen waren, im Jeep saßen und zu meinem Hotel fuhren. Da lud ich sie ein, mit mir um sieben Uhr zu Abend zu essen, und sie lächelte und nickte. Weiter sagten wir nichts. Sie sah mich nur einmal an und zwinkerte.

So ist es manchmal passiert, nehme ich an. Aber mir noch nie.

8

Nachdem ich geduscht und mich umgezogen hatte, ging ich zum Nebenzimmer und klopfte. Shartelle rief: »Die Tür ist offen«, und ich trat in ein Zimmer, das ein Zwilling von meinem war. Shartelle saß auf der Bettkante, den größten Teil des vom Hotel gestellten Briefpapiers um sich herum verstreut. »Dieses Chaos ist der Anfang unserer Kampagne, Petey«, sagte er.

»Sieht beeindruckend aus. Jedenfalls nach Arbeit.«

»Wie war das Wasser?«

»Ich habe eine Verabredung zum Abendessen herausgefischt.«

»Ein weißes Mädchen?« fragte er und arrangierte einige Blätter neu.

»Ja.«

»Ich dachte schon, Sie hätten sich eine der Töchter unserer Opposition geangelt, die für uns ein bisschen spionieren könnte; aber soviel Glück habe ich nicht.«

»Nächstes Mal mach ich's besser.«

Shartelle trug einige der Papiere zusammen und legte sie auf den Schreibtisch. »Das wird ganz schön kompliziert«, sagte er.

»Was?«

»Der Wahlkampf.«

»Haben wir eine Chance?« sagte ich, hob eines der Blätter vom Boden auf und legte es aufs Bett. Shartelle legte es zurück auf den Boden.

»Knapp.«

»Kann man den Sieg kaufen?«

Er schüttelte den Kopf. »Wir müssten zu viel bieten. Wenn wir gewinnen, dann wegen ihrer Fehler. Wir haben einfach nicht genug Stimmen.«

»Und?«

»Wir werden helfen, ihre Fehler zu planen.«

»Klingt raffiniert.«

Shartelle stand auf, ging zum Fenster und blickte auf den Hafen hinaus, »Toller Hafen«, sagte er. »Wissen Sie, wo ich einen Teil des Nachmittags verbracht habe?«

»Nein.«

»Im Büro für Volkszählung. Da sitzt ein netter, kleiner alter Engländer, etwa sieben Jahre älter als Satan, und er hat die Stimmberechtigten aufgegliedert – Region für Region, Distrikt für Distrikt, Dorf für Dorf. Er wäre bis zu den Wahlbezirken weitergegangen, aber die haben hier keine.«

»Und?«

»Wie ich gesagt habe, wir haben nicht genug Stimmen.«

»Meinen Sie, Akomolo weiß das?«

Shartelle sah mich an und grinste. »Wenn er die Stimmen hätte – oder es glauben würde –, dann wären wir jetzt nicht hier, oder?«

»Das klingt einleuchtend.«

Shartelle kam vom Fenster zurück und streckte sich lang auf dem Bett aus, die Arme hinter dem Kopf verschränkt. »Ich meine, Pete, wir werden doppelgleisig fahren müssen. Und das habe ich schon seit langem nicht mehr gemacht.«

»Sie sind der anerkannte Fachmann. Sagen Sie mir nur, was Sie brauchen und wann.«

Shartelle starrte einen langen Augenblick an die Decke, schloss dann die Augen und runzelte die Stirn. »Gehen

Sie ruhig«, sagte er. »Ich lasse mir was aufs Zimmer bringen. Irgendwo hinten in meinem Kopf zappelt eine Idee herum, und ich will sehen, ob ich sie nicht dazu bringen kann, rauszukommen und mich anzuschauen. Brauchen Sie den Wagen?«

»Ich glaube nicht.«

»Sagen Sie William, er soll uns morgen um acht abholen. Wir haben mittags ein Treffen in Ubondo.«

»Hat Akomolo angerufen?«

»Einer seiner Adjutanten.«

»Wir sehen uns morgen früh«, sagte ich.

»Ich glaube, das ist die einzige Möglichkeit.«

»Was?«

»Doppelgleisig fahren.«

Ich hob die Schultern. »Versuchen Sie's mal.«

Shartelle seufzte und reckte sich. »Ich werde darüber nachdenken«, sagte er. »Es zappelt irgendwo hinten in meinem Kopf herum.«

Vor dem Hotel pfiff ich William herbei und sagte ihm, er solle am nächsten Morgen um acht mit dem Wagen zur Fahrt nach Ubondo bereit sein. Dann ging ich in die Hotelbar, um einen weiteren Martini des Australiers zu probieren.

Zu einem Drittel etwa hatte ich ihn getrunken, als die Wegmarke auftauchte. Ich nenne es Wegmarke. Das Gefühl ist ähnlich wie bei einem *déjà vu*, nur fehlt ihm die Empfindung, dass man es schon einmal erlebt hat. Es sind simple Ereignisse, an sich ohne Bedeutung, die zu Meilensteinen werden. Augenblicke, nach denen ich die Zeit messe. Einen gab es, als ich sechs war, in einem Park auf einer Schaukel. Ich kann mich noch erinnern, wie sich die grauen Metallsprossen anfühlten und wie das hölzerne Sitzbrett aussah, grün an den Kanten und in der Mitte von tausend kleinen Hintern zu Sandfarbe abgeschabt. Einen weiteren fünfzehn Jahre später, als ich über den Tulane-Campus in New Orleans ging. Ich kann das stickige Wetter immer noch fühlen, den Himmel sehen, den Gehsteig genau beschreiben, sogar die Plakette, der zufolge der Zement 1931 von A. Passini & Sons gegossen worden war.

Und jetzt, als ich an der Bar des Prince Albert Hotels saß, gab es wieder eine Wegmarke, und ich wusste, dass ich mich in zehn oder auch in zwanzig Jahren an diese Bar, an diesen Drink und an die Anzahl der nassen Ringe erinnern würde, die das Glas auf dem dunklen Holz hinterlassen hatte. Und an Anne Kidd, die mitten in all das hineinkam.

Sie trug ein blassgelbes Kleid, das gerade herunterhing und unmittelbar über den Knien endete. Es war ärmellos. Sie trug kurze weiße Handschuhe, in den Händen eine weiße Tasche und hatte weiße Schuhe an – Pumps. Um den Hals hatte sie eine Perlenschnur. Sie setzte sich anmutig auf den Barhocker neben mir, und damit endete die Wegmarke.

»Du guckst ein bisschen komisch drein«, sagte sie.

»Ich bewundere dein Kleid.«

»Vielen Dank.«

»Was hättest du gern?«

»Ich hätte nichts gegen einen Martini.«

Ich bestellte den Drink.

»Heute Nachmittag ist etwas passiert«, sagte sie. »Mit mir, meine ich.«

»Ich weiß.«

»Ich habe das noch nie bei jemand anderem empfunden. Es hat mir gefallen. Ich hatte schon Angst, du könntest heute Abend nicht hier sein.«

Ich schaute weiter auf ihr Haar, dort wo das Licht darauf fiel und es wie frischen Honig schimmern ließ. »Es passiert normalerweise, wenn man vierzehn oder fünfzehn ist.«

Sie lächelte den Australier an, als er ihr den Martini servierte, und er erwiderte das Lächeln. »Er gibt grünes Licht«, sagte ich. »Meine Männlichkeit ist bestätigt. Sobald wir ausgetrunken haben, machen wir einen kurzen Spaziergang an der hiesigen Tankstelle vorbei, damit die anderen Burschen im Dorf sich ein richtiges Urteil bilden können.«

»Hast du das wirklich mal gemacht? Deine Freundinnen den Jungs an der Tankstelle oder vor dem Drugstore vorgeführt?«

Ich schüttelte den Kopf. »Die Tankstelle an der Ecke und der Drugstore waren *out*, als ich in die Pubertät kam. Damals war es das Drive-in, und man ließ sich abends gegen zehn in der Familienkutsche sehen. Oder im eigenen Wagen, falls man Geld hatte.«

»Hattest du?«

»Geld?«

»Ja.«

»Hatten wir. Er hat es mit Weizen gemacht.«

»War er Farmer?«

»Ihn gibt's noch. Nein, ihm gehört ein Silo.«

»Wo?«

»In Norddakota.«

»Magst du ihn?«

»Er ist in Ordnung. Er mag Norddakota. Das fasst ihn so ziemlich zusammen, abgesehen von seiner Frau. Seiner zweiten. Die ist, was man mal Kümmerin genannt hat.«

»Magst du sie?«

»Ja. Passt in die Welt.«

»Jetzt weiß ich alles über dich.«

»Es gibt noch mehr, aber nicht viel.«

»Wo warst du auf dem College?«

»Minnesota.«

»Englische Literatur – stimmt's?«

»Falsch. *Letters.*«

»*Letters?*«

»Das war das, was in dem Jahr der *Klassischen Philologie* in Minnesota am nächsten kam. Es war ein Experiment. Ein bisschen Latein und weniger Griechisch. Es sollte die universell gebildete Persönlichkeit hervorbringen. Ich glaube, die haben es kurz nach meinem Abschluss wieder aufgegeben für etwas namens Kommunikation.«

»Ein ordentlicher Hintergrund«, sagte sie. »Ganz mittlerer Westen, alles Weizen und Nettigkeit.«

»Ein paar Kanten müssten noch abgeschliffen werden.«

Sie erzählte mir von sich – die karge Skizze eines Lebens in Florida mit relativ wohlsituierten, relativ jungen Eltern, die sich meistens gut verstanden. Traumata gab es nicht – ihr Leben war ziemlich glatt verlaufen, High School und College und dann ins Friedenskorps nach achtzehn Monaten bei einer Wohlfahrtsagentur in Chicago.

»Macht nicht viel her als Leben, oder?«

Ich lächelte sie an. »Es bleiben ja noch ein paar Jahre.«

Die Stimme, die über meine Schulter kam, war glatt und klar, und als ich mich umdrehte, um festzustellen, wem sie gehörte, wurde ich nicht enttäuscht. Er war ungefähr eins dreiundachtzig, groß für einen Albertianer, und er hielt sich sehr gerade. Sein Koppel war ebenso wie seine Schaftstiefel auf Hochglanz poliert. Die Schulterstücke wiesen ihn als Major aus, und von der Uniform nahm ich an, dass es die der albertianischen Armee war. Seine Stimme, tief, sanft und glatt wie warmes Öl und hatte gesagt: »Guten Abend, Miss Kidd.«

Sie drehte sich um, sah ihn an und lächelte. Ich beneidete ihn um dieses Lächeln. »Major Chuku«, sagte sie. »Nett, Sie zu sehen.«

»Ich wusste nicht, dass Sie in Barkandu sind.«

»Ich bin vor zwei Tagen hergekommen – um zum Zahnarzt zu gehen.«

»Ein so reizendes Lächeln verdient jede Sorgfalt«, sagte der Major – aalglatt, dachte ich.

»Major Chuku, darf ich Sie mit Peter Upshaw bekannt machen?«

»Freut mich sehr«, sagte ich, und wir schüttelten uns die Hand. Die Hand entsprach seinem Gewicht und seiner Größe, aber er nutzte den Vorteil nicht aus. Es war nur ein fester, normaler Händedruck.

»Sie kommen aus London, Mr. Upshaw?«

»Ja.«

»Geschäftlich oder zum Vergnügen?«

»Geschäftlich, fürchte ich.«

»Dann hoffe ich, dass Sie Erfolg haben werden.«

»Vielen Dank.«

»Major Chuku ist Kommandeur des Bataillons in Ubondo«, sagte Anne. »Sie werden sich dort sicher noch sehen. Mr. Upshaw ist für den Wahlkampf hergekommen.«

Die Augenbrauen des Majors wölbten sich höflich, und auf seiner Stirn zeigten sich ein paar Runzeln des Interesses. »Sind Sie einer der Amerikaner, die wir importieren, damit sie uns bei Wahlkampftaktiken auf den jüngsten Stand bringen, Mr. Upshaw?«

»Ja.«

»Haben Sie zufällig mit meinem lieben Freund Padraic Duffy zu tun?«

»Ich arbeite für ihn«, sagte ich.

»Dann müssen wir zusammen einen Drink nehmen«, sagte der Major bestimmt. »Sie werden mir sicher das Vergnügen machen, mein Gast zu sein.«

»Das ist sehr freundlich von Ihnen«, sagte ich.

Wir verließen die Bar und fanden einen freien Tisch. Der Major schlängelte sich an mir vorbei und hielt für Anne einen Stuhl parat. Jedenfalls kam es mir wie ein Schlängeln vor. Er hatte ein rundes glattes Gesicht mit einer scharfen geraden Nase und kleinen Ohren, die fast in Spitzen ausliefen. Sein Haar schien in ordentlichen kleinen Löckchen am Kopf zu kleben. Der Mund war groß und breit und in Gesellschaft zu einem schnellen, strahlenden Lächeln bereit, aber als er beim Kellner die Drinks bestellte, wurde eine ziemlich strenge Linie daraus. Er hatte jene befehlsgewohnte Miene, die man sonst nur bei erfahrenen Kindergärtnerinnen oder Stabsoffizieren findet.

Als die Drinks kamen, bestand der Major darauf, sie zu bezahlen. Ich überließ es ihm. »Und jetzt erzählen Sie, Mr.

Upshaw. Wie geht es meinem lieben Freund Padraic? Als ich ihn das letzte Mal gesehen habe, wollte er mich dazu bringen, viel Geld in Kakao-Aktien anzulegen. Manchmal glaube ich, ich hätte seinem Rat folgen sollen.«

»Haben Sie ihn hier kennengelernt?«

»Ja, als er zum ersten Mal wegen der Sache mit dem Cocoa Board herkam. Chief Akomolo kommt das Verdienst dafür zu, Padraic nach Albertia gebracht zu haben. Kennen Sie den Premier gut?«

»Wir sind uns nur flüchtig begegnet.«

»Ein interessanter Mann«, sagte der Major. »Und ehrgeizig. In seinem Haus habe ich Miss Kidd kennengelernt. Er gab einen Empfang für die ersten Mitglieder des Friedenskorps, die in diesem Gebiet eintrafen.«

»Verfolgen Sie den Wahlkampf sehr aufmerksam, Major?« fragte ich.

Er lachte und ließ es so klingen, als ob er einen Witz gehört hätte. Einen guten. »Ich habe genug Schwierigkeiten, bei der internen Politik der Armee auf dem Laufenden zu bleiben. Nein, ich beobachte die Regierungspolitik nicht, nur die Politiker.«

»Ist das etwas Anderes?«

»Natürlich. Sagen wir, Mr. X ist ein Politiker dieser speziellen Partei, Sir Y dagegen einer, der einer anderen Partei angehört. Mich interessiert es wirklich überhaupt nicht, was Mr. X oder Sir Y sagen, tun oder versprechen. Mich interessiert nur, was mit ihnen geschieht. Um es anders auszudrücken: Es interessiert mich nicht, ob der Jockey auf der Zielgeraden in den Steigbügeln steht – nur, ob sein Pferd als erstes ankommt.«

»Können Sie den Gewinner benennen?«

Der Major lächelte. Es war das entwaffnende Lächeln eines Mannes, der anscheinend nichts zu verbergen hat. »Manchmal«, sagte er, »heißt der Gewinner ›Freiheitsglocke‹. Manchmal läuft er vielleicht unter dem Namen ›Mein Afrika‹. In letzter Zeit hat er sich ›Marschmusik‹ genannt.«

»Auf Letzteren würde ich zwei Pfund setzen, wenn die Chancen gut sind.«

»Ich wette nicht, Mr. Upshaw. Ich ziehe die schlichte Sicherheit vor. Vielleicht habe ich deswegen so geringen Erfolg bei den Damen.«

»Ich fürchte, Sie sind auch ein guter Lügner, Major«, sagte Anne. »In Ubondos Damenkränzchen wird Ihr Name häufig erwähnt. Und normalerweise zusammen mit Kichern und einer freundlichen Warnung.«

»Bei der nächsten sich bietenden Gelegenheit würde ich Ihnen gern demonstrieren, welche Lügen da über einen verbreitet werden. Vor allem in einem Ort wie Ubondo. Ich versichere Ihnen, Miss Kidd, ich bin vollkommen harmlos.«

Ich versuchte mich zu erinnern, wann ich den Major schon einmal hatte reden hören. Es war nicht der Klang seiner Stimme; es war die leicht altmodische Wortwahl, der beinahe manierierte Satzbau. Es klang insgesamt wie einer dieser endlosen Romane über Indien oder Malaya, wo der aufgeweckte junge einheimische Anwalt mit dem hübschen, eben erst aus England eingetroffenen Mädchen Tee trinkt und die Leute im Club furchtbar schockiert.

Der Major redete, als habe er die gleichen Romane gelesen. Aber etwas an ihm machte es offensichtlich, dass er mehr wollte als nur eine Tasse Tee und einen Schokokeks. Für mich sah es so aus, als hätte er »Komm ins Bett, Süße« auf der Stirn tätowiert.

Er wandte sich wieder an mich. »Sagen Sie mir eins, Mr. Upshaw; glauben Sie wirklich, dass mein Land für eine repräsentative Demokratie reif ist?«

»Ich weiß nicht, ob irgendein Land dafür reif ist, außer der Schweiz.«

»Wissen Sie, ich bin wirklich neugierig. Sie wirken nicht wie jemand, der versuchen wird, einen Kandidaten wortreich anzupreisen, ihn zu verkaufen wie ein Auto oder eine bestimmte Zigarettenmarke. Wie ich Duffy kenne, bezweifle ich auch, dass er so grob vorgehen würde. Aber was tut ein politischer Manager nun wirklich? Wohlgemerkt, ich bin nur neugierig.«

»Da müssen Sie Mr. Shartelle fragen«, sagte ich. »Er ist der politische Experte. Ich bin nur der Schreiberling – der Phrasendrescher, der Skribent.«

»Sie sind viel zu bescheiden, davon bin ich überzeugt. Aber ich würde ihn gern fragen. Wollen Sie nicht diese Woche in Ubondo zu mir zum Abendessen kommen? Sagen wir, am Freitag?«

»Gern. Ich kläre es mit Shartelle.«

»Gut. Und Sie kommen doch selbstverständlich auch, Miss Kidd.«

Weder überlegte sie, noch zögerte sie einen Augenblick. »Mit Vergnügen.«

»Ausgezeichnet«, sagte der Major und stand auf. »Dann bis Freitag.«

»Freitag«, sagte ich, wobei ich mich halb erhob.

Nach einer knappen Verbeugung verließ er uns. Er ging mit erhobenem Kopf und völlig aufrecht, und die Köpfe in der Bar drehten sich und betrachteten seine Bewegungen.

»Der ist doch nicht echt«, sagte ich. »Den haben sie aus einer alten *Cosmopolitan* ausgeschnitten und in mein Afrika-Album geklebt.«

»Er ist durchaus echt«, sagte Anne. »Vielleicht sollte es eine deiner ersten Aufgaben sein, festzustellen, wie echt er wirklich ist.«

Unser Abendessen im Prince Albert war alles andere als ein Erfolg. Das Steak war zäh und faserig und durch das Einweichen in Papayasaft zu Brei geworden. Die Bratkartoffeln waren mit einer hohen Dosis Cholesterin zubereitet, und der Salat war von jemand ertränkt worden, der die spanische Mahnung, mit dem Essig geizig und mit dem Öl verschwenderisch umzugehen, ins Gegenteil verkehrt hatte. Ich schob die Speisen in Kreisen auf meinem Teller herum, häufte etwas Braunes, das abscheulich aussah, aus einer Heinz-Flasche auf mein Steak, gab dann auf und begnügte mich mit Kaffee, einer Zigarette und einem Kognak.

Anne aß hungrig und anscheinend unbeeindruckt von dem Horror auf ihrem Teller. Sie verschlang Steak, Kartoffeln, Salat und selbst den giftgrünen Rosenkohl, den sie noch zusätzlich bestellt hatte.

»Was kriegt ihr beim Friedenskorps zu essen?« fragte ich. »Schickt man euch CARE-Pakete?«

»Wir verpflegen uns selbst, kaufen Fleisch und Konserven im örtlichen Supermarkt – es gibt da einen, weißt du.

Nichts Aufregendes, nur schlichte britische Lebensmittel ...«

»Noch schlichter geht nicht.«

»Ich bin eine gute Köchin«, sagte sie. »Wenn du nett bist, lade ich dich zum Essen ein. Die Lebensmittel musst du mitbringen. Ich kann sie mir nicht leisten.«

Irgendwie gerieten wir in einen kleinen Streit über Martinis. Anne behauptete, die besten würden aus Beefeater-Gin und kalifornischem Tribuno-Wermut gemixt. Ich hielt dem entgegen, das sei eine New Yorker Behauptung, ungefähr 1956 entstanden, aber immer noch im Umlauf, und Gin wäre einfach Gin, besonders für vom Gin umnebelte Köpfe. Gemeinsamen Boden fanden wir in der Überzeugung, dass die Amerikaner den Deutschen ein knappes Rennen um den ersten Platz als unbeliebteste Touristen der Welt lieferten, nicht weit vor den Engländern. Aus irgendeinem Grund hatten wir auch eine gemeinsame Abneigung gegen Kokosnüsse entwickelt, aber bei Anchovis schieden sich die Geister. Ich war dafür. Wir stellten fest, dass wir beide entschieden gegen Telefonabhören in jeder Form waren, und dass Jimmy Hoffa als natürlicher Witzbold entschieden unterbewertet war. Bei Bogart gingen wir auseinander. Ich sagte, es stecke nicht mehr hinter ihm als ein paar unvergessliche Szenen in *Die Spur des Falken* und *Schach dem Teufel*. Sie sagte: »Was ist mit *African Queen*?«, und ich sagte, er hätte sich die Zähne überkronen lassen und in wenigstens ein oder zwei Szenen die Daumen aus dem Gürtel nehmen sollen. Lustvoll lästerten wir über Dean Rusk, Walter Cronkite, Sonny Liston und Johnsons Töchter. Abwechselnd sagten wir Nettes zur Erinnerung an

Tote, Vermisste und Vernachlässigte: Hart Crane, Ezra Taft Benson, Night Train Lane, Kenneth Patchen, Lana Turners Tochter, Cheryl, Johnny Stompanato und Billie Sol Estes.

»Du hängst mich ab«, sagte Anne. »Bis zum Zweiten Weltkrieg kann ich nicht zurückgehen. Ich kann mich an nichts vor 1950 erinnern.«

»So jung ist keiner.«

»Ich schon.«

»Ich kenne ein paar Leute, die immer zu jung waren. Geboren um 1936.«

»Dann sind sie in den Dreißigern. Mittelalt.«

»Genau. Mittelalt. Sie erinnern sich an den Zweiten Weltkrieg – Essen, Trinken und fröhliche Gemütlichkeit. Aber sie haben es verpasst, dabei zu sein, weil sie zu jung waren. Sie behaupten, es wäre der letzte gute Krieg gewesen. Für Korea waren sie auch zu jung, und obwohl das nicht so ein besonders heißer Krieg war, tut es ihnen immer noch leid, dass sie ihn verpasst haben. Sagen sie. Murmeln in ihren Scotch, dass sie nie die Chance hatten, ihre Courage richtig unter Feuer zu erproben. Zufällig läuft jetzt gerade ein sehr netter Krieg in Asien – ein so schlimmes Schlamassel, wie man es sich nur wünschen kann. Aber dabei geht's nicht um irgendwas Großes, Sauberes für die Kerle, die immer zu jung waren. Außerdem sind die inzwischen dreißig oder so, und ihre Karrieren locken, und die Hypothek ist fällig. Also werden sie nie diesen einen gerechten netten kleinen Krieg haben, bei dem alle Seiten sauber sortiert sind – links die Guten, rechts die Bösen. Sie glauben, dass es sie nicht loslassen wird, aber das stimmt nicht.«

»Warum nicht?«

»Aus ihnen werden Experten für den Zweiten Weltkrieg, und sie werden alle Schlachten und Regimenter und Korpskommandanten kennen, aber höflich verstummen, wenn die alten Schmerbäuche anfangen, von Guadalcanal und Anzio und Eniwetok zu reden.«

»Bist du Soldat gewesen?«

»Einige Zeit. In Korea. Ersatz in der fünfundvierzigsten Division.«

»Bist du verwundet worden?«

»Nicht schlimm.«

»Wie lange bist du schon in London?«

»Sehr lange. Inzwischen zehn Jahre.«

»So alt bist du noch nicht.«

»Ich bin schon tatterig. Geboren bin ich zweiunddreißig. In dem Jahr hat mein Vater auf Sojabohnen gesetzt und einen Haufen Geld verdient. Ich habe eine Klasse übersprungen, bin mit sechzehn in Minnesota gelandet, 1950 mit achtzehn in die Armee eingetreten und mit neunzehn aus Korea heimgeschickt worden. Dreiundfünfzig hab ich meinen Abschluss gemacht und gleichzeitig einen Job bei der Zeitung gekriegt. Kannst du der Chronologie folgen?«

Sie benutzte die Finger zum Zählen; es waren hübsche Finger. Sie nickte.

»Die meinten, ich wäre ganz helle, deshalb haben sie mich nach Europa geschickt, als ihren ersten ganz eigenen Auslandskorrespondenten. 1955 – Ende fünfundfünfzig.«

»Und dann?«

»Oktober 1956 gab es drei Storys: die Wahl Eisenhower

vs. Stevenson zuhause, Suez und Ungarn. Ich wollte Ungarn, die wollten Europas Reaktionen auf unsere Wahl. Wir haben uns getrennt. Ich bin nach England gegangen, habe angefangen, für Duffy zu arbeiten, meine Frau geheiratet, und sieben Jahre später gab's die Scheidung.«

»Warum?«

»Ich war kein besonders guter Ehemann.«

»War sie eine gute Ehefrau?«

»Wir waren ein Fall von gegenseitiger Unvereinbarkeit.«

Anne blickte auf den Tisch, spielte mit ihrem Kaffeelöffel und machte reihenweise X-e auf dem Tischtuch. »Ich habe vorhin schon gesagt, dass ich das noch nie erlebt habe. Ich habe noch nie so sehr das Bedürfnis nach jemandem empfunden.«

»Ja, das hast du gesagt.«

»Ich habe ein bisschen Angst davor. Du weißt doch, was wir eben getan haben?«

»Wann?«

»Als wir uns über alles mögliche unterhalten haben – was wir mögen und was wir nicht mögen. Wir haben geflirtet.«

»Haben wir wohl.«

Sie blickte zu mir auf. »Ich habe mich in dich verliebt, Peter.«

»Ich weiß.«

»Wird das gut enden?«

»Ich glaube ja.«

»Was werden wir tun?«

»Ich weiß es nicht«, sagte ich. »Wir werden versuchen, uns eine Zeitlang zu lieben. Das wird wenigstens für mich etwas Neues sein. Ich habe es noch nie versucht.«

»Wirklich nicht?«

»Wirklich nicht.«

»Ich werde dich sehr lieben.«

»Gut.«

»Ich möchte heute Nacht bei dir bleiben.«

»Abgemacht.«

»Du möchtest es doch, oder?«

»Ja, aber eigentlich sollte der Vorschlag von mir kommen.«

»Wir haben keine Zeit. Bin ich sehr schlimm?«

»Nein.«

»Könnten wir auf dem Zimmer Champagner trinken? Champagner und du und ein Hotelzimmer, das klingt so schrecklich verworfen.«

»Wir werden Champagner trinken.« Ich rief einen Kellner, und mit einigen Schwierigkeiten gelang es mir zu arrangieren, dass eine Flasche Champagner und eine Flasche Martell in mein Zimmer hinaufgeschickt wurden.

»Wir wollen warten, bis beides oben ist«, sagte ich. »Ich mag keine Unterbrechungen.«

»Ich muss aber früh gehen – gegen fünf.« Sie biss sich auf die Unterlippe und schüttelte langsam den Kopf. »Das ist alles so schnell gegangen, aber das ist ja nur zu offensichtlich.« Sie beugte sich über den Tisch mir zu, und ihre Augen blickten flehend. »Ich irre mich doch nicht, Peter, oder?«

»Nein«, sagte ich.

»Es ist doch für uns beide richtig, wirklich richtig?«

»Ja, es ist für uns beide richtig, und ich weiß nicht, wie es passiert ist. Ich weiß nicht warum. Ich will vorläufig auch nicht darüber nachdenken, ich will es einfach nur genießen. Mir gefällt es, dass ich in dich verliebt bin. Mir gefällt das romantische Gefühl dabei. Mir gefällt der Gedanke, dass wir hinaufgehen und Champagner trinken und uns lieben. Ich glaube, ich bin einfach maßlos glücklich, und das ist ein sehr merkwürdiges Gefühl.«

Sie lächelte mich wieder an. »Das war hübsch gesagt. Gefällt mir. Jetzt weiß ich, dass es richtig ist.«

»Gut.«

Wir standen vom Tisch auf, und ich nahm ihre Hand. Wir gingen zum Fahrstuhl und fuhren zu meinem Zimmer hinauf. Der Champagner stand da, und der Cognac auch. Der Champagner war nicht sehr gut, aber kalt, und wir tranken ihn und sahen einander an.

Nach dem ersten Glas Champagner lächelte sie und sagte: »Peter, bitte hab Geduld mit mir.«

Die Laken waren kühl, und ich war sanft und lächelte über ihre leisen Schreie, und als es geschah, geschah es mit uns beiden, und wir segelten davon, dorthin, wo die Teddybären ihre Picknicks veranstalten, und dann kehrten wir langsam zurück, und ich küsste sie und strich ihr mit der Hand leicht übers Gesicht, berührte ihre Stirn und Augen und Nase und Mund und Kinn.

»War ich gut?« fragte sie.

»Du warst perfekt.«

»Wir waren beide perfekt.«

Ich zündete mir eine Zigarette an und rauchte eine Weile, starrte an die Decke des Hotelzimmers in Afrika, und das Mädchen, das ich so plötzlich liebte, legte mir den Kopf auf die Schulter.

Auf einmal war das Leben gar nicht schlecht. Ich fragte mich, wieso mir dieses Glück zugefallen war, aber meine Bettgefährtin begann wieder leise Töne hören zu lassen, deshalb drückte ich die Zigarette aus und wunderte mich nicht länger.

9

Von Ubondo nach Barkandu sind es neunundneunzig Meilen, und die Straße dorthin ist ein gewundenes gewölbtes Band aus geflicktem Asphalt, der in der afrikanischen Sonne dampft. Auf freien Strecken, wo der Regenwald abgeholzt wurde, schimmern Trugbilder feucht in der Ferne. Den Straßenrand säumen die Rümpfe rostender Autos und Lastwagen, deren Fahrer nicht mehr durch die letzte Kurve kamen. Die Wracks scheinen geduldig auf die Schrotthändler des Urwalds zu warten.

Die Straße von Barkandu nach Norden führt zur Sahara, und wenn man ihr weit genug folgt bis dorthin, wo der Asphalt rotem Laterit weicht und der Laterit mit seinen Waschbrettrillen zu Sand und Staub wird, kommt man nach Timbuktu. Aber das ist weit weg, weiter als die meisten Leute reisen wollen, es sei denn, sie hätten außerordentlich lange gebraucht, um erwachsen zu werden.

Die Straße nach Barkandu wird vorwiegend von den Mammy-Wagen befahren, Zwei-Tonnen-Lastern, deren rechte Tür durch einen Strick offengehalten wird und deren Fahrer sich halb herauslehnen, um besser sehen und besser springen zu können. Die Fahrer hetzen ihre Wagen nach Barkandu hinunter und nach Ubondo hinauf und noch weiter, legen manchmal sechshundert Meilen am Tag zurück, transportieren Menschen und Hühner und Ziegen und feilschen mit Wonne und Begeisterung um das Fahrgeld. Was ihnen an fahrerischem Können fehlt, machen sie durch Verwegenheit wett. Ausgerüstet mit Juju-Amuletten für zehn Shilling (mit Geld-zurück-Garantie im Todesfall) und aufgemuntert durch ein paar Stangen indischen Hanf attackieren sie den Gegenverkehr. Sie müssen alles dominieren, was ihnen in den Weg kommt.

Es kann amüsant sein, die Namen der vorbeirasenden Mammy-Wagen zu lesen; die Passagiere auf den tuchbespannten Ladeflächen werden herumgeschüttelt, und von den Fahrern, die sich weit aus den Kabinen lehnen, sieht man meistens nur Zähne und Augäpfel.

»Das ist besser als Salonwagen, Junge«, sagte Shartelle, während William den Humber Richtung Ubondo lenkte. »Bisher habe ich ›Spuck nicht gegen den Wind‹, ›Nie Meer trocken‹, ›Gott, warum nicht?‹ und ›Tod, wo ist dein Stachel?‹ gesehen. So interessante Namen gibt's nie auf Güterzügen bei uns, und nichts auf den alten Kansas-Mississippi-Texas-Salonwagen kommt da ran.«

Er fläzte sich auf der Rückbank, den schwarzen Hut tief über den Augen und mit einer krummen schwarzen Zigarre statt der aufgerauchten Picayunes und der verworfenen Sweet Ariels. Sein Seersucker-Anzug war frisch und makellos, die Weste säuberlich zugeknöpft bis auf den untersten Knopf, eine rotschwarze Paisley-Krawatte sorgsam verknotet im Kragen eines frischen weißen Oxfordhemds. Die Füße in schwarzen Slippern hatte er auf die Nussbaumplatte gelegt, die sich aus dem Rücken des Vordersitzes klappen ließ.

Wir waren um neun Uhr morgens abgefahren. Shartelle hatte mich prüfend betrachtet, etwas von einem schönen Tag gemurmelt und gefragt, ob ich Kaffee haben wollte. Wir hatten im Speiseraum an einem Tisch gefrühstückt, von dem aus man einen Blick über die Bucht hatte. »Toller Hafen«, sagte Shartelle, nachdem er Speck und Eier bestellt hatte. Danach sagte er nichts mehr. Er war höflich.

Anne war um fünf Uhr gegangen. Ich hatte ihr zugesehen, wie sie sich anzog, und dabei hatte es keine Sucherei nach verlegten Kleidungsstücken gegeben. Sie hatte vor dem Spiegel des Toilettentischs gesessen und sich das Haar gebürstet und mich dabei im Spiegel angeblickt. Ich hatte zurückgeblickt, und wir hatten gelächelt. Es war nicht nötig, etwas zu sagen; dafür würde später noch Zeit sein. Wir hatten Zeit zu vergeuden, fand ich.

Sie kam zum Bett, als sie angezogen war, setzte sich neben mich auf die Kante, legte die Hand auf meinen Kopf und strich mir übers Haar. »Ich muss gehen«, hatte sie gesagt.

»Ich weiß.«

»Rufst du an?«

»Noch heute Abend.«

Dann hatte ich sie geküsst, und sie war aufgestanden und zur Tür gegangen, hatte sie geöffnet und war verschwunden, ohne sich noch einmal umzusehen. Ich lag da, rauchte eine Zigarette und spürte, wie irgendwo in mir ungewohnte Empfindungen brodelten. Es war ein seltsames Alt-Jung-Gefühl gewesen, etwa wie das eines dreißig Jahre alten Großvaters, nehme ich an, und es war besonders merkwürdig gewesen, weil ich seit langer Zeit nichts für jemanden empfunden hatte. So lag ich da und gewöhnte mich daran und sah die Sonne über der Fensterbank aufgehen. Danach stand ich auf, duschte, zog mich an und ging in die Halle hinunter, um mich mit Shartelle zu treffen.

»Wissen Sie, wo ich gestern noch gewesen bin?« fragte Shartelle um seine schwarze, krumme Zigarre herum, während der Wagen schnell in Richtung Ubondo fuhr.

»Nein.«

»Ich habe dem Generalkonsul meine Aufwartung gemacht.«

»Ich weiß. Ich war ja dabei. Er war nicht da.«

»Ich meine danach. Sogar erst nachdem ich den kleinen alten Engländer im Büro für Volkszählung besucht hatte.«

»Sie meinen, Sie waren noch einmal dort?«

»Es gibt mehr als ein Konsulat in Barkandu«, sagte er.

»Okay. Welches?«

»Na, das israelische.«

»Clint, ich habe keine Lust, Ihnen die Würmer aus der Nase zu ziehen. Sie waren also beim israelischen Generalkonsul. Warum?«

»Nun, Sir«, antwortete er und ließ sich tiefer in das Mohairpolster des Humber sinken, »ich habe mir Folgendes gedacht: Wenn ich als Fremder in eine Stadt in einem fremden Land komme und wissen will, was in diesem Land vorgeht, zu wem gehe ich denn dann? Na ja, hab ich mir gesagt, dann würde ich den israelischen Botschafter aufsuchen, und wenn es keinen Botschafter gäbe, den israelischen Generalkonsul.«

»Und worüber würden Sie mit ihm reden?«

»Na, über Verwandte, Junge, Verwandte.«

»Wessen?«

»Seine und meine. Ich habe Verwandte in Israel, und dieser kleine alte Jude im Konsulat hatte welche in Cleveland, die ich zu kennen glaube. Gute Demokraten. Das machte mich ja fast zum Landsmann.«

»Was für Verwandte haben Sie in Israel?«

»Vettern zweiten Grades väterlicherseits. Schätze, dass ich zu einem Sechzehntel jüdisches Blut habe. Natürlich gehöre ich nicht der Religion an, wenn ich auch manche ihrer Vorstellungen teile.«

»Ich dachte, Shartelle wäre französisch?«

»Es ist rein französisch, aber ich glaube, es ist auch ein bisschen franko-jüdisch. Jedenfalls hat mein Daddy das gesagt.«

»Okay. Und was hat der israelische Generalkonsul alles gewusst?«

»Also, das von Renesslaer hatte er schon gehört. Er sagte, ein Team von vier Leuten sei vor drei Tagen über Barkandu gekommen und dann in den Norden geflogen.«

»Hat er Namen genannt?«

»Nein. Er sagt, sie hätten ein Konto über einen fünfstelligen Betrag in Pfund Sterling bei einer Zweigstelle von Barclays auf den Namen von Renesslaer eröffnet. Ein hoher fünfstelliger Betrag, sagt er. Und außerdem sagt er, zwei von ihnen seien Farbige – farbige Amerikaner – und die beiden anderen Weiße.«

»Wir können sie über London checken lassen.«

Shartelle nickte. »Ich dachte, Pig könnte das übernehmen.«

»Was hatte er sonst noch zu sagen?«

»Also, er schwört, er würde abstreiten, dass er es je gesagt hätte, aber seine Regierung befürchtet, dass die Briten hier zu früh abziehen. Er sagte, dass es seiner Meinung nach Schwierigkeiten geben könnte, besonders wenn die Wahl in einem toten Rennen ohne eindeutigen Sieg oder wenigstens eine starke Koalition enden würde. Außerdem sagte er, er hätte nie geglaubt, den Tag zu erleben, an dem er zugeben würde, dass die Briten irgendeine koloniale Besitzung zu früh aufgeben könnten. Aber in diesem Fall täten sie es.«

»Alles in allem ist das ein bemerkenswertes Eingeständnis«, sagte ich.

»Sie haben nicht zufällig Martin Bormann hier irgendwo gesehen?«

»Wen?«

»Martin Bormann. Sie wissen doch, den Stellvertreter des alten Hitler, der angeblich kurz bevor die Russen Berlin besetzten aus dem Bunker entkommen ist.«

»Nein«, sagte ich. »Ich habe ihn nirgends gesehen; jedenfalls nicht in letzter Zeit.«

»Falls Sie ihn sehen, lassen Sie es den israelischen Generalkonsul wissen, ja? Er ist jetzt seit drei Jahren hier draußen und meint, er könnte zurück nach Tel Aviv, wenn er Bormann zu fassen bekäme – oder irgendeinen anderen Nazi, der noch frei herumläuft. Er hat uns gebeten, die Augen offenzuhalten.«

»Mach ich.«

»Wissen Sie, wo ich sonst noch gewesen bin?«

»Nein, aber ich werde es bestimmt gleich erfahren.«

»Nachdem ich bei dem Israeli Tee getrunken hatte, bin ich über den Markt geschlendert – wo all diese dicken kleinen alten Damen in ihren blauen Wickeltüchern versammelt sind.«

»Und was haben Sie erfahren?«

»Also, ich habe ein paar Rasierklingen gekauft und noch ein paar von diesen Zigarren. Hab ein bisschen gefeilscht, ein paar Witze erzählt und mit ihnen herumgealbert. Es sind wirklich ganz reizende kleine alte Damen. Ein bisschen rundlich, aber sehr umgänglich.«

»Umgänglich«, sagte ich.

»Wir reden also auch über die Wahl, und sie fangen an, hin und her zu diskutieren, wissen Sie, eine ist für Chief Akomolo, eine andere für den alten Alhadschi Sir, und wieder eine andere für den dritten, den aus dem Osten, diesen …«

»Dr. Kologo«, sagte ich.

»Doktor, Anwalt, Handelsherr«, sagte Shartelle. »Vielleicht kann ich sie mir so merken.«

»Und was war die allgemeine Ansicht?«

»Die allgemeine Ansicht war, dass es sie alle einen Dreck interessiert, ob es so oder so ausgeht, weil sie – die dicken kleinen alten Damen – meinen, die seien alle korrupt und nur hinter schnellem Geld her.«

»Das müssten wir doch zu unserem Vorteil nutzen können.«

»Wissen Sie noch, gestern habe ich Ihnen doch gesagt, wir müssten zweigleisig fahren, aber ich hatte es noch nicht zu Ende durchdacht und hatte das Gefühl, dass es irgendwo in meinem Hinterkopf herumzappelt.«

»Weiß ich noch.«

»Also, gestern Abend ist mir die Erleuchtung gekommen, und nachdem ich die große Linie hatte, ergab sich alles andere von selbst. Ich glaube, ich hab's, aber es wird eine

Menge kosten, und der Erfolg wird von der Käuflichkeit einiger Leute und dem Patriotismus anderer abhängen. Ich werde ein paar fantasievolle Texte brauchen.«

»Zum Beispiel?«

»Da gab's doch mal diesen alten Zeitungsmann, der für eine dieser Morgen- und Nachmittagszeitungen arbeitete, die angeblich Konkurrenzblätter waren, tatsächlich aber derselben Truppe gehörten?« Er machte daraus diese Südstaaten-Art von rhetorischer Frage mit ansteigender Intonation und Höhepunkt beim letzten Wort.

»Ja.«

»Dieser alte Knabe steht morgens auf und geht runter an seine Schreibmaschine und hackt einen Leitartikel zusammen, mit dem er FDR und Harry Hopkins und die ganze New-Deal-Bande zur Hölle schickt. Das ist für die Nachmittagszeitung. Dann geht er raus, kippt sich ein paar hinter die Binde, geht wieder rein und hackt einen weiteren Artikel zusammen – diesmal voll von Hurras für Mrs. Roosevelt, Jimmy, John, FDR Junior, und er wünscht den Zorn des Allmächtigen herab auf ihre Feinde und Lästerer. Also, das ist, was ich einen flexiblen Schreiber nennen würde.«

»Ich frage mich, welchen Leitartikel er ernst gemeint hat?«

Shartelle schob den Hut ein wenig nach hinten und musterte mich mit einem Ausdruck leichter Verblüffung. »Na, selbstverständlich beide, Junge. Würden Sie denn nicht?«

Ich seufzte und lehnte mich zurück gegen das Mohair. »Sie haben recht, Clint, würde ich wahrscheinlich auch.«

»Also, ich stelle mir vor, Sie schreiben ein bisschen so was wie dieser alte Zeitungsmann.«

»Ich bin Ihr Mann. Drehen Sie mir nur das Blatt in die Maschine, dann schieß ich los. Auf beide Seiten.«

William bremste den Humber ab, drehte sich zu uns um und sah uns an. Ich zuckte zusammen, als ein Laster namens »Warum tut's dir weh?« ein paar Zentimeter an uns vorbeisauste.

»Mastah will Bier?«

»Bier?« fragte ich.

»Ja, Sah, wir für Bier immer halten auf halb Weg.«

»Na denn, ich hatte noch nie etwas gegen Bier am Vormittag«, sagte Shartelle. »Halten wir also an.«

»Also gut.«

Es war ein Rasthaus mit Tankstelle, aus Lehm gebaut und weiß getüncht, und drinnen standen tiefe Holzsessel mit breiten Armlehnen, die wie Verandamöbel aus dem Mittelwesten wirkten. Die Sessel waren um niedrige Holztische gruppiert. Nahe der Tür befand sich eine Bar, unter dem einzigen Deckenventilator, der sich in gemächlichem und wirkungslosem Tempo drehte. Außen hing über der Tür ein gemaltes Schild, das altenglische Schrift nachzuahmen versuchte. Demnach hieß das Rasthaus The Colony. Wir setzten uns an einen der Tische. Ein Mann kam zu uns und fragte mit deutlich amerikanischem Akzent, was wir gern hätten.

»Drei Bier«, sagte Shartelle. »Schön kalt.«

»Schön kalt«, sagte der Mann. Er ging zur Bar zurück und öffnete drei Flaschen Beck's, stellte sie auf ein Metalltablett, nahm einige kalte Gläser aus einem Kühlschrank, der Sorte mit den Kühlschlangen obenauf, und kam zu uns.

»Schön kalt, Gentlemen«, sagte er und stellte uns alles hin. »Das macht zwölf Shilling und sechs Pence.«

Ich gab ihm ein Pfund. Shartelle sagte: »Sie sind Amerikaner, oder?«

Der Mann sah ihn an. »Da hab ich eine Zeitlang gelebt.«

»Wo da?«

»Wo nicht?«

»Pittsburgh?«

»Eine Zeitlang.«

»Gehört das Lokal hier Ihnen?« fragte Shartelle.

Der Mann sah sich mit schwachem Lächeln um. »Nein«, sagte er. »Mir gehört es nicht. Ich helfe hier nur einem Freund aus.« Er blieb stehen und wartete auf weitere Fragen, ein nicht sehr großer Mann, etwa eins siebzig, ohne Bauchansatz und drahtig. Wenn er sich bewegte, dann ganz ähnlich wie Shartelle. Von Natur aus hatte er einen olivfarbenen Teint, von viel Sonne dunkelbraun gebrannt. Sein Haar war kurz gestutzt und unmittelbar über den Ohren ein wenig grau.

»Ich heiße Shartelle und der da ist Upshaw.«

»Ich bin Mike«, sagte der Mann.

»Sind Sie schon lange hier?«

»Nicht besonders. Ich ziehe viel herum.«

»Und Sie helfen einem Freund aus«, sagte Shartelle.

»Ganz richtig. Einem Freund.«

Shartelle goss sorgsam sein Bier ins Glas. Der Mann namens Mike stand mit dem Tablett in der Hand wartend da, geduldig und selbstsicher. »Wir sind uns noch nicht begegnet, Mike?« fragte Shartelle. Anscheinend redete er sein Bierglas an. »Lange, lange her – vielleicht zwanzig Jahre?«

»Man trifft eine Menge Leute, aber ich glaube nicht.« Er steckte die Pfundnote ein und legte das Wechselgeld vor mich hin. »Noch was?«

Ich verneinte, und der Mann namens Mike ging zurück hinter die Bar, griff nach einem Exemplar der Londoner *Times* und lächelte über die Kontaktanzeigen.

William trank sein Bier aus der Flasche, rülpste genießerisch und ging hinaus, um sich mit den Tankwärtern zu unterhalten. Shartelle und ich lehnten uns in den Verandasesseln zurück und tranken das Bier langsam. Als wir aufstanden, um weiterzufahren, sagte der Mann namens Mike weder Goodbye noch Kommen Sie mal wieder. Er blickte nicht einmal auf, als wir hinausgingen.

Shartelle fläzte sich in seiner Lieblingsstellung auf dem Rücksitz. »Wissen Sie, Petey, ich glaube, ich kenne den alten Jungen, und ich glaube, er kennt mich auch.«

»Dem Anschein nach aber nicht.«

»Das war in Frankreich, im Krieg … als ich mit Duffy und Downer da war. Damals war er erheblich jünger.«

»Das waren Sie alle.«

»Dieser Junge konnte gut Französisch – hat es nur so heruntergerasselt, als ob er da geboren wäre.«

»Sind Sie sicher, dass es derselbe Mann ist?«

»Ich bin sicher, aber wenn er nicht sicher ist, muss er einen verdammt guten Grund haben. Und offenbar war er nicht der Ansicht, dass mich sein Grund etwas angeht, also lass ich das Ganze auf sich beruhen.«

Der Wagen war wieder auf der Straße. Der Verkehr war dünn, nur ein paar Laster und gelegentlich ein Pkw. Ich sah in den Regenwald hinaus und überlegte, wo die Tiere waren.

Ich fragte William: »Wo sind all die Tiere, William?«
»Tiere, Sah?«
»Affen, Elefanten, Löwen, Paviane.«
»Keine Tiere, Sah. Nur Ziegen.«
»Ich meine wilde Tiere.«
»Keine wilde Tiere, Mastah. Sie schon lange in Kessel. Wir essen sie!« Er explodierte vor Lachen.
»Ich hätte nie geglaubt, dass ich in Afrika keine wilden Tiere zu sehen kriege«, sagte Shartelle. »Mann, auf einer Autobahn in Kansas sieht man mehr wilde Tiere als hier.«
»Vielleicht sind die Leute in Kansas nicht so hungrig. Aber da wir von Hunger reden, sind wir bei Chief Akomolo zum Essen eingeladen, oder ist das ein rein geschäftlicher Besuch?«
»Zum Essen, glaube ich«, sagte Shartelle. »Er hat einige seiner wichtigsten politischen Unterstützer eingeladen. Es ist eine größere Politikberatung. Ich will viel zuhören, aber wenn ich aufgefordert werden sollte, etwas zu sagen, lassen Sie sich nicht von dem überraschen, was herauskommt. Seien Sie nur darauf gefasst, mich zu unterstützen – mit Zahlen, wenn es sein muss.«
»Mit Zahlen?«
»Erfinden Sie einfach welche. Ich werde Sie hier mal um ein Pfund und dort mal um einen Shilling korrigieren, damit es echter wirkt. Wir beide könnten uns sogar ein bisschen darüber streiten.«
»Mit anderen Worten, ich soll Ihnen Rückendeckung geben?«
Shartelle zog den Hut über die Augen herunter und ließ sich noch tiefer in seinen Sitz sinken. »Petey, das mag ich

an Ihnen. Sie stellen keine blöden Fragen und wollen in kein Amt gewählt werden. Wenn Sie diese Haltung beibehalten, werden wir noch gute Freunde.«

»Übrigens bin ich gestern Abend einem Heeresmajor aus Ubondo begegnet«, sagte ich. »Er hat uns am Freitag zum Abendessen eingeladen. Ich habe für uns beide angenommen.«

»Das könnte ganz interessant sein. Nehmen Sie einfach weiter jede Einladung an, die Sie kriegen. Dann können wir selbst ein paar Cocktailpartys veranstalten und dadurch besser unter die Leute kommen. Ich fürchte, das gehört zu unserem Job.«

Ich lehnte mich zurück, schloss die Augen und dachte an Anne. Shartelle schlief für eine Weile unter seinem Hut ein, und ich brauchte nicht viel zu reden, bis wir über die kiesbedeckte Auffahrt rollten, die sich in Kurven über das etwa einen Morgen große Grundstück unserer Residenz zog, und die fünf anderen Mitglieder unseres Haushalts kennenlernten, die uns zur Hand gehen sollten.

10

Um nach Ubondo zu gelangen, verlässt man den Asphaltstreifen mit seinem Dachprofil und biegt auf eine vierspurige Betonstraße mit dem Namen Jellicoe Drive ein. Sie zieht sich eine leichte Steigung hinauf, und wenn man den höchsten Punkt erreicht, hat man das Panorama der zweitgrößten rein schwarzen Stadt Afrikas vor sich. Eine Million Menschen lebt in diesem Meer blechgedeckter Häuser mit einem einzigen Wolkenkratzer, der weiß wie eine Salzsäule aus den ihn umgebenden rostroten Dächern aufschießt. Es ist das Gebäude des Cocoa Marketing Board und ragt dreiundzwanzig Stockwerke hoch in den afrikanischen Himmel.

Ubondo liegt in einem Tal, und mitten hindurch fließt der Zemborine River nach Westen auf seinem Weg zum Meer. In der Regenzeit können kleine Boote den Zemborine befahren, und manche tun es noch, tuckern die hundertvierundfünfzig Schlängelmeilen hinauf, angetrieben von ihren knollenartigen Außenbordmotoren.

Der Zemborine bildet keine Grenze zwischen den Reichen und den Armen von Ubondo. Die Armen leben auf beiden Seiten, und Hütten und gute Häuser stehen in den gewundenen Straßen Seite an Seite. Vor dreißig Jahren erhielt Ubondo die Hauptstraße, als ein betrunkener irischer Bauunternehmer seinen Bulldozer ankurbelte, zielte und eine Schlangenlinie durch die Stadt zog, von der Kuppe des einen Hügels zur Kuppe des anderen. Auf seinem Weg räumte er alles ab, und da der Schaden angerichtet war, baute man die Hauptstraße die Strecke entlang, die er an diesem heißen Augustnachmittag des Jahres 1935 durch die Stadt gepflügt hatte. Sein Name war Diggins, und die Straße heißt Diggins Road. Er blieb bis zu seinem Tod in Afrika. Er hatte fünf Frauen, alle gleichzeitig, und zahllose Kinder.

Ich weckte Shartelle, damit er den Anblick genießen konnte, und er schüttelte bewundernd den Kopf. »Also, Junge, das nenne ich Afrika. Sehen Sie sich nur das ganze Elend an. Ist das vielleicht nichts?«

»So habe ich Elend bisher noch nicht gesehen«, sagte ich.

»Sind die alten Karawanen je so weit nach Süden gekommen?«

»Nein. Ihr Endpunkt war weiter nördlich – ungefähr fünfhundert Meilen.«

»Ich würde mir so gern eine anschauen – wie sie über den Berg da kommt, die wiederkäuenden Kamele mit den bimmelnden Glocken am Hals, und obendrauf die Araber mit ihren langläufigen Flinten.«

»Shartelle, Sie haben wüstere Vorurteile über ein Land als sonst wer, den ich je getroffen habe.«

»Mensch, Petey, das hier ist Afrika. Ich habe über Afrika gelesen, seit ich sechs war. Ich habe Mungo Parak gelesen und Stanley und Livingston und Richard Halliburton und Hemingway und die olle Osa Johnson und ihren Mann – wie hieß er noch gleich? Martin? Erinnern Sie sich an die Story, die sie über die Giraffen geschrieben haben? Sie haben sie ›The Creature that God Forgot‹ genannt. Also, das war eine tolle Geschichte. Wenn ich Schriftsteller wäre, würde ich solche Storys schreiben.«

Wir wanden uns hinunter durch die Stadt, einen Wassergraben entlang, in dem Frauen Wäsche wuschen. Es wimmelte von Ziegen und Hühnern. Die Menschen bewegten sich schnell und munter, stolzierten beinahe. William grüßte mehrere, winkte ihnen, und sie winkten zurück. Die Straße war schmal, und Händler boten ihre Stoffe und Zigaretten und Schnupftabak und Nägel und Hämmer und Töpfe und Pfannen feil. Die Geschäfte waren höchstens zwei Meter breit, und die Bretter, mit denen sie nachts verschlossen wurden, dienten jetzt als Verkaufstische für die Waren.

»Noch nie im Leben habe ich so viele kleine Kramläden so eng beieinander gesehen«, sagte Shartelle.

»Anscheinend verkaufen sich alle gegenseitig Schnupftabak.«

Wir kamen an einer Bank vorüber und einem Schönheitssalon und einer chemischen Reinigung, die aussah, als stünde sie unmittelbar vor der Pleite. Als Nächstes kamen ein Lesekabinett von Christian Science, verlassen; eine Bar, überfüllt; ein Restaurant namens *The West End* und ein einsamer Schuppen mit geschlossener Tür, auf der *Royal Society for the Prevention of Cruelty to Animals* stand.

Wir kamen an ein Stoppschild, und eine Polizistin mit weißem Hemd, blauer Kappe, schwarzem Rock, schweren schwarzen Stiefeln und makellos weißen Handschuhen regelte den Verkehr mit Bewegungen von derart feierlicher Anmut, dass sie einer Tänzerin Ehre gemacht hätten. Die Gebärden waren langsam und gemessen, aber mit einem Rhythmus, den Trommeln hätten begleiten sollen.

Hier gab es wieder den Lärm, den afrikanischen Lärm aus Schreien und Gekreisch und Rufen, die nach Schmerz klingen, aber in gellendem Gelächter enden. Der mechanische Lärm von Radio Albertia dröhnte aus fünfzölligen Lautsprechern, die an jedem Laden zu hängen schienen. »Toller Sound«, knurrte Shartelle. Es war ein eindringlicher Lärm – oder Musik, je nach Geschmack –, unterlegt mit einem harten Beat; und wenn der Beat stark genug war, tanzten einige Fußgänger dazu mit seltsamen Schleifschritten, die mich an den Rückmarsch von einer Beerdigung in New Orleans erinnerten, den ich vor langer Zeit gesehen hatte.

Ubondo war kein verschlafenes afrikanisches Dorf. Es waren dreißig Quadratmeilen hellwacher, vibrierender, herrlicher Slums mit der ganzen zynischen Verachtung von Slums für Selbstverbesserung. Es war eine dreckige, heruntergekommene Stadtsiedlung, mit verrottetem Kern und verrotteten Randgebieten. So war es gewesen, als New York neu war, und es würde sich nicht ändern, bloß weil irgendein Wind des Wandels aus einer anderen Richtung wehte.

Shartelle beugte sich vor und schaute durchs Seitenfenster, drehte sich um nach hinten, eine frische, schwarze krumme Zigarre zwischen den Lippen, den schwarzen Schlapphut weit nach hinten geschoben.

»Bei Gott, Petey, diese Stadt werde ich lieben. Meine Güte, ist das hier schön und scheußlich!«

William bog nach links und fuhr einen weiteren Boulevard hinunter. Dieser wurde auf einer Seite von Bahngleisen gesäumt, die schließlich an einem schmuddeligen Bahnhof vorbeiführten, und auf der anderen Seite war eine Pferderennbahn.

»Rennbahn, Sah«, sagte William. »Samstag viel Pferde.«

Es war eine große Bahn, eine Meile oder anderthalb lang.

An einer Seite konnte ich eine Holztribüne sehen, neben einer Reihe kleiner Bauten, bei denen es sich, wie ich vermutete, um Wettstuben handelte. Am näheren Ende der Bahn stand ein von einem runden Blechdach gedecktes Podium, das aussah, als könnte dort an warmen Sonntagabenden eine Band spielen.

William bog nach links und begann, sich durch ein Viertel zu winden, welches das bessere Wohngebiet von Ubondo zu sein schien. Die Häuser standen weit von der Straße auf manchmal gepflegten, manchmal struppigen Rasenflächen. Auf einem Grundstück thronte ein zweigeschossiges, leicht im amerikanischen Kolonialstil gebautes Haus über zwei Morgen Gras und Gebüsch. An der Einfahrt saß geduldig eine alte Frau neben einer Kiste, auf der sie allerlei Kram zum Verkauf ausgebreitet hatte.

William winkte ihr im Vorbeifahren zu. Sie winkte zurück und grinste zahnlos. »Madame Krinku. Ihr Sohn ist Minister von Verkehr.«

»Ihr Sohn?«

»Ja, Sah. Das ist sein Haus. Sehr fein.«

»Hoffentlich macht sie gute Geschäfte«, sagte Shartelle.

»Sie macht sehr gut Geschäfte, Sah«, sagte William kichernd. »Verkauft Zigaretts und Kolanüsse. Sie verdient zwei Shilling, drei Shilling jeder Tag.«

»Das ist gutes Geld«, stimmte Shartelle zu.

Die Straße, zwei schmale, asphaltierte oder mit Schotter bedeckte Fahrbahnen, zog sich in Kurven und Windungen durch ein Gebiet mit großen Rasenflächen, sorgfältig gepflegten Blumenbeeten, und weit zurückstehenden, vor neugierigen Blicken geschützten Häusern. Der Tageshitze wegen standen bei den meisten Türen und Fenster weit offen. Bougainvilleas gediehen in reicher Fülle. Hinter den Häusern befand sich gewöhnlich eine Reihe miteinander verbundener Betonwürfel. Shartelle fragte William, was sie seien.

»Quartiere, Sah.«

»Für die Diener?«

»Ja, Sah.«

»Verdammte Sklavenunterkünfte.«

William nahm wieder eine Kurve, die sich links um ein Haus zog. Er winkte einigen Albertianern zu, die im Hof standen, und sie winkten zurück, riefen etwas und rannten zur Vorderseite des Hauses. William kicherte. Er folgte der scharfen Biegung der Straße und bog in eine kiesbedeckte Auffahrt ein, die sich wie ein verdrehtes Fragezeichen über den Rasen vor dem Haus zog. Hier lag vorläufig das afrikanische Hauptquartier von Duffy, Downer and Theims Ltd.

Auf den Stufen zur vorderen Veranda des Hauses mit dem breiten Dach standen fünf Männer. William hielt den Wagen vor ihnen an. Das Quintett umzingelte den Wagen und sagte: »Willkommen, willkommen, Mastah!«, als Shartelle und ich ausstiegen. William stellte uns die Leute vor.

»Er Samuel, Koch. Er Charles, Steward.« Er deutete auf einen vierzehn- oder fünfzehnjährigen Jungen. »Er Klein-Boy.«

»Hallo, Klein-Boy«, sagte Shartelle. Der Junge grinste.

»Er Ojo, Gärtner. Er nicht gut Englisch sprechen. Samuel sprechen mit ihm für Sie.« Ojo grinste. Er war in khakifarbene Lumpen und Fetzen gekleidet, ein kleiner, breitschultriger Mann mit krummen Beinen und einem zerknitterten Gesicht, über das sich im Zickzack Stammeszeichen zogen. Wir lächelten ihm zu.

»Und er Silex, Nachtwache.« Wenigstens klang es wie Silex.

»Ich mich freu, Ihr Bekanntschaft zu machen, Sahs«, sagte er und verneigte sich leicht.

»Er Student am Tag in Universität«, sagte William.

»Und studiert die ganze Nacht«, sagte Shartelle.

Der Koch, der Steward und Klein-Boy holten das Gepäck aus dem Wagen. William, der seine Arbeit als Fahrer erledigt hatte, stand daneben und überwachte das Ausladen. Ich bemerkte, dass auch Samuel, der Koch, den Vormann spielte.

Shartelle und ich erforschten das Haus. Es war ein Bungalow, Entwurf: Ministerium für Öffentliche Bauten, Tropenmodell Nr. 141. Trotzdem schien es ganz behaglich. Die Falttüren von der Veranda führten in einen Wohnraum. Links lag das Speisezimmer, Speisekammer und Küche grenzten daran. Das war praktisch. Rechts führte ein Gang zu einem Schlafzimmer mit Bad. Darauf folgten ein weiteres Schlafzimmer und noch ein Bad und schließlich ein Schlafzimmer mit einer eigenen Tür nach außen.

»Welches wollen Sie?« fragte ich Shartelle.

»Irgendeins.«

»Dann nehme ich das mit dem eigenen Zugang.«

Er grinste mich an, sagte aber nichts. Ich ließ Klein-Boy und Charles, den Steward, unsere Koffer entsprechend verteilen.

»Mastah wollen essen?« fragte Samuel.

»Nein«, sagte ich. »Zum Essen gehen wir zu Chief Akomolo. Hat Downer noch Gin übriggelassen?«

»Ja, Sah. Gin-Tonic, Sah?«

Ich sah Shartelle an. Er nickte. »Gin-Tonic«, sagte ich.

Der Wohnraum war mit all dem Geschmack und Charme eines zweitklassigen Motels in Arkansas ausgestattet. Es gab einen Bücherschrank ohne Bücher, der als Trennwand zum Speisezimmer diente. Es gab eine Couch aus afrikanischem Mahagoni, mit eckigen Kissen als Sitzfläche und Rückenlehne. Vier dazu passende Sessel und ein Schreibtisch mit Stuhl, ein paar sechseckige Mahagonitische und ein eingebautes Bücherregal – gleichfalls leer. Ein graubrauner Teppich bedeckte den Boden.

Silex, der Nachtwächter, war verschwunden, aber Ojo, der Gärtner, war eifrig dabei, mit einer Machete den Rasen zu mähen. »Also das, verdammt noch mal, muss einfach aufhören«, sagte Shartelle.

William stand neben dem Wagen und sah Ojo zu. Shartelle rief ihn heran.

»Sah?« sagte er.

»Gibt es ein Eisenwarengeschäft in Ubondo?«

»Eisenwaren, Sah?«

»Ja, einen Laden, wo man – also – Rasenmäher verkauft.«

Der Ausdruck beglückten Verstehens trat auf Williams Gesicht. »Ja, Sah.«

»Wie teuer ist so was?«

»Sehr teuer, Sah. Kosten zehn, elf, zwölf Pfund.«

»Geben Sie ihm Geld, Pete.«

Ich hatte meine Brieftasche schon aus der Tasche gezogen. Ich gab William drei Fünfer.

»Nehmen Sie das, fahren Sie nach Ubondo und beschaffen Sie uns freundlicherweise einen verdammten Rasenmäher. Grasschneider oder wie diese Dinger sonst heißen.«

»Welche Sorte wünschen Mastah?« sagte William.

»Fragen Sie den Chefgärtner. Fragen Sie Ojo. Ich weiß nicht, welche Art Rasenmäher.«

Samuel kam aus der Küche mit einem Tablett, auf dem eine Flasche Gin, zwei Flaschen Schweppes Tonic, ein Kübel Eis, eine Eiszange und Gläser standen. Er brachte das Tablett zuerst zu mir und neigte sich damit tief, während ich mir meinen Drink mixte. Dann trug er das Tablett zu Shartelle hinüber.

»Wir besorgen einen Rasenmäher für Ojo«, sagte ich zu Samuel.

»Sehr gut, Sah«, sagte er und lächelte.

Ich trank einen Schluck Gin-Tonic. »Das ist verdammt anständig von Ihnen, Shartelle«, sagte ich.

»Nicht wahr?«

Er lehnte sich in seinem Sessel zurück, die langen, in Seersucker gehüllten Beine weit ausgestreckt, eine krumme schwarze Zigarre in der einen Hand, seinen Drink in der anderen.

Klein-Boy kam aus den Schlafzimmern gerannt mit einem Bündel gebrauchter Hemden, Socken und Unterwäsche. Er kicherte, als er an uns vorbeilief. Shartelle winkte ihm mit der Zigarre eine milde Segnung zu.

»Haben Sie schon mal sechs Diener gehabt, Petey?«

»Nein.«

»Man könnte sich daran gewöhnen, sechs Diener um sich zu haben, die einem Drinks bringen, Essen kochen, den Wagen fahren, die Kinder hüten, den Rasen mähen, die Wäsche machen, das Haus putzen und Punkt halb sechs den Tee servieren. Ich bin mein ganzes Erwachsenenleben durch Fluten von Hotelpagen gewatet, Junge, aber ich habe noch nie sechs wackere und getreue Mannen zu meiner persönlichen Verfügung gehabt.«

»Gibt einem ein Gefühl von Luxus.«

»Mir ist dabei unbehaglich, wenn Sie es wirklich wissen wollen. Sie nehmen wahrscheinlich an, dass ich bei meiner feinen Südstaaten-Erziehung an Farbige mit Verbeugung und Kratzfuß gewöhnt wäre, die für ihre Weihnachtsgeschenke zum Herrenhaus auf dem Hügel kommen.«

»Also, nein, Clint«, sagte ich. »Mit dem Hut und der Zigarre und dem Jellybean-Anzug könnte ich mir Sie eher vorstellen, wie Sie auf einem Palomino-Pferd durch die Baumwollfelder reiten und hören, wie sich die glücklichen Stimmen in fröhlichen Liedern erheben, deren Rhythmen mehr als hundert Jahre zurückreichen zu …«

»Junge, Sie reden wirklich Unsinn.«

»Und dann, wenn das Tagewerk auf den Feldern vollbracht ist und im alten Herrenhaus mit den weißen Säulen das Dinner serviert wurde vom schwarzen Butler mit einem Hauch Silber im Schopf, springen Sie in Ihren Jaguar und brausen los nach Shartelle City zu einem Abend mit Ihren Kumpanen bei Karten und Whiskey. Shartelle City besteht natürlich nur aus zwei Geschäften, einem Freudenhaus und einer Baumwollfabrik, aber der Ort wurde nach dem Daddy Ihres Daddys benannt, der …«

»Respekt ist das, was Ihnen fehlt, Junge, Respekt vor besseren Leuten. Also, was ich sagen wollte: Ich kann verstehen, dass dieser ganze Service einen in Versuchung bringen kann, in diesem tropischen Paradies hier zu verweilen, vor allem, wenn zuhause nichts anderes auf einen wartet als ein Ein-Zimmer-Apartment oder ein Haus in Belair Heights oder Edgemere Park. Aber um die Wahrheit zu sagen, löst es bei mir nur heftiges Unbehagen aus; deshalb werde ich Ihnen die Aufgabe übertragen, diesen Haushalt zu leiten, und ich bin sicher, dass Sie nicht nur verdammt gut beim Planen der Menüs sein werden, sondern auch dabei, diese netten Menschen bei ihren persönlichen Problemen zu beraten, sich ihrer Unpässlichkeiten anzunehmen und sich um die allgemeine Verwaltung dessen zu kümmern, was zweifellos ein richtig glücklicher Haushalt sein wird.«

»Nix da, Shartelle. Ich trage Ihnen die Aktentasche, mixe die Drinks und spitze die Bleistifte. Ich werde über Ihre Witze lachen und wie ein Papagei ›ja, stimmt, Clint‹ sagen, aber ich mache nicht den Aufseher auf dieser Ranch.«

Shartelle seufzte und streckte sich. »Ich bin kein großer Vormittagstrinker, Petey, aber ich muss sagen, dieser Gin-Tonic hat für mein Gemüt Wunder bewirkt. Leisten Sie mir Gesellschaft bei einem zweiten?«

»Warum nicht?«

»Und wie bekommen wir ihn, einfach rufen?«

»Ich sehe nirgends eine Klingel.«

»Wie heißt der kleine dünne Alte noch – der Steward?«

»Samuel.«

»Das ist der Koch. Der Andere.«

»Charles.«

»Warum rufen Sie nicht mal und warten ab, ob er angerannt kommt?«

»Ich käme mir verdammt blöd vor«, sagte ich.

»Dann versuch ich es mal «, sagte Shartelle. »Charles«, sagte er.

»Sprechen Sie mit mir oder mit dem Steward? Ich glaube, Sie haben die Lautstärke zu sehr runtergedreht.«

»Mein Gott, man kommt sich dabei wirklich sehr blöd vor, wie?«

»Versuchen Sie es noch mal.«

»Charles!« Diesmal stieß er einen schönen lauten Ruf aus.

Charles, der Steward, rief zurück. »Sah?« Einen Moment später erschien er.

»Noch einen Gin-Tonic für den guten Mastah, Charles«, sagte ich.

»Ja, Sah!«

Beide mischten wir uns einen frischen Drink von dem Tablett, das Charles uns hinhielt.

»Was bezahlen wir diesen Leuten?« fragte Shartelle.

Ich wühlte nach meiner Brieftasche. »Ich weiß es nicht auswendig. Downer hat mir vor seinem Abflug die Liste gegeben. Wir bezahlen sie monatlich.« Ich fand die Liste und faltete sie auseinander.

»Also – alles zusammen monatlich neunundvierzig Pfund. Das sind ungefähr – was – hundertsiebenunddreißig Dollar im Monat.«

»Wie setzt sich das zusammen?«

»Also, Samuel kriegt zwölf Pfund; William elf; Charles, der Steward, zehn. Small Boy kriegt vier, Ojo sechs und Silex auch sechs.«

»Barmherziger Gott«, sagte Shartelle.

»Wenn Small Boy vier Pfund kriegt – plus Kost und Logis –, hat er im Jahr achtundvierzig Pfund, also rund zwanzig Pfund mehr als das durchschnittliche Jahreseinkommen in Albertia – für eine Familie.«

»Mehr will ich nicht davon hören. Behalten Sie alle diese deprimierenden Fakten und Zahlen für sich. Wir werden ihnen hin und wieder ein paar Pfund zustecken, ehe wir verschwinden.«

»Das ist der Ärger mit euch verdammten Amerikanern«, sagte ich mit aufgesetztem britischen Akzent. »Kommt her und fangt sofort an, die Typen zu verwöhnen.«

»Wir lassen Pig ein paar verwöhnen«, sagte er. »Wir setzen es bei den Spesen als Bewirtungskosten an. Mir ist schon wohler, wenn ich nur daran denke.«

Er erhob sich aus seinem Sessel und ging auf die Veranda. Er musterte den Rasen, zupfte an den Geißblattranken, die der Veranda von Westen her Schatten spendeten, schüttelte den Kopf und kam wieder herein. »Wie sich Hundszahngras wohl in Afrika machen würde?« sagte er.

»Ich habe mal Golf in einem Club gespielt, wo sie für die Greens gebogenes Hundszahngras hatten. Wächst einen Zentimeter und beugt sich dann gerade nach vorn.«

Shartelle musterte mich mit schiefem Kopf. »Ich habe mal einen gekannt, der hat Orchideen gezüchtet und sie wahrhaftig dazu trainiert, zu …«

Das Telefon klingelte, ehe Shartelle seine Lügengeschichte beenden konnte. Ich stand auf, ging hinüber zum Schreibtisch und nahm ab.

»Mr. Shartelle oder Mr. Upshaw, bitte.« Es war die Stimme eines Mannes mit englischem Akzent.

»Upshaw am Apparat«, sagte ich.

»Mr. Upshaw, hier spricht Ian Duncan. Ich bin Adjutant Seiner Exzellenz Sir Charles Blackwelder. Seine Exzellenz würde es sehr begrüßen, wenn Sie und Mr. Shartelle morgen Vormittag im Government House vorbeikommen könnten. Wäre Ihnen das möglich?«

»Ich sehe keinen Grund, weshalb nicht.«

»Ausgezeichnet. Wollen wir sagen, gegen zehn?«

»Gern.«

»Wir schicken Ihnen einen Wagen.«

»Vielen Dank.«

»Sehr gut. Wir dürfen Sie also morgen Vormittag erwarten. Guten Tag.«

Auch ich sagte guten Tag und hängte ein.

»Das war der Adjutant Seiner Exzellenz Sir Charles Blackwelder, Gouverneur von West-Albertia, Verteidiger der Krone, Vertreter Ihrer Majestät der Königin.«

»Und?«

»Er würde uns gern morgen Vormittag um zehn Uhr sehen. Ich habe zugesagt. Sie haben es ja gehört.«

»Was wissen Sie über Sir Charles?«

»Er ist seit etwa sieben Jahren Gouverneur der Region. Nach der Unabhängigkeit wird er natürlich gehen. Vielleicht schon früher. Er hat seine Karriere hier in den Dreißigern begonnen. War Bezirksamtmann im Norden und stieg ziemlich schnell auf. Nichts Spektakuläres, aber er galt als guter Verwalter. Die Albertianer haben ihm nichts als die Farbe seiner Haut vorzuwerfen.«

»Aber er behält seine Finger im Spiel?«

»Allem Anschein nach, ja.«

Der Humber mit William am Steuer und Ojo neben ihm sauste die kiesbedeckte Zufahrt herauf und stoppte vor der Veranda. Sie stiegen aus und gingen nach hinten zum Kofferraum, aus dem der gelbe Metallgriff eines Rasenmähers ragte. William half Ojo, ihn herauszuholen, als wir auf die Veranda traten.

»Sehr gut Grasschneider, Sah«, sagte William. »Wir gut feilschen für elf Pfund vier Shilling und Sixpence.«

Ich ging die Stufen hinunter und schaute mir den Rasenmäher an, der aussah wie alle anderen Rasenmäher, die ich je gesehen oder geschoben hatte. Es war lange her, dass ich einen geschoben hatte. Ojo lächelte breit und strich scheu über die Griffe. Es war ein Rasenmäher der Marke Big Boy, und dem Schild zufolge war er hergestellt worden in Toledo, Ohio.

»Ojo sehr glücklich«, sagte William, zog eine Lederbörse heraus und zählte mir sorgfältig das Wechselgeld hin. Inzwischen stand die übrige Belegschaft außer dem Nachtwächter Silex um den Rasenmäher herum. »Sehr schön, Sah«, sagte Samuel, der Koch. Small Boy berührte den Mäher und kriegte einen schnellen Klaps von Ojo, der in seiner mir unbekannten Sprache eine Frage an Samuel abfeuerte.

»Ojo will wissen, ob Sie oder Mastah mag schieben Mäher zuerst?«

»Sagen Sie ihm, wir wissen das Angebot zu schätzen«, sagte Shartelle, »aber wir finden, er sollte diese Ehre haben.«

Samuel dachte einen Moment darüber nach und sagte dann etwas zu Ojo, der breit grinste. Er drehte den

Rasenmäher um, so dass Klingen und Walze oben waren und sich nicht drehen konnten, und schob ihn zu einem passenden Rasenstück. Die Diener versammelten sich um ihn; Shartelle und ich sahen von den Verandastufen aus zu, wie es sich für unseren Status geziemte. Ojo drehte den Rasenmäher vorsichtig um, rieb die Hände an seinen abgetragenen Khakishorts und schob das Gerät versuchsweise etwa einen halben Meter. Es schnitt das Gras. Aus dem Publikum ertönten anerkennende »Ahhhhs« und »Ohhhhs«. Ojo blickte uns an, und Shartelle gab ihm das Segenszeichen mit der krummen Zigarre. Er schob den Rasenmäher zwei Meter geradeaus. Dann machte er langsam kehrt und mähte einen weiteren Rasenabschnitt von vielleicht zwei Metern. Dann legte er los, und sein Publikum löste sich auf. Wir sahen ihm eine Weile zu, wie er seinen Rasenmäher über die Grasfläche schob – eine kurze stämmige Gestalt mit muskulösen Beinen – und sich dabei glücklich über die Maschine beugte, sein erste Begegnung mit der Mechanisierung.

»Wir sollten jetzt wohl zu Akomolo fahren«, sagte Shartelle.

Wir stiegen ins Auto, und William setzte zurück zum Wendeplatz. Ich betrachtete Ojo und seinen Rasenmäher. »Vielleicht sollten wir ihm einen Korb für den Rasenschnitt besorgen«, sagte ich.

Shartelle paffte seine Zigarre. »Das ist das Problem mit euch Amerikanern. Ihr wollt die verdammten Eingeborenen verwöhnen.«

11

Akomolos Residenz hätte im Herzen von Ubondos Zentrum gelegen, wenn die Stadt ein Zentrum gehabt hätte. Eine drei Meter hohe Lehmmauer, die eine neue Schicht Tünche benötigte, erstreckte sich fünfundzwanzig Meter weit die Straße entlang. Die Mauer hatte ein eisernes Gittertor, durch das ein Wagen passieren konnte, wenn die beiden kräftigen Polizisten, die es bewachten, ihn durchließen. Die Mauerkrone war mit den unteren Hälften zerbrochener Bierflaschen besetzt.

Akomolos Haus ragte über die Mauer hinaus, und auf dem Haus erhob sich eine Fahnenstange. Nicht der Union Jack war aufgezogen, sondern eine blauweiße Flagge, die schlaff in der unbewegten Luft hing.

»Was ist das für eine Flagge, William?« fragte ich.

»Parteiflagge, Sah. National Progressives.«

»Ah so.«

William bog in die Zufahrt zum Eisentor und hielt für die beiden Polizisten. Sie kamen ans Auto und blickten herein, jeder von einer Seite. »Mr. Shartelle? Mr. Upshaw?« fragte einer der beiden.

»Ganz richtig«, sagte Shartelle.

Sie musterten uns noch ein wenig und winkten uns dann durch. Die Auffahrt führte durchs Tor und in einen Hof, der mit Zement gepflastert war. Menschen – Männer, Frauen, Kinder – standen, hockten und lagen im Hof. Manche hatten kleine Kisten vor sich, auf denen sie eine schmuddelige Kollektion von Zigaretten und Kolanüssen feilboten. Andere plauderten mit ihren Nachbarn. Mütter stillten ihre Babys. Ein alter Mann lag zusammengerollt im Schatten der Mauer, tief schlafend oder tot.

»Freunde von Chief Akomolo«, sagte William und nickte in Richtung der Leute im Hof. Es mochten siebzig oder fünfundsiebzig sein. »Er abends gibt ihnen Essen.«

Das Hauptgebäude war ein U-förmiges, dreigeschossiges, verputztes Haus mit Fenstern, tief in die dicken Mauern eingelassen. Es hatte weder Stil noch Ausstrahlung, sah aber massiv aus. Die Auffahrt führte an einer Seite am Haus vorbei nach hinten. William lenkte den Humber dort entlang und bog hinter dem Haus nach rechts in einen weiteren Hof, der von der gleichen hohen Lehmmauer umschlossen und von den Quartieren des Personals flankiert wurde. Eine Sammlung von Automobilen parkte vor der Rückmauer. Es gab einen Fleetwood Cadillac, einen Mercedes 300, einen Rolls Silver Wraith, einen Facel-Vega, zwei große Oldsmobiles, die völlig gleich aussahen, einen Jaguar Mark X, einen Jaguar XK-E mit heruntergeklapptem Verdeck und eingedrücktem linken vorderen Kotflügel, verschiedene Chevrolets, Fords, Plymouths, Rovers und einen vereinsamten Volkswagen.

William hielt neben dem Rolls an. Shartelle und ich stiegen aus. Ein Mann in einer fließenden blauen *ordona* eilte über den Hof des Hauptgebäudes auf uns zu, um uns zu empfangen. William zupfte an meinem Ärmel. »Ich noch nicht essen, Mastah.«

»Können Sie hier was bekommen?«

»Doch, von Küche hier. Kostet nicht viel.«

»Okay. Seien Sie in zwei Stunden wieder hier. So lange werden wir mindestens brauchen.«

Shartelle schüttelte dem Mann in dem blauen Gewand die Hand. Er sagte: »Pete, das ist Dr. Diokadu, der Sekretär der National Progressive Party.«

Dr. Diokadu war ein großer, dünner Mann von ungefähr dreißig Jahren, mit einem schnellen, nervösen Lächeln, glänzenden dunklen Augen und einer hohen, glatten, braunen Stirn. Er wirkte gescheit – so wie manche Leute eben gescheit aussehen.

»Ich freue mich schon lange darauf, Sie kennenzulernen, Mr. Shartelle.«

»Vielen Dank. Haben wir uns verspätet?«

»Nein, keineswegs. Der Führer würde Sie gern sehen, ehe …«

Er beendete den Satz nicht. Das Wort wurde ihm abgeschnitten von einem durchdringenden, misstönenden Signal aus einer schlecht geblasenen Trompete oder einem Horn. Dann begann eine Trommel zu dröhnen. Dr. Diokadu lächelte nervös. »Sie müssen mich einen Moment entschuldigen«, sagte er. »Der Ile kommt. Ich muss ihn begrüßen. Vielleicht wollen Sie seinen Einzug beobachten – es gehört zur Tradition, wissen Sie, und die meisten Europäer finden es – nun ja – amüsant, nehme ich mal an.«

Shartelle und ich lächelten höflich. Die Trompete oder das Horn plärrte wieder durchdringend, und ein Mann in Löwenfell und grotesker Maske kam um die Ecke getanzt und schwenkte einen Stock, an dem etwas befestigt war, das wie Waschbärenschwänze aussah. Die Maske war rot und schwarz und grün, und der grässlich geformte Mund war als freches Grinsen geschnitzt. Eine Nase hatte die Maske nicht, aber die Augen waren rot und schienen zu blitzen. Oben war die Maske mit etwas geschmückt, das von weitem wie das Modell eines Zerstörers oder Schlachtschiffs aussah. Die maskierte Gestalt schwang den Stock gegen einige der auf dem Hof Herumlungernden, die darauf zurückfuhren, ohne zu lachen. Der Mann im Löwenfell schrie etwas. William stand neben mir, und auch er wich zurück, als sich der Mann mit seinem wedelnden Stock näherte. Ich sah, dass das Schiffsmodell auf seinem Kopf ein Zerstörer war und sogar einen Namen trug: *Ft. Worth, Texas.*

»Wer, zum Teufel, ist das?« fragte ich William.

»Das kleiner Ju-ju-Mann«, antwortete William.

Dr. Diokadu stand aufrecht und ruhig mitten im Hof, während der Ju-ju-Mann schreiend und seinen bepelzten Stock schwenkend um ihn herumtanzte.

»Er böse Geister vertreibt, bevor Ile kommt«, erklärte William.

»Na, ist das was?« sagte Shartelle mit breitem Grinsen.

Die Trompete erklang wieder, und vier Männer in weißen Gewändern kamen um die Ecke. Jeder trug ein Tablett, und auf jedem Tablett lag eine einzelne Kolanuss. Die Männer gingen geradeaus weiter, nachdem sie die Ecke hinter sich hatten. Sie ignorierten Dr. Diokadu, und er ignorierte sie.

»Sie Kolanüsse bringen von Ile für Chief Akomolo«, flüsterte William.

Die Trompete röhrte abermals, und die Trommeln rollten.

»Sprechende Trommeln«, sagte William.

»Was sagen sie?« fragte Shartelle.

»Sie sagen Ile kommt.«

Eine weitere, in leuchtend blaue Gewänder gehüllte Gestalt bog um die Ecke. Der Mann trug einen zweieinhalb Meter langen goldenen Stab, mit einem kunstvoll geschnitzten Vogel an der Spitze. Er benutzte den Stab, um sich beim Gehen zu stützen. Er war alt, und beim Näherkommen sang er mit einer hohen, dünnen Stimme.

»Er sagt, Ile von Obahma jetzt kommt – er sagt, dass er großer Mann ist und dass alle, die ihn sehen …«

»Das ist nur eine grobe Übersetzung«, sagte eine Stimme neben mir. Ich drehte mich um, und neben mir stand ein lächelnder dunkler Mann mit Sonnenbrille. »Ich bin Jimmy Jenaro«, sagte er. »Schatzmeister der Partei.«

Ich flüsterte meinen Namen und stellte Shartelle vor.

»Ich erkläre es Ihnen Schritt für Schritt«, sagte Jenaro. »Da vorn springt eine kümmerliche Kreuzung von Zauberdoktor und Hofnarr herum. Fragen Sie mich nicht, woher er sein Kostüm oder das Ft.-Worth-Boot hat. Das gehört zu seiner Magie. Die vier Burschen mit den Kolanüssen gehören zum Gefolge des Ile. Die Kolanüsse sind natürlich Symbole von Freundschaft und Loyalität. Nun, der ältere Mitbürger mit dem goldenen Stab ist der Herold des Hofes. Das ist übrigens echtes Gold. Der Stab ist das Symbol für die Autorität des Ile als traditioneller Herrscher oder Kaiser oder König oder sonst was in Obahma. Der Herold singt Loblieder auf ihn. Sie werden bemerken, wenn er einen Satz beendet, greifen die Trommeln ihn auf – die Intonation, den Takt, die Kadenz. Deshalb heißen sie sprechende Trommeln. Ich gebe es Ihnen Satz für Satz wieder: ›Volk dieses Landes verneige dich … denn jener, der mächtiger ist als alle, kommt deines Weges – wirf dich in den Staub vor dem Sohn des Blitzes … der Bruder des Mondes naht …‹«

Der alte Mann mit dem goldenen Stab ging langsam. Er sang eine Phrase, machte eine Pause, und die Trommeln griffen die Phrase auf. Die Trompete blies, und dann sang er die nächste Phrase. Jenaro übersetzte:

»›Größer als jene aus dem Lande Kush … kommt jetzt Arondo, Sohn des Arondo und Sohn jener Arondos, die am Anfang waren … Jetzt kommt er … Jetzt kommt er … Wirf dich in den Staub, denn gewaltig ist sein Zorn, unvergleichlich seine große Weisheit‹ – oder besser vielleicht ohnegleichen – ›seine Tapferkeit im Kampf gefürchtet und unvergesslich, und seine Fruchtbarkeit der Neid der Welt.‹«

Der alte Mann hatte den Eingang des Gebäudes erreicht und war stehengeblieben. Er stieß den Stab im Takt mit den Sätzen, die er intonierte, auf den Boden, und setzte seine Lobeshymne fort. Um die Ecke kam ein sechs- oder siebenjähriger Knabe, der den Trichter eines zweieinhalb Meter langen Messinghorns auf der Schulter trug. Hinter ihm ging der Hornist. Er blies wieder einen Ton. Der alte Mann setzte seinen Singsang fort. Als nächstes kamen zwei Männer mit fellbespannten, an den Enden spitz zulaufenden Trommeln, die sie an Streifen von Tierfellen um den Hals trugen. Sie gingen langsam, hielten die Köpfe geneigt, um den Singsang des Herolds zu hören. Wenn er eine Phrase seines Gesangs beendet hatte, wiederholten ihre Hände den Rhythmus auf den Trommeln.

Die Menschen im Hof lauschten stumm. Dr. Diokadu stand noch immer aufrecht und bewegungslos mitten im

Hof. Die Kolanussträger befanden sich jetzt etwas seitlich vom Herold, der seine trockenen, gestelzten Lobpreisungen des Ile von Obahma fortsetzte.

»Jetzt kommt er«, flüsterte Jenaro Shartelle und mir zu.

Langsam schob ein Wagen seine Schnauze um die Ecke. Ich hörte Shartelle knurren. Es war ein bemerkenswerter Wagen, die Sonderanfertigung eines LaSalle-Kabrio von 1939, strahlend weiß lackiert und mit Weißwandreifen in den Kotflügelmulden montiert.

»Sieht aus, als hätte jemand den geplatzten Zylinderblock repariert, Clint«, sagte ich.

»Sieht verdammt danach aus.«

Der LaSalle war ein Siebensitzer, und auf der Rückbank saß ganz allein ein kleiner Mann mit steifem Strohhut. Er trug eine Sonnenbrille und schien geradeaus zu schauen. Der Strohhut war mit einer langen Straußenfeder geschmückt, die sich in der Brise leicht bewegte.

Sobald der Wagen und sein Insasse sichtbar wurden, ließ William sich flach auf den Boden fallen und presste den Kopf fest gegen den Zement des Pflasters. Dr. Diokadu war etwas langsamer, aber auch er kniete und berührte mit dem Kopf den Zement.

»Das gehört mit zum Spiel, Jungs«, sagte Jenaro neben uns, ging in die Knie und drückte den Kopf auf den Boden. Alle anderen im Hof lagen flach ausgestreckt da. Shartelle winkte dem Ile mit seiner Zigarre und lüftete seinen Hut – wie der Spieler in einem Western, der der Lehrerin begegnet. Ich blieb einfach stehen.

Der Wagen hielt an, der Fahrer stieg aus, warf sich in routinierter, hastiger Manier auf den Boden, stand auf und öffnete den Wagenschlag. Der Ile nahm seine Sonnenbrille ab, brachte sie in den Falten seines Gewands unter und ließ sich beim Aussteigen helfen. Dr. Diokadu erhob sich aus seiner liegenden Stellung und eilte zum Ile, um ihn zu begrüßen. Auch Jenaro stand auf, aber William und die Übrigen im Hof blieben ausgestreckt liegen.

»Damit versaut man sich jeden Anzug«, sagte Jenaro und klopfte sich den Staub von den Knien seiner rehfarbenen Hose. Er trug ein weißes Hemd mit schwarz-gelber Ascot-Krawatte, ein schwarzes Kaschmirjackett, das so leicht zu sein schien, dass es tatsächlich kühl wirkte, und schwarze Wildlederschuhe. Aus der Brusttasche seiner Jacke ragte die Spitze eines Ziertuches im gleichen schwarz-gelben Muster wie seine Krawatte. Ich erwischte Shartelle und Jenaro dabei, wie sie gegenseitig ihre textile Pracht musterten.

Der Ile ging im Hof umher, sprach zuerst mit einem, dann mit einem anderen der liegenden Albertianer. Einige Angeredete machten einen halben Liegestütz und wandten ihm das Gesicht zu, wie man es zur Sonne dreht. Er drückte ihnen Shilling-Münzen auf die Stirn. Dort blieben sie im Schweiß kleben. Danach nahmen die Begünstigten ihre Positionen wieder ein. Auf dem Rundgang des Ile durch den Hof folgte ihm Dr. Diokadu, kurz hinter ihm und mit nervös hochgezogenem Gewand.

Der Ile blieb dort stehen, wo William lag, und sagte etwas. William stützte sich halb auf, hob das Gesicht und antwortete. Der Ile klebte unserem Fahrer einen Shilling auf die Stirn und blickte zu uns herüber. Er war ein kleiner Mann mit einem ebenmäßigen, beinahe runden Kopf.

Seine Gewänder waren von makellosem Weiß, mit Gold bestickt. Wie er den gefiederten Strohhut trug, wirkte es beinahe verwegen. Er lächelte, zeigte uns einen hübschen Vorrat an goldenen Zähnen und sah uns ohne Neugier an, sagte etwas zu Dr. Diokadu und nickte Jenaro zu, der sich verneigte. Als der Ile an Shartelle vorbeiging, blickte er schnell nach rechts und links – und zwinkerte. Dann ging er zum Gebäude und verschwand durch den Eingang, Dr. Diokadu und das Gefolge dicht hinter ihm.

»Tut mir leid, dass ich bei Ihrer Ankunft nicht hier war«, sagte Jenaro. »Aber ich wurde vom Führer aufgehalten. Er wollte, dass wir uns zusammensetzen, entweder ehe der Ile kommt oder nach seiner Abfahrt. Sieht so aus, als wäre es danach. Die haben jetzt mit der förmlichen Begrüßung eine Weile zu tun, also könnten wir doch ein Bier trinken.«

»Gehen Sie voran, Mr. Jenaro«, sagte Shartelle.

»Nennen Sie mich einfach Jimmy. Ohio State University, Jahrgang 55.«

Shartelle grinste. »Ich habe schon bemerkt, dass Sie wie einer von da reden.«

»Abschluss in Betriebswirtschaft, ›bestanden‹ in Golf, ob Sie's glauben oder nicht.«

»Glaub ich Ihnen«, sagte Shartelle.

»Ich leg nur meine Referenzen offen.«

»Die sind überzeugend«, sagte ich.

»Der Führer hat zwischen der Zitronenlimonade ein bisschen Bier versteckt«, sagte Jenaro. »Ich glaube, drei Flaschen sollten wir auftreiben können.«

Er führte uns eine Treppe hinauf zu einem Balkon und von da in einen Raum, der ein Büro zu sein schien. »Das

Arbeitszimmer des Führers«, erklärte er und ging zu einem kleinen Kühlschrank, der zwischen Aktenschränken an der Wand stand, nahm drei Flaschen Bier heraus und öffnete sie. Er deutete auf Sessel und bat uns, Platz zu nehmen. Er hockte sich auf die Schreibtischkante.

»Vor ein paar Tagen habe ich Downer gesehen. Er sagte, Sie müssten bald kommen.«

»Wir sind gestern morgen eingetroffen.«

»Angenehmer Flug?«

»Ja, danke.«

»Sie sind der Schatzmeister der Partei, nicht wahr?« fragte Shartelle.

»Genau. Der Geldbote, der Mann fürs Grobe – falls Sie wissen, was ich meine.«

»Ich glaube schon.«

Jenaro stellte sein Bier auf den Schreibtisch und ging im Raum auf und ab. »Drei von uns werden in die Zentrale gehen – das Bundesparlament. Der Führer, ich – weil ich den sichersten Wahlbezirk im Land habe – und Diokadu. Sie haben ihn gerade kennengelernt. Er ist unser Theoretiker. Gescheit.«

Er blieb mitten im Raum in Putt-Haltung stehen und zielte auf ein imaginäres Loch. Ich schätzte die Entfernung auf drei Meter.

»Sie haben ein Amt in der Regionalregierung?« fragte Shartelle.

»Informationsminister«, sagte er.

»Das könnte nützlich sein«, sagte ich.

Jenaro nickte, zielte auf ein weiteres imaginäres Loch, schlug und seufzte. »Daneben. Ich hätte in den Staaten bleiben und Profi werden sollen. Vielleicht hätten Gary Player und ich als Team antreten können bei einem dieser Turniere, die samstags nachmittags im Fernsehen laufen. Da würde denen in Kapstadt die Spucke wegbleiben, oder?«

Shartelle streckte seine langen Beine aus und nahm einen Schluck aus der Bierflasche. Jenaro hatte uns keine Gläser angeboten.

»Netter Anzug«, sagte Jenaro. »Seersucker?«

»Der Stoff ist eine Spezialanfertigung für mich von einer kleinen alten Textilfabrik ohne Gewerkschaften unten in Alabama. Ich kann Ihnen ein paar Meter besorgen, wenn Sie wollen.«

Jenaro ging zu ihm und befühlte Shartelles Revers. »Ernsthaft?«

»Ich notiere es«, sagte ich. »Wir lassen Duffy es herfliegen.«

»Schaffen Sie es bloß nach London«, sagte Jenaro. »Da sitzt mein Schneider.«

»Wie sehen Sie das politische Bild, Jimmy?« fragte Shartelle.

Jenaro zielte sorgfältig und versenkte einen Ball aus sechs Metern. Ich wollte ihm gerade sagen, dass er zu viel mit dem Hintern wackelte, unterließ es aber. »Sehr schwierig. Wir haben das Geld, aber uns fehlen die Stimmen.«

Shartelle nickte. »Sie können keine Umfrage durchziehen, oder?«

»Ich bin so nah dran, wie's hier überhaupt geht«, sagte Jenaro. »Eine richtige Umfrage können wir nicht machen, weil wir keine ausgebildeten Marktforscher haben. Und wenn wir ausgebildete Interviewer hätten für eine gründliche Sache à la Oliver Quayle oder Lou Harris, müssten die an die neunzig Dialekte beherrschen. Wir können Stichproben machen, die Wähler auf dem Markt befragen, auf der Straße, wo auch immer, aber das bringt nicht viel. Hier im Westen und drüben im Osten haben wir es mit Stammesbindung zu tun. Oben im Norden sorgen die Moslems dafür, dass die Leute Gott oder Allah fürchten.«

»Was rechnen Sie sich denn aus?«

»Ich weiß es nicht. Wenn uns nicht etwas Besonderes einfällt, werden der Führer, Diokadu und ich, wie ich fürchte, die loyale Opposition werden. Aber ich bin kein großer Stratege. Ich kann bis auf den Penny genau sagen, was wir in der Kasse haben und um wie viel wir bestimmte Leute anzapfen können. Ich kenne sie alle, weil ich in der Politik mitmische, seit ich sechzehn bin. Tatsächlich haben sie mich in die USA geschickt, um mich loszuwerden. Als ich zurückkam, habe ich mit Importgeschäften ganz schön verdient und dabei die Geschäftswelt kennengelernt – und das sind in jedem Land die gleichen Leute. Deshalb steige ich in meinen Jaguar und fahre in den Busch. Sie wissen schon: Ich parke ihn bei einem Regierungsrasthaus, ziehe mich um und fahre mit dem Fahrrad ins Hinterland. Ich unterhalte mich mit den Dörflern. Die meisten wissen nicht, wer ich bin, und ich habe ein gewisses Sprachtalent, darum komme ich mit den Dialekten gut klar. Ich rede mit denen, die reden mit mir. Ich kriege heraus, was sie in dieser Woche aufregt, dann fahre ich zurück und versuche, das in Ordnung zu bringen, damit der Führer es sich anrechnen lassen kann. Manchmal meine ich, alle

Minister sollten das tun, statt in ihrem Mercedes herumzukutschieren.«

»Das hat vielen Politikern, die ich kenne, das Genick gebrochen«, sagte Shartelle. »Aber sagen Sie mir eins: Kennen Sie die Gewerkschafter einigermaßen?«

»Doch, ja.«

»Wohin tendieren die?«

Jenaro streckte die Hand aus, drehte sie erst mit der Handfläche nach oben, dann nach unten. »Wer weiß? Kommt darauf an, wer als letzter mit ihnen gesprochen hat.«

»Wer ist der Mann an der Spitze?«

»Der Generalsekretär des Trade Union Congress.«

»Entspricht das unserer AFL-CIO?«

»Ungefähr, nur muss der Generalsekretär bei uns sich nicht alle zwei oder vier Jahre zur Wahl stellen. Er wird auf Lebenszeit ernannt.«

»Nimmt er sein Amt ernst?«

Jenaro blickte zur Decke. »In einem gewissen Maß. Er und ich, wir hatten geschäftlich ein paar Mal miteinander zu tun. Er ist nicht darüber erhaben, Profit zu machen, obwohl das in all seinen Reden ein schmutziges Wort ist.«

»Hat er die Macht?«

»Auf die es ankommt?«

»Genau die.«

»Die hat er.«

»Kann man mit ihm einen Deal machen?« fragte Shartelle.

»Für Geld? Geld braucht er nicht.«

»Irgendwas wird er brauchen.«

Jenaro stand von der Schreibtischkante auf und ging durch den Raum. »Er würde es schriftlich haben wollen.«

»Was für ein Verhältnis haben er und der Chief?« fragte Shartelle.

»Geht so. Nicht eng, nicht distanziert. Sie behalten einander im Auge.«

»Gut. Ich habe eine Idee. Sie könnte uns weiterhelfen.«

»Sprechen Sie mit dem Führer darüber.«

»Nun ja, Jimmy, der Chief scheint ein nobler, aufrechter Mann zu sein, der vielleicht lieber gar nicht alles wissen will, was ich so im Sinn habe. Was ich brauche, ist jemand, der dem Chief als Emissär zur organisierten Arbeiterschaft dienen könnte – natürlich nicht öffentlich –, jemand, der da ein paar Worte fallen lässt, wo sie die größte Wirkung haben.«

Jenaro setzte sich wieder auf die Schreibtischkante. Er bewegte sich ziemlich viel. »Auf der Ohio State hatten wir immer ein paar Typen aus dem Süden, die so geredet haben wie Sie. Haben geredet und geredet, und plötzlich bin ich beim Poker fünfzig Dollar in den Miesen. Aber nichts für ungut. Warten Sie nur, bis Sie einen Haufen Albertianer zusammen haben, wenn Sie lange um den heißen Brei herumreden mögen, ehe Sie zur Sache kommen. Zuerst fangen die mit den Parabeln an. Dann kommen die Sprichwörter. Nach den Sprichwörtern kommen die verschleierten Metaphern. Dann – vielleicht dann, wenn Sie Glück haben – kommt jemand zum Punkt.«

Shartelle wischte etwas Asche von einem feingeschneiderten Revers. »Das liegt an meiner Südstaatenerziehung, Sir. Wir legen viel Wert auf höfliche Konversation.

Jenaro grinste. »Scheiße. Was Sie wollen, ist doch, dass ich mit dem Trade Union Congress einen Deal mache, ja?«

»So etwas in der Art hatte ich im Hinterkopf. Ich hätte aber vielleicht noch eine andere Rolle für Sie in dieser Kampagne.«

Jenaro stand auf und ging wieder im Raum hin und her. »Clint«, sagte er, »wir könnten beinahe miteinander auskommen.«

»Da bin ich mir sicher. Da bin ich mir ganz sicher.«

Ein Albertianer in weißem Gewand schob den Kopf durch die Tür. »Zeit zu Essen, Sah.«

»Jetzt lernen Sie den Rest der Truppe kennen, einschließlich des Ile. Der Ile hat nicht nur Stimmen, sondern auch Geld. Das ist einer der Gründe, weshalb wir ihm Honig ums Maul schmieren. Und natürlich ist er der traditionelle Herrscher.«

»Ich glaube, er hat mir zugezwinkert«, sagte Shartelle.

»Ich weiß, dass er das getan hat«, sagte ich.

»Der alte Knabe hat auf seine Art einiges an Erfahrung. Er spielt beim Tamtam und den Ritualen mit, weil die Leute das mögen – oder so tun, als ob.«

»Also, ich fand es prima!« sagte Shartelle. »Da kommt er an mit diesem alten Medizinmann, der vor ihm herumtanzt mit dem Ft.-Worth-Hut auf dem Kopf, und alles Volk wirft sich zu Boden, aufs Gesicht. Und dann kommt der alte Mann, tappt mit dem goldenen Stab und singt seine Loblieder. Mann, das war besser als Father Divine. Und dann kommen dieses zweieinhalb-Meter-Horn und die sprechenden Trommeln und dann der Alte höchstselbst, wie er stramm und stolz da sitzt mit seiner Hollywood-Sonnenbrille und der Kreissäge samt wehender Straußenfeder. Da kommt er an in dieser 1939er LaSalle-Limousine, wie mein Daddy sie hatte. Und dann steigt er aus dem Wagen, so vollkommen gelassen und selbstverständlich, und geht umher und klebt den Leuten mit Schweiß einen Shilling auf die Stirn. Das hätte ich um keinen Preis versäumen wollen.«

»Shartelle hat so seine Vorstellungen davon, wie Afrika sein sollte«, sagte ich zu Jenaro.

»Tarzan und Timbuktu?«

»So in der Art.«

Jenaro lächelte und wandte sich an Clint. »Halten Sie sich einfach an mich, Dad. Ich sehe schon zu, dass Sie nicht enttäuscht werden.«

12

Wir lernten alle kennen – vom Innenminister bis zum stellvertretenden Verwaltungsassistenten des Premiers. Vierzig Personen waren in dem Raum mit der langen Tafel, vielleicht zwei mehr oder weniger, und sie bewegten sich in einer glänzenden Darbietung von Festtagsgewändern und schrillem Konversationsgewirr, wovon Shartelle und ich nicht viel mitbekamen. Wir waren die einzigen Weißen im Raum.

Chief Akomolo begrüßte uns herzlich. »Wenn das hier vorbei ist, hoffe ich, dass wir uns zusammensetzen können. Können Sie noch bleiben?« Wir sagten zu, und er wies Jimmy Jenaro an, uns ins Schlepptau zu nehmen. Jimmy sagte: »Bleiben Sie einfach stehen. Alle werden an Ihnen vorbeikommen, ehe wir uns zum Essen setzen.«

Jeder der etwa vierzig Männer im Raum bahnte sich den Weg bis zu dem Ende, wo der Ile in einem Sessel aus Tiergehörn auf einem fußhohen Podest saß. Jeder, der zum Ile kam, warf sich vor ihm nieder, murmelte einige Worte und entfernte sich. Der Ile trank Orangensaft aus einer Flasche und lächelte mild auf die Versammlung hinab. Er sah etwas gelangweilt aus.

Dann gingen jene, die es noch nicht getan hatten, zu Chief Akomolo weiter, schüttelten ihm die Hand, begrüßten ihn und gingen zu den Tischen mit den Getränken. Eine Reihe von Stewards schlängelte sich mit Flaschen Ballantine's Scotch durch die Menge und drängte jedem eine Flasche auf, der die Hand danach ausstreckte. Ich bemerkte, dass einige der Gäste die eine oder andere Flasche in den Falten ihrer Gewänder verstauten.

»Wollen Sie einen Drink?« fragte Jenaro.

»Scotch mit Wasser, wenn es keine Mühe macht«, sagte Shartelle. Ich bat um das gleiche. Jenaro hielt einen der Stewards an und bat ihn, uns drei Scotch mit Wasser zu bringen. Er brachte uns drei Flaschen und drei Gläser Wasser. Jenaro seufzte, stellte zwei Flaschen neben einer Fußbodenleiste ab, öffnete die dritte und goss uns allen einen Drink ein.

»Für jemanden, der das Zeug nie anrührt, bringt es der Führer auf eine verdammt hohe monatliche Schnapsrechnung«, sagte er. »Aber das erwarten sie von ihm – Geschenk, *dash*, Bakschisch, Trinkgeld. Alle erwarten das und sind beleidigt, wenn sie es nicht bekommen.«

Als ersten lernten wir den Landwirtschaftsminister kennen, dann den Minister für Öffentliche Arbeiten, dann den Verkehrsminister, auf den der Handelsminister folgte, der eben gerade noch vor dem Minister für Innere Angelegenheiten und Arbeit und nach dem Gesundheitsminister kam. Alle hatten einen groben Scherz für Jenaro und eine freundliche Begrüßung für Shartelle und mich. Sie waren höflich, vielleicht etwas scheu, aber vielleicht war es auch nur Misstrauen. Sie gingen weiter, um sich zu unterhalten.

»Manche von ihnen leiten ihre Ministerien, andere nicht«, sagte Jenaro leise. »Wir alle – sogar ich – hängen von unseren ständigen Staatssekretären ab, die mit nur ein paar Ausnahmen Briten sind. Sie sind auch verdammt gut, aber nach der Unabhängigkeit gehen sie. Manche sofort, andere nach einigen Monaten, ein paar werden länger bleiben. Das ist der Prozess der Albertianisierung.«

Einige der kleineren Chiefs und Würdenträger kamen zu uns, um sich vorstellen zu lassen. Shartelle war liebenswürdig und charmant, ich war freundlich und höflich. Dies waren die Trabanten, die Trittbrettfahrer, die Schleimer, die sich bei jeder politischen Bewegung finden und sich überraschenderweise manchmal als nützlich erweisen. Diese Leute sind jederzeit bereit, für jeden an der Macht alles zu tun. In den USA würden sie vor dem Gebäude der Bezirksverwaltung herumhängen.

»Was passiert, wenn die Briten gehen?« fragte Shartelle.

»Sie bilden ein paar gute Leute aus, um ihre Posten zu übernehmen, und sie bilden sie gut aus. Natürlich kriegen die Briten ihre Pauschale.«

»Was ist das?« fragte ich.

»Ein Pauschalbetrag als Ausgleich dafür, dass sie ihre Laufbahn unterbrechen müssen.« Jenaro machte eine Pause, um uns weitere Leute vorzustellen. »Nehmen Sie zum Beispiel an, Sie wären ein heller Kopf von zwanzig, einundzwanzig oder zweiundzwanzig, gerade nach dem Zweiten Weltkrieg demobilisiert, mit einer guten Schulbildung, und Sie hoffen, im Kolonialdienst nach Albertia zu kommen. Sie gehen in einer ziemlich niedrigen Position in ein Ministerium oder als Stellvertretender Distriktbeamter in den Busch und bleiben da. Wenn Sie fünfunddreißig, sechsunddreißig oder siebenunddreißig sind, haben Sie sich hochgearbeitet zum Under-Permanent Secretary oder Assistant Permanent Secretary – und dann zieht man Ihnen den Teppich unter den Füßen weg. Vielleicht sind Sie auch vierzig oder fünfundvierzig oder fünfzig oder älter – aber nicht alt genug, um sich pensionieren zu lassen.

Was machen Sie dann – gehen Sie zurück nach London und melden sich beim Arbeitsamt?«

»Klingt nach Personalabbau«, sagte ich.

»Etwas in der Art. Deshalb haben wir einen Deal mit denen gemacht. Sie scheiden aus und bekommen eine Abfindung, abhängig von der Anzahl ihrer Dienstjahre. Wenn einer, sagen wir, fünfzehn Jahre hier war, kriegt er an die dreitausend Pfund. Das ist der Pauschalbetrag. Aber darüber hinaus kriegt er um die tausend Pfund pro Jahr bis ans Lebensende. Ohne weitere Verpflichtungen.«

»Sie wollten die dringend loswerden, wie?« sagte Shartelle.

Jenaro nickte. »Unbedingt. Und natürlich können die ihre Pauschalen jetzt kassieren und sofort abreisen – und viele tun das. Aber noch mehr von ihnen bleiben hier, solange sie können. Komisch, aber ich kann mir nicht vorstellen, dass die Amis unter ähnlichen Umständen bleiben.«

»Wenn es uns je in den Sinn käme, dass wir nicht von allen verzweifelt gewollt und gemocht und geliebt werden, würden wir den ersten Flug nach Hause nehmen«, sagte ich.

Jenaro machte uns mit einem Nachzügler bekannt, einem alten Mann, der uns mit einer Grimasse bedachte, Jenaro im Stammesdialekt beschimpfte und dann eilig loslief, um den Ile zu sehen. »Weiß der Himmel, wer den eingeladen hat«, sagte Jenaro. »Wahrscheinlich der Führer.«

Der große, breite Albertianer, der den Chief beim Essen in Duffys Büro in London begleitet hatte, kam durch die Tür. In London hatte er einen Anzug getragen, in Albertia trug er einheimische Gewänder und Sandalen und ging mit Anmut und Würde und einer eigenartigen Aura von Macht durch den Raum. Er trat sofort auf den Ile zu, und das runde Gesicht des kleinen Mannes strahlte auf, als der Jüngere respektvoll, nicht unterwürfig – wie mir meine romantische Phantasie versicherte – vor ihm in die Knie sank, ganz wie ein siegreich heimkehrender Roland vor Karl dem Großen knien würde.

Shartelle stieß mich in die Rippen. »Da ist Old Bristol Cream. Ehrenwort, der gibt wirklich eine gute Figur ab in seinem fließenden weißen Gewand und der kleinen schicken Kappe auf seinem imposanten Kopf.«

Nachdem der große Mann ein paar Worte mit dem Ile gewechselt hatte, bahnte er sich den Weg zu Chief Akomolo. Der gleiche Ausdruck echter Freude wie bei dem Ile erschien auf dem Gesicht des Chief, als die beiden sich die Hand schüttelten. Er deutete auf uns, und der Mann in Weiß drehte sich um und kam zu uns.

»Sein Familienname ist Dekko, falls Sie es vergessen haben«, sagte Shartelle.

»Nennen Sie ihn Chief Dekko«, sagte Jimmy Jenaro.

»Mr. Shartelle, es ist mir wirklich ein Vergnügen, Sie wiederzusehen.« Dekko streckte die Hand aus, und Shartelle ergriff sie.

»Ich habe mich schon darauf gefreut, Chief Dekko«, sagte Shartelle.

»Wirklich?« sagte der große Mann. »Warum?«

Das hätte manchen für einen Augenblick aus der Fassung gebracht, nehme ich an. Mich zum Beispiel. Sogar Duffy. Aber nicht Shartelle.

»Weil ich Sie gern besser kennenlernen möchte und wir in London kaum eine Möglichkeit hatten, uns zu unterhalten.«

»Das stimmt. Wollen wir uns beim Essen nicht nebeneinandersetzen?«

»Mit dem größten Vergnügen, Sir«, sagte Shartelle.

»Und Mr. Upshaw, nicht wahr?« Er reichte mir die Hand, und ich drückte sie.

»Chief Dekko«, sagte ich.

»Hallo, Jimmy«, sagte er zu Jenaro. »Ihnen bin ich sehr böse.«

»Warum?«

»Sie haben versprochen, mir Golf beizubringen – das war vorigen Monat. Sie haben nicht angerufen, und Sie sind nicht vorbeigekommen.«

»Sie waren doch in London.«

»Eine Woche – aber jetzt ist ein Monat vergangen. Sie müssen Ihre Versprechen halten.«

»Ich rufe Sie morgen an.«

»Wann?«

»Um neun – sagen wir halb zehn.«

»Vergessen Sie es nicht, Jimmy. Es ist schön, Sie zu sehen, Gentlemen. Ich habe mich auf diese Begegnung gefreut. Jetzt muss ich noch ein paar andere begrüßen, aber Mr. Shartelle, Sie und Mr. Upshaw müssen neben mir am Tisch sitzen.«

»Das ist sehr freundlich von Ihnen«, sagte Shartelle.

»Ich werde gleich wieder da sein.«

Wir sahen ihm nach, wie er sich zwischen den Männern bewegte, einen Fuß größer als die meisten, hundert

Pfund schwerer als einige. Ein großer, zäher junger Mann mit der ganzen Würde und Anmut eines halbgezähmten Panthers.

Jenaro beobachtete ihn und schüttelte den Kopf. »Das ist schon ein toller Bursche.«

Shartelle nickte. »Er weiß, wie man lächelt. Und ich schätze, er läuft auf der Innenbahn.«

»Tut er«, sagte Jenaro. »Wenn der Führer in die Hauptstadt geht, wird Dekko Premier der Westlichen Region.«

»Jung«, sagte ich.

»Einunddreißig«, erwiderte Jenaro. »Er hat einfach alles – Verstand, Aussehen, Können und das natürlichste und vertrauensvollste Auftreten, das man sich nur wünschen kann.«

»Muss bei den Leuten wirklich gut ankommen«, sagte Shartelle. »Er könnte sich unter sie mischen.«

»Kann und tut er. Vergisst nie einen Namen oder ein Gesicht. Diese Golfsache. Er hat nur mal erwähnt, er hätte gern mehr Bewegung, und ich habe ihm vorgeschlagen, Golf zu lernen. Ich habe angeboten, es ihm beizubringen – irgendwann. Aber er hat sich daran erinnert, und jetzt könnte man meinen, ich wäre nicht imstande, den bestellten Buick zu liefern.«

»Ich finde, der Junge wird's in der Politik zu was bringen«, murmelte Shartelle. »Außer, natürlich, wenn die Colts einen neuen Fullback suchen.«

»Sein Ding ist Fußball«, sagte Jenaro. »Und Kricket.«

»Man könnte sogar einen Roll-out Halfback aus ihm machen, wenn er schnell genug ist«, sagte ich.

»Möglich«, sagte Shartelle.

Chief Akomolo ging zum Kopfende des langen Tischs, dessen T fünf Plätze bot. Er nahm ein Messer und schlug laut gegen seine Saftflasche. Das Stimmengewirr erstarb, und er blickte zum Podium, auf dem der Ile gütig lächelnd saß. Der Ile sah sich im Raum um und nickte dann. Jenaro nahm Shartelle und mich am Arm. »Das ist eine politische Sitzung, deshalb sitzen der Führer, Dekko, Diokadu und ich am Kopf. Sie beide setzen sich gegenüber auf die nächsten Plätze.«

Chief Dekko winkte Shartelle und deutete auf den Platz, den Jenaro erwähnt hatte. Wir setzten uns, Dekko rechts von Chief Akomolo, Dr. Diokadu links von ihm, Jenaro neben Dekko.

Als wir uns gesetzt hatten, brachte einer der weißgekleideten Männer, die dem Ile die Kolanüsse vorangetragen hatten, ein Brett, das genau über die Armlehnen seines Thronsessels aus Gehörn passte. Ein zweiter brachte einen Teller mit, soweit ich es von meinem Platz aus erkennen konnte, Huhn und Tunke. Der alte Mann mit dem goldenen Stab stampfte aus seiner Ecke herüber, zog einen schmutzigen Löffel aus der Tasche und tauchte ihn in die Speise. Er schob einen Löffel voll in den Mund, kaute, schluckte und stieß den Stab dreimal gegen den Boden. Das Essen konnte beginnen.

Zu meiner Zeit habe ich in Armeekantinen gegessen mit Affen, die meinten, Emily Post sei der Name einer Nutte; ich habe Gefängnisse besucht und dort in der Kantine zwischen flachstirnigen Verbrechern gesessen. Ich habe mit Mitgliedern der American Legion gegessen, die ihre Messerklingen als Butterkatapult benutzten. Und ich habe mich mit den anderen Pennern und Säufern in Hafenspelunken und Kaschemmen mit Namen wie *Zur letzten Hoffnung* an einen Tisch gesetzt, um das Brot zu brechen. Nichts davon hat mir etwas ausgemacht. Ich bin nicht besonders wählerisch. Aber das Essen bei Chief Akomolo war ein denkwürdiges Erlebnis.

Die Stewards trugen das Essen auf – für jeden ein ganzes gekochtes oder gebratenes Huhn. Messer und Gabeln lagen an allen Plätzen bereit, wurden aber weitgehend ignoriert. Platten mit heißem Curry wurden an der Tafel weitergereicht, und jeder bediente sich – schob sich mit der bloßen Hand eine oder zwei Handvoll auf den Teller. Ich nahm eine kleine Handvoll und suchte dann nach einer Serviette. Es gab keine. Wie alle anderen wischte ich mir die Finger am Tischtuch ab. Ich probierte das Curry und den *fou-fou* und den Palmwein und den französischen Wein, der vom Kopf der Tafel weitergereicht wurde. Jeder, der Durst hatte, trank aus der Flasche, und es kamen immer neue Flaschen. Wer mit seinem Huhn fertig war, warf die Knochen über die Schulter nach hinten – ganz wie Charles Laughton in *Das Privatleben Heinrichs des VIII.* Ich sah mich nach großen Doggen um, es gab aber keine.

Dann kamen Teller mit Sardinen frisch aus der Dose – anscheinend eine überlieferte, unter der britischen Herrschaft beliebte Delikatesse. Für jeden Gast gab es zwei Dosen. Ich riss ein Bein von meinem Huhn, knabberte es ab und warf den Knochen über die Schulter. Niemand achtete darauf, niemand erhob einen Einwand. Ich versuchte noch einmal das Curry und fand es nicht schlechter als Border Chili. Ich probierte einen Brocken von einer grauen Paste, und sie erinnerte mich an die Tamales in Denver, nur doppelt so scharf. Die Weinflaschen waren herumgegangen, bis nun jeder zwei oder drei vor sich stehen hatte – zum Teil noch voll. Ich griff nach einer, einem schönen Moselwein, an den ich mich noch erinnerte, und schüttete ihn in meine brennende Kehle. Der Wein war nicht gekühlt, aber er half.

Ich beobachtete Shartelle, wie er drei Finger voll Curry in sich hineinschaufelte. Über sein Gesicht lief das Fett in Strömen, er wischte es mit dem Handrücken ab und machte dann die Hand am Tischtuch sauber, wobei er sich ohne Unterbrechung unterhielt. Er zwinkerte mir zu. Jimmy Jenaro sah das Zwinkern und grinste.

Chief Akomolo am Kopf der Tafel redete zuerst mit Dr. Diokadu, der sparsam aß und dabei Messer und Gabel benutzte, dann mit Chief Dekko, der mir von allen der gewaltigste Esser zu sein schien. Er vertilgte drei Hühner und verputzte sie wie Father William bis auf Gerippe und Schnabel.

Die Lautstärke am Tisch lag gerade noch unterhalb der Grenze zum Gebrüll. Shartelle beugte sich zu mir und sagte: »Junge, so ein Mampfen habe ich nicht mehr mitgemacht, seit ich das letzte Mal bei einem Cajun-Barbecue während des Yambilee-Festivals in Opelousas war.«

Jimmy Jenaro beugte sich über den Tisch und sagte: »Das hier ist nur ein stiller Lunch unter Geschäftsfreunden. Warten Sie, bis wir einen Festtag haben.« Ich nickte, kaute weiter und schob mehr nach, ehe ich das Gekaute heruntergeschluckt hatte.

»Wie schmeckt Ihnen unser albertianisches Essen, Mr. Shartelle?« schrie Chief Dekko über das allgemeine Gebrüll hinweg.

»Sehr lecker, Chief«, sagte Shartelle, riss ein Stück Hühnerbrust ab, tunkte es in eine Soße, die aus reinem Cayennepfeffer und Wasser bestand, und schob sich den Brocken in den Mund. »Ich würde sagen, es ist angenehm gewürzt.«

»Ich dachte, es wäre Ihnen vielleicht zu scharf«, sagte Dekko. »In diesem Fall …«

»Nein, Sir«, sagte Shartelle. »Ich würde es angenehm würzig nennen, pikant, könnte man sagen«, und Tränen der Pein glitzerten nur einen Moment in des wackeren Mannes Augen.

Am Ende des Saals saß der Ile in einsamer Majestät, aß einen Riegel Tropenschokolade und trank eine weitere Flasche Orangensaft. Er lächelte sein goldenes Lächeln und gähnte dann zweimal. Als er gähnte, hörte das Essen auf; das Mahl war beendet. Es hatte nur wenig länger als eine Stunde gedauert. Es folgten ein paar höfliche Rülpser, die von Nachbarn mit beifälligem Grunzen begrüßt wurden. Der Chefsteward beeilte sich, das Tablett mit dem Schokoladenpapier und die leere Saftflasche abzuräumen. Der Ile erhob sich, nickte, und die Prozession zog ab, wie sie gekommen war – der Herold sang das Lob des Ile, die Trommler griffen die Litanei auf, das lange Horn übermittelte dem wartenden Volk quäkend seine Botschaft.

Alle am Tisch saßen stocksteif da, als die Prozession zur Tür zog. Niemand sah den Ile an, außer Shartelle und mir. Der Ile blickte starr geradeaus, bis er zu Chief Akomolo kam, zu dem er dann etwas in seiner Sprache sagte, wobei er mit einer Handbewegung auf Shartelle und mich deutete. Der Chief nickte, blieb aber stumm. Die Prozession zog weiter, hinaus zu dem 1939er LaSalle.

Chief Akomolo beugte sich zu Shartelle. »Der Ile hat Sie eingeladen, ihn am nächsten Mittwoch in seinem Palast aufzusuchen. Ich glaube, es ist wichtig, dass Sie hingehen.«

»Es wird uns eine Ehre sein, Sir«, sagte Shartelle.

»Gut. Chief Jenaro wird Sie abholen.«

Chief Akomolo erhob sich und forderte durch Klopfen gegen seine Saftflasche Aufmerksamkeit. Der Lärm legte sich, Stühle wurde scharrend zurückgeschoben, einige zündeten sich Zigaretten an. Es war Redezeit bei den Rotariern nach dem Donnerstagsessen oder bei der Quartalsversammlung der Vizepräsidenten, Bezirksleiter und Mitarbeiter der Internationalen Union der Dingsbumsmacher. Die Reden begannen. Zuerst kam Chief Akomolo. Er sprach ernst, mit einem Minimum an Gesten. Seine Blicke suchten einzelne Gesichter unter den Zuhörern, und er machte ihnen bestimmte Punkte klar – wobei er manchmal mit der Faust leicht in die andere Handfläche schlug. Er war der Vorsitzende des Aufsichtsrats, sprach von den erzielten Fortschritten, wies aber auch auf die großen Herausforderungen der Zukunft hin, denen man sich stellen musste, stellen konnte und stellen würde. Er setzte sich.

Ihm folgte Chief Dekko, der wie der geschäftsführende Vizepräsident wirkte, der aufstrebende Mann, der es noch weit bringen würde. Er blickte vor sich auf den Tisch und begann ihn mit tiefer, leiser Stimme anzureden. Dann stützte er die Hände in die Hüften, pendelte ein paarmal vor und zurück, blickte über die Köpfe seiner Zuhörer geradeaus hin zu jenem fernen Punkt, der Quelle seiner persönlichen Kraft. Von ihr zehrte er. Sie wärmte ihn, und seine Stimme hob sich, steigerte sich beinahe bis zum Schreien – und dann hatte er sie und spielte mit ihnen. Er fesselte und führte sie mit seiner Stimme und dem Gesicht und den Augen, und die Amen-Ecke pries ihn jubelnd. Und schließlich hob sich seine Stimme abermals – fast bis zu jenem Schrei, der nie kam, und dann sank sie, und sein Kopf senkte sich, und er sprach wieder zum Tisch. Ein letzter einfacher, langsam gesprochener Satz, und er setzte sich.

Zuerst war es still, dann kam Klatschen, dann dröhnendes Klopfen auf den Tisch und zustimmende Rufe. Der junge Chief saß da, den Kopf gesenkt, selbst ergriffen von der Kraft seines Glaubens an das, was er gesagt hatte.

Danach stand Dr. Diokadu auf, der Statistiker, der Hüter der Fakten, und verlas seinen Bericht mit den Zahlen. Er zog seine Aufzeichnungen zu Rate, während man Stühle verschob und mit ihnen scharrte, weitere Drinks trank, hustete und Zigaretten anzündete. Niemand hörte aufmerksam zu, und auch Dr. Diokadu schien sich für seinen Bericht nicht sonderlich zu interessieren. Als er sich setzte, erhielt er höflichen Beifall, den er mit einem sardonischen Nicken zur Kenntnis nahm.

Und schließlich erhob sich am Kopfende der Tafel Jimmy Jenaro, der Public-Relations-Mann, der Vermittler, der Organisator, der junge Witzbold, der eine Geschichte gut erzählen konnte und dies auch tat – selbst wenn sie etwas schmutzig war. Er fing mit ein paar davon an, und sie lachten, schlugen sich gegenseitig auf den Rücken und grinsten einander vielsagend an. Dann wurde Jimmy seriös und sprach einige Minuten lang ernst und ruhig, und sie nickten dabei ebenso ernst. Zuletzt brachte er sie mit zwei pointierten Witzen noch einmal zum Lachen, und sie spendeten ihm doppelt soviel Beifall wie Dr. Diokadu.

Danach stand jeder einzelne auf, gab seine Beurteilung der Lage zum Besten, und wie die neuen Schritte und Vorschläge sein Gebiet beeinflussen würden. Da waren die Nuschler, die Genauen und Präzisen, die Knappen, die Geschwätzigen, die Lauten, die gewollt Komischen und jene, die zu schüchtern waren, überhaupt etwas Substantielles zu sagen.

Es wurde jedenfalls eine ganze Menge geredet. Das Ganze dauerte zwei Stunden, und Shartelle und ich ließen es über uns ergehen. Es hätte nicht unterhaltsamer sein können, wenn einer Englisch gesprochen hätte.

13

Bei der Zusammenkunft in Chief Akomolos Arbeitszimmer waren wir nur zu sechst. Sobald der letzte Redner sich gesetzt hatte, zogen sich die Gäste mit höflicher Eile zurück. Vermutlich fuhren sie nach Hause. Büros, zu denen sie gehen konnten, gab es nicht, es warteten keine Sekretärinnen mit Stapeln von Post, die unterschrieben werden musste. Das gesamte Regierungsgeschäft schloss jeden Nachmittag um zwei. Vor Jahren hatten die Briten befunden, dass es nachmittags zum Arbeiten zu heiß sei, darum war die reguläre Arbeitszeit auf die Stunden von acht bis zwei an Wochentagen beschränkt, samstags von acht bis zwölf. Keiner der albertianischen Minister erhob Einspruch.

Akomolo saß hinter seinem Schreibtisch. Wir anderen streckten uns in tiefen Sesseln und auf Couches aus, benommen von der Hitze, der schweren Mahlzeit und den Marathonreden. Die Albertianer hatten ihre wallenden Obergewänder abgelegt, und Shartelle, Jenaro und ich waren in Hemdsärmeln. Die Hemden waren schweißgetränkt. Das kleine Büro war stickig. Unter der Decke drehte sich langsam ein knarzender Ventilator. Zusätzliche Kühlung boten zwei Bodenventilatoren, die die Luft ein wenig bewegten. Ein paar Fliegenfänger aus Papier, die hier und da von der Decke hingen, machten gute Beute.

Chief Akomolo hinter seinem Schreibtisch ordnete einige Papiere, schob sie zu sauberen Stapeln zusammen und verstaute sie dann in Schreibtischschubladen, die er ständig öffnete und schloss. Während dieser Arbeit sprach er.

»Wir sind in erster Linie hier, Gentlemen, um im Interesse von Mr. Shartelle und Mr. Upshaw die Grundzüge von Strategie und Themen unserer Kampagne zu besprechen. Ich muss das Wort ›Grundzüge‹ betonen, weil wir die aus unserer Sicht wichtigsten Punkte nur berühren können.«

Er hörte auf, Schubladen zu öffnen und zu schließen, nahm seine goldgefasste Brille ab und säuberte die Gläser mit einem Taschentuch. Er hielt die Brille mit ausgestrecktem Arm ins Licht und kniff die Augen zusammen, um zu sehen, ob sie sauber genug war. Sie war es. Er setzte sie wieder auf.

Bei all dem sagte er: »Dr. Diokadu, würden Sie die wichtigsten Punkte für unsere beiden Gäste bitte umreißen?«

Dr. Diokadu saß auf einer Couch neben Chief Dekko, der ganz still war, seine mächtigen nackten Unterarme auf die Knie gestützt und den Blick fest auf den Boden gerichtet. Diokadu überlegte kurz und sagte: »Arbeitslosigkeit ist der erste. Preise und Entwicklung der Landwirtschaft der zweite. Drittens Erziehung und Bildung, und viertens medizinische Versorgung. An fünfter Stelle käme Industrialisierung, wobei das kaum eine Streitfrage ist. Niemand ist dagegen.«

»Verkehr«, sagte Chief Dekko, der weiter auf den Boden starrte. »Wir sind ein sehr mobiles Land mit einem embryonalen Verkehrssystem.«

»Verkehr«, stimmte Diokadu zu.

Niemand sprach. Die Stille wuchs, während Chief Akomolo auf eine Stelle vor sich zwischen seinen Armen blickte, die neben einer mit Leder eingefassten Schreibunterlage auf dem Tisch ruhten. Dann blickte er auf, sah eine Weile zur Decke hoch, wo sich der dekorative Ventilator nutzlos drehte. »Und Friede«, sagte er. »Friede zwischen unseren Regionen und Beilegung der Differenzen zwischen den Stämmen. Auch der Friede in der Welt. Das muss ein ständig wiederkehrendes Thema sein.«

Dekko blickte von seiner Lieblingsstelle auf dem Boden auf und lächelte. »Ein Krieg in Vietnam interessiert Dorfbewohner nicht, die ihre Familie nicht ernähren können, weil sie keine Arbeit finden.«

»Wir können die Verantwortung nicht ignorieren, welche die Unabhängigkeit mit sich bringt«, sagte Akomolo fest. »Wir können der Welt nicht den Rücken kehren und uns selbstsüchtig isolieren. Die Tür wurde geöffnet, die Einladung ausgesprochen. Wir wären pflichtvergessen, wenn wir sie nicht annähmen.«

»Das bringt uns keine Stimmen«, sagte Jimmy Jenaro. »Alle sind für den Frieden.«

Ehe Akomolo antworten konnte, lächelte Dekko wieder und sagte: »Können wir wirklich so viel zum Weltfrieden beitragen? Sind wir so weise – oder so stark? Ein schwacher Mann wird selten eine Marktkeilerei beenden.«

Akomolo hielt dem entgegen: »Ein Mann, der seine Nachbarn ignoriert, sollte nicht über Einsamkeit klagen.« Ich nahm an, dass seine Worte durch die Übersetzung etwas verloren hatten.

Der alte Kampf mit Sprichwörtern drohte sich hinzuziehen, aber Shartelle erhob sich schnell, ging durch den Raum und lehnte sich an die Wand, die Arme vor der Brust gekreuzt, ein leichtes Lächeln auf dem Gesicht. Dadurch, dass er aufgestanden war, hatte er die Rolle des Moderators übernommen. Die Gesichter im Raum wandten sich ihm zu. Ich fragte mich, wie oft und in wie vielen Räumen er schon das gleiche getan hatte.

»Gentlemen«, begann er, »ich glaube, dass Sie die wichtigsten innenpolitischen Themen schon sehr gut aufgezeigt haben – Arbeitslosigkeit, Landwirtschaft, Bildung, Gesundheit und Verkehr. Mir scheint, dass Sie nur in dem Gewicht, das der internationalen Rolle Albertias zukommt, geringfügig differieren.« Er machte eine Pause, griff in seine Westentasche und zog eine krumme schwarze Zigarre heraus. Er zündete sie an, paffte ein paarmal daran und fuhr fort: »Ich glaube, das wird sich während der Kampagne von selbst klären. Wenn es aussieht, als wäre mehr außenpolitische Emphase nötig, schalten wir einfach einen Gang höher. Zumindest scheint mir, dass Sie innerhalb der Partei einer Meinung sind, und das ist die Hauptsache. Aber bei allen erwähnten wichtigen Punkten habe ich den Eindruck, dass einer fehlt.« Shartelle machte eine Pause und zog wieder ein paarmal an seiner Zigarre. »Steuern«, sagte er. »Nach meiner Erfahrung können Steuern von allen Punkten der schwierigste sein.«

Damit begann es: eine fünfzehn Minuten lange lebhafte Debatte über Steuern, der zu folgen ich mir nicht die Mühe machte. Ich wollte nicht darüber befinden, ob die Besteuerung der Kleinhändler erhöht oder gesenkt werden sollte. Falls sie beschlössen, die Ölgesellschaften zu besteuern, wäre ich automatisch dafür, was persönliches Interesse weitestgehend ausschloss. Sie konnten auch die Reichen schröpfen, fand ich. Das einzige Problem dabei war, dass ja die Wohlhabenden die Steuergesetze verabschiedeten, und sie würden sich nicht selbst ins Armenhaus schicken. Also würden der kleine Bauer, der Arbeiter, der Kleinhändler, Leute wie unser Gärtner Ojo bezahlen für die Reisen zu den Vereinten Nationen, die Friedensmissionen nach Hanoi und die Cocktailpartys auf dem Rasen hinter dem Regierungsgebäude nach der Morgenröte der Unabhängigkeit. Ojo würden die Steuergesetze nicht gefallen, egal, wie sie aussahen.

Nach den Steuern ging die Diskussion eine halbe Stunde ganz allgemein weiter. Dr. Diokadu skizzierte uns die Themen etwas detaillierter, woran sich Akomolo und Dekko beteiligten. Jimmy Jenaro sagte nicht viel. Shartelle und ich hörten zu und stellten hin und wieder ein paar Fragen. Sobald die Diskussion auszuufern schien, brachte Shartelle sie mit einem klugen Satz, einem geschickten Kommentar wieder auf Kurs. Es war interessant, ihn arbeiten zu sehen.

Schließlich sagte Chief Akomolo: »Ich habe mich entschlossen, Dr. Diokadu und Chief Jenaro zu bitten, in jeder Weise, die Sie wünschen, eng mit Ihnen zusammenzuarbeiten, Mr. Shartelle. Für heute müssen wir jedoch unsere Diskussion beenden. Ich finde, dass sie sich als sehr fruchtbar erwiesen hat.«

»Für uns auf jeden Fall, Sir«, sagte Shartelle. »Nun weiß ich zwar, dass wir alle schon einen ziemlich langen Arbeitstag hinter uns haben, aber ich würde die beiden Gentlemen doch gern in unser Haus einladen, um unser Gespräch noch eine Weile fortzusetzen. Wir haben nur sechs Wochen für die Kampagne, und dafür müssen wir uns noch einiges einfallen lassen und viel planen. Es tut mir leid, dass ich Sie darum bitten muss, Chief Jenaro und Dr. Diokadu, aber es muss einfach sein.«

»Selbstverständlich«, sagte Akomolo. »Haben Sie Zeit?« fragte er die beiden. Sie nickten. »Chief Dekko und ich würden uns gern beteiligen«, sagte Akomolo, »aber wir müssen noch einige dringliche Parteiangelegenheiten regeln.«

»Das verstehe ich vollkommen«, sagte Shartelle.

Inzwischen standen wir alle. Die Albertianer mit Ausnahme von Jenaro streiften sich ihre Gewänder über, wir anderen zogen unsere Jacken an. In dem engen Büroraum war es noch stickiger geworden, und es roch wie in einer Umkleidekabine. Chief Dekko reckte sich gewaltig. »Mr. Shartelle, ich würde morgen gern mit Ihnen und Mr. Upshaw sprechen. Können Sie das ermöglichen?«

»Wir sind um zehn Uhr ins Government House gebeten worden«, sagte Shartelle.

»Dann geht es vielleicht um halb zwölf? Ich komme zu Ihnen.«

Da Diokadu und Jenaro ihre eigenen Wagen hatten, wollten sie in einer halben Stunde zu uns kommen. Wir verabschiedeten uns von den Chiefs Akomolo und Dekko und gingen in den heißen strahlenden Nachmittag hinaus. Wir fanden unseren Fahrer, William, hinter seinem Lenkrad schlafend vor, und Shartelle schüttelte ihn sanft.

»Wir können jetzt wohl nach Hause, William«, sagte er.

»Ja, Mastah«, sagte der Fahrer. Er setzte den Wagen aus der Lücke zurück, fuhr an den beiden Polizisten vorbei aus dem Tor und wandte sich zur Stadtmitte. Wenn auch die Regierung von West-Albertia um zwei Uhr schloss, der

Rest des Landes tat es nicht. Die Straßen waren verstopft, und wir warteten fünf Minuten an einer Kreuzung, bis die Stöcke der Treiber eine Herde Rinder mit hervortretenden Rippen hinübergescheucht hatten.

»Das sind die armseligsten Viecher, die ich je gesehen habe«, sagte Shartelle. »Mann, das reicht ja nicht mal für ein paar Konserven.«

»Aber sehen Sie sich diese Hörner an«, sagte ich. »Müssen ungefähr die gleichen Maße haben wie Texas-Longhorns.«

Er stimmte zu. »Tatsache. Ich frage mich, ob die Treiber es wohl heute Abend im hiesigen Saloon ein bisschen krachen lassen? Fünfhundert Meilen laufen die mit denen, hat uns Chief Akomolo gesagt. Die sind ja lauter Knorpel.«

Die Rinder zogen vorbei, und William brachte uns schnell nach Hause. Sobald wir im Haus waren, legten wir die Jacken ab. Samuel der Koch und Charles der Steward standen bereit, um sie aufzuhängen. »Ich servier jetzt Tee, Mastah«, sagte Samuel.

»Wollen Sie Tee, Pete?«

»Ich glaube, das gehört sich so.«

»Na schön. Tee.«

In dem Haus mit dem vorspringenden Dach war es kühler. Eine Brise wehte durch die Flügeltüren, die auf die vordere Veranda hinausführten. Der Ventilator an der Decke rotierte mit schnellen Klicken, und ich stellte fest, dass man ihn noch schneller stellen konnte. Wir ließen uns in die Sessel des Arbeitszimmers sinken und warteten auf den Tee.

»Was halten Sie von Jenaro?« fragte Shartelle.

»Er scheint sich auszukennen.«

»Wir fangen noch heute Nachmittag an, das auszunutzen.«

»Was ist mit Diokadu?« fragte ich.

»Brauchbar. Er hat die Fakten und Zahlen im Kopf, oder in dem Stapel Papier, den er immer unter dem Arm trägt. Er ist ein richtiger Professor, wie?«

»Ja.«

»Na, wir werden's bald sehen. Wenn sie sich nicht wie Wölfe auf das stürzen, was ich ihnen vorsetze, können wir uns gleich ins nächste Flugzeug setzen.«

»So schlimm?«

»Sie haben doch die Bande beim Essen gesehen.«

»Gesehen und gehört.«

»Von denen ist nicht viel Hilfe zu erwarten. Diese Burschen haben ihre Finger schon so lange im Honigtopf, dass sie meinen, Bienen stechen nicht. Aber dieser Dekko ist in Ordnung. Er hat eine gewisse Aura. So einer Aura begegnet man nur ein paarmal im Leben.«

»Was für eine Aura?«

»Die des Siegers«, sagte Shartelle.

Samuel brachte das Teetablett herein und stellte es auf einen niedrigen runden Tisch.

»Danke«, sagte ich. »Soll ich eingießen, und ein Stück Zucker oder zwei?«

»Zwei«, sagte Shartelle. Ich ließ zwei Stück hineinfallen und reichte ihm die Tasse. »Mögen Sie Tee?« fragte er.

»Ich hab mich daran gewöhnt.«

»Ob wir den alten Samuel wohl dazu kriegen könnten, ein paar Eisklümpchen hineinzuwerfen? Wenn wir das schon trinken müssen, Junge, fände ich es wundervoll, es ein bisschen kühlen zu können.«

»Ich will morgen sehen, was sich machen lässt. Ich werde es aber sorgsam erklären müssen.«

Ich konnte hören, wie der Jaguar vor unserer Auffahrt in den zweiten Gang heruntergeschaltet wurde. Jenaro, eine große dunkle Brille vor den Augen und eine karierte Baumwollkappe auf dem Hinterkopf, wirbelte ein wenig Kies auf, als er bremste und vor der Tür anhielt. Er sprang aus dem Wagen und kam herein.

»Wie schön, Freunde, ich komme gerade rechtzeitig zum Tee«, sagte er.

»Sie müssen aber nicht«, sagte ich.

»Gut, ich passe.« Er ließ sich in einen Sessel sinken, nahm Brille und Mütze ab und legte beides auf den Boden. »Diokadu ist gleich hier«, sagte er. »Er musste in seinem Büro vorbei, um ein paar Papiere zu holen.«

Wir plauderten einige Minuten, bis Dr. Diokadu mit einem dicken Papierstapel unterm Arm eintraf. Er schien so besorgt und in Eile zu sein wie immer. Eine Tasse Tee nahm er an, und als er saß, begann Shartelle. Jetzt lag keine Ehrerbietung in seiner Stimme. Er skizzierte einen Wahlkampf wie ein General einen Schlachtplan. Es waren seine Ideen, sein Plan und auch seine Verantwortung.

»Als erstes: Wie viele Reden haben Sie für Akomolo vorgesehen? Sie oder Doc?«

Es war vielleicht das erste Mal, dass Dr. Diokadu mit Doc angeredet wurde, aber es schien ihn nicht zu stören. Er wühlte zwischen seinen Papieren ein Notizbuch heraus. »Drei pro Tag zwischen Montag und dem Tag vor der Wahl.«

»Könnte er öfter sprechen?« fragte Shartelle. »Ich meine, können Sie mehr Zuhörer für ihn finden?«

»Schon, wenn er zu ihnen kommen könnte«, sagte Jenaro.

»Setzen Sie Reden für ihn an jeder Kreuzung und vor jedem Kramladen an, wo immer er fünf Leute oder fünftausend finden kann. Wie steht es mit seiner Gesundheit? Ich meine, kann man ihm zwölf oder sogar fünfzehn Reden am Tag zumuten? Die müssen nicht alle lang sein.«

»Er ist bei guter Gesundheit«, sagte Dr. Diokadu. »Er achtet gewissenhaft auf sich.«

»Okay«, sagte Shartelle. »Also, Jimmy, ich brauche zwei Hubschrauber. Wo sind die nächsten? Und ich meine nicht London.«

Jenaro überlegte einen Augenblick. Dann schnippte er mit den Fingern. »Die Ölgesellschaft hat zwei.«

»Haben Sie Verbindungen zu ihr?«

»Die richtigen.«

»Beschaffen Sie die. Versprechen Sie denen Bohrrechte im ganzen Land, aber beschaffen Sie die bis Montag. Können Sie das?«

»Sie sind am Montag da.«

Dr. Diokadu hatte inzwischen sein Notizbuch bereit.

»Doc«, sagte Shartelle, »haben Sie schriftliches Material zu den Hauptpunkten? Bauern, Arbeitslosigkeit und so weiter?«

»Ich habe sie hier. Ich dachte, wir würden sie heute Nachmittag diskutieren.«

»Ob Sie es glauben oder nicht«, sagte Shartelle, »aber unsere letzte politische Diskussion haben wir vor etwa einer

Stunde beendet. Es ist Ihre Politik, und es ist Ihr Land. Geben Sie Pete die Unterlagen.« Dr. Diokadu reichte mir einen dicken Stoß getippter Dokumente. Ich blätterte in ihnen.

»Wie lange dauert es, bis Sie mir das Manuskript für *die* Rede geben können, Pete?«

Ich blätterte noch einmal in den Dokumenten. »Für *die* Rede werde ich etwa vier Stunden brauchen. Vielleicht fünf, wenn die Fliegen mich stören.«

»Wir brauchen sie morgen.«

Ich nickte. »Kriegen Sie.«

»Und der Rest?«

»Also, es geht noch um *die* Farmrede, *die* Arbeitslosigkeitsrede, *die* Gesundheitsdienstrede und so weiter. Fünf oder sechs insgesamt. *Die* Rede kann ich morgen fertigmachen und vielleicht noch zwei, ehe ich zusammenklappe. Die übrigen dann am nächsten Tag.«

»Sie werden langsam«, sagte er.

»Das macht das Tropenklima«, sagte Jenaro. »Es laugt den Weißen Mann aus.«

»Doc, wer ist zuständig für die Übersetzungen – Sie oder Jimmy?« fragte Shartelle.

»Ich.«

»Okay. Sobald Pete eine Rede geschrieben hat und wir sie durchgesehen haben, will ich, dass sie in so viele Dialekte und Sprachen übersetzt und dann vervielfältigt wird, wie Sie für nötig halten.«

Dr. Diokadu grinste. »In Ordnung. Ich kenne die richtigen Leute dafür.«

»Nun denn«, fuhr Shartelle fort. »Wenn Sie diese Reden

für Akomolo buchen, stellen Sie unbedingt fest, welche Dialekte oder Sprachen in der jeweiligen Gegend verbreitet sind. Und wenn er redet, sorgen Sie dafür, dass er einen Dolmetscher bei sich hat. Wenn er sich nicht verständlich machen kann, hat es keinen Sinn, ihn im Hubschrauber hinzubringen.«

»Sie haben von zwei Hubschraubern gesprochen«, sagte Jenaro.

»Ich brauche zwei. Einen für Akomolo und einen für Dekko. Es ist sinnlos, sie gemeinsam herumreisen zu lassen. Es geht nicht um Brüderlichkeit. Und was ich über das Planen von Reden von Akomolo gesagt habe, Doc, gilt genauso für Dekko. Es mag ein paar Wiederholungen geben, aber ich habe noch nie gehört, dass das bei einer politischen Kampagne geschadet hätte.«

»Sie wollen also Dolmetscher, Termine und alles weitere auch für Dekko?«

»Richtig.«

Dr. Diokadu stand auf, sagte: »Entschuldigen Sie mich«, streifte sein besticktes Übergewand ab und warf es auf einen leeren Sessel. Er ließ sich von Shartelles Planung packen. Jenaro zog sein Jackett aus und ließ es zu Mütze und Brille auf den Boden fallen. Beide machten sich jetzt eifrig Notizen. Shartelle stand auf und begann im Zimmer auf und ab zu gehen.

»Pete, haben Sie den Tonfall der beiden erfasst?«

»Ja, heute Nachmittag«, sagte ich. »Ich werde unterschiedliche Reden schreiben müssen. Das ist kein Problem. Dekko führt seine Zuhörer auf einen Berg und zeigt ihnen das Tal, das unten liegt, und die Fülle, die dort herrscht.

Akomolo beschreibt, was durch harte Arbeit, Entschlossenheit und Opferwillen erreicht werden kann. Für beides können die Leute sich begeistern, weil sie auf beiden Wegen ins gelobte Land kommen.«

Dr. Diokadu sah mich neugierig an. »Woher wissen Sie denn, was gesagt wurde? Die haben in ihrem Dialekt geredet.«

Shartelle blieb vor Diokadu stehen. »Doc, wenn Sie so viele Reden gehört haben wie Pete und ich, verstehen Sie unabhängig von der Sprache, was gesagt wird.«

»Ich habe ein paar Witze gemacht«, sagte Jenaro.

»Wir brauchen eine Zeitung«, sagte Shartelle. »Bis zur Wahl muss sie einmal wöchentlich erscheinen. Viele Bilder, große Schrift, und Zeichnungen – politische Karikaturen, die keine Unterschrift brauchen. Sie muss auf Englisch sein. Für andere Ausgaben haben wir nicht genug Zeit. Wie steht es damit, Jimmy?«

»Ich kenne den richtigen Mann, um sie zu redigieren. Er war als Austauschstudent in den Staaten und hat im *New Mexican* in Santa Fe mitgearbeitet.«

»Engagieren Sie ihn, und bezahlen Sie ihn gut. Doc, Sie sind mit den intellektuellen Kreisen bekannt, nehme ich an?«

Diokadu nickte.

»Okay. Gründen Sie ein Komitee. ›Albertianische Schriftsteller und Künstler für Akomolo‹. Wenn Sie es gegründet haben – und das sollte Anfang nächster Woche stehen –, werden wir die Mitglieder um Artikel anhauen – kurze natürlich – und Zeichnungen, alles, was wir von ihnen kriegen können. Jimmy, rufen Sie den Mann, der die Zeitung machen soll, noch heute Abend an und sagen Sie ihm, er soll sich seine Redaktion zusammentrommeln. Wird er genug Reporter finden?«

»Wir haben in Albertia mehr Journalisten als Farmer«, sagte Dr. Diokadu.

»Pete, ob es was nützt oder nicht, ich wünsche jeden Morgen und jeden Nachmittag eine Pressemitteilung.«

»In Ordnung. Geben Sie mir nur Akomolos Termine und einen Hinweis auf die Rede, die er halten wird. Ich werde auch die Opposition im Auge behalten, und wenn die aus der Reihe tanzen, kann er ihnen immer auf die Finger klopfen.«

»Gut. Jetzt die Fächer.«

»Hab ich schon vorgemerkt«, sagte ich.

»Buttons.«

»Große«, sagte ich.

»Ich habe erlebt, dass einer seine Wahl verloren hat, weil seine Buttons zu klein waren«, sagte Shartelle. »Jimmy, ich brauche fünf Millionen Buttons bis Mitte nächster Woche. Wenn wir sie herschaffen, können Sie sie unter die Leute bringen?«

»Klar.«

»Okay. Wir rufen Duffy heute Abend an.«

»Buttons?« fragte Dr. Diokadu.

»Metallknöpfe mit einem Slogan darauf«, erklärte Jenaro. »Zum Beispiel ›I GO AKO‹.«

»Volltreffer«, sagte Shartelle. »Pete?«

»Gekauft, auch wenn er es vom Clown Pogo geklaut hat.«

»Dasselbe für die Fächer?«

»Klar.«

»Jimmy, können wir hier in Albertia Fächer mit der Aufschrift ›I GO AKO‹ herstellen? Irgendwo wurden mal welche aus Palmblättern gemacht, meine ich. Worauf ich hinaus will: Wenn wir hier im ganzen Land eine Art Heimindustrie schaffen, die diese Fächer herstellt, wäre das so, als ob wir die Stimmen kaufen würden.«

Jenaro notierte hektisch. »Ich kenne da einen …«, begann er.

»Kontaktieren Sie ihn. Ziehen Sie es durch. Verteilen Sie sie.«

»Wird gemacht.«

»Trommeln«, sagte Shartelle versonnen. »Trommeln brauche ich auch.« Er ging weiter im Zimmer auf und ab, die krumme schwarze Zigarre bis zum Stummel geraucht zwischen den Zähnen. Der Rauch wehte wie eine Fahne hinter ihm her.

»Sprechende Trommeln?« fragte Jenaro.

»Wie gut können sie sprechen?« sagte Shartelle. »Können die eine einfache Botschaft übermitteln wie: ›I GO AKO‹?«

Dr. Diokadu stand auf und ging zu dem Tisch, auf dem das Teetablett stand. »Passen Sie auf«, sagte er. Er nahm das Tablett und setzte es auf den Boden. Mit den flachen Händen schlug er einen Rhythmus auf die Tischplatte. »Das war: ›I GO AKO‹. Was noch?«

Shartelle dachte einen Augenblick lang nach. »›Hütet euch oder Vorsicht vor dem Teufel am Himmel.‹ Vielleicht auch ›Ju-ju am Himmel‹.«

»›Hütet euch vor Ju-ju am Himmel‹, würde ich sagen«, befand Dr. Diokadu. »Das klingt so.« Wieder schlug er mit flachen Händen einen Rhythmus auf der Tischplatte.

»Wie weit tragen sie?« fragte Shartelle.

Diokadu hob die Schultern. »Nicht sehr weit – vielleicht eine Meile.«

»Verstehen die Leute sie?«

»Alle nicht, aber sie fragen andere. Sie sind neugierig, also kriegen sie es heraus.«

»Kann man sie kaufen?« fragte Shartelle.

»Die Trommeln?«

»Nein, die Trommler.«

»Ah!« sagte Diokadu und richtete sich mit einem breiten Lächeln der Begeisterung auf. »Ich verstehe. Ja.« Er sah Jenaro an. »Was meinen Sie?«

»Es sollte nicht sehr schwierig sein. Wir organisieren die Haupttrommler und geben ihnen Geld, damit sie die Trommler draußen im Busch bezahlen.«

»Sie bekommen jeden Abend eine Nachricht, die sie trommeln sollen«, sagte Shartelle. »Manchmal ist sie rätselhaft, manchmal wird es einfach ›I GO AKO‹ sein, aber ich will, dass diese verdammten Trommeln jede Nacht zu hören sind.«

»Da müssen wir beide ran, Diokadu und ich«, sagte Jenaro nachdenklich. »Aber das schaffen wir. Ich weiß nicht, wie weit wir im Norden kommen werden.«

»Vermutlich ziemlich weit. In den letzten Jahren hat es sich weiter verbreitet.«

»Machen Sie's«, sagte Shartelle. Er ging zu seinem Sessel und ließ sich hineinsinken, die langen Beine im Seersucker ausgestreckt. Er lehnte den Kopf an und rief: »Samuel!«

Ein Antwortschrei war zu hören: »Sah?« Samuel kam angetrabt.

»Ich glaube, es ist an der Zeit für Drinks, Samuel«, sagte Shartelle.

»Sah«, stimmte Samuel zu. Er nahm das Teetablett auf, sammelte die Tassen ein und verschwand. Gleich darauf war er mit einer Flasche Scotch, einer Flasche Gin, Tonic, Sodawasser, Eis und Gläsern wieder da. Er bediente unsere Gäste zuerst und Shartelle als letzten. Die Hackordnung war eindeutig festgelegt.

»Jimmy«, sagte Shartelle. »Ich brauche noch drei Telefone hier im Haus, Schreibtische für das leere Zimmer da hinten, ein paar Aktenschränke – nein, einer wird reichen –, Stühle und eine Schreibmaschine. Einen Vervielfältigungsapparat habt ihr ja wohl in der Parteizentrale, oder?«

Jenaro stellte sein Glas hin, um sich eine weitere Notiz zu machen. Diokadu sah aus, als wäre er jeden Augenblick bereit, das gleiche zu tun. Jenaro erklärte Shartelle, dass die Parteizentrale über alles Erforderliche verfüge.

»Also, ich weiß, dass ich Ihnen eine Menge Arbeit aufgehalst habe«, sagte Shartelle. »Wir werden alles machen, was wir selbst tun können, aber Sie kennen das Land, Sie kennen die Mittel, und Sie kennen die Leute. Ich möchte mich jeden Tag ein paarmal mit Ihnen absprechen, will aber keine regelmäßigen Frühstückskonferenzen, weil die nur lästig werden, wenn man nichts zu besprechen hat. Aber Sie müssen damit rechnen, dass ich Sie zu jeder Tag- und Nachtzeit anrufe. Ich erwarte dasselbe von Ihnen.«

Diokadu lachte laut auf. »Ich lache über mich selbst«, sagte er. »Ich hatte eine ziemlich lange – und interessante – theoretische Diskussion über die Verdienste der verschiedenen Punkte unseres Programms erwartet. Als Politikwissenschaftler muss ich sagen, dass dieser Nachmittag noch viel interessanter war, als ich es für möglich gehalten hätte – und auch viel aufschlussreicher.«

»Also, Doc, wir haben unsere Operationen gerade erst begonnen. Das ist unsere Seite, das, was wir unternehmen werden. Es ist nicht aufregend, aber es ist gesunde, vernünftige politische Praxis. Wir stellen unseren Kandidaten heraus. Jetzt kommt die noch interessantere Seite unserer Operation.«

»Und das wäre?« fragte Jenaro.

»Wir beginnen die Kampagne der Opposition zu planen«, sagte Shartelle versonnen. »Wir fahren zweigleisig.«

14

Shartelle ging an diesem Abend nicht weiter auf die »Operation Zweigleisigkeit« ein, sondern erklärte, er wolle sich »noch etwas gründlicher damit befassen«. Diokadu und Jenaro verabschiedeten sich, wobei der erste etwas nervös auf die Liste der Dinge blickte, die er heute und morgen zu erledigen hatte. Jenaro rauschte anscheinend unbesorgt mit seinem XK-E donnernd ab.

»Diese Jungs packen es«, sagte Shartelle. »Haben es richtig geschnallt.«

»*Die* Rede gebe ich Ihnen morgen.«

»Das ist zeitig genug, Petey. Wir hatten einen ziemlich vollen Tag.«

»Er wird noch voller«, sagte ich. »Wir kriegen noch mehr Besuch.«

Ein mittelgroßer Mann in weißem Hemd, weißen Shorts, weißen Wadenstrümpfen und schwarzen Schnürschuhen war in unsere Auffahrt eingebogen und schlenderte zum Haus. Er trug einen Spazierstock aus gewundenem schwarzen Holz, mit dem er gelegentlich nach einem Steinchen schlug, das auf seinem Weg lag. Shartelle und ich gingen auf die Veranda hinaus, um ihn zu empfangen.

Er unterzog uns einer gelassen wägenden Prüfung aus Augen, die viel in greller Sonne geblinzelt hatten. Als er näherkam, sah ich, dass die Augen von kühlem Grün waren.

»'n Abend«, sagte er.

»'n Abend«, erwiderte Shartelle.

»Ich bin Ihr Nachbar«, sagte der Mann. »Wohne gleich

hinter der Kurve da. Dachte, ich sollte Ihnen einen Besuch abstatten. Downer hat gesagt, dass Sie kommen.«

»Ich bin Clint Shartelle, und dies ist Peter Upshaw.«

»John Cheatwood.«

»Wollen Sie nicht hereinkommen und sich einen Moment setzen, Mr. Cheatwood?«

»Vielen Dank.«

Er ließ sich in einen Sessel im Wohnzimmer fallen und legte seinen schwarzen Stock quer über die nackten Knie. Er war, schätzte ich, etwa fünfundvierzig, in Form, drahtig, mit einem guten, festen Gesicht, das viel von dem gesehen zu haben schien, was die Welt zu bieten hat.

»Mr. Upshaw und ich wollten gerade einen Drink nehmen, Mr. Cheatwood. Ich hoffe, Sie leisten uns dabei Gesellschaft.«

»Vielen Dank.«

Shartelle rief den Steward, und nach dem Ritual des Drinkmixens lehnten wir uns in unseren Sesseln zurück und warteten, dass unser Nachbar anfangen würde, Konversation zu machen, falls es ihm um Konversation gehen sollte.

»Ihr erster Aufenthalt in Afrika?« fragte er.

»Der allererste«, sagte Shartelle.

»Downer sagte, Sie würden für Akomolo die Polit-Show managen.«

»Wir sind nur Berater.«

Cheatwood trank einen Schluck. »Das macht uns einige Kopfschmerzen«, sagte er.

»Wieso?«

»Wahrscheinlich gibt es in der Zeit bis zur Wahl ein bisschen Durcheinander. Wahlen scheinen die Leute aufzuregen, und manchmal schlagen sie über die Stränge. Aber ich glaube, wir werden damit fertig.«

»Wer ist ›wir‹?« fragte ich.

»Oh, Entschuldigung«, antwortete Cheatwood mit einem um Nachsicht bittenden Lächeln. »Ich hätte es erwähnen sollen. ›Wir‹ ist die Polizei der Westlichen Region. Ich bin der zuständige Captain.«

Shartelle betrachtete unseren Besucher mit neuem Interesse. »Sind Sie zuständig für die Überwachung der Wahl, Captain?«

»Eigentlich nicht. Unser Job wird es sein, die Wahlurnen einzusammeln, dafür zu sorgen, dass sie korrekt versiegelt sind, und sie an einen sicheren Ort für die Auszählung zu transportieren. Den Ort halten wir geheim. Die verschiedenen Parteien haben Beobachter – oder Wahlüberwacher, wenn Sie wollen – in den Wahllokalen.«

»Erwarten Sie Schwierigkeiten?«

Cheatwood nickte. »Eine ganze Menge, schätze ich. Die Leute hier regen sich bei Wahlen immer ziemlich auf. Sie lassen sich mitreißen. Und dann gibt es noch die Hooligans.«

»Hooligans?«

»Ganz recht. Jede Partei unterhält herumziehende Banden bezahlter Schläger. Sie provozieren die Opposition, sprengen Wahlversammlungen und versuchen, Wähler einzuschüchtern. Manchmal müssen wir ein paar Köpfe einschlagen und einige ins Gefängnis stecken. Ich sollte erwähnen, dass auch Chief Akomolos Partei ihre volle Hooligantruppe hat. Vermutlich wird das jetzt Teil der Wahlmaschinerie. Tradition, vielleicht.«

»Wie gehen Sie mit denen um?« fragte ich.

Cheatwood erwärmte sich für das Thema. Er war Profi und redete gern darüber. »Wir haben unsere mobilen Trupps, wissen Sie, und halten mit ihnen dauernd Radiokontakt. Das sind speziell trainierte Burschen. Sie haben große Flechtschilde und ziemlich kräftige Stöcke. Sie sind dafür ausgebildet, Mobs zu kontrollieren und zu zerstreuen. Ich würde sagen, ein Dutzend oder so von denen kann so gut wie jeden Tumult auflösen, mit dem zu rechnen ist. Sie sind sehr fit – keiner unter eins achtzig, nur so nebenbei, und ihre Arbeit macht ihnen Spaß.«

»Wo erwarten Sie den meisten Ärger?« fragte Shartelle.

»Hier in Ubondo – das wird einer der größten Unruheherde. Barkandu ist auch einer, aber das liegt außerhalb meiner Zuständigkeit. Sie können in fast allen kleinen bis mittelgroßen Städten damit rechnen, dass gelegentlich etwas hochgeht. Aber keine Sorge. Wir halten es unter Kontrolle.«

»Wie sehen Sie die Wahlen, Captain Cheatwood?«

Er nahm einen weiteren Schluck von seinem Drink. »Das hat Downer mich auch gefragt. Ich bin Polizist, kein Politiker, aber ich würde sagen, Gentlemen, Sie werden reichlich zu tun haben.«

»Hat man uns schon gesagt.«

Cheatwood stellte sein Glas auf den Tisch. »Ich bin jetzt fünfzehn Jahre hier. Von Ghana hergekommen, und davor war ich in Ostafrika. Angefangen habe ich in Palästina, als es da rundging – da war ich noch ein Junge. Aber ich habe das ein paar Mal mitgemacht, wenn ein Land unabhängig wird. Und die werden alle immer ein bisschen gewalttätig.

Ein paar Köpfe werden eingeschlagen, ein paar Unschuldige und nicht ganz so Unschuldige kommen um. Mein Job ist es nicht, all das zu verhindern – das wäre unmöglich –, sondern dafür zu sorgen, dass es bei einem Minimum bleibt. Wenn uns das gelingt, finden wir, dass wir anständige Arbeit geleistet haben.«

»Sie haben gesagt, wir würden reichlich zu tun haben«, sagte ich. »Können Sie dem noch etwas hinzufügen?«

»Polizisten hören alle Arten von Tratsch. Das zur Zeit heißeste Gerücht besagt, Akomolo gäbe den halben Staatsschatz der Region dafür aus, die Wahlen zu kaufen, mit der Hilfe Ihrer CIA. Das geht gerade in den Universitäten um. Man könnte es ein typisches Gerücht nennen.«

»Stimmt aber nicht«, sagte Shartelle.

Cheatwood machte eine abwehrende Bewegung mit seinem Stock. »Natürlich nicht. Wenn die Truppe des Premiers die Kasse anzapfen wollte, würde sie nicht ans Schatzamt gehen. Zu viele Kontrollen. Sie würden es mit der Regionalen Entwicklungsgesellschaft machen: Eine eigene Firma gründen und dann einen Auftrag vergeben, um eine Schule oder ein Krankenhaus zu bauen, für das Doppelte der Kosten. Die intellektuelle Gemeinde auf der Universität muss noch viel über Finanzen lernen, fürchte ich.«

»Und Sie finden, die National Progressive Party muss das nicht?«

Cheatwood lächelte. »Wenn es Tricks bei der Geldbeschaffung gibt, dann sind die albertianischen Politiker schon längst Meister darin, meine ich. Aber das soll nicht meine Sorge sein. Ich habe andere.«

»Und zwar?« fragte Shartelle, während er aufstand, um

frische Drinks zu mixen. Er griff zuerst nach Cheatwoods Glas.

»Sehr dünn, bitte.« Er wartete, bis Shartelle ihm das Glas reichte. »Mein Problem ist, dass ich keine Überraschungen mag. Überraschungen sind wunderbar, sagen wir zu Weihnachten oder zum Geburtstag, aber für einen Polizisten sind sie sehr lästig.« Er unterbrach sich, um seinen neuen Drink zu kosten. »Und für einen Politiker wohl auch, glaube ich.«

»Sie können ärgerlich sein«, sagte Shartelle.

»Teufel auch«, sagte Cheatwood, »ich fürchte, ich bin in dieser Art von Palaver nicht gut.«

»Captain Cheatwood, ich würde sagen, Sie haben einen Anlauf zu einem Vorschlag gemacht. Ich habe nicht viel übrig für feines Drumherumreden; wenn Sie also einen haben, warum sagen Sie es nicht laut und deutlich?«

Cheatwood stellte sein Glas wieder auf den Tisch, beugte sich, die Ellbogen auf die Knie gestützt und den gedrehten Ebenholzstock in den Händen, auf seinem Sessel vor und sagte: »Ich will es so deutlich sagen, wie ich nur kann, Mr. Shartelle. Den Worten Ihres Kollegen, Mr. Downer, habe ich entnommen, dass Ihre Aufgabe darin besteht, hier einige politische Neuerungen einzuführen. Er wusste nicht welche, wenn er auch so tat, als ob. Er redet ein bisschen viel, finde ich. Nun kümmert mich die Strategie Ihrer Kampagne nicht. Mich interessiert nur eins: Falls Sie ungewohnte Methoden anwenden sollten – und Gott allein weiß, was für welche –, dann wäre ich Ihnen sehr verbunden, wenn Sie mir generell sagen könnten, wie diese aussehen. Ich versichere Ihnen, dass alles, was Sie mir sagen, streng vertraulich behandelt wird. Ich versichere Ihnen auch, dass ich nicht beabsichtige, mich als Zensor aufzuspielen. Es geht mir nur um eines: Sollten Ihre Kniffe einen Aufruhr provozieren, hätte ich gern eine Vorwarnung, damit ich den richtigen Einsatz meiner Leute planen kann.«

»Wir sind keine Revolutionäre, Captain«, sagte ich.

Er schüttelte langsam den Kopf. »Ich will Ihnen keine Vorlesung über das Wesen der Albertianer halten, Mr. Upshaw. Während meiner fünfzehn Jahre hier habe ich sie, wie ich glaube, einigermaßen kennengelernt. Und ob Sie es mir glauben oder nicht, ich mag sie. Ich will nur die nächsten sechs Wochen alles so friedlich wie möglich halten. Nochmals, ich habe gesagt, dass meiner Ansicht nach weder Polizisten noch Politiker Überraschungen besonders mögen. Wenn Sie bereit sind, mich vorab ein wenig über Ihre Pläne zu informieren, werde ich Ihnen im Gegenzug mitteilen, was wir so hören. Und wir hören eine ganze Menge, möchte ich hinzufügen.«

»Nur eine Frage, Captain. Wollen Sie den beiden anderen Hauptkandidaten den gleichen Vorschlag machen?«

»Nein, Mr. Shartelle, das will ich nicht. Ich stehe im Dienst der Regierung der Westlichen Region, und mich betreffen nur Dinge, die sich hier ereignen. Nach der Unabhängigkeit werde ich wohl nicht mehr lange hier sein, aber ich beabsichtige, mit sauberer Weste abzutreten. Wenn das vielleicht etwas geschwollen klingt, bitte ich um Entschuldigung. Das sind die Gedankengänge eines Polizisten.«

Shartelle nickte. »Ich sage Ihnen was. Wir informieren Sie über das, was wir wo unternehmen wollen. Sie halten uns auf dem Laufenden. Und beide behandeln wir alles vertraulich. Soll ich anfangen?«

Shartelle brauchte etwa fünf Minuten, um Cheatwood einen Überblick über unsere Pläne mit den Hubschraubern, Buttons, Trommeln, der Zeitung und dem Rednerprogramm zu geben. Die Zweigleisigkeit erwähnte er nicht.

Cheatwood hörte ihm regungslos zu. Sein Gesicht war beinahe länglich, mit dem großen Kinn, das aussah, als ob es schmerzhaft zu rasieren wäre. Seine grünen Augen waren auf Shartelle gerichtet, und während er zuhörte, saß er so unbewegt da, wie ich nur je einen Menschen gesehen habe.

»Nachdem wir Sie nun in den Schoß unserer Familie aufgenommen haben, Captain, können vielleicht Sie uns jetzt mit Informationen versehen, die nützlich sein könnten.«

Cheatwood lehnte sich zurück und schlug die Beine übereinander. Er hielt den Ebenholzstock vor sich und starrte ihn an.

»Die Armee«, sagte er. »Ich habe bei den Mannschaften ein paar Informanten, aber keinen im Offiziersrang. Ich hatte einige Offiziere, aber sie waren Weiße. Der letzte weiße Offizier wurde vor sieben Wochen entlassen. Das kam ziemlich unerwartet. Aber die Armee sollten Sie im Auge behalten, Mr. Shartelle.«

»Denken Sie an einen Putsch, eine Machtübernahme?«

»Ist nicht sehr wahrscheinlich. Die Armee, besonders da sie die erste staatliche Organisation ist, die sich vollständig albertianisiert hat, besitzt eine gewisse politische Stärke. Diese Macht kann sie dem Wahlsieger zur Verfügung stellen – oder auch jemandem, von dem es so aussieht, als würde er die Wahl verlieren. Natürlich müsste dafür ein hoher Preis bezahlt werden.«

»Interessant«, sagte Shartelle.

»Ja, nicht wahr? Sobald ich etwas Genaueres höre, melde ich mich.« Cheatwood erhob sich, und Shartelle und ich standen gleichfalls auf. »Ganz nebenbei«, sagte er, »Sie wissen wohl nichts von einer Beteiligung der CIA an dieser Geschichte, oder?«

»Die vertrauen sich uns nicht an«, sagte Shartelle.

»Nein, vermutlich nicht. Aber diese Gerüchte an der Universität sind verdammt hartnäckig. Ich könnte bei ein paar Stellen in der Östlichen und der Nördlichen Region nachfragen; unser Old-Boys-Netz lebt noch – wenn auch nur knapp.«

Shartelle grinste. »Ich habe noch nie bei einer Kampagne Hand in Hand mit der Polizei gearbeitet«, sagte er. »Dürfte ganz interessant werden.«

Cheatwood ging zur Tür, drehte sich um und stützte sich auf seinen Stock. »Wissen Sie, mir ist gerade ein Gedanke gekommen.«

»Was?«

»Ich bin der letzte Weiße, sowohl bei der Polizei als auch in der Armee.«

»Glauben Sie, dass Sie es noch lange sein werden?«

»Nicht mehr lange, aber wie ich gesagt habe, meine Weste wird sauber sein.«

»Makellos«, sagte Shartelle.

Cheatwood gluckste leise. »Und, wissen Sie, noch etwas anderes an mir ist einmalig.«

»Was?«

»Ich bin der letzte Weiße in Albertia, der in Ausübung seines Dienstes auf einen Albertianer schießen darf.« Er kicherte wieder, aber es klang nicht sehr heiter. »Mein Gott, was für ein Abgang.«

15

Gegen halb neun an diesem Abend holte ich Anne Kidd ab, nachdem ich William mit fünf Shilling bestochen hatte, mich zu fahren. Sie wohnte in einem bescheidenen Apartment nahe der Schule, an der sie unterrichtete. Zwei weitere Mädchen aus dem Friedenskorps teilten die Wohnung mit ihr. Die Möbel waren nichts Besonderes, aber sie hatten das Wohnzimmer mit geschnitzten Kalebassen, einheimischen Skulpturen, albertianischen Geweben und ein paar guten Stücken aus getriebenem Messing dekoriert. Es war recht hübsch – eine Mischung aus Barkandu und Grand Rapids.

Sie küsste mich flüchtig auf die Wange, vor den Augen ihrer Mitbewohnerinnen, die von der Westküste kamen. Eine stammte aus Los Angeles, die andere aus Berkeley. Die aus Berkeley wirkte fröhlich und vergnügt, und in Gedanken merkte ich sie für Shartelle vor, falls sich die Notwendigkeit ergeben sollte. Die aus Los Angeles kam aus der Form, die man hätte zerschlagen müssen, ehe das 84millionste Exemplar daraus gegossen wurde. Nicht gewöhnlich, aber auch nicht hübsch, nicht fröhlich, aber auch nicht traurig. Sie schien ein wenig zu schmollen, weil Anne mit einem Kerl ausging.

Ich half Anne hinten in den Wagen hinein. »William, das ist Miss Kidd«, sagte ich.

»Hello, William.«

»Madam«, sagte William, schenkte ihr ein breites Grinsen und warf mir einen anerkennenden Blick zu. Noch keinen ganzen Tag im Städtchen und schon ein Mädchen. Seine Achtung für mich stieg rapide.

»Wohin fahren, Mastah?« fragte William.

Ich wandte mich an Anne. »Gibt es in Ubondo eine nette ruhige Bar mit Klimaanlage?«

»Klar«, sagte sie. »Im Cocoa Marketing Building ist eine. Sie halten dort die Temperatur auf achtzehn Grad, glaube ich.«

Ich hielt ihre Hand, während William den Wagen durch die kaum beleuchteten Straßen fuhr. Die kleinen Händler hofften noch auf einen letzten Verkauf, und ihre Stände wurden von Drucklampen erhellt, die ein orange-gelbes Flackerlicht abgaben.

»Wie geht's deinen Zähnen?« fragte ich.

»Bestens«, sagte sie. »Sie mussten nur gereinigt werden. Siehst du?« Sie lächelte und zeigte sie alle. Sie waren weiß und sehr gerade.

»Denkst du viel an sie?«

»Nicht so viel wie an dich.«

»Gute reine Gedanken?«

»Nee. Einige sind nett und schmutzig. Ich glaube, ich hatte heute Nachmittag einen Orgasmus, bloß weil ich an dich gedacht habe.«

»Sicher bist du dir nicht?«

»Nicht in diesem Fall; ich habe nur gedacht und gedacht, und das Erste, was mir bewusst wurde, war, dass ich bei dir sein wollte, und dann ist es passiert; oder irgendwas ist passiert. Was auch immer passiert ist, mir hat's gefallen. Ich denke gern an dich.«

Dann küsste ich sie, auf der Rückbank des Humber, der durch die Straßen von Ubondo fuhr. Es war ein langer, tiefer Kuss, und wir waren beide ein bisschen erregt, als wir auftauchten, um Luft zu holen. William schaute strikt geradeaus.

Wir fuhren auf den Parkplatz des Cocoa Marketing Building und nahmen einen langsamen Aufzug zur dritten Etage. Das Lokal nannte sich Sahara South und war von einem libanesischen Spieler gepachtet, der – wie Anne mir erzählte – das zweitbeste Essen in der Stadt anbot. Ich sagte ihr, ich würde sie nur dorthin einladen, wo es das beste Essen gab, und sie sagte, dort gäbe es keine Klimaanlage. Ich sagte, dann würden wir eben da sitzen und schwitzen und gut essen.

Im Sahara South war es nicht kühl; es war ganz einfach kalt. Soweit ich erkennen konnte, handelte es sich nur um eine weitere, gedämpft beleuchtete Cocktaillounge mit angrenzendem Restaurant und Bar. Wir setzten uns an die Bar.

»Kommst du oft hierher?« fragte ich.

»Mit 82 Dollar 50 im Monat kann ich mir das nicht leisten. Vergiss nicht, dass ich davon und von meinem Vorrat an Motivation, Hingabe und Überzeugung lebe.«

»Dann werde ich bezahlen«, sagte ich.

Wir bestellten Gin-Tonic. Anne schauderte leicht in ihrem weißen Baumwollkleid. Es hatte hier und da dunkelblaue oder schwarze Paspeln und sah wie etwas aus, das man vermutlich immer noch als schick bezeichnet. Sie konnte ihre Kleider gut tragen.

»Dieses Kleid hast du aber nicht von deinen 82 Dollar 50 monatlich gekauft«, sagte ich.

»Gefällt es dir?«

»Sehr.«

»Das ist Daddys Beitrag zum Friedenskorps – dass ich genug anzuziehen habe. Er war von Anfang an gegen die ganze Idee.«

»Dass du beitrittst?«

»Nein. Das Friedenskorps.«

»Warum?«

»Ach, er hat grundsätzlich nichts gegen Hilfe. Er findet bloß, Amerikaner sollten besser bezahlt werden. Er sieht nicht ein, dass man sie in die ganze Welt schickt für etwas, was er einen Hungerlohn nennt. Er ist komisch. Er sagt, wenn Leute gebraucht werden, sollte Amerika richtige Profis anheuern – Lehrer, Ärzte, Schreiner, Fliesenleger – was du willst – und sie zum gängigen Tarif anheuern und losschicken, um sie machen zu lassen, was all die Kinder bloß versuchen können. Ich glaube, ich habe mich da nicht ganz so klar ausgedrückt.«

»Ich kann dir folgen«, sagte ich.

»Als das Friedenskorps so richtig gute Arbeit geleistet hat, ist er trotzdem bei seiner Meinung geblieben. Er hat gesagt, wenn die alle Märtyrer werden wollen, ist das vielleicht gut für die. Aber wir sollten die andere Variante – das Profi-Korps, nennt er es – zusätzlich auch haben. Er hat immer wieder mit denen von der Agentur für Internationale Entwicklung in Washington geredet, aber dabei ist nie etwas herausgekommen.«

»Was macht er beruflich? Vielleicht hast du es mir schon erzählt, aber ich hab's vergessen.«

Sie nippte an ihrem Drink. »Sehr kalt. Er macht etwas mit Einkaufszentren. Baut sie, glaube ich. Ich hab ihn mal gefragt, und er hat gesagt, es wäre zu kompliziert, und dass er es manchmal selber nicht versteht. Hat irgendwas zu tun mit Land verkaufen und es zurückmieten. Er sagt nur, er handelt mit Land so schnell wie es geht, weil davon kein Nachschub mehr hergestellt wird.«

Wir hörten eine Weile der gedämpften Musik zu und beobachteten die Menschen. Etwa die Hälfte waren Albertianer, zum Teil in einheimischen Gewändern, zum Teil europäisch gekleidet. Die übrigen waren weiß oder sonnengebräunt oder gerötet oder oliv. Es gab die Geschäftsleute, die Briten, die Autohändler, die Versicherungsvertreter und die Durchreisenden, die darauf hofften, in Afrika schnell ein paar Dollar zu verdienen. Ein großer junger Mann mit Surfer-Frisur betrat die Bar und schaute sich um. Er lächelte, als er Anne sah, und kam zu uns.

»Hallo, Anne«, sagte er.

Sie stellte ihn mir vor als Jack Woodring, Leiter des United States Information Service in Ubondo. Ich bot ihm einen Drink an, und er akzeptierte.

»Ich habe gehört, dass Sie herkommen würden«, sagte er. »Die vom Konsulat haben gestern angerufen – oder vielleicht heute. Schauen Sie bei mir rein, jederzeit. Nach zwei ist das Büro offiziell zu, und ich habe einen Kühlschrank. Da sind normalerweise ein paar Martinis drin.«

»Danke, machen wir«, sagte ich.

»Wie geht's dem Friedenskorps?«

»Gut«, sagte sie. »Wie geht's Betty?«

Er schüttelte den Kopf. »Die hat sich heute irgendwas eingefangen, und zu der Sache bei Karl musste ich allein gehen. Diese Jungs sind ein bisschen abgedreht.«

Anne wandte sich an mich. »Karl Haunhorst ist Deutscher,

inzwischen hier einheimisch und auf albertianische Kunst und Kultur spezialisiert. Hin und wieder gibt er eine Soirée. Ich bin einmal auf einer gewesen, vielleicht vor vier Monaten.«

»Ich bin das wandelnde und plappernde Beispiel für US-Kultur in Ubondo, deshalb muss ich weiter«, sagte Woodring. »Dabei fällt mir ein, ich soll bei Ihnen eine offizielle Beschwerde einreichen.«

»Nur zu.«

»Kramer hat mir ein Telegramm geschickt und fragt, ob Sie nicht das Programm des Fernsehsenders ändern können.«

»Was hat das mit Pete zu tun?«

»Er ist der offizielle Vertreter von DDT, und DDT betreibt in der Westregion den zweiten kommerziellen Fernsehsender in ganz Afrika. Oder den dritten?«

»Den zweiten, glaube ich.«

»Heißt das, du hast *My Little Margie* nach Albertia gebracht?«

»Nicht ich – Duffy. Er hat ein europäisches Syndikat gefunden, das die Hälfte des Gelds zugeschossen hat, um den Sender aufzubauen.«

»Es gibt doch bloß fünfundsiebzig Fernseher im ganzen Land«, sagte Anne.

»Ziemliche Steigerung; vor kurzem waren's erst fünfunddreißig.«

»Ich finde das nicht so aufregend wie die unten in Barkandu«, sagte Woodring. »Kramer ist besorgt wegen der Gewalt. Ich sorge mich nur darum, dass ein Reisebericht über den Grand Canyon zu einer Zeit gesendet wird, die man mit viel gutem Willen ›Prime Time‹ nennen könnte. Aber Kramer fragt, ob man nicht etwas beim Programm unternehmen kann. Beispielsweise gibt's montags *Highway Patrol, The Great Gildersleeve, Richard Diamond* und *Meet McGraw*. Dienstags gibt's *Father Knows Best, The Man Called X, Dragnet* und *The Lone Ranger*. Und mittwochs …«

»Duffy hat für die ein ganzes Paket eingekauft«, unterbrach ich. »Den ganzen Murks. Vielleicht wird's nächstes Jahr besser.«

»Angeblich haben die zweitausend Transistorgeräte bestellt«, sagte Woodring.

»Ich frage mich, wer die reparieren soll, wenn sie kaputtgehen.«

»Darüber werde ich mir nicht den Kopf zerbrechen«, sagte er. »Noch ein Jahr oder zwei, dann basteln die hier einheimische Programme, und dann hat der ganze Aufwand vielleicht einen Sinn. Andererseits … Mist, ich stelle fest, ich halte mir den Mittwochabend immer frei, damit ich *Gunsmoke* sehen kann.«

»Läuft heute Abend«, sagte Anne.

»Du hast recht. Ich muss los.« Er wandte sich zu mir. »Ich sage Kramer, dass ich die Beschwerde bei der zuständigen Stelle eingereicht habe.«

»Ich leite sie nach London weiter.«

»Schauen Sie doch bald mal mit Ihrem Partner rein, dann trinken wir was. Die haben mir gesagt, wie er heißt, aber ich hab's vergessen.«

»Shartelle.«

»Richtig.« Er breitete die Arme aus. »Kommen Sie vorbei,

jederzeit. Wenn jemand mit Steinen nach uns wirft, einfach ducken.«

»Machen wir«, sagte ich, und wir schüttelten uns die Hand. Er verabschiedete sich von Anne und ging.

»Netter Junge«, sagte sie. »Den mögen sie hier.«

»Wer?«

»Komisch – sowohl die Briten als auch die Albertianer. Er hält überall Vorträge, zeigt Filme, und wenn in den USA irgendwas Hässliches passiert, macht er eine Informationsveranstaltung für die Presse.«

»Da hat er genug zu tun«, sagte ich.

»Wie ist Mr. Shartelle so?«

Ich schüttelte den Kopf. »Muss man sehen, um es zu glauben. Hättest du Lust?«

Sie lächelte schnell. »Natürlich. Ich möchte doch sehen, wo du wohnst.«

Ich bezahlte, wir nahmen den Lift nach unten und gingen auf den Parkplatz, wo ich William schlafend vorfand. »Wir fahren nach Hause, und da können Sie sich schlafen legen«, sagte ich ihm.

»Madam nicht nach Hause fahren?« fragte er.

»Ich werde sie fahren. Ein Junge wie Sie, der noch wachsen muss, braucht seine Nachtruhe.«

»Sah!« sagte er und zeigte mir sein breites Grinsen.

William lenkte in unsere Auffahrt und parkte den Wagen vor der Veranda. Er gab mir die Schlüssel, sagte Gute Nacht und ging zu seinem Quartier.

Ich half Anne aus dem Wagen. Als wir um ihn herumgingen, konnten wir Shartelles Stimme hören. Er machte Imitationen, und er machte sie sehr gut.

»Gehen Sie Miss Kitty nach, Mr. Dillon?« Das war Chester Proudfoot.

»Werd ich wohl besser, Chester. Diese Greeley-Jungs sind manchmal ganz schön grob.« Das war Marshall Matt Dillon.

»Gott, Mr. Dillon, ich mag Miss Kitty ja, aber sie ist doch nur ne nette Nutte.«

»Stimmt, Chester, aber sie ist die einzige Nutte im Ort.«

Ich klopfte an die Falttür. »Marshall Dillon?« sagte ich.

Shartelle lag ausgestreckt auf der Couch, ein Kissen unter den Kopf gestopft. Der Fernseher flimmerte in seiner Ecke mit abgestelltem Ton. Shartelle schwang die Beine auf den Boden und stand auf.

»Hallo Pete – Ma'am«, sagte er. »Ich war so damit beschäftigt, alle Rollen zu übernehmen, dass ich Sie nicht habe kommen hören.«

»Anne, dies ist Clint Shartelle. Anne Kidd.«

»Es ist mir ein Vergnügen, Miss Anne«, sagte Shartelle und machte seine leichte höfliche Verbeugung. Er ging zum Fernseher und stellte ihn ab. »Freut mich wirklich, dass Sie beide beschlossen haben, bei mir hereinzuschauen. Ich habe eben *Halls of Ivy* und *My Little Margie* gesehen und war gut in *Gunsmoke* eingestiegen.«

Anne nahm einen der Stühle, und ich setzte mich auf die Couch.

»Machen Sie das oft?« fragte sie.

»Meinen Sie die ganzen Rollen?«

»Ja.«

Shartelle lächelte ihr zu. »Für einen einsamen Mann meines Alters, Miss Anne, ist das doch ein harmloser

Zeitvertreib. Und ich kann die Geschichten so drehen, wie ich will.«

»Er ist dreiundvierzig«, sagte ich.

»Ich wollte mir eben einen Drink genehmigen«, sagte Shartelle. »Was hätten Sie gern, Miss Anne?«

»Gin-Tonic«, sagte sie.

»Brauchen Sie dabei Hilfe?« fragte ich.

»Nein. Ehe ich den alten Samuel ins Bett geschickt habe, hat er mir gezeigt, wo alles ist. Bleiben Sie nur ruhig sitzen und unterhalten Sie Ihre junge Dame, Junge.«

Shartelle kam mit drei Drinks zurück und setzte sich auf die Couch. Seine Blicke wanderten über Anne; dann wandte er sich zu mir und sagte: »Peter, Sie haben gesagt, Sie hätten unten am Strand in Barkandu eine *attraktive* junge Dame kennengelernt. Sie haben die Tatsache nicht erwähnt, dass Sie das hübscheste Mädchen gefunden haben, das ich je gesehen habe.«

»Mein Fehler«, sagte ich.

»Miss Anne, Pete sagt, dass Sie beim Friedenskorps sind.«

»Ja.«

Und dann drehte Shartelle auf und brachte sie zum Sprechen: über das Friedenskorps und ihre Eindrücke von Albertia, ihre Vorlieben und Abneigungen, was ihrer Meinung nach zur Verbesserung der Verhältnisse getan werden könnte und was sie von der Zukunft des Landes hielt. Er war aufmerksam, interessiert und intelligent. Wenn sie zu schwanken oder zu zögern begann, gab er ihr einen freundlichen verbalen Stups, und sie sprach weiter.

Dann hörte Anne auf zu reden und sah ihn einen Augenblick an. »Mr. Shartelle, Sie haben mich ausgehorcht.

Ich habe gedacht, ich könnte Leute gut dazu bringen, über sich selbst zu sprechen – sich zu öffnen –, aber ich sehe, ich könnte ein paar Nachhilfestunden gebrauchen.«

Shartelle stand lachend auf, zupfte seine Seersuckerweste zurecht und glättete seine Revers. Er griff nach unseren Gläsern und ging zum Esstisch, wo die Flaschen standen. »Miss Anne, Sie sind nicht nur die hübscheste junge Dame, die mir je begegnet ist, sondern auch eine der intelligentesten. Und wenn der alte Pete nicht ein so guter Kumpel wäre, könnte ich Ihnen beinahe selbst den Hof machen.«

Er reichte uns die frischgefüllten Gläser.

Anne sagte: »Mr. Shartelle ...«

»Nennen Sie mich einfach Clint, Miss Anne.«

»Was bringt Sie zu der Annahme, Sie und Pete können diese Wahl für Chief Akomolo gewinnen?«

Shartelle hob die Hand. »Nein, nein, das werden Sie nicht, so süß und hübsch Sie auch sind. Sie werden mich jetzt nicht zum Reden bringen. Der alte Pete hier muss morgen aufstehen und für uns *die* Rede schreiben, und wenn Sie Ihre großen braunen Augen auf mich richten und Ihren hübschen kleinen Mund gerade ein klein bisschen öffnen, geradeso, als ob sie jedes Wort verschlingen und genießen wollten, also, dann würde ich hier sitzen und bis Tagesanbruch reden. Zwei Experten im Zuhören unter einem Dach sind reichlich genug. Hören Sie Pete zu, wenn Sie Ihre Abhörkappe aufsetzen wollen. Der Junge verdient es, dass ihm mal jemand zuhört.«

»Danke«, sagte ich.

»Also, Pete, wenn Sie absolut darauf bestehen, kann ich ja anfangen«, sagte er.

»Nein, nein. Das ist nicht unbedingt nötig. Ich kann mich mit Zuhören begnügen.«

»Was ist das, *die* Rede?« fragte Anne.

»Erklären Sie es ihr, Pete.«

»Eine *Die*-Rede – die Betonung liegt hier in jedem Fall auf dem *die* – ist einfach die grundlegende Rede in einer Kampagne. Sie legt die Stimmung, das Tempo, den Ton fest. Der Kandidat wiederholt sie oder Teile davon mit Abwandlungen während der ganzen Kampagne. Aber sie bleibt *die* Rede. Alle Kandidaten haben eine, und wenn sie sie ein paarmal gehalten haben, wird sie zu einem Teil ihrer Persönlichkeit. Sie passt zu ihnen – weil sie auf sie zugeschnitten ist. Sie müssen sie haben, denn wenn man täglich fünf bis zehn Reden halten muss, hat man nicht jedes Mal etwas Neues zu sagen.«

»Und die wirst du schreiben?«

»Mhm-hm.«

»Woher weißt du, was du schreiben sollst?«

»Das ist Petes Spezialität, Miss Anne. Es ist eine Gabe – wie Klavier nach Gehör spielen zu können. Pete hört, stelle ich mir vor, die Rede, während er sie schreibt. Aber gleichzeitig legt er ihren Ablauf fest, erinnert sich daran, wie der Kandidat spricht, was die wichtigsten Punkte sind, wann das Schlusswort beginnt und wie man so endet, dass die Zuhörer immer noch mehr wollen. Vor allem, wie man sie beendet – stimmt's, Pete?«

»Es ist eine Gabe. Wie Klavier nach Gehör spielen. In einem Freudenhaus.«

»Ich finde das wunderbar«, sagte Anne.

Wir unterhielten uns noch eine Weile. Shartelle erzählte

Anne vom jüngsten politischen Klatsch in Amerika und sagte, er glaube, dass er ihren Vater einmal auf einem nationalen Parteitag kennengelernt habe. Als wir unsere Drinks beendet hatten, stand er auf.

»Es war mir ein reines Vergnügen, Miss Anne, aber ich glaube, ich ziehe mich jetzt zurück. Ich habe einen langen Tag hinter mir. Ich würde jetzt nicht gehen, wenn ich nicht wüsste, dass ich beim Frühstück auf das Vergnügen Ihrer Anwesenheit rechnen könnte.« Er machte seine leichte höfliche Verbeugung und verließ das Zimmer, während wir ihm Gute Nacht wünschten.

»Du bist offiziell eingeladen«, sagte ich.

Sie lachte und schüttelte leicht den Kopf. »Ich habe es noch nie so höflich formuliert gehört.«

»Dann bleibst du also?«

»Willst du's denn?«

»Mein Gott, ja.«

»Es kann doch keiner was dagegen haben, oder?«

»Wer sollte denn?«

Ich rief Silex, damit er abschloss, und wir gingen aus der Vordertür und an der Seite des Hauses vorbei zu dem Eingang, der in mein Zimmer führte. Wir gingen zu Bett und liebten uns eine lange, süße Zeit. Als ich früh am Morgen erwachte, war sie noch da, und ich konnte mich an keinen Tag in meinem Leben erinnern, der so verheißungsvoll begonnen hätte.

16

Nach dem Frühstück ließ ich Anne von William nach Hause bringen. Shartelle fing an, sich Notizen zu machen, und ich begann, die Papiere durchzulesen, die Dr. Diokadu am vergangenen Nachmittag gebracht hatte. Damit waren wir beschäftigt, bis der Rolls-Royce vor der Wohnzimmertür vorfuhr. Der Fahrer, ein Albertianer, stieg aus, kam schneidig die Stufen herauf und stand stramm. Er hatte früher in der Armee gedient.

»Mr. Shartelle? Mr. Upshaw?«

»Ja, Sir«, sagte Shartelle.

»Empfehlungen von Mr. Duncan, Sah, und würden Sie ihm die Ehre erweisen, mit diesem Wagen vorliebzunehmen?« Die zweite Hälfte des Satzes klang auswendiggelernt.

»Aber es wäre uns eine große Ehre«, sagte Shartelle fröhlich, schlüpfte in sein frisches Seersucker-Jackett und zupfte seine Weste leicht zurecht. Er setzte den schwarzen Schlapphut im richtigen Winkel auf, klemmte sich eine krumme Zigarre zwischen die Lippen, und wir gingen die Stufen hinab und setzten uns auf die Rückbank des Rolls-Royce Seiner Exzellenz.

Der livrierte Chauffeur schloss die Tür, ging zur rechten Seite, glitt hinter das Lenkrad und setzte geschickt zurück zum Wendeplatz in der Auffahrt. Majestätisch rollten wir die Zufahrt hinab und auf die Straße, unterwegs zum Government House.

»Also, ist das nicht fein, Petey – ein paar Jungs aus dem Hinterland sitzen groß und stramm hinten in der

Rolls-Royce-Limousine Seiner Exzellenz.« Er schüttelte den Kopf in freimütigem Staunen ob des Schicksals, das ihm zugefallen war, sog ein paar Mal an seiner Zigarre und streifte ein wenig Asche in den vorgesehenen Behälter. »Haben Sie schon mal in einem Rolls-Royce gesessen, Pete?«

»In Duffys Bentley. Das ist das gleiche Auto, aber doch nicht dasselbe.«

»Was meinen Sie, weshalb Seine Exzellenz uns sehen möchte? Wissen Sie noch, wie er heißt?«

»Sir Charles Blackwelder. Reden Sie ihn mit Sir Charles an.«

»Aber gern doch«, sagte Shartelle. »Sogar sehr gern. Ich nehme an, er möchte uns wegen der Wahl sprechen und uns vielleicht ein paar Ratschläge geben. Ich glaube, ich werde ihm die Ehre des Zuhörens erweisen. Einer, der so lange hier gewesen ist wie er, könnte ja das eine oder andere aufgeschnappt haben.«

Der Fahrer lenkte den großen Wagen geschickt durch die übervollen Straßen von Ubondo, wobei er offenbar weder nach rechts noch nach links schaute und die wohlklingende Hupe nur hin und wieder gegen eine Ziege oder Henne einsetzte, welche die Amtslimousine nicht achtete. Die Verkehrspolizistin, die wir am Vortag bemerkt hatten, sah den Rolls näherkommen und hielt alle anderen Wagen an. Der Fahrer schien es nicht zur Kenntnis zu nehmen, aber Shartelle grinste breit.

Das Government House stand auf der höchsten Erhebung von Ubondo, dem Gipfel eines der Hügel, welche die Stadt umringten. Der Rolls fuhr schnell und lautlos eine kurvenreiche Asphaltstraße hinauf, die von sorgfältig gepflegten Blumen und Büschen gesäumt war. Die Straße verlief mehrmals in Serpentinen, und wenn wir auf der Außenseite waren, bot sich ein spektakulärer Blick auf Ubondo. Nicht schön. Diese Stadt würde nie schön sein. Aber sie war spektakulär.

»Sehen Sie sich das an, Pete«, sagte Shartelle. »Bei der Aussicht fange ich einfach an zu zittern … als wenn ich vier Aspirin gekaut hätte.«

»Toller Anblick«, erwiderte ich.

Das Government House hatte zwei Stockwerke, war weiß getüncht, hatte ein rotes Ziegeldach und schien sich aus einem recht einfachen, länglichen Gebäude zu einem imposanten Herrenhaus entwickelt zu haben, einschließlich Toreinfahrt, wo der Fahrer den Wagen parkte. Er sprang flink hinaus und lief um das Fahrzeug, um uns den Schlag zu öffnen. Als wir ausstiegen, kam ein Mann etwa in Shartelles Alter die Stufen hinunter und auf uns zu. Unter seinem buschigen Schnurrbart lächelte er. Er bewegte sich schnell treppab und hielt den Rücken steif. Entweder trug er ein Korsett, dachte ich, oder er hatte zwanzig Jahre in der britischen Armee hinter sich. »Ich bin Ian Duncan«, erklärte er uns, »der Adjutant. Und Sie müssen Mr. Shartelle sein …« Sie schüttelten sich die Hand. »Und Sie Mr. Upshaw …« Wir schüttelten uns die Hand. »Wenn Sie mitkommen, können Sie sich in unser Buch eintragen, und dann melde ich Sie bei Seiner Exzellenz an.«

Durch fünf Meter hohe Türen traten wir in eine Halle, die noch höher war. Ein albertianischer Schreiber döste an einem Empfangspult. Auf der einen Seite befand sich ein

Gestell mit einem großen Gästebuch. Shartelle und ich trugen uns ein und vermerkten das Datum. Duncan sah uns mit scheinbarem Interesse zu. Er weckte den Schreiber mit einem Stupser und sagte: »Durch die Halle und dann nach rechts.« Er ging mit flinken Schritten voran, den Kopf zurückgeworfen, die Brust vorgereckt und das Kinn angezogen. Seine Absätze klapperten laut auf dem Fliesenboden, während wir an einer Reihe Fotos vorbeigingen, die wohl die früheren Gouverneure der Region in vollem Ornat zeigten. An den Wänden standen einige Stühle mit hohen Lehnen, die aussahen, als ob seit 1935 niemand mehr auf ihnen gesessen hätte. Duncan erreichte eine Doppeltür, gleichfalls fünf Meter hoch und jeder Flügel anderthalb Meter breit. Mit festem Griff packte er die polierten Messingknöpfe, gab ihnen eine geübte Drehung und stieß beide Flügel gleichzeitig auf. Dann trat er schneidig nach links und blieb parallel zur Tür stehen. Er sah nicht uns an, sondern geradeaus, und seine Stimme wäre über jeden mittelgroßen Paradeplatz zu hören gewesen.

»Mister! Clinton! Shartelle! und Mister! Peter! Upshaw! aus den Vereinigten! Staaten! von Amerika!«

Shartelle und ich stimmten später darin überein, dass es Musik hätte geben sollen. Vielleicht *Dixie* oder *America, the Beautiful*. Der Weg bis zum anderen Ende des langen Raums betrug gute zwanzig Schritte, und dort saß ruhig hinter dem geschnitzten Eichenschreibtisch ein grauer Mann. Shartelle nahm sofort Haltung an, und ich bemerkte, dass auch meine Muskeln unwillkürlich reagierten, während wir diese zwanzig Schritte zurücklegten, die längsten zwanzig Schritte meines Lebens. Aus dem

Mundwinkel flüsterte Shartelle mir zu: »Mensch, haben die nicht Stil!« Als wir uns näherten, konnten wir erkennen, dass Sir Charles Blackwelder uns mit einem etwas zweifelnden Ausdruck musterte, als wären wir neue, nicht besonders vertrauenswürdige Nachbarn beim Antrittsbesuch. Als wir noch fünf Schritte entfernt waren, erhob er sich. Vor seinem Schreibtisch waren drei bequem aussehende Sessel arrangiert.

Die Vorstellung erfolgte durch Duncan, der auf dem Sessel ganz links Platz nahm, Shartelle saß in der Mitte und ich rechts. Sir Charles machte es sich in seinem hochrückigen Schreibtischstuhl wieder bequem und lächelte uns zu. Es war ein knappes Lächeln. In seinem Gesicht gab es viele Linien, wie ich bemerkte, besonders um die Augen und die Mundwinkel herum. Es war ein gutes, langes, keilförmiges Gesicht, und das graue Haar war auf die eine Seite gebürstet, um eine kahle Stelle zu verbergen. Die Augenbrauen waren gerade und dunkel und die Augen von einem auffallenden Dunkelblau. Er trug einen weißen Anzug, ein weißes Hemd und eine grüne Krawatte mit dickem Knoten. An der linken Hand hatte er eine Art Siegelring.

»Soweit ich weiß, hat Politik Sie nach Albertia gebracht, Gentlemen«, sagte Sir Charles.

»Das ist zutreffend, Sir«, sagte Shartelle.

»Zunächst fand ich es merkwürdig, dass Chief Akomolo sich eine amerikanische Firma ausgesucht hat. Aber dann habe ich darüber nachgedacht, und es war nicht mehr merkwürdig. Keineswegs. Er hasst uns, wissen Sie. Oh, vielleicht nicht als Individuen – wohl aber als Kollektiv.

Der Mann mag die Engländer einfach nicht. Wie kommen Sie mit ihm zurecht?«

»Bisher sehr gut«, sagte Shartelle. Ich beschloss, er könne den Sprecher machen.

»Sie sind Politexperte, glaube ich, Mr. Shartelle?«

»Damit verdiene ich meinen Lebensunterhalt.«

»Und Sie sind PR-Experte, Mr. Upshaw?«

»Ja.«

»Ich würde sagen, Sie haben beide in den kommenden sechs Wochen reichlich zu tun. Ich kann beim besten Willen nicht vorhersagen, wer gewinnen wird, und ich fürchte, es wird am Ende kein großer Unterschied sein.«

»Außer für den Gewinner – und die Verlierer«, sagte Shartelle. »Denen macht es normalerweise ziemlich viel aus.«

»Gewiss. Aber ich bin nicht wirklich überzeugt davon, dass es für Albertia als Land nach der Unabhängigkeit eine große Rolle spielen wird. Natürlich wird die Proklamation der Unabhängigkeit hier eher Routine sein. Die Feierlichkeiten werden auf ein Minimum beschränkt. Stattfinden wird alles drei Tage nach Eingang der Ergebnisse und Verkündung des Siegers – oder der Koalition – oder wie auch immer. Dann wird es die schlichte Formalität der Übergabe der Regierungsgeschäfte geben. Ich werde vorher abreisen; ich glaube nicht, dass ich noch einmal herkomme, um die Entwicklung zu sehen. Was ich gern täte.«

Ich sagte etwas Höfliches dazu, und Shartelle fragte: »Wie lange sind Sie in Albertia gewesen, Sir Charles?«

»Ich bin 1934 hergekommen. Ich wurde als Stellvertretender Distriktbeamter in den Norden geschickt. Damals war es anders. Ich sage nicht, dass es besser war, aber es war anders. Es kommt mir so vor – und vielleicht spielt mir dabei nur die Erinnerung einen Streich –, aber es kommt mir so vor, als hätten meine albertinischen Freunde und ich damals durchaus gute Zeiten zusammen gehabt. Wir haben mehr gelacht, hatten gute Partys, gelegentlich haben wir uns gemeinsam betrunken, und manchmal habe ich ein paar von ihnen für einen Tag oder zwei ins Gefängnis gesteckt. Und gelegentlich haben sie mir ein paar ziemlich unangenehme Streiche gespielt, aber insgesamt sind wir bestens miteinander ausgekommen. Draußen im Busch. Aber sagen Sie mir, Mr. Shartelle, warum glauben Sie, dass Ihre amerikanische Art Politik hier in Albertia funktionieren wird?«

»Es ist gar keine besondere Art, Sir Charles. Es ist einfach Politik.«

»Und Sie meinen, sie gilt für Albertianer so gut wie für Amerikaner und, sagen wir, auch Engländer?«

»Das ist eine Theorie, die in sechs Wochen einem strengen Test unterzogen werden wird«, sagte Shartelle. »Vielleicht kann ich dann fundierter darüber sprechen.«

Blackwelder lächelte. Der Adjutant lächelte, und ich lächelte auch. Sir Charles lehnte sich in seinem Sessel weit zurück, formte mit seinen Fingern einen Spitzturm und blickte zu seiner hohen, hohen Decke hinauf. »Mr. Shartelle, ich bin seit über dreißig Jahren hier. Ich spreche zwei der Dialekte und ich komme mit Hausa einigermaßen zurecht. Was ich sagen will, ist dies: Mein ganzes Leben als Erwachsener habe ich bei diesen Leuten verbracht, und dennoch glaube ich nicht, sie zu kennen. Ich glaube nicht, dass ich jemals weiß, was sie denken.«

»Nun, Sir«, sagte Shartelle, der sich an seinem Lieblingsthema – Menschen – erwärmte, »ich glaube, dass Sie sich selbst unterschätzen. Ich halte Sie für einen scharfsinnigen Menschenkenner, einen, der eine ganze Menge über jemanden sagen kann, mit dem er sich eine Viertelstunde oder so unterhalten hat. Stimmen Sie mir zu?«

Blackwelder lachte. »Ich bin für Schmeicheleien sehr empfänglich, Mr. Shartelle.«

»So hatte ich es nicht gemeint, Sir Charles. Ganz und gar nicht. Aber ich würde sagen, dass Sie vielleicht den Albertianern zu nahe sind. Wer über dreißig Jahre in einer bestimmten Gesellschaft verbringt, nimmt zwangsläufig einige von deren Vorstellungen und Merkmalen an. Ich würde sagen, wenn ich Sie wäre und mich fragte, was die Albertianer wohl denken, dann würde ich mich selbst fragen, was ich denke und was ich an ihrer Stelle denken *würde*. Das müsste es dann ziemlich genau treffen.«

»Ich könnte unmöglich so denken wie Albertianer.«

»Also, ich glaube nicht, dass Sie so denken wie die meisten Briten. Jedenfalls nicht die, die ich kenne.«

»Weder Fisch noch Fleisch, wie?« Er lächelte. »Ich werde einige Zeit darauf verwenden, um darüber nachzudenken – sowohl vom englischen als auch vom albertianischen Standpunkt aus. Trotzdem, Mr. Shartelle, besteht Ihre Aufgabe darin, für Chief Akomolo Stimmen zu gewinnen. Wie wollen *Sie* den typischen albertianischen Wähler ansprechen – wie wollen Sie wissen, was er will, wie er reagieren wird, oder welche Einflüsse seine Stammesgefühle oder seine natürlichen Herrscher auf ihn haben?«

Shartelle überlegte einen Augenblick. »Das alles weiß

ich nicht, Sir Charles. Ich weiß nur, wie Menschen reagieren. Ich glaube zu wissen, was sie sich wünschen, weil ich glaube, dass alle Menschen sich im Wesentlichen das gleiche wünschen – einen Sinn des Daseins, wenn man den Dingen auf den Grund geht. Ich verwette meinen Ruf, den zu erwerben ich mir beträchtliche Mühe gegeben habe, darauf, dass Menschen, wenn sie die Wahl haben, sich für das entscheiden, was ihnen die wenigsten Schmerzen verursachen wird. Keine Mehrheit, die ich je kennengelernt habe, hat für persönliche Opfer gestimmt. Die mögen am Ende dabei herausgekommen sein, aber dafür gestimmt haben sie von vornherein nicht. Nein, sie stimmen für die Kandidaten, von denen sie annehmen, dass sie ihnen am wenigsten Leiden verursachen – sei es wirtschaftlich oder gesellschaftlich oder gefühlsmäßig.«

Blackwelder nickte. »Interessant«, murmelte er. »Pragmatisch, um es milde auszudrücken.« Er stand auf. Das Gespräch war beendet. »Wenn ich irgendetwas tun kann, um Ihnen Ihren Aufenthalt hier angenehmer zu machen, lassen Sie es mich bitte wissen.« Er kam um den Schreibtisch herum, um uns die Hand zu reichen. »Ich kann Ihnen aber nur einen Rat geben, Gentlemen. Bleiben Sie nicht zu lange in Albertia. Westafrika, und besonders Albertia, hat eine eigene Art, den Menschen ins Blut zu gehen. Es ist kein schönes Land, weiß Gott, obwohl es während des Harmattan weiter im Norden gar nicht so übel ist. Kühler, wissen Sie. Aber dieses Land hat etwas an sich, das einem ins Mark kriecht und einen hier festhält. Vielleicht ist es Ju-ju, was meinen Sie, Ian?« Duncan lächelte pflichtschuldig. »Nun denn, Goodbye.«

»Goodbye«, sagten wir. Sir Charles Blackwelder kehrte hinter seinen geschnitzten Eichentisch zurück und setzte sich. Als wir zur Tür kamen, sah ich mich noch einmal um. Er schien nicht viel zu tun zu haben.

Sobald wir draußen waren, bot Duncan uns Zigaretten an, die wir beide annahmen. »Ich habe den alten Knaben seit Wochen nicht mehr so gesprächig erlebt«, sagte Duncan. »Es freut mich, dass Sie beide vorbeikommen konnten – obwohl Upshaw nicht gerade viel redet.«

»Er ist nur höflich zu Älteren«, sagte Shartelle.

»Tja, ich nehme an, dass Sie zurück an Ihre Arbeit wollen, sonst würde ich zu einer Tasse Tee einladen.«

Shartelle blickte auf seine Uhr. »Wir haben um halb zwölf eine Verabredung. Ein andermal gern.«

Duncan begleitete uns zum Rolls-Royce, wo uns derselbe livrierte Fahrer die Tür aufhielt. Wir sagten Goodbye und schüttelten uns die Hand. Der Fahrer schloss die Tür mit einem soliden, befriedigenden dumpfen Rolls-Royce-Bumms und lief um den Wagen herum zum Steuer. Wir begannen die Rückfahrt. Shartelle beobachtete wie üblich aufmerksam die Straßenszenen. »Ich muss hier mal raus, Pete«, sagte er, »und ein bisschen herumschnüffeln. Wenn ich dauernd in dem Haus sitze, bin ich zu weit von allem entfernt. Ich muss mich zwischen den Leuten herumtreiben und herausfinden, was sie denken.«

»Machen Sie es heute Nachmittag. Ich werde schreiben.«

»Könnte sein. Könnte durchaus sein.«

»Ich möchte wissen, was Dekko will.«

»Bestätigung vermutlich. Nur ein bisschen Konversation.«

»Vielleicht bleibt er zum Essen.«

Shartelle grunzte. »Ein bisschen mehr dürfen Sie dem Mann schon zutrauen.«

»Sie haben recht.«

Obwohl wir bereits um Viertel nach elf zuhause ankamen, war Chief Dekko schon da. Mit einem Glas Fruchtsaft in der Hand saß er bequem in einem Sessel. Er trug frische Gewänder. Diesmal waren sie orange mit weißen Verzierungen.

Shartelle schaute dem abfahrenden Rolls nach, ein wenig bedauernd, wie ich fand. »Machen die aber fein, oder, Pete?« hatte er auf der Rückfahrt gesagt. »Sie und ich, wie wir durch diesen langen, langen Raum dahin gehen, wo dieser nette alte Mann hinter diesem schicken Schreibtisch sitzt. Und wie dieser Adjutant unsere Namen einfach so rausbrüllt, als ob wir Senatoren auf einer Vergnügungsreise wären. Den hätte man drüben im nächsten Bezirk hören können. Ich mag das. Sollte ich vermutlich nicht, aber ich mag es.«

»Es fehlte nur ein bisschen Musik, als wir mit dem langen Gang begonnen haben.«

»Vielleicht *Dixie*, im Marschtempo gespielt von einer großen Blechbläsertruppe.«

»Wäre mir recht.«

Dekko stand auf, als wir in den Wohnraum kamen, und begrüßte uns mit einem warmen Lächeln. »Ich bin zu früh, und Sie sind pünktlich. Das ist gut. Wie war Sir Charles?«

»Er sah gesund aus, Chief«, sagte Shartelle.

»Was denkt er über die Wahl, oder hat er sich nicht dazu geäußert?«

»Er hat mehr uns gefragt als wir ihn, würde ich sagen. Einen Trend in die eine oder andere Richtung scheint er nicht ausgemacht zu haben.«

Dekko nickte mit seinem schönen großen Kopf. »Gestern Abend habe ich noch mit Chief Jenaro gesprochen, nachdem er Sie verlassen hatte. Ich höre, dass Sie zwei Hubschrauber angefordert haben, damit der Führer und ich in mehr Städten und Dörfern sprechen können.«

»Und getrennt«, sagte Shartelle. »Sie kandidieren als Premier für die Westregion. Es würde nicht viel nützen, wenn Chief Akomolo als Premier des Bundes in die Zentrale ginge, wenn Sie sich hier im Westen nicht auch Ihre Position erobert haben.«

Dekko nickte. »Dann finden Sie, ich sollte mich ausschließlich auf den Westen beschränken?«

»Nein. Ich will Ihnen jetzt nicht schmeicheln, Chief, und ich will auch keineswegs respektlos gegenüber Chief Akomolo sein, aber Sie sind eine verdammt eindrucksvolle Erscheinung, eine, die der Partei ganz allgemein nützen wird. Ich will, dass Sie so viele Auftritte wie möglich bekommen. Das heißt, jeden Tag ein Dutzend, vielleicht sogar fünfzehn Reden.« Er lächelte den großen Albertianer an. »Ich glaube, Sie sind kräftig genug, um das sechs Wochen durchzuhalten.«

»Also, was die Reden angeht …«, begann Dekko.

»Pete?«

»Sie bekommen morgen früh eine Basisrede«, sagte ich. »Die wird speziell für Sie geschrieben – auf Ihren Stil und Ihre Sprech- oder Redeweise zugeschnitten. Als Ganzes gehalten, sollte sie ungefähr eine Stunde dauern, aber sie wird in Teilen abgefasst sein, die als Reden von fünf, fünfzehn Minuten oder einer halben Stunde gehalten werden können. Wahrscheinlich werden Sie die Reden von fünf und fünfzehn Minuten öfter brauchen als alles andere.«

»Das stimmt wohl«, sagte Dekko.

»Wenn Sie die Rede ein paarmal gehalten haben, wird sie Ihre Rede werden. Sie werden sie nicht bewusst auswendig lernen, aber bald feststellen, dass Sie nicht mehr auf das Manuskript schauen müssen. Sie werden auch Sätze finden, die nicht nur für Sie selbst, sondern auch für Ihre Zuhörer besonders ansprechend sind. Sie werden also anfangen, die Rede Ihrem jeweiligen Publikum entsprechend anzupassen. Ich würde sagen, dass Sie ein besonders gutes Gefühl für Publikumswirkung haben, und deshalb werden Sie ständig Änderungen vornehmen. Auf jeden Fall haben Sie die Rede aber immer parat für den Fall, dass Sie mal die Leute gegen sich haben und sich unmissverständlich äußern wollen.«

Shartelle nickte mir zu. »Er ist ein Profi, Chief.«

»Das klingt so, als hätten Sie sich bei der Vorbereitung viele Gedanken gemacht, Mr. Upshaw.«

»Habe ich auch«, log ich.

»Der Wahlkampf startet offiziell am Montag«, sagte Chief Dekko. »Ich habe nur eine Gelegenheit gesucht, mit Ihnen ein paar Minuten lang zu plaudern. Sie wissen ja, dass der Ausgang von größter Bedeutung ist.«

»Ihm gilt unsere ganze Aufmerksamkeit«, sagte Shartelle. »Ich meine, dass Sie und Chief Akomolo Ihre ganze Zeit der aktiven Kampagne widmen sollten. Die Details, die Mechanik der Wahlkampfführung, sollten Sie uns überlassen. Dazu haben Sie uns engagiert. Und ich glaube, mit

Chief Jenaro und Dr. Diokadu haben wir zwei unschätzbare Mitarbeiter.«

Chief Dekko musterte Shartelle mit einem langen, festen Blick. »Sie sind sehr überzeugend, Mr. Shartelle. Und sehr beredt. Es gibt nur wenige, denen ich vollkommen traue, aber Ihnen traue ich. Und Mr. Upshaw«, fügte er höflich hinzu.

»Ich glaube, dass wir dieses Vertrauen verdienen, Chief. Wir sind hier, um Ihnen zu helfen, eine Wahl zu gewinnen. Ich finde, wir haben eine gute Chance.«

»Meinen Sie wirklich? Warum?«

»Weil die Dinge sich entwickeln«, sagte Shartelle. »Das gehört zur Mechanik der Kampagne, und es ist mir lieber, Sie ziehen los und zeigen sich den Leuten gründlich, als dass Sie sich um Dinge sorgen, um die zu sorgen Sie uns bezahlen.«

Dekko nickte. In seinem Nicken lag endgültige Zustimmung. »Das ergibt viel Sinn.« Er erhob sich. Ich lud ihn ein, zum Essen zu bleiben. Er lehnte ab – etwas hastig, wie mir schien.

»Morgen Vormittag kontaktieren wir Sie mit der Rede«, sagte ich. »Sie kriegen auch die zehn-bis-fünfzehn-Minuten-Reden zu allen wichtigen Punkten. Ich glaube, die kann ich Ihnen am Samstag liefern.«

Dekko deutete ein Salutieren an und sprang die Stufen zu seinem Wagen hinunter. Er bewegte sich schnell in der Mittagssonne. Shartelle seufzte und lehnte sich in seinem Sessel zurück. »Ich schwöre, Pete, ich werde noch zum Vormittagssäufer, aber es gibt nichts, was ich jetzt lieber hätte als einen großen Gin-Tonic. Rufen Sie?«

Ich schrie nach Samuel, und er antwortete mir mit seinem »Sah« aus den Tiefen der Küche. Er kam in seiner Khaki-Uniform heraus; die weiße behielt er sich zum Servieren von Mahlzeiten und Tee vor.

Nachdem wir mit Drinks versorgt waren und beide einen tiefen Zug genommen hatten, sagte Shartelle: »Ich glaube, wir sollten besser Jimmy Jenaro und Doc Diokadu zum Tee kommen lassen. Ich möchte anfangen.«

»Mit der zweigleisigen Operation?«

»Ja.«

»Wir sollten auch Duffy wegen der Buttons anrufen.«

»Die werden ihm einige Mühe machen.«

»Das ist sein Problem«, sagte ich. »In London ist es kühl.«

»Lassen Sie mich mal ans Telefon«, sagte Shartelle. »Ich glaube, ich habe eine Idee.«

Er nahm den Hörer ab und wartete, bis der männliche Vermittler im Amt sich meldete. »Wie geht es Ihnen heute, Sir? Hier spricht Mr. Shartelle ... Das ist gut ... Und Ihrer Familie? ... Na, wunderbar ... Doch, meiner Familie geht es auch gut ... Also, ich würde gern ein Ferngespräch mit London führen, in England ... Glauben Sie, dass Sie das für mich arrangieren können? Aber das ist wirklich sehr freundlich von Ihnen ... Ich wette, dass Sie darin große Erfahrung haben ... Also, ich möchte Mr. Padraic Duffy unter folgender Nummer sprechen.« Shartelle nannte dem Vermittler die Nummer. »Wie war Ihr Name noch? In Ordnung, Mr. Ojara. Wenn Sie jetzt diese Nummer in London anrufen und mich dann verbinden würden? Sehr schön. Vorher hätte ich gern noch ein Ortsgespräch geführt – ist das möglich? Sehr gut.« Er nannte ihm Jimmy Jenaros Nummer.

Er verabredete sich mit Jenaro für fünf Uhr nachmittags. Jenaro sagte, er werde Dr. Diokadu benachrichtigen. Shartelle hängte ein. Er drehte sich zu mir um und grinste. »Wenn ich mit dem albertianischen Telefonsystem durch bin, Petey, werden wir den besten Service im Land haben.«

»Das glaube ich wohl. Aber ehe Duffy an den Apparat kommt, habe ich noch eine Idee.«

»Gut.«

»Buttons sind schön – aber wir brauchen noch etwas. Etwas, was nützlich, aber billig ist.«

Shartelle nickte. »Kämme wären nicht ganz das richtige, wegen der Haarlänge. Woran haben Sie gedacht?«

»Aufklappbare Kartenetuis – aus Plastik, mit der in Gold aufgedruckten Botschaft unseres Kandidaten.«

»Nicht schlecht – aber wieso?«

»Samuel hat mir heute Morgen ein paar seiner Empfehlungsschreiben gezeigt. Albertianer legen offenbar großen Wert darauf. Aber er hat nichts, um sie aufzubewahren, außer seine Blechkiste. Nun hat aber jeder wichtige Papiere – Führerschein, Steuerquittung, Empfehlungsschreiben. Stellen Sie sich nur vor, einer klappt so ein Etui auf – eins mit zehn Fächern –, um seine wichtigen Papiere vorzuzeigen.«

»Wie viele, Pete?«

»Nicht so viele wie Buttons.«

»Okay. So was wie eine Prämie für die braven Jungs.«

»Genau das.«

»Wie viele?«

»Sagen wir, eine Million? Sie kosten etwa zwei, drei Cent das Stück, soviel ich mich erinnere.«

»Was, schätzen Sie, wiegt eins?«

»Vielleicht eine Unze.«

»Eine Million Unzen …« Shartelle starrte kurz zur Decke. »Gut, ich hab's.«

Das Telefon klingelte fünf Minuten später. Es war das Ferngespräch mit London. Shartelle hielt den Hörer ans Ohr, während die Vermittler hin und her redeten. »Vielen Dank, Mr. Ojara«, sagte er schließlich zu dem am albertianischen Ende der Leitung.

»Bist du das, Pig? … Ja, ich verstehe dich gut … Ja, alles läuft einfach großartig … Jetzt hör zu, Pig, ich rufe an, weil wir einiges Material brauchen. Hast du deinen Bleistift? Gut. Also, ich brauche zehn Meter Seersucker, an Jimmy Jenaros Schneider in London zu liefern. Den Stoff kriegst du von einer Weberei in Alabama, die ich kenne.« Er nannte Duffy den Namen der Weberei. »Nein, das ist nicht alles, Pig. Ich hab da noch mehr … Hast du einen Bestellblock greifbar? Okay. Ich brauche vierundneunzig Tonnen Buttons und einunddreißig Tonnen Kartenetuis aus Kunststoff, alle schön bunt bedruckt.« Er hielt den Hörer vom Ohr ab. Auf der anderen Seite des Zimmers konnte ich das Quäken hören.

»Tja, Pig, ich nehme an, die wirst du in den Staaten beschaffen müssen … und setz am besten deinen hochbegabten Art Director dran, dass er mir ein paar hübsche, auffällige Buttons entwirft. Ich will keine winzigen, die man nur mit Lupe lesen kann. Ich will aggressive Buttons, die einen richtig anspringen … Der Slogan ist ›I GO AKO‹ … Das gefällt ihm nicht, Pete.«

»Sagen Sie ihm, der Führer hätte sich das ausgedacht.«

»Der alte Chief Akomolo hat sich das selbst ausgedacht. Also, Pig – *mir* gefällt es, Pete gefällt es, und Chief Akomolo gefällt es. Es ist mir also komplett egal, ob es dir gefällt oder nicht. Ich will auch das Parteisymbol auf den Buttons – dieses Ding aus Rechen und Hacke … Also, wenn du das in England nicht kriegen kannst, dann sag ich dir, was zu tun ist. Du setzt deinen Art Director ins nächste Flugzeug nach New York. Von da soll er einen der Brüder oben in Rochester anrufen und bei denen zwei Millionen in Auftrag geben. Dann eine Million in Pittsburgh und zwei weitere Millionen in Los Angeles. Flying Tigers werden sie von Westen nach Osten bringen, und zuerst das Zeug in Los Angeles verladen, weil die normalerweise schneller drucken. Und ich will diese Buttons Ende nächster Woche hier haben – jedenfalls eine Teillieferung. Und sag deinem Art Director, er soll jedem dieser Kasper ausrichten, dass Clint Shartelle nie wieder einen Button bei denen bestellen wird, wenn sie sich nicht den Arsch aufreißen. Hast du alles, Pig? Also, was ist mit den Kartenetuis? Okay, kümmere dich darum … Sonst ist alles in Butter, Pig. Wir machen Besuche, und Pete schreibt Reden, und alle sind glücklich und zufrieden … Hast du dich mal nach den Jungs von Renesslaer umgehört, die oben im Norden arbeiten? Gut. Das sollten wir dann heute kriegen. *Wie* heißt einer von denen? Moment, das muss ich gleich Pete erzählen. Nein – alles bestens. Wir melden uns, wenn wir was brauchen. Wiederhören, Pig.« Er hängte ein. Fast unmittelbar danach klingelte das Telefon.

Shartelle nahm den Hörer ab. »Das hat sehr gut geklappt, Mr. Ojara. Ich bin Ihnen für Ihre Mühe wirklich dankbar … Ich möchte behaupten, Sie sind der beste Vermittler von Ferngesprächen, der mir je begegnet ist … Nochmals vielen Dank.«

Er seufzte und hängte ein. Dann lachte er vor sich hin. »Duffy hat sich um die Konkurrenz gekümmert, die für den alten Hadschi Sir arbeitet. Sie wissen ja, diese vier Leute von Renesslaer.«

»Und?«

»Ich weiß nicht recht. Ich komme mir dabei irgendwie alt vor.«

»Wieso?«

»Einer der Jungs heißt Franchot Tone Calhoun.«

17

Nach unserem Mittagessen aus gebratener Leber, Bratkartoffeln, Rosenkohl und einer Art Pudding, den Shartelle und ich verschmähten, suchte ich die Papiere von Dr. Diokadu zusammen, nahm die Lettera 22 und zog mich in die Einsamkeit des hinteren Schlafzimmers mit dem separaten Eingang zurück. Ich las die Papiere schnell noch einmal durch. Dann zählte ich in Gedanken die entscheidenden Punkte auf und suchte nach einem Aufhänger – dem Goldklumpen einer Nachricht, mit dem ein Reporter seine Story beginnen würde. Als ich ihn gefunden hatte, klapperte ich einen zwei Seiten langen Text herunter – direkter AP-Stil. Das diente mir als Exposé und sollte außerdem als Presseverlautbarung verwendet werden, sobald die Rede im Ganzen zum ersten Mal gehalten wurde.

Ich verstellte eine weitere geistige Schraube und erinnerte mich an Akomolos Redeweise, seine Phrasierung, seine liebsten Konsonanten. Er sprach die P's klar und deutlich, darum beschloss ich, viele P's zu benutzen – Partei, Partner, progressiv, praktisch, primär und pauschal. Pauschal strich ich wieder. Niemand würde verstehen, was es bedeutete. An seiner Stelle besser populär. Wenn Chief Akomolo sprach, hielt er vor den P's immer kurz inne, gab ihnen einen weichen, ploppenden Klang, der durchaus nicht reizlos war.

Ferner liebte er kurze Sätze. Jedenfalls sprach er so. Folglich wollte ich seine Rede in kurzen Sätzen schreiben. Ich beschloss, sie in einer Länge von neun bis zwanzig Wörtern zu variieren. Keiner sollte länger werden. Weil er in einer ziemlich pedantischen Art sprach, musste er aktive Verben benutzen – Wörter, die mehr sagen würden als der Redner.

Ich drehte noch einmal an der geistigen Schraube, stellte Chief Akomolo ein und begann zu schreiben. Ich schrieb zwei Stunden ohne Unterbrechung, dann machte ich eine Pause, um mir in der Küche Kaffee zu holen. Auf dem Rückweg fand ich einen Zettel von Shartelle. »In der Stadt für Bodenproben. Zwischen halb fünf und fünf zurück.«

Ich ging in mein Zimmer, schlürfte Kaffee und setzte mich wieder an die Maschine. Die Rede ging mir leicht von der Hand, und ich hörte Akomolo sprechen, während ich den Text schrieb. Das ist immer eine Hilfe. Ich schrieb zwanzig Seiten in fünf Stunden. Eine weitere halbe Stunde brauchte ich zum Korrigieren. Dann war es soweit. *Die* Rede war geschafft. Ich legte die Blätter zusammen und trug sie in den Wohnraum. Shartelle war wieder da, ausgestreckt in einem Sessel, ein großes Glas in der Hand.

»Wie waren die Bodenproben?« fragte ich.

»Erträglich, Pete.«

»Was trinken Sie da?«

»Eistee. Ich habe unseren einzigen Supermarkt besucht und eine Packung von dem Instantzeug mitgebracht.« Er hob abwehrend die Hand. »Keine Sorge, Junge. Ich war der Firma gegenüber loyal und habe die richtige Marke gekauft. Dann habe ich mir von einer Markt-Mammy frische Pfefferminze eingehandelt und mich in die Küche geschlichen, während Samuel bei seiner Siesta war, und uns einen Krug gemixt. Wollen Sie ein Glas?«

»Ich hol's mir«, sagte ich. »Wo haben Sie den Krug hingestellt?«

»Setzen Sie sich, Junge, ruhen Sie sich aus. Ich habe die Schreibmaschine klappern hören und hätte Sie um nichts in der Welt gestört.« Shartelle ging in die Küche und kam mit einem Glas Tee zurück. »Nicht schlecht mit der frischen Minze«, sagte er. »Und wenn jetzt der alte Samuel mit dem gewöhnlichen Tee kommt, tun wir einfach so, als ob wir ihn trinken.«

»Das gefällt mir so gut an Ihnen, Shartelle«, sagte ich. »Diese stählerne Härte.« Ich probierte den Tee. »Nicht schlecht. Hier, wollen Sie das mal durchlesen?« Ich reichte ihm die Presseverlautbarung und *die* Rede.

Shartelle konnte schneller lesen als jeder andere Mensch, den ich kennengelernt habe, und ich hatte welche getroffen, die es in der Minute auf 3500 Wörter brachten. Ich hatte zwanzig Seiten geschrieben. Wenn das Ding in normalem Tempo vorgetragen wurde, würde es fünfzig Minuten dauern. Da Chief Akomolo langsam sprach, würde er länger brauchen. Shartelle las den Text in drei Minuten. Als er fertig war, schüttelte er bewundernd den Kopf.

»Guter Redenschreiber sind Sie, Petey. Also, ich kann den alten Chief richtig hören, wie er seine P's so prächtig ploppen lässt. Und die Einleitung ist auch gut. Sollte ihm was einbringen.«

»Was halten Sie von dem Landwirtschaftsteil?« fragte ich listig. Niemand konnte so schnell lesen.

»Die direkten Subventionen sind viel klarer dargestellt als in Dr. Diokadus Weißbuch. Sie haben das so klar und einfach hingekriegt, dass jeder, der Englisch kann, es versteht.

Das ist eine verdammt gute Rede, Pete. Eine der besten *die* Reden, die mir seit langem untergekommen ist.«

»Danke. Wo haben Sie gelernt, so schnell zu lesen?«

»Als ich bei meinem Daddy gelebt habe, hat er den Markt immer aufmerksam verfolgt, wenn er etwas hatte, womit er ihn verfolgen konnte. Und er hatte alle Zeitungen abonniert – ich meine wirklich alle. *The Wall Street Journal, The Journal of Commerce, Barron's, The New York Times, The Chicago Tribune* und alle Farm-Magazine, weil er auch die Futures ganz scharf beobachtet hat. Also, mein Job war es, alles für ihn zu lesen und das auszuschneiden, was für ihn von Interesse sein könnte. Ich habe aber einfach nicht schnell genug gelesen für das ganze Zeug. Da gab's dann diese Anzeige in *Doc Savage*: Wie man schneller und besser liest in zehn Lektionen?« Da war wieder diese ansteigende Intonation. Ich nickte.

»Den Kurs habe ich ungefähr zur gleichen Zeit bestellt wie diese dynamischen Leibesübungen von Charles Atlas. Ich bin so weit gekommen, dass ich die *Times* in zehn Minuten geschafft – mit der hab ich geübt – und dabei wirklich fast jedes Wort gelesen habe.«

»Wieviel verstehen Sie von dem Gelesenen?«

»Am Anfang war ich ziemlich schlecht, aber das wurde immer besser. Jetzt geht es ganz gut, möchte ich sagen.«

»Wie machen Sie das?«

»Ach, da ist nichts dabei. Man fängt einfach an, diagonal zu lesen, von oben links nach unten rechts, und ziemlich bald kommt man dazu, alles mit einem Blick zu erfassen. War manchmal ganz nützlich, wenn man nicht mehr als eine Minute hatte, um einen Blick auf die

Kampagnenpläne der Gegenseite zu werfen, wenn die gerade im Aufzug vom Hauptquartier in der fünfzehnten Etage zum Kopieren in der vierten gebracht wurden.«

»Kann ich mir vorstellen.«

Draußen wurde der XK-E für die Auffahrt in den zweiten Gang zurückgeschaltet, und dann brachte Jenaro ihn röhrend mit dem ihm eigenen Schwung und seiner Missachtung für den Kies vor der Veranda zum Halten. Am Vormittag hatte ich gesehen, wie Ojo mit seinem neuen Rasenmäher auf einen Kiesel im Gras gestoßen war. Ganze fünfzehn Minuten lang hatte er anschließend die Schneiden geprüft und danach eine Stunde auf Händen und Knien nach weiteren Steinen gesucht.

Jenaro sah aus, als käme er gerade vom achtzehnten Loch auf Pebble Beach. Er trug eine Windbluse, deren Ärmel speziell darauf zugeschnitten waren, dass er den Golfschläger frei schwingen konnte, einen blassgrünen Rollkragenpulli aus gewirkter weicher Baumwolle, Chinos und Golfschuhe aus Korduanleder; der Regenhut auf seinem Kopf war aus dem gleichen Material wie seine Windbluse. Auf dem linken Vordersitz des Jaguars, dessen Verdeck wie üblich aufgeklappt war, ruhte ein Behälter mit einem Satz Golfschlägern.

Jenaro sprang die Verandastufen herauf und streifte die Spikeschuhe ab, ehe er ins Haus kam. Er wirkte fröhlich. »Ich habe gerade neun Löcher mit zweiunddreißig geschafft, mit Sandgreens und allem.«

»Klingt gut«, sagte ich.

»Der Clubrekord steht bei einunddreißig. Irgendwann werde ich ihn brechen.«

»Sie sehen erhitzt aus, Jimmy«, sagte Shartelle. »Ziehen Sie die Jacke aus; ich hänge sie für Sie auf.«

»Danke.«

Shartelle nahm die Jacke und hängte sie über die Lehne eines Esszimmerstuhls.

»Wieder rechtzeitig zum Tee?«

»Ich höre ihn schon eine Weile in der Küche rumoren«, sagte Shartelle. »Also wohl ja.«

»Wenn Sie ihn überreden könnten, mir ein kaltes Bier zu geben, würde ich Ihnen gern Bericht erstatten.«

Samuel kam mit dem Tee, und mit einem um Nachsicht bittenden Unterton forderte Shartelle ihn auf, für Chief Jenaro eine Flasche kaltes Bier zu bringen. »Ja, Sah«, erwiderte Samuel, aber sein Herz war nicht dabei.

Nach einem tiefen Zug an dem Bier seufzte Jenaro, rülpste und wischte sich mit dem Handrücken den Mund. »Diokadu muss jeden Moment kommen. Er hatte nur wie üblich erst noch ein paar Papiere zu holen. Aber ich kann Ihnen ja schon sagen, wie weit ich gekommen bin.« Er griff in seine Hüfttasche und zog ein kleines Notizbuch heraus.

»Erstens: die Fächer. Ich habe eine Stunde mit dem Minister für Wirtschaftsentwicklung und seinem Ständigen Staatssekretär verbracht. Fünfzehn Minuten waren nötig, um ihnen die Idee zu verkaufen, und fünfundvierzig, um den Minister davon zu überzeugen, dass sie nicht alle in seinem Heimatdorf hergestellt werden können. Die Pläne mit allen Einzelheiten sind schon fertig, und ein Vertreterteam verteilt sich gerade im ganzen Land. Bis Ende nächster Woche haben wir eine größere erste Order. Okay?«

»Gut«, sagte Shartelle.

»Zweitens: Verteilung. Ich war gestern Abend in der Parteizentrale und habe für alles einen Verteilungsplan ausgearbeitet – Fächer und Buttons. Er ist kompliziert, und falls Sie nicht darauf bestehen, will ich nicht auf Einzelheiten eingehen. Ich garantiere aber, dass es funktionieren wird – und zwar überwiegend schnell. Zu manchen Orten schaffen wir sie mit Lastwagen, zu anderen fliegen wir sie. Wir haben eine Dakota – Sie wissen schon, so eine alte C 47 – zur Verfügung, und die kann überall eine Ladung hinschaffen, aber auch ein paar treue Anhänger der Partei, wenn wir mal eine Claque brauchen. Einverstanden?«

»Gut.«

»Dritter Punkt: Hubschrauber. Mir wurde zugesagt, dass zwei spät am Sonntagnachmittag hier ankommen. Die gottverdammte Ölgesellschaft bildet sich zwar ein, dass sie im ganzen Land Schürfrechte erhält, wenn der Führer in die Zentrale geht. Ich habe ihnen alles versprochen außer Geld, und für das interessieren sie sich nicht. Zwei Piloten – ein Südafrikaner und ein Amerikaner. Ich glaube, der Südafrikaner kann mit Dekko fliegen. Der ist so groß, dass der Pilot es sich zweimal überlegt, ehe er dumme Bemerkungen macht.«

»Gut«, sagte Shartelle. »Was für Hubschrauber?«

Jenaro blickte wieder in seine Notizen. »Große. Zwei alte Sikorsky S-55. Dicke Dinger. Sie tragen neben dem Piloten acht Personen. Sollten eigentlich zwei Piloten haben, aber das war nicht zu machen. Ich habe eine Liste der Tankstellen der Gesellschaft. Die dürfen wir benutzen, aber den Treibstoff müssen wir bezahlen. Ich habe zugestimmt.«

»Verdammt gut«, sagte Shartelle. Er fing nun an, breit zu grinsen.

»Was dachten Sie denn, was ich treibe – auf dem Golfplatz abhängen?«

»Weiter, Jimmy, Sie machen's prima.«

»Die Zeitung. Ich habe mit dem Mann gesprochen, der für den *New Mexican* in Santa Fe gearbeitet hat, und er ist ganz wild darauf – für einen gewissen Preis. Wir haben uns auf fünfzig Pfund in der Woche geeinigt, was ungefähr vierzig mehr sind, als er je im Leben verdient hat, wenn er es auch nie zugeben wird.«

»Wenn man einen braucht, können die's riechen«, sagte Shartelle.

»Der Kerl konnte es, er ist aber auch ein Enthusiast. Ich habe ihm *carte blanche* gegeben, was das Rekrutieren weiterer Mitarbeiter und alles in Sachen Druck und Herstellung angeht, und den Vertrieb übernehme ich via Hauptquartier. Die Zeitung ist kostenlos, ja?«

»Richtig«, sagte Shartelle.

»Okay. Wie gesagt, der Kerl ist ein Enthusiast. Ich weiß nicht genau, wovon er spricht, das hab ich mir aber nicht anmerken lassen, schließlich bin ich ja Informationsminister. Ich hab's aufgeschrieben und dachte, ich frag mal Pete hier. Er möchte ein Boulevardblatt machen, acht Seiten, fünf Spalten, horizontaler Aufbau, linksbündige Überschriften, ohne Spaltenregeln, keine Spaltentrennlinien, luftiges Layout mit viel Platz für Bilder, und er möchte für die Überschriften die stark kondensierte Tempo und Tempo Medium verwenden, für den Haupttext Times

Roman 10 auf 11, wobei die Einleitungen 11 auf 12 laufen sollen, alles mit einem 11½-Pica-Maß.«

Shartelle sah mich an. »Was meinen Sie, Pete?«

»Er weiß, was er macht. Wird sehr nett aussehen. Vielleicht kann er ja auch schreiben.«

»Behauptet er jedenfalls, und er ist ganz heiß drauf, ein paar Enthüllungsgeschichten über den Norden und den alten Hadschi Sir zu schreiben, wie Clint ihn nennt.«

Shartelle stand auf und begann, im Zimmer hin und her zu gehen. Er kam bis zum Fernseher in der Ecke, machte kehrt und ging zum Bücherregal, das als Raumteiler das Wohnzimmer vom Essbereich trennte.

»Wer gibt ihm die Parteilinie vor?« fragte er Jenaro.

»Das mache ich. Alles, was ich von Ihnen kriege in Sachen Reden und Pressemitteilungen geht sofort an ihn mit Sonderzustellung.«

»Den Vertrieb haben Sie im Griff?«

»Ja.«

»Wie soll das Blatt heißen?«

»*Die Volksstimme*. Das war seine Idee«, sagte Jenaro.

»Vielleicht kann er am Ende doch nicht schreiben«, sagte ich.

»Okay«, sagte Shartelle. »Machen wir es so.«

»Letzter Punkt: die Trommeln. Damit habe ich nur angefangen, und dann hat Diokadu übernommen. Er müsste jeden Moment hier sein.«

Es dauerte fünf Minuten, bis Diokadu eintraf und mit dem inzwischen vertrauten Stapel Papieren unter dem Arm ins Zimmer trat. »Ich bin wie üblich zu spät«, sagte er, »aber nicht so spät wie üblich.«

»Tee?« fragte Shartelle.

»Bitte.«

Ich schenkte ein.

»Wir haben gerade Jimmys Bericht gehört, Doc, und es scheint ja alles zu laufen«, sagte Shartelle und zündete sich eine weitere krumme schwarze Zigarre an, wobei er seinen Gang durchs Zimmer wieder aufnahm.

Diokadu trank dankbar seinen Tee und stellte dann Tasse und Untertasse ab. Er zog einen Notizblock mit gelbem Papier hervor, blätterte darin, bis er gefunden hatte, was er suchte, und sah uns dann erwartungsvoll an. »Wollen Sie erst meinen Bericht über die Trommeln oder die Künstler?«

»Erst die Künstler.«

»Gut. Gestern Abend hat sich in Barkandu ein Ausschuss konstituiert, der sich ›Albertianische Künster und Schriftsteller für Akomolo‹ nennt. Dem Leitungs- oder Gründungskomitee gehören ein Schauspieler, ein Dichter, zwei Romanciers und zwei Maler an. Sie sind alle ziemlich bekannt hier und bis zu einem gewissen Grad auch in England.«

»Wieviel hat es gekostet?«

»Für jeden hundert Pfund, und jeder hat sich verpflichtet, fünf weitere Mitglieder zu werben.«

»Noch diese Woche?« fragte Shartelle.

»Noch diese Woche.«

»Gut. Dann zu den Trommlern.«

»Es ist alles geklärt. Tatsächlich hat es den größten Teil des Tages gekostet. Von heute Morgen neun Uhr bis vor ein paar Minuten war ich am Telefon. Ich habe das Land in fünfzehn ungefähr gleich große Gebiete eingeteilt und dann für jedes Gebiet einen Haupttrommler ausgesucht. Die Nachricht wird ihm jeden Abend telefonisch durchgegeben – oder so oft, wie wir ihn einsetzen wollen. Er wiederum wird sich mit den Trommlern in seinem Gebiet in Verbindung setzen. Jeder der fünfzehn Haupttrommler war bereit, für zweihundertfünfzig Pfund mitzumachen. Davon bezahlen sie auch die Trommler in ihrem Bereich.«

»Wann können sie anfangen?« fragte Shartelle.

»So gut wie sofort. Ich habe ihnen gesagt, Montag oder Dienstag.«

»Gut.« Shartelle unterbrach sein Auf und Ab, ließ sich in einen Sessel fallen, streckte die langen Beine vor sich aus und überkreuzte die Knöchel. »Jimmy, Sie wissen doch sicher, wer Sie bespitzelt, oder?« sagte er.

»Ja, natürlich. Aus dem Norden ist es der derzeitige Parlamentarische Staatssekretär im Landwirtschaftsministerium. Mir hat er gesagt, eigentlich arbeitet er für uns, muss aber seine Kontakte im Norden beibehalten, um effektiv zu sein. Ich nehme an, sie zahlen ihm mehr.«

»Er ist ein widerlicher kleiner Kerl«, sagte Diokadu und schnaubte.

»Wie ist es mit dem Osten? Wer versorgt die mit Informationen?«

»Ein Mann aus meinem Ministerium«, sagte Jenaro. »Ich behalte ihn im Auge.«

»Sehr gut. Wenn ich also zwei Telegramme an Duffy in London schicken wollte – ließe es sich arrangieren, dass Kopien davon diesen Leuten in die Hände fallen? Vielleicht ein oder zwei Tage, ehe Duffy sie bekommt?«

Jenaro lächelte. »Eine Spezialität des Hauses.«

Shartelle wandte sich mir zu. »Pete, könnten Sie nicht mal Ihre kleine Schreibmaschine herholen und den Code? Wir wollen Lohnsklave eine geheime Nachricht schicken.«

Ich holte meine Schreibmaschine. »Und jetzt«, sagte Shartelle, »verschlüsseln Sie eine Nachricht an Duffy; er soll uns eine Firma besorgen, die von jetzt an bis zur Wahl hier in Albertia Texte am Himmel hinterlässt.«

»Himmelschreiber? Davon halte ich nichts, Shartelle.«

»Aber, Junge, das brauchen Sie ja auch nicht. Sie sollen nur das Telegramm verschlüsseln.«

Ich hob die Schultern und überlegte, während ich ein Blatt Papier in die Maschine einführte. Dann schrieb ich, nahm das Blatt heraus und reichte es Shartelle. Diokadu und Jenaro sahen uns fragend an. Ich glaubte, langsam zu begreifen. Der Text lautete:

LOHNSKLAVE: SICHERUNG OBENSCHREIBER ALBERTIANISCH UNERLÄSSLICH. NARBENGESICHT BEGEISTERT. BUTTERKEKS ÜBERZEUGT DURCHBRUCH HIER ABHÄNGIG VON GELINGEN. BESTÄTIGT SCHNELLSTENS ENDE SCARAMOUCHE.

Shartelle las es grinsend. »Mickymaus wird es kaum täuschen«, sagte er. »Aber Goofy muss sich vielleicht etwas den Kopf zerbrechen.« Er gab das Papier Jenaro, der es las und an Dr. Diokadu weiterreichte.

»Ich weiß nicht ganz …«, begann Dr. Diokadu.

Shartelle hob die Hand. »Einen Moment noch, Doc,

dann erkläre ich Ihnen, was das Ganze soll. Ich möchte, dass Pete noch so ein Ding bastelt, solange er den Code im Kopf hat.«

»Was wollen Sie denn noch von Duffy, Clint?« fragte ich.

»Ich brauche so was wie einen Goodyear-Blimp.«

»Ach, du lieber Himmel.«

Ich steckte ein frisches Blatt in die Maschine, überlegte ein paar Sekunden lang und hämmerte ein zweites Telegramm in unserem Geheimcode in die Tasten. Dieses musste selbst ein Anfänger auf den ersten Blick durchschauen. Ich gab es Shartelle, der es überflog und an Jenaro weiterreichte. Jenaro las laut vor:

LOHNSKLAVE: UNBEDINGT ERFORDERLICH FLIEGENDE NEUJAHRSZIGARRE FÜR GEBRAUCH ALBERTIA. NARBENGESICHT WILD PROIDEE. BUTTERKEKS ÜBERZEUGT NÖTIG FÜR VORWAHLHANDLUNG. EMPFEHLE NEW YORK CHECK VERFÜGBARKEIT. GELD UNERHEBLICH ENDE SCARAMOUCHE.

»Junge«, sagte Shartelle zu mir, »Sie sind der geborene Verschwörer. Das sind die beiden lausigsten Geheimbotschaften, die zu lesen ich je das Vergnügen hatte.« Er wandte sich an Jimmy Jenaro. »Von der ersten, über den Himmelschreiber, möchte ich, dass sie den Leuten von Renesslaer im Norden in die Hände fällt. Einer von denen heißt Franchot Tone Calhoun.«

»Sie machen Witze«, sagte Jenaro.

»Keineswegs.«

»Gut, kriege ich hin. Und dann wollen Sie, dass Duffy sie einen Tag später bekommt?«

»Richtig. Und die andere soll den Leuten in die Hände fallen, die Dr. Kensington Kologos Kampagne im Osten pushen. Aber passen Sie gut auf, dass die nicht zu leicht drankommen und verstehen, dass alles ganz geheim ist. Klar?«

Jenaro lächelte. »Sie brauchen mir keine Skizze zu machen, Clint.«

»Hatte ich auch nicht angenommen.«

Dr. Diokadu schüttelte betrübt den Kopf. »Irgendwo, irgendwann, vor langer Zeit, mindestens vor einer Viertelstunde, habe ich hoffnungslos den Anschluss verloren.«

Shartelle grinste, warf den Kopf in den Nacken und schrie nach Samuel, der mit seinem üblichen »Sah!« aus der Unterwelt der Küche antwortete. »Ich dachte, wo jetzt die Teezeit vorbei ist, könnten wir einen Drink bekommen. Ich fürchte, Gin-Tonic macht süchtig.«

Samuel brachte die Drinks. Jenaro bekam noch ein Bier, Diokadu wollte Orangensaft mit Gin haben, Shartelle und ich Gin-Tonic.

»Also, Doc, es ist ganz einfach. Ich möchte, dass die Opposition von unseren Geheimwaffen erfährt – Himmelschreiber und Helium-Luftschiff. Wenn ich nämlich die Psychologie von Renesslaer richtig einschätze, werden sie versuchen, sich den Himmelschreiber vor uns zu sichern. Das ist das Geheimnis ihres weltweiten Erfolgs in Werbung und PR. Beim Fernsehen nutzen sie nur das, was sich bewährt hat. Als Situationskomik die große Mode war, haben sie massenhaft Situationskomik gesponsert. Als sich die raffinierten, verhaltenen Anzeigen durchgesetzt haben, fingen sie an, raffinierte, verhaltene Anzeigen zu bringen. Sie sind Nachahmer, keine Pioniere. Ich bezweifle, dass sie je selbst einen originellen, eigenen Einfall gehabt haben, aber sie können die Einfälle anderer übernehmen und sie verdammt viel besser umsetzen. Ich nehme also an, dass sie Himmelschreiber für das Allertollste halten, und ehe ihr es euch verseht, werden sie hier unten ein Team haben, das überall den Namen des alten Hadschi Sir an den Himmel malt. Hat er übrigens eine Kurzform für seinen Namen – so wie Ako?«

»Er wird oft Hadsch genannt«, sagte Dr. Diokadu.

»Fein«, sagte Shartelle, »das ist wirklich leicht an den Himmel zu schreiben. Und wie sieht es mit ihrem Parteisymbol aus?«

»Das ist eine Pyramide.«

»Auch nicht schlecht. Geben Sie mir mal ein Blatt Papier, Pete.«

Ich reichte ihm eins, und er zeichnete auf das Blatt eine Pyramide, malte HADSCH darunter und reichte das Blatt Diokadu, der es an Jenaro und mich weitergab. Es sah so aus:

»Ich nicht stimmen für Mann in Himmel, Mastah«, sagte ich.

»Also, Pete, das ist genau die Reaktion, auf die ich bei den Leuten hoffe. Aber wir müssen sichergehen; und damit kommen wir zu Jimmys Aufgabe.«

»Was denn?« fragte Jenaro.

Shartelle lehnte sich tief in seinen Sessel zurück und blickte verträumt zur Decke. Auf seinem Gesicht lag ein flüchtiges Lächeln. Ich hatte dieses Lächeln schon kennengelernt. Der, an den er dabei dachte, tat mir leid.

»Jimmy, ich brauche einen Trupp Brunnenvergifter.«

»Einen was?«

»Habt ihr in der Parteizentrale nicht ein paar zuverlässige Jungs, so was wie Handelsreisende in den USA? Sie wissen schon, Leute, die sich unters Volk mischen, in alle Dörfer und Städte kommen und mit den Leuten reden, das neueste Gerücht verbreiten?«

Jenaro nickte bedächtig. »Ich weiß, was Sie meinen.«

Shartelle blickte noch immer an die Decke. »Sie reisen zu zweit, können in keiner Weise oder Form mit der Partei identifiziert werden. Sie tauchen einfach in der Stadt auf, und wenn das Gespräch auf Politik kommt, und ich nehme an, das passiert, lassen sie nur ein paar unaufdringliche Bemerkungen fallen. Verstehen Sie mich?«

Jenaro nickte wieder.

»Nehmen wir also an, Renesslaer holt sich ein Team Himmelschreiber her. Haben Sie Leute, die vorab deren Einsatzplan besorgen können?«

»Hab ich«, sagte Jenaro.

»Gut. Jetzt nehmen wir an, wir schicken unsere Brunnenvergifter los – vielleicht mit einem Tag Vorsprung vor den Himmelschreibern. Und die beiden alten Burschen, diese Handelsreisenden, bringen das Gespräch unauffällig auf die Himmelschreiber.«

Diesmal nickten wir alle.

»Und einer der beiden wendet sich an den anderen und sagt: ›Also weißt du, Ojo, ich glaube einfach nicht, dass dieser Dampf am Himmel einen Mann impotent macht. Glaubst du das etwa?‹ Und Ojo, oder wie der andere sonst heißt, antwortet: ›Dieses Gerede hab ich im letzten Dorf schon gehört, dass der komische Rauch ein tödliches Gas ist und manche Frau zur Witwe gemacht hat, deren Mann noch lebt.‹ Oder wie immer sie sonst reden. Vielleicht bin ich zu stark von H. Rider Haggard beeinflusst. Dann sagt der eine – egal, welcher: ›Ich kann nicht glauben, dass Dörfer, über die der Name Hadsch geschrieben wurde, dazu verdammt sein sollen, keine Söhne mehr zu haben.‹ Und so machen sie weiter, ziehen von Stadt zu Stadt, von Dorf zu Dorf, immer kurz vor dem Himmelschreiber. Und nun, Jimmy – haben Sie vielleicht hundert Leute, die Sie mit diesem kleinen Job losschicken können?«

Jenaro schüttelte den Kopf. Es war eine Geste der Bewunderung. »Das könnte es wirklich bringen, Clint. Wir können mit den Sexualtabus arbeiten. Klar, die Leute haben wir – unsere getreuen Mitglieder würden so was nur zu gern übernehmen. Sie müssen nicht viel mehr tun, als Bier zu kaufen und zu reden, und dafür taugen sie alle, wenn auch sonst zu nicht viel. Zufällig habe ich vor ungefähr zwei Monaten hundert Volkswagen bestellt. Sieht so aus, als kämen die gerade recht.«

Dr. Diokadu hob das Glas und sagte: »Meinen Sie, ich könnte noch so einen Gin mit Saft haben? Sehr erfrischend.« Ich rief Samuel, und er brachte uns eine weitere Runde.

»Natürlich ist es eine Lüge«, sagte Dr. Diokadu. »Der Rauch vom Flugzeug ist harmlos.«

»Ganz harmlos, Doc. Nur eine Chemikalie und Rohöl, in einen heißen Auspuff gespritzt. Und genau das werden die Brunnenvergifter sagen – dass sie *nicht* glauben, dass der Rauch impotent und steril macht. Aber Sie haben recht: Es ist eine Lüge. Eine Lüge in Konzept, Absicht und Ausführung. Meinen Sie, wir sollten es nicht machen?«

Diokadu seufzte. »Der Führer wird es nicht mögen; Dekko wird dagegen sein.«

»Ich hatte nicht die Absicht, es sie wissen zu lassen«, sagte Shartelle. »Sie brauchen es nicht zu wissen. Ihre Aufgabe ist es, draußen unter den Leuten den Wahlkampf zu führen. Wenn im Dreck gewühlt werden muss, dann ist das unser Job.«

»Sie brauchen noch etwas, Clint«, sagte ich. »Sie können nicht nur auf die geheimen Botschaften bauen.«

Er nickte und stand auf, um wieder im Zimmer auf und ab zu gehen. »Wir brauchen zwei Leute«, sagte er zu Jenaro. »Sie müssen in der Partei einen ziemlich hohen Rang haben. Sie müssen von makelloser Integrität sein. Und sie müssen bereit sein, ein Opfer zu bringen.«

Er wartete. Jenaro und Diokadu tauschten Blicke. »Reden Sie weiter«, sagte Jenaro.

»Ich will, dass sie desertieren. Zur Opposition überlaufen. Der eine zur Partei von Sir Alakada, der andere ins Lager von Dr. Kologo. Natürlich bringen sie Informationen mit. Ihr müsst ihnen genügend harmloses Material mitgeben, dass es authentisch wirkt. Der wichtigste Punkt aber wird die Behauptung sein, dass wir alles auf den Himmelschreiber und das Goodyear-Luftschiff setzen. Sie müssen gute Schauspieler sein, und sie sollten nicht in engem Kontakt miteinander stehen. Haben Sie zwei solche Leute?«

»Sehen Sie nicht uns dabei an, Clint«, sagte Jenaro. »Ich will eher verdammt sein als desertieren.«

»Nein, nicht Sie beide, aber zwei aufgeweckte junge Männer. Sie müssen an ihren Patriotismus, ihre Parteiloyalität und ihre Abenteuerlust appellieren.«

»Wohl eher an ihre Brieftaschen«, sagte Diokadu. »Ich wüsste zwei dafür.« Er nannte zwei Namen. Mir sagten sie nichts. Diokadu sah Jenaro fragend an. Jenaro nickte langsam. »Der eine ist Rechtsanwalt«, sagte er, »der andere ein Verwaltungsmensch. Sie sind beide der Partei eng verbunden und auf dem Weg nach oben. Gut reden können sie auch – den Eindruck vermitteln, dass sie zum inneren Kreis gehören.« Er nickte wieder, diesmal abrupt. »Sie sind dafür richtig.«

»Wer kontaktiert sie?«

»Diokadu. Er ist der Theoretiker der Partei. Bei mir würden sie glauben, ich wollte sie hereinlegen.«

Shartelle blickte Diokadu an, der nicht glücklich wirkte. »Na gut. Ich kontaktiere sie heute Abend. Beide sind in Ubondo.«

»Die üblichen Gründe fürs Überlaufen …« begann Shartelle.

Diokadu hob die Hand. »Wir hatten in der Vergangenheit genug Deserteure, Mr. Shartelle. Ich kenne die Gründe dafür.«

Jimmy Jenaro stand auf und ging durchs Zimmer. Er

deutete einen imaginären fünf-Meter-Putt an, wackelte zu sehr mit den Hüften, lochte aber dann doch ein. »Zurück zu den Brunnenvergiftern, Clint. Was sollen sie über das Luftschiff sagen – falls es eines gibt?«

»Ganz einfach«, sagte Shartelle. »Sie glauben nicht, dass es tatsächlich eine amerikanische Atombombe an Bord hat.«

»Die Leute im Busch nennen sie die Bumm-Bombe«, sagte Jenaro.

»Und die Trommeln sollen die Angst vor Impotenz und Tod verbreiten«, sagte Diokadu. »Zwei sehr starke Ängste, Mr. Shartelle. Aber angenommen, die Opposition bestreitet es?«

»Fragen Sie den PR-Fachmann«, sagte Shartelle und deutete mit seiner Zigarre auf mich.

»Man kann ein Gerücht nicht bestreiten – sonst verleiht man ihm nur Glaubwürdigkeit«, sagte ich. »Sie können den Einsatz von Flugzeugen zum Himmelschreiben nicht abbrechen, sonst werden die Brunnenvergifter für sich in Anspruch nehmen, sie hätten sie verjagt. Sie stecken fest, egal was sie tun – vorausgesetzt, dass sie etwas tun. Das gilt auch für das Luftschiff. Wenn sie aufhören, es zu benutzen, hat sich der wütende Protest aufgebrachter Bürger gelohnt. Wenn sie es bestreiten, warum sollen sie etwas bestreiten, was gar nicht existiert? Das ist wie eine Presseerklärung, die beginnt mit: ›Johnny X. Jones hat heute die verbreiteten Gerüchte dementiert, dass er Geld unterschlagen hätte‹.«

Diokadu schüttelte den Kopf. »Aber wir setzen doch sicher nicht darauf, dass wir damit die Wahl gewinnen. Das ist Schwindel, Betrug, ein Haufen Lügen – gerissen, natürlich, aber trotzdem Lügen.«

Shartelle nickte. »Wenn die Leute für Chief Akomolo stimmen, dann stimmen sie für sein Programm. Wenn sie gegen die beiden wichtigsten Konkurrenten stimmen wollen, können sie nirgendwo anders hin als in Akomolos Lager. Doc, Sie wissen, er hat nicht genug Stimmen, und ich bin nicht sicher, dass er sie bekommen kann, selbst wenn er ab sofort bis zum Wahltag jede Stunde eine Rede hält. Aber ich möchte die Fehler unserer Opposition lenken; ich möchte sie ermuntern. Ich will, dass sie dauernd mit sinnlosen Jobs herumrennen. Ich will, dass sie ihre Energie mit der eigenen Stümperei verschwenden. Ich will in ihrem Hauptquartier Zwietracht und in ihren Herzen Panik verursachen. Und wenn so etwas anfängt, gibt es eine verdammt gute Chance für Panik.«

»Ich bin mit Ihren Plänen einverstanden, Clint«, sagte Jenaro ruhig. Er wandte sich an Diokadu. Er sagte einen Satz oder eine Sentenz in seiner Sprache. Diokadu nickte.

»Ich habe gerade gesagt, dass die Hände unserer Gegner nicht frei von Blut sind. Sie haben uns in der Vergangenheit häufig übel mitgespielt. Ich habe keine Skrupel bei Clints Idee. Sie ist gerissen, wie Sie selbst gesagt haben, und knifflig. Wenn sie funktioniert, werden wir Stimmen gewinnen – viele Stimmen.«

»Ich bin einverstanden, aber der Führer darf die Einzelheiten nicht erfahren«, sagte Diokadu. Er lächelte ein bisschen kläglich. »Als Politikwissenschaftler, Mr. Shartelle, lerne ich hier eine Menge über die Schattenseiten der Politik. Es scheint aber die Seite zu sein, auf der man Stimmen gewinnt und verliert.«

Shartelle erwiderte das Lächeln. »Sie werden überall

gewonnen und verloren, Doc. Ich will uns nur gegen alles absichern. Das führt mich zu einer anderen Frage. Was ist mit den Gewerkschaften, Jimmy?«

»Ich habe mit dem Mann gesprochen. Er ist bereit, sich auf den Deal einzulassen, aber einen Generalstreik will er nicht. Den hebt er sich noch auf, wie er sagt.«

»Wie weit will er gehen?«

»Er wird eine Truppe streiken lassen – sie ist sehr diszipliniert. Sie bleiben weg, bis er sagt, sie sollen wiederkommen.«

»Welche?«

»Die, die den größten Stunk macht.« Jenaro grinste vergnügt. »Die Vereinigte Föderation der Fäkaliensammler von Albertia.«

18

Diokadu ging, den inzwischen vertrauten Stoß Papiere unter dem linken Arm; mit der rechten Hand raffte er die Falten seiner *ordona*. Jenaro blieb sitzen.

»Sind Sie heute Abend beschäftigt?« fragte er.

Shartelle sah mich fragend an. »Ich bin frei«, sagte ich.

»Bei unserer Pokerschule fehlen uns zwei Leute. Haben Sie Lust einzuspringen? Wir spielen bei mir.«

»Ich kann nicht für Pete sprechen, aber ich glaube, *ich* könnte eine Lektion vertragen.«

»So eine Schule ist das nicht, Clint«, sagte ich. »So nennen die Briten eine normale Partie.«

»Tatsächlich? Um wie viel wird gespielt, Jimmy?«

»Pot Limit.«

»Dabei könnte sich jemand glatt wehtun. Wann geht's los?«

»Um neun.«

»Pete?«

»Ich bin dabei.«

»Nehmt ihr Schecks?«

»Natürlich«, sagte Jenaro.

»Wer spielt noch mit?«

»Ich. Zwei Ständige Staatssekretäre – Engländer. Und Ian Duncan, der Adjutant von Blackwelder. Sie kennen ihn ja. Er hat übrigens Geld geheiratet und spielt ein bisschen wild.«

»Aber keine krummen Sachen?«

»Nein. Nur Five Card Stud oder Draw.«

»Kommt mir wie eine sehr intelligente und erholsame

Art vor, einen Abend zu verbringen. Wir sind um neun da.«

Jenaros Haus war etwa eine Meile von unserem entfernt, ein zweistöckiger Bau mit einer Garage für drei Wagen, die seinen Jaguar, einen neuen Ford Kombi und einen sittsamen Rover beherbergte. Er empfing uns an der Haustür und stellte uns seiner Frau vor, einer jungen hübschen Albertianerin mit fast heller Haut und makellosem britischen Akzent. Sie trug Slacks und einen Pullover aus einem Gewebe, das ein kleines Wunder war. Jenaro nannte sie »Mamma« und stellte uns dann fünf oder sechs Kinder vor, die, wie er sagte, alle seine seien.

Diener umschwärmten uns und versorgten uns mit Getränken. Mrs. Jenaro plauderte mit Shartelle über dieses und jenes. Ian Duncan traf als nächster ein, dicht gefolgt von einem dünnen, rothaarigen Mann namens William Hardcastle, dem Ständigen Staatssekretär im Ministerium für wirtschaftliche Entwicklung. Als letzter kam der Ständige Staatssekretär des Innenministeriums, Bryant Carpenter, der Anthony Eden etwas ähnelte. Mrs. Jenaro sorgte dafür, dass wir alle zu trinken hatten, entschuldigte sich dann und trieb ihre Kinderschar zu Bett.

»Wer würde gern pokern?« fragte Jenaro.

Wir folgten ihm in einen Raum, der zu keinem anderen Zweck eingerichtet zu sein schien. In der Mitte stand ein achtseitiger, mit grünem Filz bezogener Tisch, der flache, keilförmige Höhlungen hatte, in denen man seine Chips stapeln konnte. Eine Dreihundert-Watt-Lampe mit grünem Schirm hing von der Decke. Bequeme Stühle mit

Armlehnen warteten auf die Spieler. Die einzige weitere Ausstattung des Raums war eine Anrichte mit Eis, Schnaps, Bier, Gläsern und Soda. Ferner gab es eine Klimaanlage, welche die Temperatur auf etwa zwanzig Grad gesenkt hatte. Der Raum sah aus, als ob hier viel Geld gewonnen und verloren werden könnte.

Jenaro holte die Chips und warf sechs Päckchen Spielkarten auf den Tisch. Wir alle nahmen Platz. Ich fand mich zwischen Hardcastle und Carpenter wieder. Shartelle saß zwischen Jenaro und Duncan.

»Für unsere amerikanischen Vettern«, sagte Jenaro, »will ich die Regeln wiederholen. Wahl des Gebers, solange Five Card Stud oder Draw gespielt wird. Pot Limit mit viermal erhöhen. Keine Wild Cards, keine Joker. Drinks mixt sich jeder selbst.«

Er riss ein Päckchen Karten auf, mischte und fächerte sie auf dem Tisch auf. »Ziehen fürs Geben«, sagte er. Während wir zogen, gab er jedem einen Stapel blaue, rote und weiße Chips. »Alle fangen mit fünfzig Pfund an. Die weißen Chips sind ein Shilling, die roten zehn und die blauen ein Pfund.« Er zog eine Karte und drehte sie um. Es war die Herz Neun. Ian Duncan gewann mit einer Karo Dame.

»Draw«, sagte Duncan. Ich sah ihm beim Mischen zu. Er machte es durchaus kompetent, aber ohne Flair. Er war kein Kartenkünstler.

»Jacks or better?« fragte Shartelle.

»Jacks or better«, bestätigte Duncan.

»Die Regeln, die Sie genannt haben, sind ganz klar, Jimmy«, sagte Shartelle, »aber da ist noch etwas, was ich gern wüsste. Ich habe mich gefragt, ob Sie alle einverstanden wären mit Check and raise? Manche Leute sind beleidigt, wenn es in einem freundschaftlichen Spiel gemacht wird.«

»Check and raise ist die Norm, Mr. Shartelle«, sagte Carpenter trocken. »Es wurde übrigens eingeführt von Chief Jenaro, der es als grundlegende amerikanische Sitte beschrieben hat.«

»Es ist schön zu sehen, dass einige der kultivierteren Aspekte unserer Zivilisation von anderen Ländern übernommen werden, Mr. Carpenter.«

Ich betrachtete meine Karten. Ich hatte ein Paar Neunen gezogen. Hardcastle eröffnete mit zehn Shilling, und ich blieb. Alle anderen auch. Ich zog drei Karten, Shartelle eine, Jenaro zwei, Hardcastle eine, Duncan drei und Carpenter drei. Ich sah mir meine an. Ich hatte es auf zwei Paare gebracht – Neunen und Fünfen.

Hardcastle setzte ein Pfund. Ich ging mit. Carpenter stieg aus. Jenaro setzte ebenfalls ein Pfund, und Shartelle erhöhte um fünf Pfund. Duncan stieg aus. Hardcastle blickte Shartelle an. »Nette Erhöhung für One-card draw. Ich gehe nur mit.«

Ich stieg aus. Jenaro warf sein Blatt ab. Shartelle sagte: »Jack-high straight« und legte sein Blatt offen.

Hardcastle hob die Schultern und zeigte zwei Damen. »Openers«, sagte er.

Zwei Stunden lang ging es mehr oder minder so weiter. Ich gewann fünf gute Pötte und konnte meinen Stand halten. Shartelle war der große Gewinner. Er spielte raffinierten, kühlen Poker. Jenaro war gut, neigte aber dazu, sich zu übernehmen. Duncan folgte seinen Eingebungen und war mit fünfzig Pfund im Minus. Hardcastle und Carpenter waren unberechenbare Spieler, die das Glück mitunter im Stich ließ. Ich sagte mir, es sei nur eine Frage der Zeit, bis es sie erwischen würde.

Um elf machten wir eine Pause, und Jenaros Steward servierte Sandwiches. Ich trank zu meinem eine Flasche Bier.

»Wie sehen Sie die Wahlen, Mr. Shartelle?« fragte Hardcastle mit einem Mund voller Roastbeef und Brot.

»Sieht besser und besser aus. Aber da Sie im Innenministerium sind, würde ich sagen, Sie können das viel besser beurteilen als ich.«

»Wir kümmern uns nur um Polizei, Feuerwehr, Post und Staatsdruckerei, außerdem um ein paar andere Kleinigkeiten. Die Politik überlassen wir Jungs wie Ihnen und Jimmy hier.«

»Gehen Sie vor oder nach der Unabhängigkeit?« fragte Duncan Hardcastle.

»Ich bleibe noch sechs Monate. Der Minister verlangt, dass ich mindestens so lange bleibe. Er sagt, ich sei der Einzige, der das verzwickte Postsystem versteht. Das stimmt natürlich nicht. Ich habe da den jungen Obaji, der sich sehr gut macht. Wenn es so weit ist, sollte er mehr als nur geeignet sein. Sehr intelligenter Bursche.«

»Die leiten ihre Ministerien viel besser, als sie Poker spielen, Clint«, sagte Jenaro.

»Wie lange spielen wir jetzt schon zusammen?« fragte Carpenter.

»Fünf Jahre – jedenfalls bin ich so lange dabei«, sagte Duncan. »Und habe einen ganzen Batzen verloren, gebe ich gern zu.«

»Upshaw«, sagte Hardcastle, »finden Sie es nicht ziemlich seltsam, so einfach in ein fremdes Land zu hüpfen, die politische Lage zu analysieren und dann gewissermaßen über Nacht zu versuchen, sie zu verändern oder zu beeinflussen?«

»Es ist etwas Neues«, sagte ich. »Scheint aber eine Wachstumsindustrie zu sein. In England oder den Staaten putzt ein Kandidat sich nicht einmal öffentlich die Nase, ohne seinen PR-Berater zu konsultieren.«

»Halten Sie Public Relations wirklich für ein Geschäft?«

»Ja. Ich weiß, dass es eines ist.«

»Aber ist es ein Beruf?«

»Wie Arzt oder Anwalt oder vereidigter Buchprüfer?«

»So ähnlich.«

»Nein. Ich würde es eher Berufung nennen – wie kirchlicher Laiendienst. Man braucht keine besondere Form von Training oder Ausbildung, man fühlt sich dazu berufen, stellt sich als PR-Experte vor, was auch immer das ist, und man ist im Geschäft.«

»Das klingt verdächtig nach dem Wunsch, irgendeine regulierte Lizenzvergabe zu sehen«, sagte Duncan.

»Überhaupt nicht. Um wirklich Erfolg in PR zu haben, muss man halb Scharlatan und halb Messias sein. Die gleichen Qualifikationen machen einen guten Lehrer oder Abgeordneten oder US-Senator aus. Eigentlich kann man mit diesen Qualifikationen auf jedem Gebiet ziemlich weit kommen. Nehmen Sie zum Beispiel Shartelle.«

»Sie sind aber kein PR-Mann, Shartelle, oder?« fragte Carpenter.

»Nein, Sir, bin ich nicht. Ich bin bloß einer, der sich an

Politik versucht, weil das eine angenehme Möglichkeit ist, seinen Lebensunterhalt zu verdienen, ohne jeden Abend eine Aktentasche voller Papiere nach Hause schleppen zu müssen. Und man muss morgens nicht den Zug um 8:22 oder 9:17 kriegen. Als ich angefangen habe, musste ich mich entscheiden. Ich hätte professioneller Spieler werden können oder Ölsucher oder politischer Manager. Derselbe Mann hat mir am selben Tag alle drei Jobs angeboten. Ich habe mich für den politischen Weg entschieden, und wissen Sie, was er zu mir gesagt hat?«

»Was denn?« sagte sein verlässlicher Stichwortgeber, Peter Upshaw.

»Er hat gesagt: ›Junge, du hast dich wahrscheinlich richtig entschieden. Du darfst dir aber nie einbilden, du wärst besser oder cleverer als deine Kandidaten, die sind nämlich clever genug und reich genug, um dich anzuheuern, und du bist nicht clever oder reich genug, um sie anzuheuern. Und kandidier nie selber für irgendwas, weil du als dein Kandidat zwangsläufig ein Lügner wärst.‹ Also, ich habe seinen Rat befolgt und kann nicht sagen, dass ich es bedauere.«

Hardcastle nahm eine Zigarre und zündete sie an. »Mich bekümmert es, dass die Amerikaner es jedem Normalbürger unmöglich machen, sich für irgendwas zur Wahl zu stellen, nicht nur in ihrem Land, sondern nach und nach auch bei uns. Diese Wahl in Albertia kostet einen Haufen Geld. Die Fächer, die Sie durch unser Ministerium bestellt haben, Jimmy. Wo kommt das Geld her? Ich rechne aber nicht damit, dass Sie mir eine ehrliche Antwort geben.«

Jenaro grinste. »Natürlich gebe ich sie Ihnen, Mr. Permanent Secretary. Das Geld kommt vom Volk.«

Hardcastle grunzte. »Ist aber eine clevere Idee. Die Fächer von der Heimindustrie machen zu lassen. Sollte einiges an Unterstützung einbringen, wenn wir auch verteufelt viel Mühe hatten, den Minister davon zu überzeugen, dass sein Dorf nicht den kompletten Auftrag kriegen sollte. Aber wenn Sie noch mehr Einfälle dieser Art haben, kommen Sie zu uns.«

Die Gespräche gingen noch zehn oder fünfzehn Minuten so weiter, und dann waren wieder die Karten an der Reihe. Das Spiel war öfter Five-Card Stud als Draw. Ich spielte vorsichtig und langweilig, endete nur zweimal nach den ersten drei Karten mit zwei Paaren und riskierte einmal einen Flush in Herz, der mit der Kreuz-Drei als fünfter Karte platzte. Dann gab Hardcastle rechts von mir und verkündete Draw. Ich sah die Karten an, die er mir gegeben hatte, und fand vier Sechsen und die Pik-Neun. Ich sollte eröffnen. Ich schob und betete. Carpenter eröffnete mit einem Pfund, und Jenaro steigerte ihn um fünf Pfund. Jenaro hatte gut gefunden. Shartelle ging mit, Duncan und Hardcastle auch. Dann musste ich sechs Pfund setzen, und ich erhöhte den Einsatz um zehn Pfund.

»Gerade ist mir ein Sandsack in den Nacken gefallen«, sagte Jenaro. Ich lächelte höflich. Carpenter gab auf. Jenaro steigerte meine zehn Pfund um weitere zehn, und Shartelle ging mit. Duncan zog gleich, und Hardcastle warf nach einem Augenblick des Zögerns seine Karten hin. Ich ging mit und erhöhte um zwanzig. Carpenter stieg aus, und Jenaro, Shartelle und Duncan gingen mit.

»Karten?« fragte der Geber.

»Eine«, sagte ich.

»Keine«, sagte Jenaro.

»Also gut«, sagte Shartelle. »Ich nehme zwei.«

»Ich bin bedient«, sagte Duncan.

Ich hatte die Herzdame gezogen und wartete darauf, dass jemand etwas sagen würde. »Wer zuerst erhöht hat, setzt«, sagte der Geber. »Sie sind dran, Jimmy.«

Jenaro sah mich an und grinste. »Die Hand, die zuerst erhöht hat, setzt fünfundzwanzig Pfund auf den Sandsack.« Er schob ein paar Chips in die Mitte des Tisches.

Shartelle schüttelte traurig den Kopf und warf seine Karten zu den abgelegten. Duncan, der gleichfalls eine fertige Hand beim Geben bekommen hatte, schob fünfundzwanzig Pfund in den Pott. »Gehe mit«, sagte er.

»Sie sind dran, Pete«, sagte Jenaro.

»Die fünfundzwanzig und weitere fünfzig«, sagte ich.

»Gehe mit«, sagte Jenaro.

»Gleichfalls«, sagte Duncan.

Es war ein schöner Pott. Ich deckte behutsam meine Karten auf, eine nach der anderen, mit dem Gesicht nach oben, und versuchte, nicht selbstgefällig auszusehen. Ich nannte mein Blatt nicht. Das wollte ich einem anderen überlassen, aber dazu kam es nie. Die Tür des Pokerzimmers wurde aufgestoßen, und der Steward kam hastig zu Jenaro und redete in seinem Dialekt auf ihn ein.

Jenaro stand schnell auf. »Entschuldigung«, sagte er und eilte aus dem Zimmer. Seine Karten nahm er mit. Wir blieben sitzen und warteten darauf, dass er zurückkam. Er erschien nach drei Minuten und winkte Carpenter, dem Ständigen Staatssekretär des Innenministeriums. »Sie sollten lieber ans Telefon gehen.« Der Mann, der Anthony

Eden ähnelte, stand auf und verließ schnell das Zimmer. Er stellte keine Frage.

»Was ist los?« fragte Duncan. »Ich konnte Ihrem Steward nicht folgen. Er hat zu schnell geredet.«

Jenaro warf seine Karten auf den Tisch. Er hatte einen niedrigen Flush in Pik. »Die Partie ist zu Ende«, sagte er. »Der Captain der Polizei ist in einer Auffahrt ermordet aufgefunden worden.« Er sah Shartelle und dann mich an. »In der Auffahrt zu Ihrem Haus.«

Carpenter kam ins Pokerzimmer zurück. »Ich fürchte, es ist wirklich Cheatwood. Ich habe gerade mit zwei seiner Leute gesprochen, die ihn identifiziert haben.« Er wandte sich an Shartelle. »Ihr Nachtwächter hat ihn gefunden. Zahlreiche Stichwunden.«

Die drei Engländer sahen Jenaro an. »Sie entscheiden, Minister«, sagte Duncan halblaut. In seinem Ton lag Ermutigung, aber auch Respekt. Sie waren die geschulten Verwaltungsbeamten. Jenaro war der Minister. Sie hatten ihn angeleitet, ihn in der Kunst der Verwaltung unterrichtet, und jetzt war es an ihm, zu handeln. Er war ein Musterschüler, sie wollten, dass er gut reagierte. Jenaro zögerte nicht.

»Wer ist der Rangnächste nach Cheatwood?« fragte er Carpenter.

»Lieutenant Oslako.«

»Rufen Sie Ihren Minister an und sagen Sie ihm, er soll Oslako zum kommissarischen Captain ernennen. Und sagen Sie Bekardo, ich hätte gesagt, dass er noch heute Nacht, nicht erst morgen, zum kommissarischen Captain ernannt wird. Das bedeutet, dass Bekardo ins Ministerium fahren muss. Wenn er Einwände hat, sagen Sie ihm, er soll mich anrufen. Veranlassen Sie, dass die notwendigen Papiere ausgefertigt werden, Bryant.«

»Sofort. Als erstes rufe ich Oslako an und sage ihm, er soll die Leitung der Ermittlungen übernehmen.«

»Ian«, sagte Jenaro zum Adjutanten. »Ich weiß, das ist nicht Ihre Sache, aber würden Sie meinen Ständigen Staatssekretär anrufen und ihm sagen, dass er sofort ins Ministerium fahren und anfangen soll, eine Verlautbarung über den Tod von Cheatwood aufzusetzen? Sie soll im Namen des Premiers veröffentlicht werden.«

»Mache ich sofort«, sagte Duncan. »Sonst noch etwas?«

»Nein. Sagen Sie ihm nur, dass ich bald da sein werde. Er weiß, was er zu tun hat.« Er wandte sich an Hardcastle. »Haben Sie Cheatwood gut gekannt?« Hardcastle nickte. »Können Sie sich um die Familie kümmern – Mrs. Cheatwood und die Kinder? Holen Sie notfalls einen Arzt – überbringen Sie ihr die Nachricht? Ich gebe Ihnen damit das Schwerste auf.«

»Keine Sorge, Jimmy. Ich übernehme das.«

»Vielen Dank.« Die drei gingen, und Jenaro wandte sich an uns.

»Wir fahren am besten gleich hin. Folgen Sie dicht hinter mir, damit Sie identifiziert werden können, ehe auf Sie geschossen wird.«

Wir folgten dem Jaguar und legten die Meile in wenig mehr als einer Minute zurück. Als wir ankamen, fanden wir drei Polizeiwagen vor, und Jenaro übernahm das Kommando. Er winkte einem Sergeanten, dem einzigen Unteroffizier in Sichtweite. Der Sergeant kam schnell heran, stand stramm und salutierte. »Sah!«

»Wie lange sind Sie schon hier?«

»Fünf Minuten, Sah. Nicht länger.«

»Sie übernehmen den Befehl, bis Lieutenant Oslako eintrifft. Befolgen Sie Ihre üblichen Vorschriften. Halten Sie Neugierige zurück. Berühren Sie nichts.«

»Sah!« bellte der Sergeant und salutierte wieder. Inzwischen hatte sich eine kleine Menschenansammlung eingefunden, die vorwiegend aus der Dienerschaft der angrenzenden Anwesen bestand. Silex, unser Nachtwächter, schilderte mit eindrucksvollen Gesten, wie er den Toten gefunden und den Vorfall sofort der Polizei und Chief Jenaro gemeldet hatte. Ich hatte das Gefühl, dass er die Geschichte viele Jahre lang erzählen würde.

Cheatwood lag auf halbem Weg zum Haus im Schmutz und Kies unserer Auffahrt in einem Lichtkreis der Scheinwerfer eines Polizeiwagens. Seine linke Gesichtshälfte lag im Dreck; seine grünen Augen waren geöffnet und leer. Die linke Hand befand sich in einer Stellung, die ihm beim Aufstehen hätte helfen können, wenn er noch gelebt hätte. Sie hielt die Hälfte seines Ebenholzstocks umklammert. Die andere Hälfte lag ein paar Schritte entfernt. Ich nahm an, dass er damit nach jemandem geschlagen hatte. Der Rücken seines Hemds war blutgetränkt, und Boden und Kies um ihn herum waren dunkel davon. Im Leben schien er ein stiller, beherrschter Mann gewesen zu sein, im Tod schien er sich in einem heftigen Krampf zu befinden, der vorübergehend ausgesetzt hatte. Jenaro wandte sich ab und sprach mit einem der Polizisten. Shartelle und ich gingen zum Toten.

»Vermutlich wollte er uns etwas mitteilen, was meinen Sie?«

Ich hob die Schultern.

»Sehen Sie mal«, sagte Shartelle. »Neben seiner rechten Hand.« Der Zeigefinger der Hand war steif ausgestreckt und hatte in Dreck und Kies zwei flache Striche gezogen. Der erste Strich war ein Bogen, der zweite eine gerade Linie.

»Das könnten ein ›C‹ und ein ›I‹ sein«, sagte ich.

Shartelle nickte. Er trat wie zufällig auf die Striche und tilgte sie mit dem Schuh. »Kann sein, dass nur ein ›A‹ fehlt.«

»Möglich«, sagte ich. »Wenn, dann sollten wir es besser vor den anderen wissen.«

Jenaro kam zu uns herüber. »Freunde, habt ihr einen Drink für mich?«

»Natürlich.«

»Ich könnte ihn brauchen«, sagte er. »Der Lieutenant kann erst in zehn Minuten oder so hier sein, und es hat keinen Sinn, dass ich versuche, Inspektor Jenaro zu spielen.«

In unserem Wohnraum mixte Shartelle die Drinks und reichte ein Glas Jenaro, der einen großen Schluck nahm. »Wissen Sie«, sagte er, »wir haben einige der britischen Traditionen geerbt, die uns noch lange erhalten bleiben werden. Zum Beispiel allgemeine Missbilligung, wenn ein Polizist getötet wird. Cheatwood war sehr lange hier. Er kannte eine Menge Leute.«

»Viele Feinde?« fragte ich.

»Die für einen Polizisten übliche Mischung. Er war fair – in diesem Ruf stand er. Sogar skrupelhaft korrekt. Sie haben ihn gekannt, oder?«

»Er hat uns neulich abends besucht«, sagte Shartelle. »Ist vorbeigekommen, um uns zu sagen, dass wir Nachbarn wären.«

»Morgen wird er begraben.«

»Ich glaube, wir haben ihn nicht gut genug gekannt, um zu seinem Begräbnis zu gehen«, sagte ich.

Ein mittelgroßer Albertianer klopfte an den Rahmen der Schiebetür. Er trug eine Polizeiuniform mit den Abzeichen eines Lieutenant.

»Chief Jenaro«, sagte er höflich. »Es tut mir leid, dass ich erst jetzt komme.«

Jenaro machte uns mit Lieutenant Oslako bekannt, dessen Uniform aus einem steif gestärkten Khakihemd, ebenso steifen Khakishorts, einem braunen Lederkoppel, einer Schirmmütze, die er unter den Arm geklemmt hatte, dicken weißen Wollsocken, die ihm fast bis an die Knie reichten, und hohen schwarzen Schnürschuhen bestand.

»Hat man Ihnen gesagt, dass Sie kommissarischer Captain sind?«

»Ja, Sir.«

»Der oder die Mörder müssen gefunden werden, Lieutenant.«

»Ja, Sir. Ich habe Captain Cheatwood als meinen Freund betrachtet.«

»Behalten Sie das bei Ihren Ermittlungen im Kopf.«

»Darf ich eine Frage stellen, Sir?«

»Ja.«

»Darf ich Mr. Shartelle und Mr. Upshaw fragen, ob sie etwas gehört …«

»Sie waren bei mir«, sagte Jenaro. »Fragen Sie ihren Nachtwächter und ihre Diener.«

»Jawohl, Sir.« Der Lieutenant salutierte, machte schneidig kehrt und ging in die Nacht, um herauszufinden, wer seinen Chef ermordet hatte.

»Ich möchte nicht glauben, dass Cheatwood getötet wurde, um die Auszählung der Stimmen zu sabotieren«, sagte Shartelle.

»Ausgeschlossen«, sagte Jenaro. »Dann wäre ich der Hauptverdächtige. Er hat den Umgang mit den Wahlurnen schon vor Monaten mit den Leuten in Barkandu und im Innenministerium ausgearbeitet. Das wird alles so ablaufen, wie er es geplant hat.« Jenaro trank den letzten Schluck aus seinem Glas. »Danke für den Drink. Ich muss jetzt in mein Ministerium.«

»Was oder wer hat ihn Ihrer Meinung nach getötet, Jimmy?«

Jenaro lächelte flüchtig. »Er war weiß. Das hat dazu beigetragen, ihn umzubringen. Vielleicht hatte er ein paar Pfund in der Tasche. Auch das kann dazu beigetragen haben. Oder vielleicht aus dem einzigen Grund, dass es an der Zeit war, jemand umzubringen.«

»Unabhängigkeitsfieber?« fragte Shartelle.

»Etwas in dieser Art. *Afrika Jetzt*, vielleicht. Ich bezweifle, dass wir es je genau erfahren. Aber jemand wollte ihn tot sehen. Er hat genug Stiche bekommen.«

Nachdem Jenaro gegangen war und nachdem die Polizisten überall auf dem Rasen auf Händen und Knien mit Taschenlampen herumgekrochen waren und nach der Mordwaffe gesucht hatten, obwohl sie verdammt genau wussten, dass sie sie nicht finden würden, und nachdem sie Cheatwoods Leiche fortgebracht und Sand über die Stelle gestreut hatten, an der er verblutet war, beschlossen Shartelle und ich, noch einen Nachttrunk zu nehmen.

»Was glauben Sie denn, wer ihn getötet hat?« fragte ich Shartelle.

»Sie nicht, ich nicht, Jenaro nicht, und diese drei schlechten Pokerspieler, die aber ganz nette Kerle sind, auch nicht. Bleiben also rund zwanzig Millionen Verdächtige übrig.«

»Er war ein zu erfahrener Polizeibeamter, um sich von einem gewöhnlichen Straßenräuber überfallen zu lassen.«

Shartelle nickte. »Ich habe mich gerade gefragt, wieviel Mumm man haben muss, um da draußen verblutend im Dreck zu liegen und dennoch die Kraft zu finden, mit dem Finger einen Namen in den Boden zu scharren. Es muss etwas ungeheuer Wichtiges gewesen sein.«

»Für ihn bestimmt«, sagte ich. »Ich frage mich, ob es das je für einen anderen sein wird?«

19

Für Shartelle war sie immer die Witwe Claude. Sie hieß Madame Claude Duquesne, und sie stand an Major Chukus Seite und begrüßte die Gäste, als Anne, Shartelle und ich zu der Party am Freitagabend ankamen. Wir hatten Anne vorher in ihrer Wohnung abgeholt, wo Shartelle ihre Zimmergenossinnen inspiziert hatte, ohne besonderes Interesse zu bekunden, nicht einmal für die Fröhliche aus Berkeley. Wir waren zu einem Drink in die Sahara South gefahren und von dort weiter zum Haus des Majors.

Es war eine Gartenparty. Der Major lebte, wie ich vermutete, etwas über seine Verhältnisse in einem großen zweigeschossigen Haus mit imitierten Dachbalken, die aus dem Putz herausragten. Sein Rasen war so ordentlich gehalten wie unserer, und seine Büsche, Blumen und Pflanzen sogar noch besser. Japanische Lampions, und zwar die, die Moskitos vertreiben, waren im Garten aufgehängt. Es war eine Veranstaltung im Abendanzug, und Shartelle trug seinen Madras-Smoking mit einer gewissen Eleganz, wie ich fand. Ich hatte meinen weißen mit Schalkragen an, und Anne sagte, ich sähe schick aus. Wir kamen, als etwa die Hälfte der Gäste schon da war. Der Major, in weißer Paradeuniform, stand vor einem Tisch, der mit eisgekühltem Champagner beladen war. Links neben ihm stand Madame Duquesne.

Als Shartelle sie sah – wir kamen auf dem Pfad um die Hausecke –, blieb er still stehen und starrte sie eine komplette halbe Minute an. »Petey«, sagte er in ehrfurchtsvollem Ton, »das ist die hübscheste kleine Kreolin, die mir je vor Augen gekommen ist, und das schließt sowohl New Orleans als auch Baton Rouge ein.«

»Woher wissen Sie, dass sie eine Kreolin ist?« fragte ich.

Er sah mich an und schnaubte. »Junge, wir Kreolen erkennen uns gegenseitig meilenweit.«

»Neben ihr komme ich mir direkt schäbig vor«, sagte Anne. »Sie trägt Balenciaga. Und ich habe gedacht, ich könnte mit meinem Neiman Marcus glänzen.«

»Du bist viel hübscher«, sagte ich, aber es klang nicht überzeugend. Madame Duquesne hatte dunkles Haar und trug es kurz. Es umrahmte ein Gesicht, das ein fast vollkommenes Oval war und den Eindruck erweckte, mit zarter Hand aus frischem Elfenbein geschnitzt zu sein. Ihr Mund war vielleicht ein bisschen breit, aber die leicht schmollende Unterlippe sah aus, als ob es ihr danach verlangte, gebissen zu werden. Eine gerade, minimal aufgestülpte Nase gab den Blick frei auf Nasenlöcher, die leidenschaftlich zu flammen schienen. Ihre Augen, fantasierte ich, waren blitzende schwarze Verheißungen für tausend Nächte exquisiter Variationen. Das war ihr Gesicht – falls man mit den Augen je höher kam als bis zu ihren Beinen, die lang und schlank waren, mit makellosen Knien, perfekt geschwungenen Waden, Knöcheln, die man so umfassen konnte, dass Daumen und Finger einander berührten, und dieser leichten, irgendwie provokanten Kurve am unteren Schienbein, die viele Tänzerinnen haben. Ihr Kleid umschloss eng Oberschenkel und Hüften, die danach verlangten, gestreichelt zu werden, und es gelang ihm gerade noch, einen Teil der Brüste zu bedecken. Ich starrte ständig ihre Brüste an und wartete darauf, dass das Kleid herunterglitt.

»Bei Fuß, Lumpi«, sagte Anne.

»Kein Grund zur Aufregung, Miss Anne«, sagte Shartelle. »Aber bei diesem kleinen alten Mädchen da läuft einem das Wasser im Mund zusammen.« Er vergaß seine guten Manieren ausnahmsweise und ging schnell auf Major Chuku zu.

»Major, ich bin Clinton Shartelle.«

Der Major lächelte ihn an und reichte ihm die Hand. »Ich freue mich sehr, dass Sie kommen konnten, Mr. Shartelle. Erlauben Sie mir, Sie mit Madame Duquesne bekannt zu machen, die mir die Ehre erweist, die Rolle der Gastgeberin bei meiner kleinen Gesellschaft zu übernehmen.« Der Major ging in schnelles, fließendes Französisch über und sagte zu Madame Duquesne: »Erlauben Sie mir, Ihnen Mr. Clinton Shartelle vorzustellen. Er ist der amerikanische Politik-Experte, den ich heute Abend schon erwähnt habe.«

Madame Duquesne lächelte Shartelle an und reichte ihm die Hand. »Ich habe mich sehr darauf gefreut, Sie kennenzulernen, Monsieur.« Ihr Englisch hatte einen leichten Akzent.

Shartelle neigte anmutig den schneeweißen Kopf über ihre Hand und antwortete in glattem, flüssigem Französisch: »Madame, das Vergnügen liegt ganz auf meiner Seite. Jetzt weiß ich, warum ich nach Afrika gekommen bin. Vielleicht machen Sie mir später am Abend die Freude, mit mir ein Glas Champagner zu trinken.«

Sie nickte und lächelte wieder. »Ich freue mich darauf.«

Der Major schien etwas verstört zu sein, als er Shartelles gewandtes Französisch hörte. Er fasste sich soweit, dass er

Anne herzlich begrüßen und mir einen festen Händedruck geben konnte. Er stellte Anne Madame Duquesne vor, wieder auf Französisch. Das überzeugte mich, dass er nicht nur ein gerissener Bursche, sondern auch ein Angeber war.

»Ihr Kleid ist hinreißend, Madame Duquesne«, sagte Anne, als sie sich die Hände reichten. »Aus Paris, nicht wahr?« Auch sie sprach Französisch.

Madames Augen wanderten über Annes Kleid. »Ja – und vielen Dank, meine Liebe. Major Chuku hat mir gesagt, dass Sie beim Friedenskorps sind. Dafür kann ich Sie nur bewundern, und ich muss sagen, dass Sie heute Abend bezaubernd aussehen.«

Es hat seine Vorzüge, wenn man ein Philologiestudium abgeschlossen hat, selbst an der Universität von Minnesota. Die sechs Monate, die ich zum Studium meines Nebenfachs Französisch an der Universität von Quebec zugebracht hatte, sollten sich endlich bezahlt machen. Wieder nahm der Major die Vorstellung auf Französisch vor. Madame Duquesne gab meiner Hand einen leichten Druck, den ich ebenso leicht erwiderte. Wenn ich Shartelle richtig einschätzte, würde ich weiter nie kommen.

»Der Major hat von Ihnen gesprochen, Mr. Upshaw.« Diesmal sprach sie Französisch. »Ich habe mich darauf gefreut, Sie kennenzulernen.«

»Bedauerlicherweise, Madame, hat der Major uns *Ihre* Existenz verschwiegen. Nicht, dass ich ihm daraus einen Vorwurf machen kann, aber ich bin entzückt, dass Sie nicht länger sein Geheimnis sind.« Das kam alles auf Französisch, vielleicht mit einem Quebec-North-Dakota-Akzent, aber trotzdem Französisch.

Ich ging zu Shartelle und Anne, die vor dem Tisch standen, an dem ein Steward in weißer Jacke Champagner, Scotch und Kognak servierte. »Was hast du denn gemacht?« fragte Anne. »Ihr den Puls gefühlt?«

»Ist sie nicht was Besonderes, Petey? Ich bin froh, dass Sie vergeben sind, denn dadurch ist das Feld für den alten Clint weit offen.«

»Wo haben Sie Französisch gelernt, Shartelle?«

»Na, in New Orleans, Junge. Bis ich sechs oder sieben war, habe ich nur Französisch gesprochen. Ich habe gehört, Sie und Miss Anne sprechen auch ganz gut. Wo haben Sie beide es aufgeschnappt?«

»Ich habe damit in der achten Klasse angefangen und es bis zum Collegeabschluss durchgezogen«, sagte Anne. »Pete hat seins in einem Puff in Marseille gelernt.«

»Universität Quebec«, sagte ich. »Es war ein Sonderkurs.«

»Miss Anne, Sie brauchen wegen Pete hier nicht eifersüchtig zu sein. Ich werde mich sehr nett um diese kleine alte Kreolin kümmern. Hat sie nicht die tollsten Augen, die Sie je gesehen haben?«

»Er hat nicht nach ihren Augen geguckt«, sagte Anne.

Ich leerte mein Champagnerglas und griff nach einem frischen. Der Vorrat schien unerschöpflich zu sein. »Wenn Sie da rankommen wollen, müssen Sie wohl erst den Major ausbooten, Clint. Er scheint mir gewisse Besitzansprüche zu stellen.«

Shartelle nahm Annes Glas und holte für sie und für sich ein neues. »Mein Junge, wahre Liebe findet ihren Weg. Das ist schon immer so gewesen.«

»Sie hat es also erwischt?«

»Mit Haut und Haar, ich gebe es zu. Aber ist sie nicht wirklich was Besonderes?«

Anne blickte lächelnd zu Clint auf. »Sie ist nett, Clint. Ich mag sie sehr gern, auch wenn ich sie gerade erst kennengelernt habe.«

»Ich habe so das Gefühl, wir bekommen alle noch sehr viel von ihr zu sehen«, sagte er und leerte sein Champagnerglas. Er zupfte leicht an seiner schwarzen Fliege. »Ich glaube, ich werde jetzt ein bisschen herumgehen und mit ein paar Leuten reden.«

»Erkundigungen über sie einziehen, wie?«

Shartelle grinste. »Nun, Sir, es könnte sein, dass ich ihren Namen en passant erwähne.«

Wir beobachteten ihn, wie er zwischen den Gästen umherwanderte, ein großer Mann mit kurzgestutztem weißem Haar, der sich mit einer seltsamen, spröden Anmut bewegte. Wenn er jemandem begegnete, der ihm interessant vorkam, streckte er die Hand aus und sagte: »Ich bin Clint Shartelle aus den Vereinigten Staaten. Ich glaube, wir kennen uns noch nicht.«

»Ich nehme an, die Hälfte der Leute hier wird ihn für den eigentlichen Gastgeber halten«, sagte Anne.

»Er mag es. Er mag es wirklich, und er weiß gar nicht, was ein Ausdruck wie ›seine Art von Leuten‹ bedeutet. Wenn sie atmen, sind sie ›seine Art von Leuten‹.«

»Dich mag er, Pete. Und das ist eine besondere Form von Zuneigung.«

Ich lächelte sie an. »Er ist in Ordnung.«

»Du hast beinahe etwas Nettes gesagt.«

»Es fällt mir leichter.«

Plötzlich tauchte Jimmy Jenaro an meiner Seite auf, und ich stellte ihn Anne vor. »Nennen Sie mich einfach Jimmy«, sagte er. »Ohio State University, Jahrgang 55.«

»Darüber werden Sie eines Tages hinwegkommen«, sagte Anne tröstend, und Jimmy lachte begeistert.

»Wie gefällt Ihnen der Stoff, Pete?«

»Nett«, sagte ich. »Behindert aber bestimmt Ihren Rückschwung.«

Jenaro trug die albertianische *ordona*, und sie sah aus, als enthielte sie fünf oder sechs Pfund handverarbeitete Goldfäden. Sie war strahlend weiß, locker gewebt und fiel in anmutig beiläufigen Falten, die genau so hinzubekommen den Schneider Stunden gekostet haben musste. Auf dem Kopf trug Jenaro eine blaue Kappe, die ein wenig so aussah wie der Hut eines mittelalterlichen Hofnarren. Die Augen waren verborgen hinter seiner dunklen Miami-Brille.

Ich nickte in Richtung Party. »Die albertianische Armee muss ihre Majore sehr gut bezahlen, Jimmy.«

Jenaro schüttelte den Kopf. »Er hat so viel Beute gemacht, dass er es gar nicht zählen kann. Seine Großmutter war die ungekrönte Königin der Markthändlerinnen. Sie hat ein Vermögen mit der Einfuhr von Zement gemacht. Zehn Jahre lang hatte sie dafür die einzige Einfuhrlizenz. Dann hat seine Mutter das Geschäft übernommen und ihn auf die Sorbonne geschickt. Schließlich war er in Sandhurst. Die Armee gibt ihm etwas zu tun und einen Vorwand, Partys zu veranstalten.«

»Sie kennen ihn ziemlich gut?«

»Ich kenne ihn. Wir waren als Kinder viel zusammen.«

»Kennen Sie Madame Duquesne?«

Jenaro grinste. »Nicht so gut, wie ich sie gern kennen würde.«

»Shartelle scheint sehr von ihr eingenommen«, sagte ich.

»Wenn ich kein Christ wäre, könnte ich versuchen, mir noch eine Frau zuzulegen«, sagte Jenaro. »Als Chief hätte ich Anspruch auf drei, wissen Sie.«

»Wusste ich nicht.«

»Ich schätze, mit ihr und Mamma im selben Haus hätte ich so ziemlich alles, was ich bewältigen könnte. Aber ich glaube nicht, dass Mamma es mitmachen würde.«

»Wo ist Mamma?« fragte Anne.

»Zuhause bei den Kindern«, sagte Jenaro. »Wo sonst? Kommt, ich mache euch mit den anderen bekannt.«

Die meisten der Gäste waren eingetroffen. Etwa die Hälfte waren Engländer oder Europäer, die übrigen Albertianer. Dass Jenaro seine Frau nicht mitgebracht hatte, erwies sich als Ausnahme. Ich traf – erstmals oder erneut – einige der politischen Führer, die bei Chief Akomolos Essen gewesen waren. Ihre Frauen standen neben ihnen, gekleidet in helle bunte Gewänder, die in komplizierten und symbolträchtigen Falten um sie gewickelt zu sein schienen. Ihre Kopfbedeckungen waren meist aus dem gleichen Material und noch komplizierter geformt.

Im Gefolge Jenaros trafen wir wohl das, was man als die Crème der Gesellschaft von Ubondo bezeichnen könnte. Darunter waren ein Richter beim Obersten Gericht, ein Trio von Anwälten, zwei Ärzte, einer weiß, der andere schwarz, ein Automobilhändler, ein Lieutenant Colonel der albertianischen Armee, ein Pilot von Albertian

Airways, vier englische Ständige Staatssekretäre, darunter William Hardcastle, ein italienischer Bauunternehmer, vier oder fünf libanesische Geschäftsleute einschließlich des Spielers, dem Sahara South gehörte, Jack Woodring von USIS und seine Frau, die wissen wollte, ob ich gehört hätte, dass die Dodgers dreizehn Mal gewonnen hatten, zwei Vertreter des British Council – englische Entsprechung von USIS –, von denen einer betonte, er sei halber Amerikaner, vier Dozenten und Lektoren der Universität, ein Lieutenant der Armee, ein weiterer junger Lieutenant der albertianischen Polizei, zwei Typen mit Bürstenhaarschnitt ohne Krawatte (was ihnen nichts ausmachte) vom Friedenskorps, ein Vertreter der Ford-Stiftung, der wissen wollte, ob ich gehört hätte, dass die Dodgers dreizehn Mal gewonnen hatten, und eine Menge anderer Leute, deren Namen ich nicht verstand, aber deren Augen aufleuchteten, als sie hörten, dass ich Mr. Shartelles Mitarbeiter sei.

Wir machten im Schlepptau von Jenaro eine Runde, zuerst nach links, dann im Kreis zurück zu dem Tisch, an dem die Getränke ausgeschenkt wurden. Dort stand Shartelle, die Augen auf Madame Duquesne geheftet, die in ein Gespräch mit einem Albertianer vertieft war, den ich für den Obersteward des Majors hielt.

»Sobald sie die Speisenfolge geklärt hat, kommt sie zu uns«, sagte Shartelle, »Hallo, Jimmy.«

»Clint.«

»Wie steht es mit den Telegrammen?«

»Sind abgegangen.«

»Was ist mit den zwei Überläufern?«

»Diokadu hat sie präpariert. Er sagt, jeder von ihnen

braucht eine Erklärung, in der begründet wird, warum sie desertieren.«

Shartelle nickte. »Pete?«

»Es wäre ratsam. Sie können nicht in aller Stille die Partei wechseln. Damit würde ihr Wert für die Opposition verlorengehen.«

»Können Sie die Erklärungen für sie aufsetzen?«

»Mach ich noch heute Nacht, wenn wir nach Hause kommen.«

»Sie können sie morgen früh abholen, Jimmy.«

»Gut. Übrigens, sowohl Dekko als auch der Führer sind wild begeistert von ihren Reden. Dekko sagt, Pete müsse Gedanken lesen können. Der Führer sagt, seine Rede sei ein höchst geschliffenes, kraftvolles Dokument der Wahrheit.«

»Es sind beides ganz gute Reden«, sagte Shartelle. »Lässt Diokadu sie übersetzen?«

»Ja.«

»Was ist mit den kürzeren, die Pete geschrieben hat? Die zu den Hauptpunkten?«

»Werden auch übersetzt.«

»Gut. Wann laufen die beiden zu den anderen Parteien über?«

»Sonntagabend oder am Nachmittag«, sagte Jenaro. »Zeitig genug, um in die Montagszeitungen zu kommen. Wir haben uns mit jedem auf tausend Pfund geeinigt.«

»Verrat ist die letzte Zuflucht der Patrioten«, sagte Shartelle.

»Ist das von Ihnen?« fragte ich.

»Ich glaube ja, Junge. Manchmal kommt das einfach so.«

Jenaro trank seinen letzten Schluck Champagner und stellte das Glas auf den Tisch. »Ich glaube, ich mache noch einmal die Runde. Wenn ich irgendwas Interessantes höre, lasse ich es Sie wissen. Übrigens«, fügte er hinzu, »über Cheatwoods Tod gibt es nichts Neues.«

Shartelle nickte. Seine Blicke folgten Jenaro. Er schüttelte sachte den Kopf. »Er ist wirklich ein Naturtalent, oder, Pete?«

»Er blüht dabei auf.«

»Ihr redet ganz schön gemeines Zeug«, sagte Anne. »Davon kriege ich glatt Heimweh.«

»Ja, es ist wirklich überall dasselbe, nicht wahr, Miss Anne?« sagte Shartelle. Seine Blicke suchten wieder Madame Duquesne. »Sie ist verwitwet, wie ich gehört habe. Der Mann hatte in Dahomey ein Monopol für den Import eines erstklassigen Brandys aus Frankreich und einiger guter Weine, ehe er vor zwei Jahren mit einem Herzinfarkt tot umfiel. Sie hat die Lizenz geerbt und ist hierher nach Albertia umgezogen. Das ist doch genau das, wovon jeder Mann träumt.«

»Was?«

»Eine reiche Witwe mit einem Schnapsladen, Junge, und auch noch Französin.« Er schüttelte in tiefer Bewunderung den Kopf.

Die Witwe kam zu uns herüber und sagte, Major Chuku hätte uns beim Essen gern an seinem Tisch. Wir nahmen dankend an, und Shartelle drehte auf. Diesmal ging er aufs Ganze, und die Attacke war unmissverständlich. Die Wälle der Witwe begannen zu bröckeln. Shartelle war auf Englisch witzig und auf Französisch galant. Er brachte die Witwe zum Kichern mit unartigen Geschichten, die er auf Cajun-Französisch erzählte und für uns auf Cajun-Englisch übersetzte. Er tischte Geschichten von Abenteuern und Eroberungen auf und brachte Madame Duquesne dazu, über sich selbst zu reden. Er lauschte zutiefst interessiert und bewegte sie dann dazu, nach der Party mit uns auf ein paar Drinks in das Haus mit dem vorspringenden Dach zu kommen.

Es war eine Buffet-Veranstaltung, und ich nutzte sie aus. Es gab gebackenen Schinken, glasiert mit Zucker und Kognak, Truthahnbrust und Fleischbällchen – Schwein und Kalb –, die in einer dicken braunen Soße schwammen. Es gab große zarte Erbsen, die frisch gewesen sein müssen, einen Endivien- und drei Sorten Blattsalat mit einem absolut großartigen Essig-und-Öl-Dressing. Es gab Blumenkohl mit einer magischen Käsesauce und französisches Weißbrot, noch lauwarm aus dem Backofen. Es gab noch mehr, aber das musste bis zum zweiten Teller warten, den ich gründlich vorausplante.

»Bist du ausgehungert?« fragte Anne.

»Seit zehn Jahren«, sagte ich. »Nach Liebe und nach Essen. Ich weiß nicht, was von beiden knapper war.«

»Jetzt, wo du die Liebe hast, scheinst du das mit dem Essen aufholen zu wollen. An einem einzigen Abend.«

Shartelle folgte Madame Duquesne am Buffet, türmte alles Verfügbare auf seinen Teller und gluckste vor Entzücken. »Pete, nun sehen Sie sich doch bloß an, was diese liebe kleine Französin für den Major angerichtet hat. Hat dieses ganze Aufgebot überwacht. Mann, sieht das lecker aus!«

»Wie ich sehe, bist du auch nicht gerade im Hungerstreik«, sagte ich zu Anne.

»Worauf du wetten kannst«, sagte sie fröhlich. »Wenn ich eine Chance kriege, dieser Kool-Aid-und-Erdnussbutterdiät zu entkommen, nehm ich sie wahr.«

Der Major erwartete uns an einem der runden Tische, die auf dem Rasen verteilt standen. Sie waren mit frischem weißen Leinen bedeckt. Eiskübel mit mehreren Weinflaschen gab es auf allen Tischen, und neben ihnen standen Stewards in weißem Jackett.

Der Major begann, die Sitzordnung zu verkünden, die Madame Duquesne rechts und Anne links von ihm vorsah. Shartelle tat so, als verstünde er sein Französisch nicht richtig, und setzte sich rechts neben den Major mit Madame Duquesne als Nachbarin. Ich ließ Anne als Trostpreis neben dem Major Platz nehmen. Ein Steward schenkte den Wein ein, den der Major probierte und mit einer flüchtigen Handbewegung für gut befand.

Ich aß. Ich aß Schinken und Truthahn und die kleinen Fleischklößchen, die in der dicken braunen Soße schwammen. Ich aß alle Erbsen und Salate und einen halben Laib des französischen Weißbrots. Ich schloss mit dem Blumenkohl und fragte Anne dann, ob ich ihr noch etwas holen sollte.

»Ich hätte gern noch etwas Salat«, sagte sie verständnisvoll, und ich dankte ihr mit meinen großen grauen Augen. Als ich vor den Futtertrögen stand, schnappte ich mir etwas Fisch, der mir beim ersten Durchgang entgangen war, nahm noch einige Fleischklößchen, Schinken, Truthahn und für Anne etwas Salat. Diesmal probierte ich den Wein zum Essen und fand ihn überraschend gut. Ich machte dem Major dazu ein Kompliment.

»Es ist alles Madame Duquesnes Verdienst«, sagte er. »Ein Junggeselle wie ich hat keine Ahnung, wie man eine so wunderbare Party arrangiert. Sie war so nett, mir zu Hilfe zu kommen.«

Der Nachtisch war ein leichtes französisches Gebäck, das wir mit einer kleinen Tasse Mokka und Cognac hinunterspülten, vermutlich von der Marke, für welche die Witwe Claude die Importlizenz hatte. Er war ausgezeichnet.

Shartelle lehnte eine ihm vom Major angebotene Zigarre ab und setzte eine seiner eigenen krummen schwarzen in Brand. Die Hand der Witwe Claude berührte immer wieder zufällig Shartelles Arm.

»Was macht die Politik, Mr. Shartelle?« fragte der Major.

Shartelle paffte an seiner schwarzen Zigarre und blies Rauch in die Luft. »Dasselbe wie anderswo auch, würde ich sagen, Major. Es gibt Leute, die hineinwollen, und es gibt Leute, die sie draußen halten wollen, damit sie selbst hineinkommen.«

»Sehr bedauerlich, was Cheatwood zugestoßen ist.«

»Ja, nicht wahr? Und auch noch in unserer Auffahrt.«

»Da gibt es etwas, das ich zu gerne wissen möchte. Sie haben doch hoffentlich nichts dagegen, dass ich Ihnen diese Fragen stelle?«

»Keineswegs, Sir. Ich fühle mich geschmeichelt.«

»Was ich wissen möchte, ist folgendes: Wenn Sie eine Kampagne wie diese leiten, sind Sie dabei persönlich involviert? Vielleicht sollte ich emotional involviert sagen. Mit anderen Worten, wenn Sie verlieren sollten, wären Sie dann ebenso enttäuscht wie der Kandidat selbst?«

»Das ist eine sehr gute Frage, Major. Ich würde sagen, nein, ich bin emotional nicht so involviert wie der Kandidat. Emotionen verzerren die Sicht, und der Kandidat hat mich neben anderen Gründen dazu engagiert, einen klaren Blick zu behalten. Aber wenn er verlöre, wäre ich sehr enttäuscht, wenn auch nicht niedergeschmettert. Ich habe erst eine Kampagne verloren, und ich weiß, dass ich irgendwann zwangsläufig wieder eine verlieren werde, also habe ich das ständig vor Augen.«

»Und Sie tun dies rein des finanziellen Gewinns wegen? Ich meine, es ist Ihr Beruf?«

»Ich bestreite damit meinen Lebensunterhalt, und ich tue das, weil ich es mag. Ich mag die Arbeitszeiten und die Tätigkeit. Ich mag den Umgang mit Menschen. Das macht viel mehr Spaß als etwa eine Versicherungsagentur zu betreiben, finde ich.«

»Beruht Ihr Beruf, seine Notwendigkeit oder Nützlichkeit, sollte ich wohl sagen, auf der Existenz einer populären Demokratie?«

»Sie muss nicht populär sein«, sagte Shartelle; er schaute den Major an. »Es muss nur eine Form von Demokratie sein, in der die Leute den wählen können, dem sie ihre Steuern zahlen wollen.«

»Dann müssen Sie tiefen Glauben an den Wert einer demokratischen Regierungsform haben?«

Shartelle setzte sein listiges Lächeln auf. »Nein, Sir, nicht unbedingt. Ich habe schon oft daran gedacht, dass wir in den USA einen wohlwollenden Diktator gebrauchen könnten. Das Problem dabei ist, dass es nie einen gibt, der wohlwollend genug ist, außer mir – und ich habe nicht die nötigen Stimmen hinter mir. Haben Sie nicht auch manchmal dieses Gefühl?«

Der Major wich mit einem liebenswürdigen Lächeln aus. »Manchmal vielleicht, Mr. Shartelle, aber nur in den frühen Morgenstunden. Es ist keine Überlegung, die oft zu äußern für mich politisch angebracht wäre.«

»Ganz sicher nicht«, sagte Shartelle.

Der Major wandte seine Aufmerksamkeit Anne zu, und Shartelle schaltete für Madame Duquesne den Shartelle wieder in voller Stärke ein. Ich entspannte mich und aß im Geist das ganze Menü noch einmal, wobei ich mich weiter bei dem Cognac bediente.

Madame Duquesne neigte sich zum Major und berührte ihn am Arm. »Es war ein sehr langer Tag. Ich habe furchtbare Kopfschmerzen bekommen. Monsieur Shartelle hat sich bereit erklärt, mich nach Hause zu bringen – würden Sie es mir sehr verübeln, wenn ich Sie bäte, die Gäste allein zu verabschieden?«

Sie lügt geschickt, dachte ich. Der Major zuckte mit keiner Wimper. Er war ganz Fürsorglichkeit. »Das ist sehr nett von Ihnen, Mr. Shartelle. Ich kann Ihnen gar nicht genug danken, Claude, für die Wunder, die Sie heute hier vollbracht haben. Es war eine großartige Party. Ganz Ubondo wird tagelang davon reden.« Ich fand, er schien immer noch den Seiten einer alten *Cosmopolitan*-Ausgabe entsprungen zu sein.

Sie legte die Hand an ihre Stirn. »Ich bin so froh, dass ich helfen konnte. Ich habe den Stewards genaue Anweisungen gegeben. Sie wissen, was sie zu tun haben.«

Major Chuku stand auf und half Madame Duquesne

von ihrem Stuhl. Ich hatte nicht den Eindruck, dass sie viel Hilfe brauchte.

»Mr. Shartelle, ich bin Ihnen sehr verbunden für Ihr freundliches Angebot, Madame Duquesne nach Hause zu bringen.«

»Es ist mir ein Vergnügen, Sir.«

Der Major lächelte schräg. »Davon bin ich überzeugt.«

Anne gab mir ein Zeichen, und auch wir standen auf. Wir dankten dem Major für die Einladung, machten ihm nochmals Komplimente für das Essen, versicherten ihm, es sei ein bezaubernder Abend gewesen, und gingen zu unserem Wagen, dicht gefolgt von Shartelle und Madame Duquesne. Sie hatte ihren eigenen Wagen, einen alten TR-3 mit offenem Verdeck, und Shartelle erbot sich galant, ihn zu fahren. Er half ihr beim Einsteigen, und sie wand sich ein hauchfeines Tuch um den Kopf, damit ihre Frisur nicht verweht wurde. Shartelle startete den Motor, grinste uns an und sagte: »Wir sehen uns in ein paar Minuten.« Er gab zuviel Gas, und die Hinterräder spritzten Kies gegen das Haus des Majors.

Ich half Anne in den Humber, und wir fuhren gemächlich nach Hause. Als wir dort ankamen, stand der TR-3 vor der Veranda, der Sender der USIA in Monrovia spielte amerikanischen Jazz, und Shartelle tanzte eng mit Madame Duquesne auf der Veranda. Ihre Kopfschmerzen schienen verschwunden zu sein.

»Petey«, sagte Shartelle, »wenn Sie die beiden Erklärungen geschrieben haben, könnten Sie bitte dem alten Samuel einen Zettel hinlegen? Ich glaube, wir werden beim Frühstück zu viert sein.«

Waren wir.

20

Am nächsten Morgen lieh Anne Madame Duquesne einen Jeans-Wickelrock und eins meiner Hemden. Der Rock war vorsorglich vor zwei Abenden mit Bermudashorts, Slippern und einer Bluse in der untersten Schublade meiner Kommode deponiert worden.

»Wenn ich schon morgens um acht hier fortgehe, muss ich ja nicht so aussehen, als ob die Party die ganze Nacht gedauert hätte«, hatte Anne gesagt, als sie die Kleidungsstücke dort unterbrachte.

Shartelle sah übertrieben zufrieden mit sich selbst aus, und die Witwe Claude strahlte und schnurrte beinahe, als ich in den Wohnraum kam. Sie tranken Kaffee, und Anne schenkte sich ihre zweite Tasse Tee ein. Shartelle las außerdem die beiden Erklärungen, die ich spät abends noch geschrieben hatte – als Preis für die nachfolgenden Schwelgereien.

Er legte die Verlautbarungen auf den Beistelltisch, sah mich an und schüttelte langsam den Kopf. »Sie sind ein Kritzelkasper, Petey. In dem einen Text lassen Sie diesen Anwalt von Chief Akomolos Truppe desertieren, weil der Chief eine Bedrohung ist für – wie haben Sie das genannt – ›die für eine Demokratie unabdingbare Disziplin‹. Und im anderen sagen Sie, der Kerl verlässt die Partei, weil der Chief ›ein Symbol ist für den Neofaschismus, der Afrika zu verschlingen droht‹.«

»Stimmt das denn nicht, Clint?« fragte die Witwe Claude.

»Was?«

»Dass die Faschisten wieder auf dem Vormarsch sind?«

»Kann schon sein, Honey, aber die verstecken sich nicht hinter Chief Akomolos Schürze. Finden Sie nicht, dass Sie der Opposition zu viel Munition gegeben haben, Junge? Bei der Lektüre bin ich selbst beinahe richtig sauer auf den Chief geworden.«

»Er wird sich noch Schlimmeres anhören müssen, bis es vorbei ist.«

»Sie haben ihn alles nur denkbar Schlechte genannt, außer einen Weißen.«

»Soweit würde nicht mal ich gehen, Shartelle.«

Während des Frühstücks, das abwechselnd von Samuel, Charles und Small Boy – der ein wenig nervös war – serviert wurde, klingelte das Telefon. Es war Shartelles Telefonkumpel Mr. Ojara, der ihm ankündigte, dass ein Ferngespräch bevorstehe und dass er, Mr. Ojara, die Herstellung der Verbindung persönlich überwachen werde.

»Also, das weiß ich wirklich zu schätzen, Mr. Ojara. Wie geht es denn Ihrer Familie? Ist der Jüngste jetzt wieder gesund? Das ist schön. Ja, meiner Familie geht es gut. Bestens. Dann warte ich darauf, dass Sie sich melden.«

Zehn Minuten später kam das Gespräch durch. Es war Duffy, und er war wütend. Ich konnte sein Krächzen hören, da Shartelle den Hörer weit genug vom Ohr weghielt.

»Also nun mal in aller Ruhe, Pig, und sprich etwas langsamer. Richtig … Wir haben dich aufgefordert, uns Himmelschreiber zu beschaffen … Du hast versucht … Moment, Pig … Er hat versucht, uns Himmelschreiber zu beschaffen, Pete.«

»Dann hat er den Code also dechiffriert.«

»Und, wann kommen sie, Pig? Was, sie kommen nicht?

Das ist ein Jammer … Ja, Sir, ich wüsste wirklich gern, wer die konfisziert hat … Moment, Pig, lass mich das Pete sagen. Er sagt, alle Himmelschreiber in England sind mit Beschlag belegt. Jemand ist uns zuvorgekommen, und er wird mir gleich sagen, wer das ist.«

»Sagen Sie ihm, ich fände, das ist ein Jammer.«

»Pete sagt, er findet, das ist ein Jammer, Pig. Wer hat sie denn? … Die doch nicht! Halt, halt, lass mich das Pete sagen. Er sagt, Renesslaer hat sie alle mit Beschlag belegt.«

»Sagen Sie ihm, ich hätte gesagt, das ist ein Jammer.«

»Pete sagt, das ist ein Jammer, Pig.« Das Krächzen hielt an. Shartelle seufzte und hielt den Hörer noch ein bisschen weiter von seinem Ohr weg. »Also, ich verstehe nicht, wie sich das Telegramm verzögern konnte, Pig. Jimmy Jenaro hat sich selbst darum gekümmert. Es ist aber wirklich bedauerlich. Jetzt werden wir uns wohl auf die Neujahrszigarre beschränken müssen, was? Aber, aber, das sind wirklich schlechte Nachrichten. Lass mich das Pete sagen. Pig sagt, Goodyear hat sich mit Heliummangel herausgeredet und außerdem behauptet, alle Luftschiffe wären für Jahrmärkte oder so ausgebucht.«

»Sie wissen, was Sie ihm von mir sagen können«, sagte ich.

»Pete hier sagt, das ist wirklich ein Jammer, Pig. Wir müssen wohl versuchen, ohne das auszukommen. Wie steht es mit den Buttons und den Kartenetuis?« Wieder gab es längeres Krächzen. Shartelle lächelte. »Ich weiß, es ist eine Menge Arbeit, Pig, aber das ist nun mal deine Aufgabe bei der ganzen Nummer.« Er winkte der Witwe Claude, ihm seinen Kaffee zu bringen, und sie beeilte sich damit. Shartelle gab ihr einen sanften Klaps auf den Hintern. »Also, wir arbeiten uns hier unten auch dumm und dämlich, Pig. Pete schreibt unentwegt, und ich politisiere. Das einzige Problem ist, dass wir beide so einsam sind.«

Anne kicherte.

»Da hast du recht, Pig. Die Himmelschreiber und Luftschiffe waren gut als Idee. Tut mir leid, dass wir nicht schnell genug waren. Aber das Verdienst für diese Ideen gebührt Pete. Der Junge sprudelt nur so vor Ideen.«

»Verlogener Bastard«, sagte ich.

»Wir wollen versuchen, sonst nichts zu verpatzen, Pig. Die Aussichten werden auch immer besser … Ja, das mache ich … Wiederhören.« Shartelle legte auf und zeigte sein glückliches Grinsen.

»Sie haben es auf die Telegramme hin gefressen, Pete. Sie müssen die Hosen richtig voll haben. Renesslaer hat sich jeden Himmelschreiber in England und auch auf dem Kontinent gekrallt. Pig hat es in den USA versucht, aber die Maschinen schaffen den Flug über den Atlantik nicht, weil keiner der Piloten Lindbergh spielen mag. Und bei Goodyear nehme ich an, dass es auf amtlichen Wegen blockiert worden ist. Wissen möchte ich allerdings, wie sie eines dieser verdammten Luftschiffe herbringen wollen.«

»Die CIA wird schon einen Weg finden«, sagte ich.

»Und die beiden Burschen, die aus der Partei abhauen, sind nur das Sahnehäubchen obendrauf«, sagte Shartelle. »Also, der Tag fängt gut an.«

»Clint«, sagte die Witwe Claude, »Anne und ich haben uns unterhalten, während du telefoniert hast. Wir haben beschlossen, heute Abend herzukommen und für euch zu kochen.«

»Mit Samuel habe ich schon gesprochen«, sagte Anne, »und alle Kompetenzfragen geklärt. Er will den guten Mastahs zu Gefallen lernen, amerikanisch zu kochen.«

»Also wirklich«, sagte Shartelle, »jetzt wird es nahezu vollkommen, Pete. Hier sitzen wir am Rande der Sahara, bis zum Arsch einer Giraffe tief in Politik und Intrigen, und die liebe Sonne scheint, und wir schwitzen wie die Affen und ertränken uns in Gin-Tonic, und peng, da kommen sie direkt aus dem Busch, zwei der nettesten jungen Damen auf der Welt, und bieten an, uns zu bekochen, und eine von ihnen hat sogar einen Schnapsladen.«

»Das ist nicht Afrika, Shartelle«, sagte ich schwach. »Das ist überhaupt nicht Afrika. Von Afrika sehen wir nichts.«

»Ach, Junge, natürlich tun wir das. Meinen Sie, dieser aalglatte Major gestern Abend ist nicht Afrika, und all die Leute, die wir beim Essen bei Chief Akomolo getroffen haben, und der alte Medizinmann und der Ile und sein feiner Strohhut? Das ist nicht Afrika? Und Seine Exzellenz und der meilenlange Marsch durch die Halle und wie unsere Namen gebrüllt wurden – ah, das war schick! Wollen Sie mir erzählen, der alte Doc Diokadu ist nicht Afrika, und Jimmy Jenaro? Und sogar Cheatwood und die Good Old Boys, die Ständige Sekretäre sind? Na, das ist doch besser als Mungo Park und der ganze Stapel Bücher von Robert Ruark. Also, ich gebe zu, es hat nur eine einzige Leiche gegeben und nichts Erwähnenswertes an Tieren, aber ich spüre Afrika – ich spüre es, wenn ich auf dem Markt bin und in den Läden mit all den Händlerinnen rede, die

Kopftücher tragen. Ich spüre es, Junge, und wenn ich es als angenehm empfinde, dann finde ich, ich habe Glück und Sie auch.«

»Okay, Shartelle«, sagte ich. »Das ist Ihr Afrika. Sie haben eins, das keiner je ändern wird.«

Shartelle nickte zufrieden ob meiner Kapitulation. »Sehr schön; es ist völlig in Ordnung, wenn diese beiden feinen jungen Damen anbieten, für uns zu kochen, aber ich finde, Pete, wir sollten ihnen Geld für die Lebensmittel geben. Haben Sie Geld?«

»Ich habe welches«, sagte ich, zog meine Brieftasche und gab Anne vier Fünf-Pfund-Noten.

»Das sind zweiundvierzig Dollar«, sagte sie.

Shartelle machte eine großmütige Handbewegung. Es war mein Geld. »Keine Sorge deswegen, Miss Anne. Beschaffen Sie uns nur ein bisschen Vorrat, Sie und Witwe Claude. Und wenn Sie dem alten Samuel noch ein paar neue Rezepte beibringen können, also, dann könnte ich sogar meins für *dirty rice* rausrücken.«

»Für was?« fragte Anne.

»Wollen Sie sagen, Sie haben noch nie von *dirty rice* gehört?«

»Nein, Clint, ich habe noch nie von *dirty rice* gehört.«

»Na, da haben wir ja was, worauf wir uns am Sonntag freuen können. Pete hat gesagt, er wäre der Fachmann für gebratene Hähnchen. Dann beschaffen Sie uns doch drei oder vier mollige Vögelchen. Pete wird uns einen Haufen Hühner braten, und ich koch uns einen Topf voll *dirty rice* – besorg mir nur zwei, drei Pfund Hühnerlebern und -mägen, Honey –, und ihr zwei jungen Damen könnt euch im Schatten herumfläzen und Eistee trinken, wie es eurem Status zukommt.«

Anne schaute mich an. »Du hast recht«, sagte sie. »Das muss man gesehen haben, um es zu glauben. Können Sie mich mitnehmen, Claude? Ich hab ein paar Kinder zu unterrichten.«

»Natürlich. Treffen wir uns später zum Einkaufen?«

»Ich rufe Sie an.«

Shartelle und ich bekamen jeder einen sanften Abschiedskuss. Die Witwe Claude wand sich das Tuch ums Haar, damit es nicht verweht wurde. Anne ließ ihres im Fahrtwind hinter sich flattern. Shartelle sah ihnen nach. »Ist das nicht ein Anblick, Pete?«

»Da kann ich nicht widersprechen.«

Der mit Lateritstaub bedeckte Kombi hätte beinahe einen Kotflügel von Witwe Claudes TR-3 abgerissen, als sie die Auffahrt verließ. Sie rief dem Fahrer etwas Obszönes auf Französisch zu und fuhr los. Der Kombi setzte zurück, und aus dem hinteren Seitenfenster schaute ein Gesicht heraus. Shartelle und ich sahen von der Veranda aus zu. Eine amerikanische Stimme schrie: »Ist Pete Upshaw da?«

»Hier«, schrie ich zurück.

Der Kombi setzte noch weiter zurück, und der Fahrer jagte ihn die Auffahrt hoch. Da sah ich, wer es war. Das Trio.

»Lieber Himmel«, sagte ich, »das sind Diddy, Dumps und Tot.«

»Wer?«

»AP, UPI und Reuters.«

»Oi.«

»So viel zu unserem Morgen.«

»Vielleicht wissen die was.«

»Das Einzige, was die wissen, ist, dass sie Durst haben.«

Den AP-Mann kannte ich seit den Tagen, da ich der wichtigste und einzige Europa-Korrespondent meiner Zeitung gewesen war. Er musste inzwischen an die fünfundsechzig sein und hatte über alles geschrieben, seit er fünfundzwanzig war. Der UPI-Mann war Australier, eine Bohnenstange aus dünnen Drähten, die irgendwann verschmelzen würden. Ihn hatte ich kennengelernt, als er im UPI-Büro London war. Der Reuters-Korrespondent war Albertianer und bereiste die afrikanische Westküste bis hinunter nach Angola, aber nicht weiter südlich. Er war ein großer purpurschwarzer Mann mit breitem rotweißen Lächeln.

»Wie haben Sie die genannt?« fragte Shartelle.

»Diddy, Dumps und Tot. Drei Gestalten in einem Buch, das ich mal gelesen habe; die hingen immer zusammen herum.«

»Das habe ich auch gelesen«, sagte Shartelle. »Da war ich acht.«

»Ich war sechs.«

Der AP-Mann hieß Foster Mothershand. Natürlich wurde er Mother gerufen. Er stammte aus Omaha, aber das war schon lange her. Der UPI-Mann hieß Charles Crowell und sprach sich Crow-well aus. Eigentlich kam er aus Adelaide, erzählte aber allen, er sei aus Sydney. Ich weiß nicht mehr, wie ich herausbekommen hatte, dass er aus Adelaide war. Ich glaube, seine Freundin in London hatte es mir erzählt. Der Albertianer von Reuters war in

Barkandu geboren, hatte die London School of Economics besucht und einmal für den *Observer* gearbeitet. Er hieß Jerome Okpari und war dreimal verheiratet gewesen und dreimal geschieden.

Bei einer Story wie dieser arbeiteten sie immer als kleines Rudel zusammen. Das war eigentlich eine Frage der Ökonomie. Es war nicht so, dass sie einander besonders mochten oder verabscheuten, aber Mothershand wurde allmählich zu alt für die übliche Lauferei, und Reuters und UPI bezahlten ihre Korrespondenten immer noch wie Hilfsarbeiter, wenn sie nicht zufällig Amerikaner waren. Außerdem unterzogen ihre Büros in London Spesenabrechnungen einer ausgiebigen strengen Prüfung. Associated Press hingegen bezahlte Mothershand vermutlich zwischen 17.000 und 19.000 $ im Jahr; hinzu kam ein Spesenkonto, das wohl nur alle fünf Jahre überprüft wurde. Deshalb übernahm Mothershand die Kosten für den Wagen, den alle drei auf ihre Spesenabrechnungen setzten, wobei der Libanese von der Wagenvermietung jedem von ihnen fröhlich eine Quittung ausstellte.

»Ist das nicht der alte Mother da auf dem Vordersitz?« fragte Shartelle, als der Kombi vor der Veranda auf dem Kies der Auffahrt stoppte.

»Das ist er.«

»Ich dachte, der wäre tot. Den habe ich das letzte Mal vor fünfzehn Jahren gesehen.«

Mothershand stieg als erster aus dem Wagen. Er war groß, setzte allmählich Fett an, und sein Bauch lugte aus seinem Khakihemd hervor. Auf dem Hinterkopf trug er einen kakaofarbenen Strohhut mit rot-weiß-blauem Band.

»Pete, ich hab gehört, bei dir gibt's den trockensten Martini südlich der Sahara.«

»Deine Quelle ist zuverlässig, Mother. Wie geht's dir?« Er kam die Stufen herauf, und wir schüttelten uns die Hand.

»Shartelle, die haben gesagt, du wärst hier, Teufel auch, und ich hab gesagt, die lügen. Ist aber verdammt gut, dich zu sehen. Lange her.«

»An die fünfzehn Jahre, Mother.«

»War doch in Chicago, oder? Du hast da irgendeinen Unsinn getrieben. Mich hatten sie heimgeholt, um mich zu re-amerikanisieren oder so, und die haben gemeint, Chicago würd's bringen. An dem Abend hat mir ne Nutte auf der Clark Street siebenundsechzig Dollar geklaut.«

»War aber ein hübsches Ding, Mother. Weiß ich noch gut.«

»Stimmt, war sie. Habt ihr hier Klimaanlage, Jungs?«

»Leider nein«, sagte ich.

»Na schön, irgendwas Kühles reicht auch.« Er ging ins Haus.

»Peter Upshaw, DDTs Geschenk an den Dunklen Kontinent.« Das war Crowell von UPI, der seine eins fünfundneunzig von der Rückbank des Kombi stemmte und ausbreitete.

»Hallo, Charley.«

»Es ist erst neun, und ich schwitze wie ein Nigger. Nichts für ungut, Jerry.«

»Du riechst auch wie einer«, sagte Okpari und gönnte mir sein breites rotweißes Lächeln. Viel Zahn und viel Zahnfleisch.

In der Runde wurden Hände geschüttelt, und ich stellte

Shartelle vor. Dann gingen wir ins Wohnzimmer, und sie fläzten sich in den Sesseln und auf dem Sofa. Sie trugen alle Khakihemd und -hose und hohe Wildlederschuhe, die die Kids in London in dem Jahr *fruit boots* nannten.

Ich rief nach Samuel, und als er aus der Küche kam, wirkte er ein bisschen irritiert ob der großen Gesellschaft so früh am Morgen.

»Wir haben Kaffee, Gin, Tee, Whisky, Saft und Bier«, sagte ich.

»Gin und Tonic sind mir recht«, sagte Crowell.

»Mir auch«, sagte Mothershand.

»Ihr blöden Heiden«, sagte Okpari. »Ich nehme Saft, wenn's den mit Eis gibt.«

Samuel wartete auf Shartelle und mich. Ich sah Shartelle an, der mit den Schultern zuckte. »Gin-Tonic für uns, Samuel«, sagte er.

»Sah«, sagte Samuel, aber es war zu sehen, dass er nicht mit dem Herzen dabei war.

Als alle Drinks serviert waren, sagte ich Samuel, er solle das Tablett auf dem runden Kaffeetisch lassen. Wer noch etwas wollte, konnte aufstehen und es sich selbst holen. Mothershand rekelte sich und gähnte. »Wir sind gerade von Fulawas Operation im Norden zurück, Clint. Die haben einen Haufen scharfer Jungs da, die den Laden schmeißen. Von Renesslaer.«

»Ist das wahr?« sagte Shartelle.

»Habt ihr Franchot Tone Calhoun gesehen?« fragte ich.

»Richtig schlauer farbiger Junge aus Massachusetts.«

»Die haben irgendwas besonders Leckeres am Köcheln«, sagte Crowell. »Tun alle ganz furchtbar verschwiegen, aber man konnte sehen, die planen irgendwas ganz Dreckiges.«

»Lassen wir uns überraschen«, sagte Shartelle. »Was machen die sonst noch?«

»Ah, mal sehen. Die haben Autoaufkleber, klatschen die auf jede Mammy-Karre und jedes Morris-Minor-Taxi, das sie finden können.«

»Gute Idee«, sagte ich.

»Da ist aber was komisch«, sagte Mothershand. »Zwei Tage davor – oder einen? Egal. Wann auch immer, als wir da waren. Jedenfalls, bei der Truppe, die Dr. Kologos Show im Osten organisiert, laufen alle mit demselben seligen Grinsen im Gesicht rum.«

Shartelle gähnte, streckte die Beine aus und überkreuzte sie an den Knöcheln. »Ich wusste, dass Renesslaer ein paar Jungs da im Norden hat, aber ich hatte keine Ahnung, dass bei Kologo im Osten auch so was läuft.«

»Der hat da fünf oder sechs Leute in einem Büro. Sie sagen, sie wären von einem Laden namens Communications, Inc. – aus Philadelphia. Je von denen gehört?«

»Kann ich nicht behaupten«, sagte Shartelle.

»Pete?«

Ich schüttelte den Kopf. »Muss was Neues sein.«

»Also, es sieht so aus, als ob die Amerikaner alles absahnten, was bei dieser Kampagne zu holen ist«, sagte Okpari. »Ich könnte auch was davon gebrauchen, glaube ich. Was zahlen die Ihnen, Mr. Shartelle?«

Shartelle grinste. »Nicht genug, Mr. Okpari. Aber egal, wie viel es ist, es muss wohl ein Geheimnis zwischen mir und der Steuerbehörde bleiben.«

»Zehntausend Pfund?« riet Crowell.

»Herrgott, Charley, Shartelle würde für zehntausend Pfund nicht mal ein Ehrenbankett in Boston organisieren. Sie sind teuer, Mr. Shartelle?«

»Die Kandidaten, die siegen, finden das nicht«, sagte Shartelle. »Zum Glück musste ich bisher erst einmal mit einem Verlierer reden.«

»Wann war das?« fragte Okpari.

»Neunzehnzweiundfünfzig.«

»Schlimmes Jahr für die Partei«, sagte Mothershand.

»Ganz schlimm«, sagte Shartelle.

»Was zum Teufel machst du hier unten, Clint? Wir gehen rauf nach Norden und rüber nach Osten, und diese jungen Affen hämmern auf Schreibmaschinen herum und hauen Verlautbarungen raus und reden über ihre vierfarbigen Plakate, die ihnen nicht das Geringste nützen werden, wie ich ihnen gesagt habe. Aber dann komm ich her, und du und Pete, ihr hockt hier rum und schlürft morgens um neun Gin. Keine klingelnden Telefone. Keine Aufregung. Habt ihr schon alles im Sack?«

»Shartelle und ich sind nur Berater, Mother«, sagte ich. »Wir denken viel.«

»Mother, wir sind hier, um Chief Akomolo dabei zu helfen, auf dem Amboss politischer Aktion eine neue Demokratie zu schmieden. Wie war das, Pete?«

»Du *bist* ein Phrasendrescher.« Niemand machte sich Notizen.

»Wie schätzt du es denn ein, Clint?« fragte Mothershand. »Ernsthaft, mein ich.«

»Wir könnten knapp durchkommen, Foster. Im Moment biete ich sechs zu fünf.«

»Ich setze fünfhundert.«

»Pfund?«

»Dollar.«

»Angenommen.«

»Sechs zu fünf ist nicht viel mehr als Einsatz zurück, Clint.«

»Vielleicht wird die Quote besser. Kommt eine Woche vor der Wahl nochmal vorbei. Wahrscheinlich sind wir dann bei neun zu fünf.«

»Du bist optimistisch, was?«

»Scheiße, Mother, ich bin doch kein blutiger Anfänger von einem Collegetrainer, der vor Saisonbeginn jammert, weil sein bester Quarterback sich nen Tripper geholt hat. Ich werd dafür *bezahlt*, Optimist zu sein. So bin ich *von Natur aus*.«

»Und du, Pete?«

»Ich glaube, ich bin überoptimistisch. Ich prophezeie einen Erdrutschsieg für Akomolo. Kannst du zitieren, wenn du willst. Duffy würde das in London gern lesen.«

»Wie stehen die Chancen, ein Interview mit Akomolo zu kriegen?« fragte Crowell. »Was das amerikanische Business-Engagement angeht, hab ich genug. Du weißt schon: Madison Avenue steckt heute seinen Claim ab auf einem neuen profitablen Territorium – der brodelnden Politik Westafrikas.«

»Ich gehöre nicht zur Madison Avenue«, sagte Shartelle.

Der lange dünne Australier lächelte knapp. »Ab morgen schon.«

»Die Chancen sind nicht schlecht, würde ich sagen. Ich rufe den Informationsminister an und sehe zu, was ich tun kann.«

Nach dem Gespräch über die Familie mit dem Vermittler Ojara bekam ich Jimmy Jenaro ans Telefon. Er setzte halb elf für das Interview fest.

»Wollt ihr Jungs dabeisein?« fragte Jenaro.

»Nein. Kümmern Sie sich um alles.«

»Gut. Sagen Sie denen, sie sollen um halb elf beim Haus des Führers sein.«

»In Ordnung.«

Ich wandte mich an die Gentlemen von der Presse. »Halb elf okay?«

Mothershand grinste. »Das läuft zu glatt bei euch, Clint. Entweder habt ihr alles schon in der Tasche, oder ihr legt irgendwen aufs Kreuz. Direkter Zugang zu Akomolo – viel besser als Renesslaer bei Fulawa oder die Philadelphia-Truppe bei Kologo.«

»Ich war immer dafür, zuerst mal das Vertrauen des Klienten zu gewinnen, Mother. Das macht's danach viel leichter, die Wahl zu gewinnen.«

Mothershand leerte sein Glas und stand auf. »Ich will los und noch mit diesem jungen USIS-Typ reden, ehe wir zu Chief Akomolo gehen. Danke für den Drink und die Interview-Vermittlung. Aber viel Neues habt ihr Jungs nicht zu bieten.«

»Wie Pete sagt, Mother. Wir sind nur als Berater hier.«

Beim allgemeinen Händeschütteln sagten sie, auf ihrer nächsten Runde würden sie wieder vorbeischauen. Wir sagten, sie wären immer willkommen. Ehe er in den

Wagen stieg, drehte Mothershand sich um und sah Shartelle an.

»Ich könnte was Großes gebrauchen, Clint. Ernsthaft.«

»Wenn ich was weiß, kriegst du es.«

Der Ältere nickte und ließ sich langsam ins Auto gleiten. Der Wagen setzte zurück, wendete und fuhr schnell die Auffahrt hinab zur Straße. Er hinterließ in der Luft kleine rote Lateritwölkchen.

»Die erste Welle«, sagte ich.

Shartelle nickte. »Rufen Sie nochmal Jenaro an. Er soll sich Diokadu schnappen und mit ihm herkommen. Wir haben einiges zu planen. Außerdem brauchen wir Material.«

»Was denn?«

»Rote, gelbe und grüne Kartennadeln oder kleine Fähnchen. Wie Firmen sie benutzen, um auf Karten zu markieren, wo ihre Vertreter sind oder jedenfalls sein sollten.«

»Sonst noch etwas?«

»Eine Karte«, sagte er. »Die größte Karte von Albertia, die er finden kann.«

21

Wir folgten Jimmy Jenaros XK-E auf der gewölbten Asphaltstraße nach Obahma zu unserem Mittwochstreffen mit dem Ile. Jenaro fuhr wie üblich mit offenem Verdeck. Auf den wenigen geraden Strecken kam er nahe an achtzig, und die Kurven nahm er mindestens mit sechzig Meilen. William schaffte es gerade noch, ihn nicht aus den Augen zu verlieren, aber das war auch alles. Shartelle ruhte in seiner üblichen Stellung in den Polstern des Rücksitzes, die Füße auf dem aufgeklappten Nussbaumtischchen des Super Snipe. Den Schlapphut hatte er über die Augen gezogen, und die schwarze krumme Zigarre steckte kalt und tot in seinem Mund.

»Haben Sie Jimmys Klappfahrrad bemerkt?«

»Ja, hab ich«, sagte ich.

»Er sagt, er will den Jaguar beim Rasthaus der Regierung parken, sich etwas weniger auffällig anziehen und ein bisschen in seinem Wahlbezirk arbeiten – vom Fahrradsattel aus.«

»Macht er sich da keine Sorgen?«

»Nee. Er sagt nur, sein Bezirk ist sicher, und so will er ihn auch erhalten.«

»In dieser Karte stecken mir noch zu viele rote und gelbe Fähnchen.«

»Ich glaube, nächste oder übernächste Woche können wir anfangen, ein paar gegen grüne auszutauschen. Es geht ja gerade erst los, Junge.«

Jenaro hatte die Karte und die Markierungsfähnchen am Samstag beschafft. Ein Künstler aus seinem Informationsministerium hatte mit Tinte die Wahlbezirke eingezeichnet und dann unter Aufsicht der sich manchmal widersprechenden Jenaro und Diokadu grüne Fähnchen in die Bezirke gesteckt, die für Chief Akomolo als sicher galten, rote in solche, die der Opposition sicher waren, und gelbe in jene, die sie für unentschieden oder offen hielten.

Die Karte zeigte keinen Wald grüner Fähnchen. Shartelle hatte den größten Teil des Samstags darüber gebrütet und Jenaro und Diokadu gefragt, was »die Jungs in den Bezirken eigentlich treiben.« Später schrieb ich ihnen einen Brief, unterzeichnet von Chief Akomolo, der sie dringend bat, sich endlich in Bewegung zu setzen und an alle Türen zu klopfen. Diokadu hatte ihn in die nötigen Dialekte übersetzen und verschicken lassen.

Am Sonntag hatten wir Brathuhn und *dirty rice* vom Programm gestrichen. Für das Haus mit dem vorspringenden Dach war es ein Telefontag geworden. Anne und die Witwe Claude hatten Sandwiches gemacht, die wir aßen, während Dr. Diokadu und Jenaro den getreuen Anhängern der Partei erzählten, sie brauchten sich keine Sorgen zu machen, die beiden Abtrünnigen seien kleine Fische, es habe alles nichts zu bedeuten, und der Partei gehe es ohne sie besser. Zusammen führten beide an diesem Tag mindestens hundert Telefongespräche. Shartelle hatte William ins Fernsprechamt geschickt mit einem Umschlag, der eine Fünf-Pfund-Note für den Vermittler Ojara enthielt, der die Ferngespräche persönlich überwachte.

Als Jenaro nach seinem letzten Gespräch den Hörer auflegte, hatte er sich an Shartelle gewandt und gesagt: »Sie sind aufgeregt. Sie sind aufgeregt und nervös, und dabei wird die verdammte Geschichte nicht vor morgen bekannt. Jedenfalls nicht offiziell.«

»Wir könnten wirklich etwas Greifbares brauchen – so was wie die Buttons«, hatte Diokadu gesagt.

Shartelle hatte genickt. »Sie sind unterwegs.«

»Sehr begeistert scheinen sie auch nicht gerade zu sein«, hatte Jenaro düster bemerkt. »Eine Bande von apathischen Nullen.«

»Dekko und Chief Akomolo werden sie schon in Fahrt bringen«, sagte Shartelle.

Als wir über die Asphaltstraße nach Obahma fuhren, sah ich ihn an. »Mir ist was eingefallen.«

»Gut.«

»Diese beiden Abtrünnigen, wie wir sie dauernd nennen, haben bei den Zeitungen einiges Aufsehen erregt, sogar bei denen, die Akomolo unterstützen. Stimmt's?«

»Stimmt.«

»Wir brauchen sie nicht mehr – jedenfalls nicht als Kronzeugen für unsere Absicht, Himmelschreiber und das Luftschiff einzusetzen, oder?«

»Weiter.«

»Sie widerrufen.«

Shartelle richtete sich zu einer beinahe sitzenden Stellung auf und grinste mich an. »Bekennen ihren Irrtum. Kommen zurück zur Herde. Die Heimkehr der verlorenen Söhne. Also, Petey, das ist sehr schön. Und wann soll das passieren?«

Ich überlegte einen Augenblick. »In zwei Wochen. Sie sollen lange genug auf der anderen Seite bleiben, um sich ihr Geld zu verdienen und so viele Informationen zu sammeln wie nur möglich. Dann können wir alles aus der Sache herausschlagen, was drinsteckt. Ich kann für beide Reue- und Bekenntnisreden aufsetzen. Damit schicken wir sie dann in den Wahlkampf.«

»Teufel auch! Die reumütigen Sünder. Wir könnten eine ganze Reihe von Erweckungsmessen machen, Pete. Büßer auf dem Pfad, zwar nicht in die Arme von Jesus, aber in den Schoß von Akomolos Partei. Junge, Sie machen Fortschritte! Sie haben alle Voraussetzungen dafür, einen feinen tückischen Geist zu entwickeln.«

»Ich habe es vom Meister gelernt«, sagte ich. »Er war eine echte Inspiration.«

»Erweckungsmessen«, murmelte Shartelle und ließ sich wieder in die gewohnte Lage zurücksinken. »Mit echten Sündern, die das Licht des Heils erblickt haben. Also, das ist wirklich großartig.«

Die Hubschrauber waren an dem Sonntagabend mit Verspätung eingetroffen, und Chief Dekko und Chief Akomolo waren genötigt gewesen, im Wartesaal des Flughafens auszuharren, wo es noch heißer war als direkt in der Sonne. Schließlich kamen die Maschinen, die eine mit stotterndem Motor, und setzten auf. Nachdem die Piloten sich vorgestellt hatten, versicherten sie, sie könnten den Schaden selbst schnell beheben, und hatten dann drei Stunden dazu gebraucht. Chief Akomolo hatte gekocht, Dekko war sehr still geworden. Akomolo hatte zu Shartelle gesagt: »Das ist kein sehr verheißungsvoller Anfang, Mr. Shartelle.«

»Es ist eine elende Sauerei, Chief. Aber ich finde, wir müssen hier nicht herumstehen und uns ärgern. Wenn wir schon Zeit haben, sollten wir sie nutzen.«

»Wie üblich haben Sie recht, Mr. Shartelle«, sagte Dekko mit seinem tiefen Bariton. Und während die Piloten drei Stunden lang an der Maschine herumfummelten, planten die Planer. Dekko zeigte, dass er die Grundregeln von Kampagnen bestens begriffen hatte. Es war vorgesehen, dass er jeden Tag mindestens zehn Reden hielt, und er sagte mir immer wieder, wie sehr ihm seine Rede gefiel. Chief Akomolo bezeichnete seine Ansprache nicht als Rede, sondern nannte es »dieses Dokument der Wahrheit«, was ich für übertrieben hielt, wenn auch nicht allzu sehr. Es war eine gute Rede.

Schließlich war einer der Piloten gekommen. Es war der Amerikaner, ein vierundvierzigjähriger Luftkutscher, der seine alte Militärmütze aus dem Zweiten Weltkrieg mit der Falte für tausend Flugstunden trug. Er hieß Bill Wyatt, und seine erste Frage hatte gelautet: »Wer fliegt mit Wyatt?« Das hatte ein Witz sein sollen. Chief Akomolo, sein Dolmetscher, ein weiterer persönlicher Adjutant und einer von Jenaros klugen Jungs waren dem Piloten hinausgefolgt, nachdem sie uns die Hände geschüttelt hatten. Wir würden den Chief drei Wochen lang nicht wiedersehen, aber er wollte jeden Abend anrufen.

Dann war der Südafrikaner gekommen. Er war ein großer, hagerer, höflicher Mann mit sorgsam gestutztem Schnurrbart und schwarzem Haar, das er an den Seiten dicht, auf dem Scheitel aber etwas dünn trug, weil ihm nichts anderes übrigblieb. Dekko und ein ähnliches Gefolge wie das von Akomolo waren dem Südafrikaner, der Veale hieß, zu dem zweiten Hubschrauber gefolgt. Veale hatte keine Witzchen gemacht; er war mir lieber als der Amerikaner. Ehe Dekko sich in den Helikopter hievte, hatte er sich umgedreht und uns zugewinkt. Wir hatten zurückgewinkt. Auch Chief Akomolo, der seine Gewänder raffte, um die Leiter des Hubschraubers zu erklimmen, hatte sich umgedreht und uns gewinkt. Seine goldenes Brillengestell hatte in der Sonne des späten Nachmittags geglitzert. Wir erwiderten das Winken, und Jenaro schaute auf seine Rolex Oyster. »Die werden es knapp schaffen«, sagte er.

Dr. Diokadu wirkte nervös. »Ich muss gestehen, ich bin nicht sehr begeistert darüber, dass die so allein losziehen.«

»Na, hören Sie, Doc, das sind die Kandidaten«, sagte Shartelle. »Diese Jungs müssen es schaffen, allein loszuziehen. Wir können alles Mögliche für sie planen und aushecken, ihnen Reden schreiben und den Transport organisieren und dafür sorgen, dass sie genug Zuhörer haben, aber wir können nicht aufs Podium klettern und die Reden für sie halten. Das müssen sie ganz allein machen.«

»Die werden schon zurechtkommen«, hatte Jenaro gesagt, als er sich umdrehte und zu seinem XK-E-Roadster ging, dem wir jetzt zum Palast des Ile folgten.

»Meinen Sie, er mag die Buttons?«

»Na, groß genug sind sie ja.«

Ein Sonderkontingent von tausend Stück mit dem Slogan »I GO AKO« war an diesem Morgen per Luftpost aus New York eingetroffen. Ich weiß noch, das Porto hatte 47,55 $ betragen. Wir hatten fünfhundert in eine leere Keksdose gefüllt, waren zum Alkoholdepot der Witwe

Claude gefahren und hatten die Blechdose von ihr wie ein Weihnachtsgeschenk verpacken lassen. Wir hatten ihr auch eine Kiste Kognak zu Discountpreisen als Mitbringsel für den Ile abgeschwatzt.

»Mit so schlechten Geschäften kann ich dich nicht ernähren«, hatte sie gesagt.

»Ach, Honey, du weißt doch, ich werde für dich sorgen.«

»Abenteurer.«

Er hatte sie liebevoll geküsst und innig getätschelt, und sie hatte ihn angestrahlt. Beide hatte es ziemlich erwischt, wie mir schien. Ich vertrödelte nur einen Teil des Tages. Den Kognak hatten wir auf Jenaros Rat hin gekauft. »Wenn man die oberen Hiesigen besucht, bringt man immer irgendwas mit – egal, wie arm man ist. Meistens ist es nur eine Kolanuss, aber bei euch Jungs muss es was Besonderes sein. Die Buttons sind was Besonderes, und der Kognak beweist eure Hochachtung für seinen Geschmack. Gott weiß, was er euch als Gegengabe schenkt – vielleicht ein paar dreizehnjährige Mädchen. Oder Jungen. Traditionell sollte die Gegengabe drei- oder viermal so wertvoll sein wie das Geschenk, das er bekommt. Deswegen verschenkt er sehr viel Bier.«

Obahma hatte nicht viel zu bieten; eine Ansammlung von Gebäuden und Hütten, mit vom Regen rostroten Wellblechdächern. Die Hauptstraße schlängelte sich hindurch, wich nach links und rechts ohne erkennbaren Grund, außer dass ein paar Häuser irgendwann mitten auf der Straße gebaut worden waren. Ungepflasterte Nebenstraßen führten über viele Kurven ins Nirgendwo. Radio Albertia kreischte aus den zehn Zentimeter großen Lautsprechern, die vor offenen Läden hingen. Die Leute, nachlässiger gekleidet als in Ubondo und Barkandu, gingen ihren Geschäften nach. Einige saßen in der Sonne und starrten vor sich hin. Andere hatten sich in schattigen Ecken zusammengerollt und schliefen. Jenaro fuhr wegen des Verkehrs langsamer, und ein paar Menschen johlten und winkten ihm zu, als der XK-E durch die Stadt rumpelte. Er winkte zurück und warf einer Gruppe von Leuten, die an einer Straßenecke herumlungerten, ein Päckchen Zigaretten zu. Sie wühlten im Dreck danach.

Der Palast des Ile von Obahma stand am Stadtrand und hatte ebenfalls nicht viel zu bieten, wenn auch eine hohe rote Lehmmauer ihn beinahe zwei Häuserblocks lang umgab. Jenaro erzählte uns später, die Mauer sei mindestens fünfhundert Jahre alt. Sie hatte bereits gestanden, als die Portugiesen zum ersten Mal herkamen. Der Jaguar fuhr an einem Holztor in der Mauer vor, das von mehreren Albertianern in einer Art Uniform bewacht wurde. Das Tor stand offen. Die Wachen lächelten und winkten Jenaro zu, als er durchfuhr. In dem weitläufigen Hof schlenderten Ziegen, Hühner und Menschen umher. Das von der Mauer abgeschirmte Gebäude war wie ein Labyrinth. Es war eingeschossig, und am äußeren Rand, den wir sehen konnten, lief eine Veranda entlang. Sie war von dem vertrauten Blechdach bedeckt, getragen von Pfosten mit raffiniert geschnitzten Männer- und Frauenfiguren, die einander auf den Köpfen standen. Einige der geschnitzten Pfosten waren durch schlichte Holzpfosten ersetzt, andere fehlende waren gar nicht ersetzt worden. Jenaro parkte seinen Wagen, und wir parkten daneben. Er rief einen Jungen zu sich, der nichts als ein übergroßes graues Unterhemd trug. Er sagte ihm laut etwas im Dialekt. Der Junge packte einen Stock, sprang in den Jaguar und schaute sich nach jemandem um, den er schlagen könnte. Jenaro gab ihm einen Shilling. Er kam zu unserem Wagen, als wir ausstiegen.

»Mit etwas Glück sind die Räder noch dran, wenn ich zurückkomme. Haben Sie gesehen, dass Pfosten fehlen?«

»Ja.«

»Die Bastardsöhne des Ile. Das ist afrikanische Kunst, und sie verhökern die an Touristen. Einer von ihnen hat einem amerikanischen Öl-Typen dreihundert Pfund für einen der besseren Pfosten abgeknöpft. Jetzt droht das Dach einzustürzen, und der Ile hat gedroht, dem Nächsten, der einen Pfosten klaut, die Hände abzuschneiden.«

William ging zum Wagenheck und holte den Kognak und die Buttons heraus. Er brachte einen der Herumlungernden dazu, die Buttons zu tragen; den Kognak trug er selbst. Es hatte sich eine Menge von Leuten versammelt, die darauf warteten, dass etwas passierte. Es erinnerte mich an eine Kleinstadt, wo das wichtigste Ereignis des Tages die Durchfahrt des Güterzugs um 16:16 Uhr ist. Er hält zwar nicht, aber es besteht immer die Chance, dass er es doch tut.

Jenaro bahnte sich einen Weg durch das Gedränge und ignorierte die Rufe der bettelnden Kinder. Der großherzige Shartelle dagegen trennte sich von seinem gesamten Kleingeld. Mich kostete es nur vier Shilling und sechs Pence. Jenaro ging voraus durch das Labyrinth offener Türen und Fenster und müßiger Gesichter, Hände und Körper. Die

Menge folgte uns mit mehr oder minder respektvollem Abstand und wartete immer noch darauf, dass etwas geschah. Dann setzten die Trommeln ein, und Jenaro blieb stehen und sah sich um. Er erblickte noch einen Müßiggänger, winkte ihn zu sich, stellte eine Frage und hörte aufmerksam zu, als der Mann langwierig antwortete. Die Trommeln dröhnten weiter. Jenaro gab dem Mann einen Shilling und wandte sich mir zu. »Ich habe ihn nach den Trommeln gefragt. Anders als Diokadu fehlt mir der Vorzug musikalischer Bildung in der Kindheit. Die Trommeln sagen: ›Sie kommen aus Ubondo, der Häuptling des Worts und seine beiden weißen Freunde. Sie kommen, um dem Ile von Obahma, dem Mächtigsten aller Herrscher, ihren Respekt zu erweisen‹ und so weiter und so fort. Es ist ein Reklamejingle für den Ile und eine Aufforderung an alle, unsere Wagen in Ruhe zu lassen.«

Shartelle sog alles auf mit einem gelegentlichen »Oi« und »Das ist doch was, oder, Petey?« Jenaro schob uns vorwärts, könnte man sagen, und wir kamen an eine Tür, wo ein großer junger Mann hinter einem kleinen Tisch saß. Jenaro begrüßte ihn auf Englisch: »Hello, Prince.«

»Hello, Jimmy.«

»Erwartet der alte Herr uns?«

»Geht ruhig rein. Es sind jetzt noch ein paar Bittsteller bei ihm, aber er müsste fertig sein.«

»Prinz Arondo – Mr. Shartelle und Mr. Upshaw.«

Wir gaben dem Prinzen die Hand; er trug ein offenes weißes Hemd, eine Baumwollhose und Sandalen und wirkte beinahe frisch. Er musterte uns und sagte, es freue ihn, unsere Bekanntschaft zu machen. Wir gingen durch die Tür, gefolgt von William und seinem Buttonträger. Der Mann stellte seine Last ab und floh. William stellte den Kognak ab und streckte sich schnell auf dem Boden aus. Jenaro seufzte, breitete sein Taschentuch aus, kniete darauf nieder und berührte dabei einmal den Boden mit der Stirn. Shartelle zog den Hut, und ich lächelte, aber wahrscheinlich war es nur ein albernes Grinsen.

Der Ile thronte auf einem Sessel mit hoher Rückenlehne hinter etwas, das aussah wie ein Bibliothekstisch. Der Sessel stand auf einem Podest ähnlich dem in Chief Akomolos Festsaal. Der Ile nickte uns gemessen zu und lauschte dann weiter auf die jaulenden Klagen zweier Männer, die vor dem Tisch auf dem Boden ausgestreckt lagen. Der Ile trug denselben Strohhut wie in Ubondo, es sah aber so aus, als hätte er sich eine neue Feder daran gesteckt. Jenaro erhob sich, nahm sein Taschentuch und wischte sich die Stirn. »Ein Streit um Vieh. Einer der beiden hat ein paar Kühe gestohlen.«

Der Ile sprach einen kurzen Satz. Seine Stimme war ruhig; sie klang beinahe gelangweilt. Die beiden Männer standen schnell auf und gingen rückwärts aus dem Raum. Sie wären fast mit uns zusammengeprallt. Jenaro stupste William mit dem Fuß an. Unser Fahrer sprang auf und sauste aus der Tür. Der alte Mann, der in Ubondo mit dem goldenen Stab aufgestampft hatte, saß auf einem Stuhl am Ende des Bibliothekstischs; er schien einzunicken. Mehrere junge Burschen in weißen Gewändern saßen auf einer Bank neben einer Tür hinter dem Ile. Sie waren stumm, aber sie drehten und wanden sich ein bisschen, wie Pagen im US-Senat an einem öden Augusttag.

Der Raum war größer, als er mir zunächst erschienen war. Aber der Gang zum Ile war nicht so lang wie der zu Sir Charles Blackwelder. Puffs aus rotem und weißem Leder waren auf dem Boden verstreut. Einige Albertianer saßen zu beiden Seiten an den Wänden, schauten unserem Auftritt zu und sahen so aus, als hofften sie, dass wir stolpern und fallen würden, damit sie etwas zu bereden hätten.

Der Ile wies uns drei Stühle vor dem Tisch zu. Er traf keine Anstalten, uns die Hand zu geben. »Willkommen, Chief Jenaro; ich hoffe, Sie sind bei guter Gesundheit. Das Gleiche wünsche ich Mr. Shartelle und Mr. Upshaw.«

»Ich hoffe zuversichtlich, dass der Ile von Obahma sich bei allerbester Gesundheit befindet, und meine Freunde hier wünschen das auch«, sagte Jenaro zeremoniell.

Die Stimme des Ile war undeutlich wegen eines starken Akzents. Er sprach langsam, und sein Englisch klang so, als ob er sich alles aus seiner Sprache übersetzte.

»Also«, sagte er. »Was haben Sie mir mitgebracht?«

»Unwürdige Kleinigkeiten, Ile von Obahma«, sagte Jenaro. »Wir schämen uns, sie anzubieten, aber sie befinden sich in den beiden Kartons bei der Tür.«

Der Ile hob die Hand und wies auf die Pakete. Die Pagen sprangen auf, eilten zu den Kartons und brachten sie zum Tisch. »Öffnet sie«, sagte der Ile.

Zuerst packten sie die Kiste Kognak aus, rissen wortlos die kunstvolle Verpackung auf. Es war eine hölzerne Kiste, und sie mussten sich erst einen Hammer beschaffen, um die Nägel zu lösen. Der Kognak war in Holzwolle verpackt. Es wirkte ungemein eindrucksvoll. Der Ile nahm eine Flasche heraus, setzte die Brille auf, um das Etikett zu prüfen, und sagte: »Sie sind zu gütig.«

Das zweite Paket wurde geöffnet. Er griff hinein, nahm einen Button und betrachtete ihn. Er lächelte wieder. Sein Gewand an diesem Tag war blau, und er steckte den Button vorn an das runde Halsbündchen. Die Pagen sagten »Ohhh« und »Ahhh.« Er gab jedem der beiden einen Button, und sie liefen los, um den anderen im Saal zu zeigen, was sie bekommen hatten. Der Ile sagte etwas zu dem Alten mit dem goldenen Stab. Er erwachte für einen Augenblick, stampfte mit dem Stab auf den Boden und rief dem Gefolge des Ile, das den Raum säumte, etwas zu. Einer nach dem anderen trat vor, warf sich vor dem Ile zu Boden und erhielt einen Button. Einer, der offensichtlich lesen konnte, übersetzte den anderen die Worte »I GO AKO«. Sie grinsten, steckten sich die Buttons an und gingen an ihre Plätze zurück, um an der Wand auf weitere aufregende Dinge zu warten.

Der Ile hob wieder die Hand, und ein Page trat neben ihn. Es erinnerte mich an *Good King Wenceslas*, die Stelle, wo es heißt: »Komm, mein Knappe, zu mir her …« Er sagte etwas zu dem Knaben, der darauf nickte und aus dem Raum schoss.

»Nun, Mr. Shartelle«, sagte der Ile, »haben Sie die Absicht, Albertia zu Ihrer Heimat zu machen?«

»Ich bin dabei, das zu erwägen«, log das alte Stinktier. »Albertia ist ein äußerst reizvolles Land.«

»So reizvoll wie Amerika?«

»Manche Teile Albertias, die ich gesehen habe, sind reizvoller als gewisse Teile Amerikas.«

»Aber anders?«

»Alle Gegenden sind anders, glaube ich.«

Der Ile nickte, offenbar befriedigt. Der Page kam mit drei Flaschen Bier zurück. Der Ile gab ihm einen Flaschenöffner, der an einen meterlangen Stahlstab geschweißt war. Er deutete auf den Öffner. »Seltsam, nicht wahr? Ich schenke viel Bier. Eine Zeitlang habe ich es mit Flaschenöffnern versucht, aber die Leute haben sie als Andenken mitgenommen. Es wurde zu teuer, deshalb hat einer von meinen Söhnen den Stahlstab vorgeschlagen. Im vergangenen Jahr haben wir nur zwei verloren.«

Das Bier war kalt, und wir tranken es aus der Flasche. Der Ile sah uns zu. Anscheinend gefiel es ihm, dass wir Durst hatten.

»Mr. Upshaw, man hat mir gesagt, dass Sie Ihr Heim in England haben. Ist das für einen Amerikaner nicht ungewöhnlich?«

»Man arbeitet manchmal dort, wo man am besten bezahlt wird«, sagte ich.

»Und die Engländer bezahlen besser als die Amerikaner? Das habe ich nicht gewusst.«

»Ich arbeite für einen Amerikaner.«

»Und für wen arbeitet er?«

»Er führt sein eigenes Unternehmen.«

»In England?«

»Ja.«

»Kann er seinen Lebensunterhalt nicht in Amerika verdienen?«

»Er kann anscheinend mehr verdienen, wenn er sein amerikanisches Können in England ausübt.«

Der Ile nickte seufzend. »Ich finde das alles sehr merkwürdig. Ich bin über fünfundsechzig Jahre alt, und meine weiteste Reise von hier, wo ich geboren wurde, führte nach Barkandu. Das war vor vier Jahren. Die Königin war dort.« Er machte eine Pause. Wir warteten stumm.

»Leisten diese Amerikaner gute Arbeit, Chief Jenaro?« Er war direkt genug.

»Hervorragende Arbeit, Ile von Obahma.«

»Ich habe in den vergangenen Nächten die Trommeln sprechen hören. Sie wiederholen den Satz auf diesem Medaillon. Die Menschen fangen an, darüber zu sprechen. Haben die Amerikaner die Trommeln vorgeschlagen?«

»Sie sind es gewesen.«

»Man könnte es müde werden, ständig dieselbe Nachricht zu hören.«

»Sie wird häufig gewechselt werden.«

»Und Akomolo, geht es ihm gut?«

»Sehr gut.«

»Und Dekko, ist er wohlauf?« In diese Frage schien der alte Mann etwas mehr Interesse zu legen.

»Auch er erfreut sich bester Gesundheit.«

»Das ist gut.« Der Ile schwieg und schien nachzudenken. »Sie sind der Clevere, Jim-Jim. Wer wird bei dieser Wahl gewinnen?«

»Unsere Chancen wachsen täglich, Ile von Obahma.«

»Besteht eine Aussicht?«

»Die gibt es.«

»Gute Aussicht – oder mittlere?«

»Eine gute Aussicht.«

»Stimmen Sie da zu, Mr. Shartelle?«

»Unbedingt, Sir.«

Das runde Gesicht des Ile entspannte sich. Seine Lider schlossen sich fast völlig. Seine Stimme klang leise und fern. »Sie haben nichts von Unruhen gehört, Jim-Jim?«

»Nichts.«

»Keine mögliche Gefahr?«

»Ich könnte keine nennen.«

»Keine Drohung?«

»Ich habe von keiner gehört, Ile von Obahma. Nachrichten erreichen Ihre Ohren schneller als die des Klügsten von uns. Haben Sie etwas erfahren, das wir wissen sollten?«

Die Augen des Ile waren jetzt geschlossen. Er lehnte sich in seinem Sessel zurück. »Der Tod des Polizeioffiziers war ein Unglück. Ich weiß nicht, ob es mit der Wahl zusammenhängt. Aber es geht nicht um das, was ich höre, Chief Jenaro.« Diesmal gebrauchte er nicht die vertrauliche Anrede. »Es ist das, was ich spüre. Zwischen heute und dem Tag der Wahl wird es zu Gewalttaten kommen. So ist es immer gewesen, und ich sage, so lange dem Volk erlaubt wird, zu wählen, wird es so sein. Aber was ich spüre, ist etwas anderes. Ich konnte noch nicht erkennen, was es ist, aber es gleicht der Stille vor einem Sturm.« Er öffnete die Augen und sah uns an, einen nach dem anderen. »Sollte Gefahr drohen, so kommt zu mir. Niemand wagt es, diesen Palast zu schänden. Ich werde euch willkommen heißen.«

Er erhob sich. Die Audienz war zu Ende. Wir standen hastig auf. »In Ihrem Wagen, Gentlemen, werden Sie eine kleine Gabe finden. Aber sie kommt Ihrer nicht gleich. Mr. Shartelle, ich habe gehört, dass Sie mein Automobil bewundert haben, als ich in der vergangenen Woche bei Chief Akomolo eintraf. Es gehört Ihnen. Man wird es Ihnen noch heute Abend zu Ihrem Haus bringen.«

Ich hatte Shartelle so manchen Überfall bewältigen sehen, aber der des Ile ließ ihn taumeln. »Ich kann unmöglich …«

»Nix da«, sagte Jenaro.

»Das ist ein zu großartiges Geschenk, Ile. Ich bin dessen nicht würdig.« Er hatte sich gefangen.

»Es ist alt. Ich habe noch andere. Aber ich mag es. Sagen Sie mir, könnte ich in den Vereinigten Staaten einen anderen LaSalle kaufen?«

»Ich glaube, sie werden nicht mehr hergestellt.«

»Wie bedauerlich.« Er nickte knapp, drehte sich um und verließ den Raum.

Shartelle stülpte sich den schwarzen Hut auf, steckte sich eine krumme Zigarre in den Mund und schüttelte verblüfft den Kopf. Wir gingen, verabschiedeten uns von dem Prinzen, der weiter den Eingang hütete, und gingen zurück zu unseren Wagen.

Jenaro blieb stehen. »Nun, liebe Freunde, ich jetzt gehe Busch.«

»Jimmy, wird mir dieser nette alte Mann wirklich das schöne Auto schenken?«

»Es gehört Ihnen. Ich glaube, es hat ungefähr neuntausend Meilen auf dem Tacho.«

»Er wäre beleidigt, wenn ich es nicht annähme?«

»Tödlich.«

Shartelle nickte. »Hören Sie, haben Sie noch einen Moment? Pete hatte auf der Fahrt hierher eine Idee.« Schnell schilderte er die Büßerrolle, die die beiden Deserteure spielen würden, sobald sie widerrufen hätten. Jenaros Augen glitzerten.

»Ein echtes Komm-zu-Jesus-Ding wie im Evangelikalenlager?«

»Genau.«

»Mit Zelt und allem?«

»Ja.«

»Überlasst das mir. Mach ich heute Nachmittag per Telefon fest. Keine Sorge, ich beschaff nur Zelt, Lautsprecherwagen, Vorankündiger und so weiter.«

»Informationsministerium?«

Jenaro hob die Schultern. »Kumpel, wenn wir gewinnen, brauchen wir uns nicht den Kopf zu zerbrechen. Wenn nicht, werden wir weit weg sein. Ich hab keine Lust auf unsere Gefängnisse. Ich habe sie inspiziert.«

»Ah ja.«

»Hier.« Jenaro gab Shartelle einen Zettel. »Meine Telefonnummer in den nächsten paar Tagen. Das Regierungsrasthaus. Die nehmen Nachrichten entgegen, und ich kontaktiere die mindestens ein- oder zweimal am Tag.«

Wir sahen, wie er dem Autohüter noch einen Shilling gab, schaute, ob sein Klappfahrrad noch heil war, und dann machte er sich auf den Weg in seinen Wahlkreis – ein mittelgroßer brauner Mann mit riesiger Miami-Sonnenbrille, der mit einem XK-E in den Busch fuhr.

»Tarzan und Timbuktu«, murmelte Shartelle. Wir gingen zu unserem Wagen. Auf den Rücksitzen standen zwei Kartons Gordon's Gin. William verstaute sie vergnügt im Kofferraum des Humber. Wir stiegen ein und fuhren ab.

»Also, ein Punkt ist wichtig, Clint.«

»Und das wäre?«

»Sie müssen sich keine Sorgen machen, dass der Zylinderblock Ihres neuen LaSalle vom Frost gesprengt wird.«

22

William fuhr den Humber langsam über die gewölbte Asphaltstraße, die sich durch die Stadt Obahma wand, welche siebzig Meilen von Ubondo entfernt und hundertneunundsechzig Meilen nördlich von Barkandu lag. Shartelle fläzte sich in seiner vertrauten Haltung auf der Rückbank. Der schwarze Schlapphut saß tief über den Augen, an der krummen Zigarre hatte sich eine nette Portion Asche gesammelt.

»William, wenn Sie so weiter schleichen, kommen wir nie irgendwo an.«

William wandte den Kopf und gewährte uns sein breites Lächeln, wirkte aber nervös.

»Madam mich fragen Sie fragen, Mastah.«

»Madam wer?«

»Madam Anne, Sah.«

»Fragt dich, uns was zu fragen?«

»Ob wir jetzt gehen mein Dorf. Ist nicht weit.«

»Wie weit ist nicht weit?« fragte ich.

»Vierzig, vielleicht fünfzig Meilen.«

»Wann waren Sie zuletzt zuhause, William?«

»Zwei Jahre her, Sir. Ich habe Brief von Onkel. Er sagt, mein Bruder jetzt fertig für Schule. Für gute Schule, Sir. Madam sag zu mir, sie will sehen er geht zu Schule, wo sie ist Lehrerin.«

Ich schaute Shartelle an und sagte: »Was mich betrifft, hat Madam gesprochen.«

»Hast recht. William, wir gehen zu Dorf.«

»Danke, Sah!« Er kurbelte mit dem Lenkrad, machte

eine U-Kehre, verfehlte knapp einen Mammy-Wagen mit der Aufschrift »Armut ist kein Verbrechen« und jagte die Straße in Gegenrichtung hinunter.

»Wie heißt Ihr Dorf?«

»Ist ganz klein. Heißt Koreedu. Name sehr schön.«

Ich stimmte zu. »Sehr schön.«

Der Regenwald wurde dünner, je weiter wir von Obahma nach Norden fuhren. Flächen mit verkrüppelten Bäumen und Gras lösten ihn ab. Hin und wieder tauchten Palmenhaine auf, die bearbeitet wirkten. In einer Kurve lief plötzlich eine Paviansippe über die Straße. Die Nachhut blieb stehen und redete uns anscheinend richtig verärgert an.

Shartelle stieß mich an. »Guck bloß, Pete! Ist das nicht was? Schau mal, wie er da steht und uns anmacht. Ist das nicht ein Prachtkerl?«

»Paviane, Sah. Die sehr gut essen.«

Shartelle drehte den Kopf und starrte durchs Heckfenster die Paviane an. »Sie essen die Dinger doch nicht wirklich, oder, William?«

»Sehr gut, Sah.«

»Zum Teufel, Pete, das sind die ersten richtigen Tiere, die ich in Afrika sehe. Paviane.«

»Angeblich soll es hier noch irgendwo ein paar Elefanten geben. Und Nashörner. Steht jedenfalls auf der Landkarte.«

»Ich würde wirklich gern welche sehen.«

»Vielleicht haben wir Glück.«

Hatten wir aber nicht. Auf der weiteren Fahrt sahen wir nichts als ein paar Ziegen und Hühner. So weit im Norden gab es kaum noch Verkehr, und die vereinzelten

Albertianer, an denen wir vorbeifuhren, winkten uns fröhlich und schrien uns einen Gruß zu. Wir winkten zurück.

William bog nach links auf eine Lateritstraße, nachdem wir geschätzte fünfzig Meilen gefahren waren. Die Waschbrettrillen im Laterit wurden tiefer und größer. Der Wagen rumpelte dahin und zog eine Wolke aus dickem roten Staub hinter sich her. Schließlich wich das Laterit einem einspurigen Weg mit Gras in der Mitte. William fuhr weiter, jetzt ein wenig schneller, um in sein Dorf zu gelangen.

»Sie sind ganz sicher, was den Weg angeht?« fragte Shartelle.

»Ganz sicher, Sah. Nicht mehr weit.«

»Vor sechzig Meilen war es auch schon nicht mehr weit«, sagte ich.

Ein paar Leute tauchten auf. Ich weiß nicht, woher sie kamen. Ringsum gab es weder Häuser noch Hütten. Sie winkten uns, und William hupte und winkte zurück. Auf einer kleinen Lichtung knapp neben dem Weg gab es ein vorn offenes Gebäude mit Lehmwänden und einem verblichenen roten Coca-Cola-Kühlschrank von etwa 1939. William fuhr vor das Gebäude und hielt an. Drinnen konnte ich Regale sehen mit ein paar Büchsen Sardinen, Suppe, Zwieback oder Keksen, Dosenfleisch, Seifenpulver, Seifenstücken, Streichhölzer, Zigaretten und Schnupftabak. Es war ein weiterer Kaufladen.

»Ich kauf Geschenk für Dorf«, sagte William.

»Ist das so üblich?«

»Ja, Sah.«

»Wir kaufen die Geschenke. Haben Sie Geld bei sich, Pete?«

Ich gab William zwei Pfund und sagte ihm, er solle beschaffen, was er für angebracht hielt. Er kam zurück mit Keksdosen, ein paar Zigaretten, Schnupftabak, Dosen mit Kaubonbons und einer kleinen Flasche Whisky.

»Für wen ist der Whisky?« fragte Shartelle.

»Für Dorfvorsteher, Sah.«

»Mag er Gin?«

»Sehr gern.«

»Bringen Sie den Whisky zurück und tauschen Sie ihn gegen mehr Kekse ein. Wir stiften ein paar Flaschen vom Gin des Ile.«

Es war nicht weit vom Laden zum Dorf Koreedu. Es hatte sich herumgesprochen, dass William nach Hause kam und einen feinen Wagen für zwei Weiße chauffierte. Die ganze Einwohnerschaft kam herbei, um uns zu begrüßen – alle siebzig, einschließlich der Kinder und Hunde. Es gab ein paar viereckige Lehmhäuser mit runden Strohdächern. Ein paar andere Gebäude sahen aus, als würden sie als Scheunen oder Darren benutzt, falls es je Ernten gab. Die Straße war nur noch fahler Staub. William parkte den Wagen und stieg aus. Er wurde von einem alten Mann umarmt, dann von einer Reihe junger Männer. Er beantwortete Fragen, stellte selbst welche, lächelte, lachte und redete; seine Verwandten und Freunde ebenso. Shartelle und ich standen neben dem Auto und sahen zu. Dann wurde es dafür zu heiß, deshalb gingen wir in den kargen Schatten einiger Palmen. William kam zu uns gelaufen und bat uns, ihm zu folgen. Er führte uns ins größte Gebäude des Dorfs. Drinnen war es kühler, aber das endete, als die Dorfbevölkerung beschloss, ebenfalls hereinzukommen.

Es gab eine Art Podium mit drei Stühlen, und der alte Mann, den William als ersten umarmt hatte, bedeutete Shartelle und mir, uns auf zwei davon zu setzen. William rannte hinaus zum Wagen und brachte die Kartons mit Geschenken und Leckereien. Er vergaß auch nicht zwei Flaschen Gordon's Gin. Shartelle und ich setzten uns rechts und links neben den alten Mann. William hielt eine kleine Rede im Dialekt und überreichte mit einer Verbeugung dem alten Mann die beiden Flaschen Gin. Das verlangte nach einer Antwort, die etwa eine weitere Viertelstunde in Anspruch nahm. Dann reichte uns der alte Mann zwei nicht etikettierte Flaschen mit einer durchsichtigen Flüssigkeit. Shartelle zeigte sich dem Anlass gewachsen, erhob sich und hielt eine feine fünfminütige Rede im Namen der Vereinigten Staaten sowie von Lyndon Johnson, Chief Akomolo, der Partei, Padraic Duffy, Anne Kidd, der Witwe Claude, ihm und mir. Er fügte auch ein paar Sätze ein über die bedeutenden Aufgaben und Pflichten, die William in Ubondo erledigte. Zu donnerndem Beifall setzte er sich wieder.

Der alte Mann bestand darauf, dass wir einen Schluck aus den nicht etikettierten Flaschen tranken. Ich fragte William, um was es sich handelte.

»Gin, Sah. Heimischer Gin.«

»Lieber Himmel.«

»Sehr gut, Sah.«

Shartelle öffnete eine Flasche und trank einen Schluck. Ich beobachtete ihn, um zu sehen, ob er umfiel. Er fiel nicht um, also öffnete ich meine Flasche auch und trank. Es war nicht schlecht. Ich habe schon Schlimmeres getrunken. Aber nicht oft. Dann verteilte William Zigaretten an die jüngeren Leute, Schnupftabak an die älteren und Süßigkeiten und Kekse an die *pickins*, wie die Kinder liebevoll genannt wurden. Eine Frau kam nach vorn und begann, ernst mit William zu reden. Er schob sie von sich mit einer scharfen Erwiderung. Sie beharrte. Er gab nach. Shartelle und ich beschlossen, uns dem heimischen Gin noch einmal zuzuwenden.

»Mastah, Frau hier will dass Sie ansehen ihr *pickin*.«

»Warum?«

»Sie sagt er krank.«

»Wie krank ist er?«

»Krank drei, vier Tage jetzt. Immer weinen.«

»Will sie, dass ich mit ihr mitkomme?«

»*Pickin* draußen. Sie bringt herein.«

Shartelle seufzte. »Na schön, ich seh ihn mir an.«

William redete schroff mit der Frau. Vielleicht sollte er einmal Dorfvorsteher werden und wollte für den Job schon üben. Die Frau bahnte sich einen Weg durch die dichtgepackte und inzwischen luftlose Halle, in der die Dorfleute standen und saßen, ihre Kekse aßen, ihre Zigaretten rauchten und die Ginflaschen herumgehen ließen. Die Frau kam zurück; sie trug ein nacktes einjähriges Baby, das locker in ein Stück blaues Baumwolltuch gewickelt war. Es war ein Junge, und er schrie, die Augen fest geschlossen, der Bauch hart und aufgebläht. Sie legte den Jungen vor Shartelles Füße und zog sich in den Schutz der Menge zurück. Shartelle kniete sich neben das Baby, das weitere Schreie ausstieß. Es klang nach argen Schmerzen. Shartelle tätschelte ihm den Kopf, befühlte den Bauch, schaute in den Mund und betastete die Gelenke in Beinen und Armen.

»William, holen Sie ein bisschen kochendes Wasser«, sagte er.

»Du bist im falschen Film, Manny. Das Kind ist schon geboren.«

»Das Kind hat nichts außer Pellagra, Rachitis, wenn es nicht ein paar Vitamine kriegt, und Koliken. Ich erkenne ein Kind mit Koliken, wenn ich es sehe. Ich kann ihm auch helfen.«

»Womit?«

»Wilde Yams. Zu Brei zerstampfen und ihn damit füttern. Spült ihn gut durch.«

»Wozu dann das kochende Wasser?«

»Das Kind braucht was zur Beruhigung. Ich kann ihm den Brei erst einflößen, wenn er ruhiger ist.«

»Wo wollen Sie denn ein Sedativ hernehmen?«

Shartelle gönnte mir sein durchtriebenes Grinsen. »Junge, einfach zuschauen und lernen. Gleich sehen Sie eines der ältesten Kinderberuhigungsmittel der Weltgeschichte.«

William brachte einen kleinen Gaskocher herbei samt einem Topf mit siedendem Wasser darauf.

»Ich brauche Zucker, William. Ungefähr ein Pfund. Braun oder weiß, egal.«

William übersetzte schnell für die Leute. Drei Frauen liefen fort, schlängelten sich durch die dicht gedrängte Menge, die immer näher kam, um Dr. Shartelles Matineevorstellung besser sehen zu können. Die Frauen kamen bald mit dem Zucker zurück, gaben ihn William, der ihn Shartelle reichte. Es war brauner Zucker in Papiertütchen.

Shartelle warf einen Blick auf das Wasser und wies William an, ungefähr die Hälfte davon auf den Lehmboden zu schütten. William goss es aus, und ein Teil der Menge wich zurück. Er stellte den Topf wieder auf den Kocher. »Holen Sie mir einen kleinen sauberen Stock, William«, sagte Shartelle. William rief nach einem Stock, und ein Mann, der sich mit einem spitzen Stöckchen die Zähne reinigte, opferte dieses für die Operation. Das verschaffte ihm auch Anspruch auf einen Platz direkt an der Bühne. Shartelle nahm den Stock in eine Hand und ein Tütchen aus Zeitungspapier voller Zucker in die andere. Er schüttete den Zucker ins kochende Wasser und rührte langsam.

»William, bringen Sie mir den größten Gockel, den es hier gibt.«

»Gockel, Sah?«

»Hahn. Männliches Huhn – Hühnermann.«

»Sah!« William übersetzte schnell für die Menge, die »Ahhh« sagte. Endlich macht der weiße Narr etwas Vernünftiges. Er wird einen Hahn opfern. Jemand wühlte sich durch die Menge und brachte einen dürren Hahn. Er hielt ihn Shartelle hin. Ein anderer Mann bot ihm seine Machete an. »Halten Sie ihn einfach einen Moment so«, sagte Shartelle.

Er hatte den restlichen Zucker ins kochende Wasser geschüttet und rührte weiter, bis ein dicker Sirup entstand. Dann verlangte er Gordon's Gin und goss etwa einen Fingerhut voll in den Topf. Er stand auf. »Drehen Sie den Gockel um und halten Sie ihn gut fest«, sagte er zu William, der es dem Gockelhalter sagte.

Shartelle musterte sorgsam das Hinterteil des Hahns,

suchte die längste, größte Schwanzfeder und zerrte kurz daran. Der Hahn schrie. Das Kind stieß weiteres Geheul aus. Shartelle nahm die Schwanzfeder und tunkte sie in den Sirup, bis sie komplett bedeckt war. Dann schwenkte er sie sanft durch die Luft, um sie abzukühlen. Er gab sie dem Baby, das sie in den Mund steckte – jedenfalls teilweise. Es hörte auf zu schreien und lutschte Sirup. Alles war klebrig. Das gefiel dem Jungen. Jetzt wimmerte er nur noch. Je mehr er an der Feder lutschte, desto klebriger wurde er, und desto besser gefiel es ihm. Er gurgelte ein bisschen und wischte sich mit der Sirupfeder übers Gesicht. Das gefiel ihm noch besser. Er zog sie über sein Bäuchlein und lächelte beinahe, als es kitzelte und eine Sirupspur hinterließ.

»Das klappt immer«, sagte Shartelle. »Je klebriger sie werden, umso mehr mögen sie es. Sie können daran lutschen, und es ist süß. Sie können damit herumschmieren, und es wird bloß immer schmieriger. Nur ein Hauch Alkohol. Nichts, was ein Baby lieber hätte. Jedes Baby.«

Er wandte sich an William und sagte ihm, er solle der Mutter erklären, wie sie den wilden Yams-Brei verwenden sollte, um die Kolik des Babys zu heilen. William verstand und suchte die Mutter in der Menge. Er übersetzte für sie und das faszinierte Publikum. Sie kam scheu zum Baby, hob es auf samt der klebrigen Sirupfeder, lächelte Shartelle freundlich an, murmelte etwas und eilte durch die Menge, die ihr Platz machte.

Shartelle und ich tranken noch etwas von dem lokalen Gin und verließen dann das Gebäude. »Bringen Sie Ihren Bruder her, William, und dann los«, sagte ich.

»Er hier, Sah.« William wies auf einen kleinen Jungen in Khakishorts und weißem Unterhemd, der kicherte und sich hinter einer stämmigen Frau versteckte, die seine Mutter zu sein schien. William sprach mit ihr, und sie redete mit dem Jungen, der Williams Hand nahm. »Das ist Kobo, Sah. Er ist mein Bruder.«

»Hallo, junger Mann«, sagte Shartelle. Das Kind presste den Kopf an Williams Seite.

»Ist das Ihr richtiger Bruder?« fragte ich.

»So ziemlich«, antwortete William, und ich brachte es nicht über mich, zu fragen, wie er das meinte.

Der alte Mann, der uns den Gin gegeben hatte, kam mit einem weiteren Geschenk herbeigehumpelt – einer lebenden Henne. Er reichte sie Shartelle, der sie mit seinem üblichen Charme anmutig akzeptierte und die zugehörige Ansprache auf zwei Minuten beschränkte. Die Dorfleute drängten sich um den Wagen, als William, für sie nun ein großer Mann, mit Kobo und der Henne vorn einstieg. Shartelle verteilte ein paar Handvoll »I GO AKO«-Buttons, die er irgendwo verstaut hatte, und die Empfänger machten »Ahhh«. Wir schüttelten dem Dorfvorsteher und allen anderen, die es wollten, die Hand und kletterten auf die Rückbank. William setzte langsam zurück und fuhr dann los. Ich glaubte, die Frau, hinter deren Rock sich Kobo verborgen hatte, weinen zu sehen. Sie lief ein Stück hinter dem Wagen her und winkte, wie auch einige andere Dorfleute. Kobo saß still und aufrecht auf dem Vordersitz und streichelte die Henne. Er hatte ihr die Beine zusammengebunden.

Etwa eine halbe Stunde lang fuhren wir schweigend. Dann begann die Henne zu gackern. Sie gackerte noch ein bisschen und verstummte dann. Kobo drehte sich auf dem Sitz um, mit einem schüchternen Lächeln. Er hob die Hand, und darin hielt er ein Ei. Er bot es Shartelle an.

Der weißhaarige Mann lächelte und nahm das Ei an. »Danke, Kleiner«, sagte er. »Vielen Dank.«

23

Es ist nicht leicht zu sagen, ob die Zwischenfälle mit den Straßenräubern drei oder vier Wochen, nachdem Captain Cheatwood auf unserer Auffahrt erstochen worden war, begannen. Westafrika stumpft jedes Zeitgefühl ab. Tage beginnen mit einer Tasse Tee, und jeder Morgen ist wie der, welcher den Vortag eröffnet hat. Blumen blühen, welken und blühen wieder ohne merkbare Rücksicht auf Jahreszeiten. In Westafrika ist immer Juli. Ein heißer Juli. Ein Journal oder Tagebuch könnte man mit Wiederholungszeichen füllen.

Die Probleme begannen, als die herumstreifenden Banden politischer Hooligans – aller Parteien – beschlossen, ihre Aktionen auszuweiten. Ursprünglich als eine Art Schutzdienst gedacht, der täglich ein paar Shilling und die Gelegenheit, allgemein lästig zu sein, einbrachte, wuchs sich das Rowdytum zur Straßenräuberei aus. Die Banden begnügten sich nicht mehr damit, die Redner der anderen Parteien zu stören und ihre Anhänger zu belästigen, sondern gingen dazu über, Blockaden auf wichtigen Straßen einzurichten und die Insassen von Privatwagen und Mammy-Lastern auszuplündern.

Chief Akomolo war der erste albertianische Führer, der scharf zurückschlug. Er befahl dem kommissarischen Captain Oslako, das Banditentum zu beenden. Die Aufgabe hielt den Captain in Atem. Seine Truppe war zahlenmäßig gering, und die Hooligans hatten schnelle Fahrzeuge. Sie schlugen an einer Straßenkreuzung um sechs Uhr morgens zu, und sieben Stunden später, dreihundert Meilen weit entfernt und außerhalb der Zuständigkeit des Captains, raubten sie jemand anderen aus. Oslako und seine Leute schafften es, ein paar Hooligans zu schnappen. Wichtiger oder nützlicher war, dass es ihnen gelang, dabei ein paar zu töten. Das Old-Boy-Netz der britischen Zivilbeamten wurde wieder aktiv, und die Nördliche und die Östliche Region bekundeten ihre Entschlossenheit, die Wegelagerer zu eliminieren. Als die Polizei in beiden Gebieten ein paar Banditen gefasst und getötet hatte, hörten die Raubüberfälle auf.

Captain Oslako kam an einem Nachmittag der vierten oder fünften Wahlkampfwoche vorbei, knapp nach dem Ende der Überfälle. Ich saß auf der Veranda, trank Instant-Eistee und schnupperte am Geißblatt. Shartelle und Jenaro waren unterwegs, um die Wählerbasis zu bearbeiten, und ich war zurückgeblieben, um Texte der Wochenzeitung zum Druck freizugeben. Die Zeitung erschien entweder Donnerstag oder Freitag; es hing ganz von der Laune des Druckers ab. Außerdem musste ich jeden Morgen und jeden Abend eine Presseverlautbarung herausgeben und dafür sorgen, dass Buttons, Fächer und Kartenetuis in die richtigen Hände kamen. Bisher war alles ganz glatt gelaufen. Glatt für Albertia. Ein Frachtflieger mit Buttons war in Accra zur Landung gezwungen worden, und Ghanas Militärregierung beschlagnahmte sie unter dem Vorwand, sie seien Teil eines Komplotts von Nkrumah, um wieder an die Macht zu kommen.

Inzwischen hatten alle Parteien Buttons. Die von Hadschi Sir Alakada Mejara Fulawa waren weiß und trugen in blauer Schrift das Zeichen »HAJ« für Hadschi.

Dr. Kensington O. Kologo aus dem Osten hatte kleinere, mit den Buchstaben »KOK« als seinen Initialen. Unsere waren die größten, hatten einen Durchmesser von fast sechs Zentimetern und zeigten in Rot auf weißem Grund den »I GO AKO«-Slogan und das Symbol der Partei aus gekreuztem Rechen und Hacke. Shartelle bezeichnete sie als »verdammt aggressiv«. Ich hielt sie nur für die größten.

»Sie wirken entspannt, Mr. Upshaw«, sagte Captain Oslako, als er in einem Sessel neben dem Geißblatt Platz genommen und eine Flasche kaltes Bier akzeptiert hatte.

»Das wird nicht lange so bleiben«, sagte ich.

»Wahrscheinlich nicht. Diese Banditen waren extrem lästig, aber ich glaube, wir haben dem ein Ende gesetzt.« Er hatte einen netten BBC-Akzent.

»Dass ein paar dabei getötet wurden, scheint geholfen zu haben.«

»Wie Captain Cheatwood gern sagte: ›Meine Leute mögen ihre Arbeit.‹«

»Er schien sich in seinem Job auszukennen«, sagte ich.

»Haben Sie ihn gut gekannt?«

»Nein. Ich bin ihm nur einmal begegnet. Ein förmlicher Besuch bei uns.«

»Er war ein interessanter Mann. Er hatte fantastische Informationsquellen.«

»Er hat uns gesagt, er wäre schon lange hier.«

Captain Oslako schlug die drahtigen Beine übereinander. Er trug eine gestärkte Khakiuniform und weiße Wollsocken mit schweren Schnürstiefeln. Die Socken sahen heiß aus, und ich fragte mich, ob sie juckten.

»Sie haben keine Ahnung, warum er an dem Abend zu Ihnen wollte – an dem Abend, als er ermordet wurde?«

»Nein. Aber sind Sie sicher, dass er zu uns wollte?«

»Er war auf Ihrer Auffahrt.«

»Vielleicht ist er von der Straße aus hingetrieben worden.«

»Damit er an einer abgelegeneren Stelle beseitigt werden konnte?«

»Vielleicht.«

»Seine Witwe sagte, er wollte nur einen Spaziergang machen«, sagte Oslako. Ein Nachhall meiner Zeitungslehre ließ mich bei seiner Verwendung des Worts »Witwe« innerlich zusammenzucken. Es erinnerte mich an eine Bemerkung meines ersten Lokalredakteurs anlässlich eines Nachrufs, den ich verfasst hatte. »Mr. Upshaw, Mr. Jones ist gerade ein paar Stunden tot. Mrs. Jones bleibt vielleicht jahrelang Witwe. Lassen Sie uns taktvoll sein und sie als seine Gattin bezeichnen, nicht als seine Witwe.«

»Dann wird es wohl so gewesen sein«, sagte ich. »Nur ein Spaziergang.«

»Manche Leute sind der Meinung, seine Ermordung hätte die Hooligans zum Straßenraub ermuntert; dass der Mord der Rechtlosigkeit den Weg geebnet hat.«

»Was meinen Sie dazu?«

»Offen gesagt, ich weiß es nicht. Ich halte es nicht für einen gewöhnlichen Raubmord. Captain Cheatwood war ein zu guter Polizist, um sich von einem gewöhnlichen Räuber überwältigen zu lassen.«

»Das sehe ich auch so.«

»Es könnte ein persönlicher Racheakt dahinterstecken.

Oder vielleicht wusste er etwas, vom dem jemand meinte, er sollte es nicht wissen.«

»Und jemand bringt ihn um, damit er schweigt?«

»Möglich.«

»Sie scheinen einen guten Vorrat an Theorien zu haben, Captain.«

Oslako seufzte. »Viele Theorien, aber kaum Fakten. Ich habe sogar überlegt, er könnte ermordet worden sein, damit er Ihnen nicht eine Information gibt, die den Wahlausgang beeinflussen könnte. Aber das können Sie wohl nicht bestätigen.«

»Soviel ich weiß, hatte er keine Informationen.«

»Haben Sie überhaupt über den Wahlkampf gesprochen?«

»Ja, über die Vorkehrungen zur Auszählung der Stimmen, die Überwachung der Stimmabgabe und so weiter. Rein organisatorische Dinge.«

Oslako stand auf. »Danke für das Bier, Mr. Upshaw. Ich nehme an, Mr. Shartelle ist nicht in der Stadt?«

»Stimmt. Er ist mit Chief Jenaro unterwegs.«

Wir verabschiedeten uns, und er ging. Sein früherer Vorgesetzter hatte ihn gut geschult. Ich überlegte, ob ich ihm etwas von den buchstabenartigen Furchen hätte erzählen sollen, die Cheatwood in den Boden gekratzt hatte. Ich beschloss, mit Shartelle darüber zu sprechen, wenn er wieder hier war.

Eines der Ziele von Shartelles und Jenaros Reise war die Überprüfung der jetzt voll in Gang gekommenen Bekehrungskundgebungen mit den beiden Abtrünnigen, die jetzt in den Schoß von Akomolos Partei zurückgekehrt waren.

Ich hatte jedem von ihnen eine etwas ausgeschmückte Rede geschrieben, welche mit allen schäbigen Details enthüllte, wie man ihnen Geld und Orgien versprochen hatte, um sie ins Oppositionslager zu locken. Meinen Reden zufolge hatte der nach Norden Gegangene das meiste Geld und die tollsten Partys bekommen. Sie hatten drei Tage und drei Nächte gedauert, und ich beschrieb sie in allen lüsternen und köstlichen Einzelheiten. Als ein paar kleine, aber spürbare Gewissensbisse mich Shartelle gegenüber anregen ließen, ich sollte vielleicht doch ein bisschen näher bei der Wahrheit bleiben, hatte er sein schräges Lächeln aufgesetzt und erwidert: »Wir sind nicht im Wahrheitsgeschäft, Petey.«

Der in den Osten gegangene Deserteur war Anwalt und stellte sich als guter Schauspieler heraus. Wir beschlossen, er solle als letzter gehen. Er lieferte ruhige, gelassene Auftritte, die noch erschreckender wirkten durch die sachliche Art, mit der er die Erlebnisse schilderte, die ich für ihn ausgeheckt hatte.

Als die beiden wieder zu Akomolos Partei zurückkamen, hatten sie bei den Wählern Interesse erregt. Bei uns begannen Berichte einzugehen, dass diese Kundgebungen größere Zuhörermengen anzogen als Dekko und Akomolo selbst. Shartelle und Jenaro hatten das persönlich sehen wollen.

An dem Abend, als Captain Oslako mich besuchte, hatte Anne für ihre Schule zu tun, darum aß ich allein. Danach ging ich wieder auf die Veranda, um Kaffee und Kognak zu trinken und noch etwas am Geißblatt zu schnuppern. Während ich dort saß, begannen die sprechenden

Trommeln mit ihren abendlichen Werbesprüchen. Was sie an diesem Abend spielten, konnte ich identifizieren. Es war: »I GO AKO.« Am folgenden Abend sollten die Trommeln wieder die giftigen Dämpfe am Himmel attackieren. Wie wir gehört hatten, war einer der Himmelschreiberpiloten auf einem Flugplatz mit Steinen beworfen worden, als er zum Auftanken landete.

An diesem Abend musste ich noch eine Presseverlautbarung schreiben. Darin wurde Chief Akomolo gepriesen für seine Bemühungen als Vermittler bei der Beilegung des wochenlangen Streiks der Vereinigten Föderation der Fäkaliensammler von Albertia. Die Niederschrift dieser Verlautbarung aufzuschieben, fiel mir nicht schwer.

Jenaro hatte den Streik mit dem Generalsekretär des Albertianischen Gewerkschaftskongresses ausgehandelt. Ich habe nie danach gefragt, um welchen Preis, und er hat es mir nie gesagt. Als Zugabe hatte der Generalsekretär allerdings die Unterstützung durch die Nationale Vereinigung der Arbeitslosen draufgelegt, einer Organisation mit wachsender Mitgliederzahl, nützlich für Verlautbarungen, Massenkundgebungen, sympathisierende Streikposten und jede Menge Lärm.

Der Streik hatte eine Woche lang das ganze Land erfasst, und die Bewohner der größeren Städte, besonders Ubondo, Barkandu und die Hauptstädte der Nördlichen und der Östlichen Region, waren ungehalten geworden und forderten eine schnelle Beilegung. Der Gestank in den Vierteln von Ubondo, die keine Kanalisation hatten, ließ mich mit den Bewohnern mitfühlen.

Die Fäkaliensammler forderten einen Shilling mehr pro

Tag; die Fahrer der Duftwagen verlangten anderthalb wegen ihres höheren professionellen Status. Zu einem passenden Zeitpunkt hatte Chief Akomolo sich gemeldet und angeboten, bei dem Disput zu vermitteln. Nach einer zwölfstündigen Sitzung (die Verhandlungen begannen abends um sechs und dauerten bis sechs Uhr morgens – ein dramatischer Akzent, den ich hinzufügte) war der Chief hinter den traditionell verschlossenen Türen hervorgetreten, um eine Einigung zu verkünden: Die Fäkaliensammler würden eine Erhöhung von neun Pence pro Tag erhalten, die Fahrer der Duftwagen einen Shilling. Die Kosten des Fäkaliensammelns würden um 8,3 % steigen. Ich bestand auf dem ungeraden Prozentsatz, weil es für den Kunden schwerer war, sich das auszurechnen, und weil es außerdem so klang, als habe man die Formel durch sorgfältiges kollektives Verhandeln in bestem Einvernehmen gefunden.

»Aus dieser Fäkalienschweinerei ist der Chief duftend wie eine Rose herausgekommen«, hatte Shartelle kommentiert. Er kam von seiner Tour am Tag nach Captain Oslakos Besuch bei mir zurück. Für den Rest der Kampagne verbrachte Shartelle die Nacht meistens bei der Witwe Claude. Tagsüber berieten wir telefonisch mit den Chiefs Akomolo und Dekko. Die Hubschrauber waren in leuchtendem Silber lackiert worden und trugen die Aufschriften AKO in leuchtend blauen und DEKKO in knallroten Lettern.

Beide Piloten schienen gute Nerven zu haben. Wenn sie eine Ansammlung von fünf Personen entdeckten, setzten sie dicht daneben auf, damit die Kandidaten hinausspringen und den Leuten die Hände schütteln konnten. Dekko hielt bis zu fünfundzwanzig Reden am Tag. Er begann morgens um fünf und hörte um Mitternacht auf. Wenn es für den Südafrikaner Veale zu dunkel zum Fliegen wurde, fuhr Dekko die nähere Umgebung mit dem Wagen oder sogar dem Fahrrad ab.

Chief Akomolo, der älter war und schneller ermüdete, hielt seinen Plan ein, der ein Minimum von einem Dutzend Reden täglich vorsah, dazu zahllose Hausbesuche bei Wählern plus Festessen, Banketts und Palmweingelagen. Er konzentrierte sich auf die nördlichen und östlichen Regionen und überließ den Westen weitgehend Dekko. Die Berichte, die bei Jenaro und Diokadu eingingen, waren ermutigend, sogar optimistisch. Jenaro strich die Hälfte davon ab, aber die Zahl der grünen Fähnchen auf der Wandkarte wuchs ständig.

Am Tag, bevor die drei Hauptkandidaten bei einer Massenkundgebung mit Redemarathon auf der Rennbahn von Ubondo auftreten sollten, rief uns Jack Woodring vom United States Information Service an.

»Hier ist der saubere junge Amerikaner von USIS.«

»Wir kaufen nichts«, sagte ich.

»Sie kriegen Besuch.«

»Von wem?«

»Dem ehrenwerten Felix Kramer, Generalkonsul der Vereinigten Staaten, und dem nur geringfügig weniger ehrenwerten Clarence Coit, seinem Berater für politische Angelegenheiten. Sie kennen ihn ja.«

»Ich erinnere mich.«

»Sie kommen heute Nachmittag, bleiben aber nicht zum

Essen. Das ist meine Aufgabe. Wollen Sie und Clint nicht auch kommen? Es gibt Hackfleisch.«

»Na ja«, sagte ich.

»Ich kann alles vertragen, nur keine schlechte Ausrede. Also kommen Sie ein andermal.«

»Danke, Jack.«

Er sagte, es sei gern geschehen, und hängte ein. Ich wandte mich an Shartelle. »Felix Kramer kommt mit Coit heute Nachmittag bei uns vorbei.«

»Wegen der Kundgebung?«

»Nehme ich an.«

Shartelle und ich hatten den Vormittag mit dem Versuch verbracht, zu ermitteln, ob der Wahlkampf seinen Höhepunkt erreicht hätte. Wir kamen zu der Ansicht, es sei noch nicht soweit, er werde noch an Fahrt aufnehmen, aber das galt auch für die Kampagnen der Opposition. Wir fanden, unsere Chancen stünden fünfzig zu fünfzig und wir hätten den anderen gegenüber einen kleinen Vorsprung. Zum Mittagessen waren wir allein. Anne gab Unterricht in ihrer Schule, und Claude kümmerte sich um ihren Kognak-Handel. Wir aßen Hamburger aus grobgehacktem Rindfleisch, blutig, auf Brötchen, die Anne selbst gebacken hatte. Die Hamburger waren bedeckt mit dicken Zwiebelscheiben, Salat und Mayonnaise. Wir tranken deutsches Bier. Außerdem gab es Pommes frites.

»Sehr gutes Mittagessen«, sagte Shartelle zu Samuel.

»Madams bringen mir bei, Sah. Sie sehr gute Lehrerinnen.« Er verschwand wieder in seiner Küche, die Anne und die Witwe Claude desinfiziert hatten. Zunächst hatte Samuel geknurrt, aber die Mahlzeiten wurden besser. Er lernte schnell einige einfache Gerichte, die er geschickt zubereitete. Außerdem mixte er einen überdurchschnittlich guten Martini.

»Der arme Kerl ist ruiniert«, sagte ich zu Shartelle.

»Wieso?«

»Keiner von den Briten wird ihn noch beschäftigen, nachdem er für einen Amerikaner gearbeitet hat. Wir verderben sie.«

»Bald wird es hier mehr Amerikaner als Briten geben. Samuel kommt bestimmt zurecht. Haben Sie das Personal diesen Monat bezahlt?«

»Ja.«

»Tja, also, Pete, ich hab ein bisschen die Runde gemacht und jedem ein paar Pfund extra gegeben; ist ja schließlich Pigs Geld und überhaupt.«

»Die Runde gemacht, wie? Nett. Ich habe allen den Lohn um zwei Pfund erhöht.«

»Ich würde sagen, wir haben das Personalproblem ganz anständig gelöst.«

Wir saßen beim Kaffee, als Kramers Cadillac vorfuhr, den amerikanischen Stander vorn auf dem Kotflügel. Kramer stieg als erster aus. Er war Ende vierzig, vielleicht sogar schon fünfzig, und neigte zur Fülle, was ihm aber völlig gleichgültig zu sein schien. Er hatte dunkelbraune Augen, sein Kopf war glatt, kahl und oben gebräunt, und das Haar an den Seiten war kurzgehalten und grau gesprenkelt. Coit folgte Kramer aus dem Auto.

Shartelle und ich waren auf der Veranda. »Falls Sie beide noch nicht gegessen haben, können wir Ihnen wohl ein paar Hamburger und eine Flasche Bier anbieten, dass Sie glatt Heimweh kriegen. Ich bin Clint Shartelle, und dies ist Pete Upshaw. Hallo, Mr. Coit.«

Kramer, in einem hellblauen Anzug und schwarzen Schuhen, stieg die Stufen zur Veranda herauf und schüttelte uns die Hand. »Es ist mir peinlich, Mr. Shartelle, aber wir haben noch nicht zu Mittag gegessen, und einem Hamburger kann ich nicht widerstehen.« Wir schüttelten Coit die Hand, und auch er sagte, er würde gern einen Hamburger essen. Ich schrie nach Samuel und gab ihm den Auftrag. Er brachte für Shartelle und mich mehr Kaffee, während die Hamburger brieten. Für Coit und Kramer brachte er kaltes Bier.

»Tut mir leid, dass ich Sie beide in Barkandu verpasst habe, Gentlemen«, sagte Kramer, »aber es freut mich, dass Sie die Möglichkeit zu einem Gespräch mit Clarence hatten.«

»War ein netter Plausch«, sagte Shartelle. »Sind Sie wegen der Kundgebung hier, Mr. Kramer?«

»Auch deshalb. Eigentlich sind wir auf einer Rundfahrt vor dem Wahltag. Da kann ich Sie ja gleich fragen, was Sie erwarten – oder was Sie vorhersagen.«

»Einen Erdrutsch für Akomolo.«

»Ist das Ihre ehrliche oder Ihre berufliche Meinung?« fragte Coit.

»Ich mag beides nicht voneinander trennen.«

»Ich habe gehört, dass Kologo an Boden gewinnt«, sagte Coit.

»Dann müssen Sie mit den jungen Leuten aus Amerika geredet haben, die er seine Kampagne machen lässt. Sie kommen von dieser neuen Agentur in Philadelphia. Wie war noch mal der Name, Pete?«

»Communications, Inc. Davon hatte ich noch nie gehört.«

»Sie vielleicht, Mr. Coit?«

»Doch, ja«, sagte der Mann von der CIA. »Ich glaube, die haben sich in der kurzen Zeit ihrer Tätigkeit schon einen ganz guten Ruf erworben.«

»Komisch, dass ich nie was davon gehört habe«, sagte Shartelle.

»Welche Wirkung haben nach Ihrer Meinung die Himmelschreiber, Mr. Shartelle?« fragte Kramer.

»Also, ich glaube, dass sie unseren Opponenten ziemlich nützen. Tut uns natürlich sehr weh, und ich wollte nur, wir wären zuerst auf diesen Einfall gekommen.«

»Ich habe gehört, sie werden zum Bumerang.«

»Nanu. Wieso das?«

»Die Leute im Busch draußen behaupten, sie verursachten Sterilität und Impotenz – der Rauch vom Himmelschreiben.«

»Na so was«, sagte Shartelle und schnalzte mit der Zunge.

»Hat Kologo einen Blimp?« fragte ich.

Kramer nickte.

»Einen von Goodyear?«

Wieder nickte er.

»Die haben alle guten Einfälle gehabt, oder, Clint?« sagte ich.

»Sieht so aus.«

Samuel brachte auf einem Tablett die Hamburger und servierte Kramer und Coit je zwei. Sie aßen hungrig, während ich für sie frisches Bier holte.

»Ich frage mich nur, wie Kologos Leute den Blimp

hergeschafft haben«, sagte ich. Es war mir egal, wer darauf antwortete.

»Soviel ich weiß, haben sie ihn demontiert, die Einzelteile mit dem Flugzeug hergebracht und dann zusammengebaut«, sagte Kramer. Ich fragte mich, ob er wusste, was Coits Job wirklich war.

»Muss einen Haufen Geld gekostet haben«, sagte Shartelle.

Coit trank einen Schluck Bier und sagte: »Goodyear will ihn anschließend für eine Goodwill-Tour durch Afrika und Europa nutzen. Das hatten sie schon eine Weile geplant.«

»Ich dachte, wir hätten ein Regierungsembargo auf die Ausfuhr von Helium.«

»Ist aufgehoben«, sagte Coit.

»Grundsätzlich«, fragte ich, »oder nur für diesen Sonderfall?«

Coit zuckte zwar mit keiner Wimper, schien sich aber unbehaglich zu fühlen. »Für diesen Sonderfall, glaube ich.«

»Also, das ist bestimmt ein guter Einfall«, sagte Shartelle. »Das muss ja wirken, wenn der Blimp mit dem Namen ›Kologo‹ auf den Seiten und einem langen Spruchband hinter sich überall herumfliegt. Sieht bestimmt toll aus. Holt sicher auch viele Stimmen.«

Kramer unterdrückte einen Rülpser. »Ich weiß nicht, Mr. Shartelle. Ich würde sagen, Ihre konventionelleren Methoden scheinen mehr zu erreichen. Wegen des Blimp haben uns im Konsulat mehrere Proteste erreicht. Anscheinend glauben die Leute im Busch aus irgendwelchen Gründen, der Ballon wäre eine Atombombe – oder dass er eine an

Bord hat. Ich weiß nicht, woher diese Gerüchte stammen, aber sogar die Franzosen haben deswegen diskret angefragt.«

Coit wechselte das Thema. »Sie sind also überzeugt, dass Akomolo hoch gewinnt? Er ist viel herumgereist, muss man zugeben. Er und Dekko.«

»Sagen wir einfach, wir sind zuversichtlich. Übrigens, Mr. Kramer, ich nehme an, Sie haben von dem Mord an Captain Cheatwood gehört?«

»Ja. Hat mir sehr leid getan. Ich habe ihn gekannt, und er schien sehr kompetent zu sein.«

»Er ist hier in unserer Auffahrt erstochen worden«, sagte Shartelle und sah dabei Coit an.

»Weiß man, wer das getan hat?« fragte Coit.

»Noch nicht.«

»Was war es, ein Raubüberfall?«

»Das ist *eine* Theorie«, sagte ich.

»Wollen Sie sagen, es gibt noch andere?«

»Eine ganze Menge. Eine lautet, er hätte Informationen gehabt, von denen jemand wollte, dass er sie für sich behält. Als offenkundig wurde, dass er das nicht beabsichtigte, wurde er ermordet. Manche meinen sogar, die Hooligans stecken dahinter.«

»Haben Sie eine Theorie?« fragte Coit.

»Nein, wir nicht«, antwortete Shartelle. »Wir sind ihm nur einmal kurz begegnet, und an dem Abend, als er ermordet wurde, haben wir Poker gespielt.«

»Haben Sie deswegen Schwierigkeiten gekriegt?« fragte Kramer.

»Nein. Nichts dergleichen.«

»Merkwürdig, dass er auf Ihrer Auffahrt umgebracht wurde«, sagte Coit.

»Ja, nicht wahr?« sagte Shartelle.

Wir unterhielten uns noch eine Weile über die Wahl und zeigten ihnen die Karte mit den grünen, gelben und roten Fähnchen. Kramer war beeindruckt. Coit betrachtete sie, als wollte er sie mit den Augen fotografieren.

»Grüßen Sie Chief Akomolo von mir, wenn Sie ihn sehen«, sagte Kramer. »Tut mir leid, dass ich Ihre Gastfreundschaft so ausgenutzt habe, aber es war mir ein großes Vergnügen.« Er lächelte Shartelle an. »Ich habe Ihre Kampagne aufmerksam verfolgt, Mr. Shartelle. Ich möchte sagen, Ihre Reputation ist gesichert, gleichgültig, wer gewinnt.«

»Vielen Dank, Sir.«

Wir schüttelten wieder die Hände, und sie gingen hinaus zu ihrem Cadillac. Wir sahen ihnen nach, als sie abfuhren.

»Die Hamburger haben sie wirklich gemocht«, sagte Shartelle.

»Coit hat auf den Köder mit Cheatwood nicht angebissen.«

»Hab ich bemerkt. Entweder ist er ein kalter Hund, oder er hat wirklich nichts gewusst.«

»Das hat man schon mal über jemand gesagt«, sagte Shartelle.

»Wen?«

»Pretty Boy Floyd.«

24

Anne, die Witwe Claude, Shartelle und ich fuhren am nächsten Tag im großen weißen LaSalle mit aufgeklapptem Verdeck zur Kundgebung. Wir hatten William ein neues Hemd und eine lange Hose gekauft. Er steuerte, und wir saßen hinten, Shartelle und Claude auf dem Rücksitz, Anne und ich auf den Klappsitzen.

Der Wagen wurde von vielen Albertianem erkannt, und manche, die glaubten, der Ile von Obahma fahre vorbei, warfen sich der Länge nach vor uns zu Boden. Ihre gescheiteren Freunde bedeuteten ihnen lachend und mit Tritten, sie sollten aufstehen. Shartelle segnete alle, die uns so ehrten, mit einem Wedeln seiner Zigarre.

Ich konnte einmal ganz gut Menschenansammlungen schätzen, aber die hier auf der Rennbahn stellte mich vor ein Rätsel. Ich habe erlebt, dass Shartelle eine politische Versammlung von rund fünfhundert Menschen zählte, indem er seinen Blick über sie schweifen ließ, und sich nur um drei irrte. Er schätzte die versammelte Menge auf 252.000. Meine Reportererfahrung sagte mir 250.000. Niemand konnte es je genau sagen.

Ein Sonderausweis von Chief Akomolo öffnete uns den Weg auf die eigentliche Rennbahn. William parkte den Wagen, und wir beschlossen, sitzen zu bleiben. Man konnte nirgendwohin gehen, außer in eine dicht gedrängte Menschenmenge, die sich hin und wieder unruhig bewegte. Straßenverkäufer waren unterwegs und verkauften Essen, kalte Getränke und Eis am Stiel. Einige in der Menge trugen stolz alle drei Buttons der Kampagne. Es gab Regierungsschreiber in weißem Anzug und Bauern in Shorts und Unterhemd. Es gab reich gewandete Leute aus dem Norden und europäisch gekleidete Geschäftsleute aus Barkandu. Wir saßen im Schatten von Sonnenschirmen, die mitzubringen Claude nicht vergessen hatte, und beobachteten die Menschen, die sich gruppenweise niederließen und darauf warteten, dass die Show begann.

Sie begann, als die beiden Hubschrauber über dem Horizont auftauchten, in geringer Höhe und in Formation, falls zwei Maschinen das können. Sie flogen über die Menge hinweg, führten ein paar Kunststücke vor, schwebten, stiegen und sanken auf der Stelle, was alle begeisterte und ihnen gleichzeitig Platz zum Landen verschaffte. Die Maschinen setzten etwa hundert Meter von unserem Wagen entfernt auf. Wir konnten Chief Akomolo als ersten aussteigen und elegant zu Boden springen sehen. Chief Dekko folgte ihm, einen Fuß größer als alle anderen. Beide bahnten sich ihren Weg zum Podium.

Hadschi Sir Alakada Mejara Fulawa traf in ebenso großem Stil ein. Vor seinem Mercedes 600 fuhren vier Polizisten auf Motorrädern und ließen ihre Sirenen heulen. Der Mercedes pflügte durch die Menge, um Sir Alakada vor dem Podium abzusetzen. Er trug weiße Gewänder.

Dr. Kensington Kologo kam in einem Cadillac. Ich sah, dass er eine Brille trug, weil sie in der Sonne funkelte. Sowohl Fulawa als auch Kologo wurden von einer Schar von Helfern begleitet. Bei Chief Akomolo befand sich nur Dekko.

»Das sind richtig vornehme Leute, Sam, kann man an ihrem großen Wagen sehen.« Es war Jimmy Jenaro, aufgetakelt wie für ein Pferderennen. Ein helles kariertes Baumwolljackett, ein offenes gelbes Hemd und eine hellbraune Hose bildeten die Uniform des Tages. Vervollständigt wurde sie durch einen kakaofarbenen Strohhut und die riesige Sonnenbrille. Er kletterte zu William auf die Vorderbank.

»Was gibt's Neues?« fragte er.

»Nicht viel, Jimmy. Wir warten darauf, dass die Reden beginnen.«

»Sie haben das Programm geändert«, sagte er. »Erst kommen noch die Himmelschreiber und der Blimp.«

»Wann haben Sie das erfahren?«

»Gestern Abend. Spät, aber nicht zu spät, um die Brunnenvergifter zu benachrichtigen. Sie sind alle da und in der Menge verteilt.«

»Na, sehr schön.«

»Ich hatte noch eine Idee«, sagte Jenaro.

»Was für eine?«

»Abwarten und schauen. Wenn's nicht klappt, vergessen wir, dass ich es erwähnt habe.«

»Wann fangen die Reden denn an?« fragte Claude.

Jimmy blickte auf seine große Uhr. »Bald. Jeder von ihnen hat eine Stunde Redezeit.«

»Dann sollten wir jetzt essen, Anne«, sagte sie. »Essen Sie mit, Jimmy?«

»Natürlich«, sagte er.

Das Essen bestand aus kleinen kühlen Sandwiches, sehr kaltem Champagner und gefüllten Eiern.

»Ich weiß nicht, wie sie das macht«, sagte Anne. »Ich bin früh aufgestanden und mit dem Jeep zu ihr gefahren, um zu helfen, und sie hatte schon alles fertig und sah aus, als ob sie gerade aus dem Bad käme. Und dann hat sie sich dafür entschuldigt, dass es mit dem Kaffee noch zwei Minuten dauert und wir mit dem Frühstück warten müssen.«

»Dummes Zeug, Anne«, sagte Claude. »Das war doch nichts, und du hast mir sehr geholfen.«

Wir saßen hinten in Shartelles großem LaSalle, aßen Sandwiches und gefüllte Eier und tranken den kalten Champagner. William lehnte den Champagner ab, bediente sich aber mit einem halben Dutzend Eiern.

Chief Akomolo wurde durch den Ibah von Ubondo eingeführt, der auch alle anderen Redner vorstellte. Die Menge klatschte und johlte acht Minuten und fünfundvierzig Sekunden lang. Es war ein herzlicher Empfang; er befand sich auf freundlichem Gebiet. Lautsprecher waren rings um die Rennbahn verteilt, und die Menge konnte ihn klar verstehen, selbst wenn die meisten ihn nicht besonders gut sehen konnten. Er hielt *die* Rede. Einiges hatte er abgewandelt, aber das meiste war so geblieben, wie ich es geschrieben hatte. Er hatte gelernt, sie gut vorzutragen, und die Teile, bei denen ich zuhörte, klangen nicht so, als ob er sie abläse. Er sprach einundfünfzig Minuten lang. Der Beifall war stark und dauerte elfeinhalb Minuten.

Nach einem musikalischen Zwischenspiel sprach Fulawa. Er hatte einen Bass, und sein Oxfordakzent war angenehm. Er sprach dreiundsechzig Minuten lang von den guten Zeiten nach der Unabhängigkeit. Die Zuhörer klatschten ihm sieben Minuten und fünfzehn Sekunden lang Beifall. Dr. Kologo war klug und sprach nur neunundzwanzig Minuten lang. Sein Vortrag war flott, und alles in allem hielt er vor einer rastlos gewordenen Menge eine gute Rede.

Während ihm applaudiert wurde, erschien ein Flugzeug und begann den ersten senkrechten Strich des H aus HAJ in weißem Rauch über den blauen Himmel zu ziehen. Die Menge johlte und schrie »Ahhh« und »Ohhh«. Ein Mann, der neben unserem Wagen stand, wandte sich an Jimmy Jenaro. Es war ein gutgekleideter Albertianer in weißem Anzug, mit weißem Hemd, Krawatte und mit einer Stahlbrille.

»Sir«, sagte er zu Jenaro. »Halten Sie es für wahr, dass der Rauch des Flugzeugs die Manneskraft zerstört?« Unbewusst fingerte er an seinem Hosenschlitz.

»Sie pflügen auf falschem Gelände, Jack«, sagte Jenaro.

»Wie meinen Sie, bitte?« sagte der Mann. »Ich bin aus Barkandu und heute extra hergekommen, um den Kandidaten zuzuhören. Aber dieses Gerücht beunruhigt mich.«

Jenaro musterte ihn sorgfältig. »Sie sind nicht aus Ubondo?«

»Nein, ich bin aus Barkandu. Haben Sie von diesen Gerüchten gehört?«

»Ja«, sagte Jenaro förmlich. »Ich habe davon gehört, und es bedrückt mich.«

»Man sollte es nicht dulden«, sagte der Mann.

»Sie haben recht, mein Freund. Sollte man nicht. Selbstverständlich ist der Kandidat dafür verantwortlich.«

»Vielleicht weiß er es nicht.«

»Dann sollten die Wähler es ihm an der Wahlurne sagen.«

Darüber dachte der Mann nach. »Vielen Dank«, sagte er. »Das klingt sehr einleuchtend.«

»Kein Brunnenvergifter?« fragte Shartelle.

»Freiwilliger Helfer«, sagte Jenaro vergnügt. »Er ist wirklich besorgt.«

Die Maschine des Himmelschreibers war eine amerikanische AT-6. Sie zog gerade den langen Querstrich für das H, als die beiden Hubschrauber aufstiegen. Chief Akomolo und Dekko waren noch auf dem Podium. Überall schienen Diskussionen über die Gefährdung durch den Rauch aufzuflackern. Zwanzig Schritte von uns entfernt gab es ein Handgemenge. Wir beobachteten es eine Weile und sahen den Hubschraubern zu. Sie flogen gerade hoch.

»Er schreibt in nur dreitausend Metern Höhe, und sie gehen auf den Rauch los«, sagte Jenaro.

Shartelle grinste. »Wollen sie die bösen Dämpfe vertreiben, Jimmy?«

»Genau.«

Der amerikanische Pilot erreichte den Rauch als erster und fuhr mit seinem Rotor durch den Rauch. Die Menge brüllte begeistert Beifall. Der Pilot der AT-6 sah, was passierte, und begann an einer anderen Stelle am Himmel ein H zu schreiben. Der Südafrikaner nahm sich dessen an und blieb schwebend in diesem Bereich, so dass der Himmelschreiber das H nicht beenden konnte. Die Menge kreischte vor Entzücken. William sprang aus dem Wagen, hüpfte aufgeregt auf und ab und deutete zum Himmel.

Der Himmelschreiber wurde wütend, stieß im Sturzflug auf den amerikanischen Luftkutscher hinab und versuchte, ihn zu vertreiben. Er hatte sich den falschen ausgesucht.

Der Amerikaner blieb unbeirrt am Himmel hängen, während sein Rotor den Rauch fraß.

»Mensch, Pete, das ist genau wie in *Höllenflieger*«, sagte Shartelle. »Jetzt brauchen wir nur noch eine Nahaufnahme von Jean Harlow mit dem abstürzenden Flugzeug, wie es sich in Spiralen überschlägt, und ein bisschen Schokosirup, der ihr als Blut aus den Mundwinkeln rinnt.«

Von links näherte sich jetzt der Blimp. Der Südafrikaner überließ es dem Amerikaner, den Himmelschreiber zu stören, und steuerte das kleine Luftschiff an. Wieder jubelte die Menge beglückt auf. Ein großer junger Schwarzer bahnte sich hektisch den Weg durch die Menge zu unserem Wagen. Er trug einen amerikanischen Anzug und war wütend. Als er den Wagen erreichte, rief er: »Sind Sie Clint Shartelle?«

»Aber ja, Sir, der bin ich.«

»Holen Sie sie zurück, Shartelle.« Der Mann hatte einen Massachusetts-Akzent.

»Wen soll ich zurückrufen, Sir?«

»Diese verdammten Hubschrauber!«

»Wie heißen Sie denn, Junge?«

»Nennen Sie mich nicht Junge, Sie weißer Bastard! Ich bin Calhoun von Renesslaer. Rufen Sie sie zurück!« Er war wirklich wütend.

Shartelle kicherte. »Sind Sie etwa Franchot Tone Calhoun? Freut mich, Sie kennenzulernen. Madame Duquesne, zu meiner Rechten. Miss Kidd. Mein Mitarbeiter, Mr. Upshaw. Und Chief Jenaro, Informationsminister für die Westliche Region, und, wie ich hinzufügen darf, der Gentleman, an den Sie Ihre Forderung richten sollten.«

Damit ließ Shartelle sich in das Lederpolster zurücksinken, nahm seine gekrümmte schwarze Zigarre zwischen die Lippen und grinste boshaft.

Jenaro packte Calhoun am Arm und riss ihn herum. Kein strahlendes weißes Lächeln stand auf seinem Gesicht. »Nun, Junge, was kann ich für Sie tun?« Jenaros Akzent war unverfälschtes Ohio. Cleveland, Ohio.

Der junge Amerikaner wand sich aus Jenaros Griff. »Rufen Sie diese Hubschrauber zurück. Wir haben ein Recht auf den Himmel.«

»Kann ich nicht. Keine Funkverbindung.«

Franchot Tone Calhoun stand einen Augenblick wutbebend da. Seine Hände ballten sich zu Fäusten und öffneten sich wieder. Dann machte er kehrt und lief durch die Menge davon.

Inzwischen umkreiste der Südafrikaner den Blimp und drängte ihn hin zum Horizont. Jedesmal, wenn der Pilot des Luftschiffs ein Ausweichmanöver versuchte, brachte der Südafrikaner seinen Rotor ganz nah an seine Außenhaut. Die Menge brüllte unaufhörlich.

»Was passiert, wenn er die Außenhülle beschädigt, Pete?« fragte Anne.

»Ich weiß es nicht, aber ich glaube, nichts. Inzwischen werden sie sie unterteilt haben. Aber ich mach dem Piloten des Blimp keinen Vorwurf. Der Südafrikaner ist verrückt genug, es zu riskieren.«

Der Himmelschreiber gab auf, wackelte resigniert mit den Tragflächen und flog davon. Der Blimp schwankte auf den Horizont zu. Er ließ durch kein Anzeichen erkennen, dass er sich wieder der Rennbahn nähern wollte.

Die beiden Hubschrauber flogen in geringer Höhe über die Rennbahn, und die Menge schrie: »Ako, Ako!« Dann vollführten die beiden Piloten noch eine Reihe von Kunstfiguren im gleichen Takt, aufwärts, abwärts und zur Seite, ehe sie wieder landeten. Die Menschen drängten sich um sie.

Jenaro grinste noch breiter. »Von hier aus wird sich die Nachricht ausbreiten, Pete, wie Akos Maschinen die Bösen vom Himmel gejagt haben.«

»Ich hoffe, Sie geben den beiden Jungs einen Bonus«, sagte Shartelle.

»Bonus, von wegen. Die beiden haben jeder zweihundertfünfzig Pfund vorab verlangt, ehe sie überhaupt gestartet sind. Ich muss jetzt meine Brunnenvergifter zusammensuchen und losschicken.« Er winkte zum Abschied und verschmolz mit der Menge.

Shartelle schüttelte bewundernd den Kopf. »Das ist mal ein gerissener Nigger«, sagte er. Anscheinend war das das höchste Kompliment, das er zu vergeben hatte.

25

Die grünen Fähnchen in der Albertia-Karte an der Wand des Hauses mit dem vorspringenden Dach sprossen weiter und verdrängten die gelben, die zweifelhafte Bezirke markierten. Am Donnerstag vor der für Montag angesetzten Wahl waren es genügend, um anzuzeigen, dass Chief Akomolo aufgefordert werden würde, die Regierung zu bilden.

Shartelle stand gern im Zimmer, starrte mit einem zufriedenen Lächeln im Gesicht auf die Karte und paffte seine Zigarre. Manchmal hängte einer von Jenaros drei Telefonierern ein, grinste Shartelle oder mich an und ersetzte eine weitere gelbe durch eine grüne Fahne. Seltener wurde eine rote Fahne von einer gelben abgelöst, wenn einer der bisher für Fulawa oder Kologo sicheren Wahlkreise nicht mehr sicher war.

»Ich würde sagen, wir haben alles an Unfug angestellt, was wir anstellen können, Pete«, sagte Shartelle an diesem Donnerstagnachmittag, als wir uns in den Sesseln unseres Wohnraums fläzten, Eistee tranken und ein paar der leckeren Sandwiches aßen, die Claude Samuel beigebracht hatte. Samuel nannte sie »Kleinspeise.«

»Wenn man diesen Punkt in einem Wahlkampf erreicht hat, sollte man feiern. Man wartet nicht, bis man gewonnen hat, weil dann zu viele Leute einem auf den Rücken klopfen und einen fragen, ob man nicht einen Posten für ihren vierundzwanzigjährigen Neffen hätte, der gerade aus dem Gefängnis entlassen wurde. Und man feiert natürlich nicht, wenn man verloren hat, also schmeißt man seine

Party, wenn man alles getan hat, was man tun konnte, und es so aussieht, als ob man es irgendwie schaffen könnte.«

»Was haben Sie vor?«

»Also, ich habe mit der Witwe Claude darüber gesprochen, und sie kennt eine Art Unterschlupf drüben im nächsten Land, wo alles französisch ist und so weiter. Ein alter Bekannter von ihr betreibt da so was wie ein Urlaubshotel an einer Lagune – gibt es in Afrika überhaupt Lagunen?«

»Keine Ahnung.«

»Jedenfalls, die Witwe sagt, es hat einen schönen Strand, nette kleine Bungalows, und das Essen ist ihr zufolge *magnifique*, müsste demnach ziemlich essbar sein. Wenn also Miss Anne das Friedenskorps überreden könnte, für ein Wochenende auf ihre Dienste zu verzichten, finde ich, könnten wir alle mal hinfahren und uns ein bisschen entspannen. Ich könnte mich sogar betrinken, wenn ich mich ausreichend wohl fühle, und im Moment fühl ich mich bestens. Wie klingt das?«

»Großartig.«

Shartelle trank von seinem Tee. »Manchmal kann man das spüren, Pete. Manchmal weiß man es einfach, wenn man ein knappes Rennen gewonnen hat, und so fühle ich mich gerade. Und es gefällt mir! Spüren Sie das auch?«

»Ich glaube schon. Meine Antennen sind nicht so fein wie Ihre. Aber mir fällt bei Gott nichts ein, was ich noch tun könnte.«

Shartelle stellte den Tee ab und dehnte sich. »Sie haben's gut gemacht, Pete. Besser als sonst einer, mit dem ich je zusammengearbeitet habe. Vielleicht können wir so was nochmal in Angriff nehmen, irgendwann.«

»Vielleicht«, sagte ich.

Anne und ich trafen an dem Ort drüben im nächsten Land, wie Shartelle es genannt hatte, gegen Mittag am folgenden Tag ein. Das Hotel nannte sich Le Holiday Inn, aber ich glaubte nicht, dass irgendwer in den Staaten deshalb vor Gericht gehen würde. Es war im Besitz und unter der Leitung eines rundlichen kleinen Franzosen namens Jean Arceneaux, der die Weine seines Kellers ebenso zu genießen schien wie die Speisen auf seinem Tisch. Er war halb betrunken, als wir eincheckten, aber Claude hatte uns vorher versichert, dass das so sein würde.

Le Holiday Inn lag an einer kleinen Bucht, deren Ufer eine S-Kurve beschrieb. Die Gezeiten hielten den weißen Strand sauber, und das Wasser war ebenso frisch wie die See. Es gab sechs kleine Ein-Zimmer-Hütten, jede mit dem eigenen gekachelten Bad – das ein Bidet enthielt, worauf M. Arceneaux stolz hinwies. Die Häuschen standen im Schatten von Kokospalmen, und der Strand begann fast unmittelbar vor der Tür. Ein strohgedeckter Pavillon mit halbhohen Wänden diente als Speiseraum. Wenn es regnete, wurden Jalousien aus gespaltenen Bambusstäben heruntergelassen. M. Arceneaux wohnte in einem kleinen Haus, an das die Hotelküche grenzte. Wir waren die einzigen Gäste.

Shartelle und Claude wollten zwei oder drei Stunden nach uns abfahren. Shartelle hatte noch einen letzten Rundgang durch Ubondos sogenanntes Stadtzentrum machen wollen. »Noch ein bisschen herumschnüffeln, Pete. Die Witwe Claude und ich nehmen den LaSalle.«

In Le Holiday Inn wollte M. Arceneaux mit jemandem vor dem Mittagessen trinken, und ich kam dem nach. Anne hielt mit uns Schritt. M. Arceneaux war nicht nur ein bemerkenswerter Trinker, sondern auch ein Redner. Wir unterhielten uns über de Gaulle, und M. Arceneaux imitierte ihn vorzüglich. Wir redeten eine Weile über seine Leber, und er versicherte uns, das Problem liege am schlechten Trinkwasser der Region. Er beschränke sich nunmehr auf Wein. Ich bemerkte, dass beim Wein Ebbe eintrat. Sofort beschaffte ein Kellner eine weitere Flasche. Wir leerten diese und sprachen eine Weile über französischen Wein, der nach unser aller Meinung der beste der Welt sei. Anne sagte, sie finde, kalifornische Weine holten auf, aber M. Arceneaux bestritt das und hielt einen fünfzehnminütigen Monolog über Geschichte, Technik und Zukunft der französischen Weinherstellung. Es war eine fesselnde, detaillierte Darlegung, und Anne räumte ein, dass Kaliforniens Winzer ebenso gut dichtmachen könnten. Wir beschlossen, eine weitere Flasche des seltenen Jahrgangs zu probieren, die M. Arceneaux für genau so eine besondere Gelegenheit zurückgelegt hatte. Wir tranken sie feierlich und bestätigten ihm, dass sie sein Vertrauen rechtfertigte. Dann aßen wir. Wir begannen mit Schnecken und endeten mit Salat. Der Hauptgang war etwas, das M. Arceneaux als »Bœuf Holiday Inn« bezeichnete. Es war eines der besten Steaks, die ich je gegessen habe. Wir stimmten für eine weitere Flasche des seltenen Weins, der besonders gut zu dem Rindfleisch passte. Nach dem Essen gab M. Arceneaux uns eine Flasche Kognak und zwei Gläser. Er verkündete, er beabsichtige, sich zu seinem gewohnten Mittagsschlaf zurückzuziehen, und ging zum Haus, wobei er nur sacht schwankte.

Anne und ich beschlossen, uns unter eine Palme zu setzen und die Bucht zu betrachten, während wir den Kognak tranken. Ich trug die Flasche, sie die Gläser. Ich fand, dass außer Anne und mir niemand auf der Welt existierte. Ich zog mein Hemd aus und sie ihre Bluse. Ich goss uns jedem ein Glas Kognak ein, den wir schlürften, während sie in meinen Armen lag und wir die Bucht betrachteten. Ich bewegte die Hände in Richtung ihrer Brüste, und sie schüttelte den BH ab. Ihre Hände begannen mich zu erkunden, und sie kicherte. »Ist dir das nicht im Weg?«

»Es wäre unbequem, den ganzen Tag damit herumzulaufen, aber zum Glück gibt es dagegen eine Kur.«

»Eine bestimmte?«

»Eine ganze Menge.«

»Auch solche, die wir noch nicht ausprobiert haben?«

»Ungefähr zwei Dutzend, nehme ich an.«

»Könnten wir sie heute Nachmittag ausprobieren? Jetzt gleich?«

»Alle zwei Dutzend?«

»So viele wir schaffen. Ich möchte mit dir alles ausprobieren.«

»Wir können ja mal anfangen.«

»Können wir die französische Variante versuchen?«

»Die Franzosen nennen das die deutsche Art. Oder auch die spanische.«

»Können wir es versuchen?«

»Wenn du willst.«

Sie kicherte wieder. Es war ein reizendes Kichern. »Versuchen wir es auf die französische und die deutsche und die spanische Art und auch auf die amerikanische und die englische. Wie ist die russische?«

»Weiß ich nicht.«

»Haben sie die erfunden?«

»Nein. Aber wir werden die russische Variante erfinden. Uns fällt sicher etwas ein.«

Anne wandte sich zu mir, und ich küsste sie und schmeckte den Wein, den Kognak und die Süße ihrer Zunge in meinem Mund. Ihre Hände erforschten mich jetzt ernsthaft. Sie zog meinen Reißverschluss auf und sagte: »Komm, lass es uns kurieren.« Ich half ihr schnell auf, nahm sie in die Arme und trug sie zu unserem Bungalow. Wir kurierten es gründlich, und falls es noch ein paar andere nationale Varianten gab, dann mussten sie auf einen anderen Tag warten.

Später saß ich mit einem Glas Kognak unter der Palme und sah Anne zu, die in der Bucht schwamm. Ich beschloss, den Rest meines Lebens in Le Holiday Inn zu verbringen, Anne zu lieben, in der Bucht zu schwimmen, die ausgezeichneten Getränke und unübertrefflichen Speisen von M. Arceneaux zu genießen. Es war das wiedergewonnene Paradies.

Anne kam den Strand heraufgelaufen, setzte die Füße dabei ein ganz klein wenig nach innen, aber nicht zu sehr, das lange blonde Haar vom Wasser dunkel, aber immer noch bezaubernd. Sie trug einen richtigen Bikini, und ich studierte ihren Körper und die Art, wie sie sich bewegte, während sie sich abtrocknete.

»Wird es immer so bleiben, Pete? Werden wir je aufhören, uns so sehr zu lieben?«

»Nein. Wir werden nie aufhören. Wir werden irgendwo an einem Strand wohnen. Ich werde guten Kognak trinken und dir beim Schwimmen zusehen. Wir werden Muscheln bemalen und sie an Touristen verkaufen. Ein paar verkaufen wir auch an Shartelle.«

Anne kniete nieder und trank etwas von meinem Kognak. Sie sah mich über den Rand des Glases an. »Ich fühle mich so wohl. Ich fühle mich, als ob alles so würde, wie es immer hätte sein sollen, aber nie war. Können wir uns heute Abend wieder lieben?«

»Hmm.«

»Ich habe beim Schwimmen daran gedacht und wurde dabei wieder ganz erregt. Bist du wirklich der beste Liebhaber der Welt?«

»Es gibt keinen, der sich mit mir vergleichen ließe.«

»Ich glaube, das stimmt. Ich glaube, du bist in allem der Beste.«

»Ich bin ohnegleichen. Aber du bist auch nicht so schlecht – im Bett und außerhalb. Tatsächlich bist du wahrscheinlich die bezauberndste Person auf der Welt, und ich liebe dich.«

Anne streckte sich im Gras aus und sah zu, wie ich wieder einen Schluck Kognak trank. »Werden wir uns je zanken?«

»Niemals.«

»Und werden wir uns immer lieben?«

»Immer.«

Sie setzte sich schnell auf und zog die Knie an die Brust.

Wenn ein Lächeln strahlend sein kann, dann war es ihres. »Ich bin so glücklich, Peter.«

»Wir werden glücklich sein. Wir haben alles für uns, alles, was es auf der Welt gibt.«

Die Hupe ertönte zweimal. Es war das melodische Signal des LaSalle. Anne und ich standen auf. Ich schien damit ein kleines Problem zu haben. Es war Shartelle, der in dreißig Metern Entfernung den LaSalle schneidig abbremste. Claude saß neben ihm. Shartelle erhob sich im Auto und setzte sich auf die Rücklehne des Fahrersitzes. Er winkte mir mit einer Flasche zu. Ich winkte mit meinem Glas zurück und verspritzte dabei etwas. Anne hob unsere Flasche auf und schenkte mir nach.

»Wie geht's euch, Pete, Miss Anne?« rief Shartelle und trank einen Schluck aus der Flasche. Er wartete nicht auf Antwort. »Mir geht es gut, einfach prächtig, danke der Nachfrage.« Claude stieg aus, schüttelte in gespielter Empörung den Kopf und kam auf uns zu. Sie hatte einen interessanten Gang. Shartelle stellte sich auf den Sitz des Wagens, warf die Flasche fort und sprang plattfüßig über die Tür des Coupés zu Boden. Es war ein mächtiger Satz.

»Donnerwetter! Bin ich nicht rüstig für einen Mann meines Alters!« schrie er.

»Und er hat fast eine ganze Flasche Kognak getrunken«, rief Claude.

Er trug einen seiner Seersucker-Anzüge mit Weste, der aussah, als hätte er ihn gerade frisch angezogen. Sein Hemd schimmerte weiß, und darauf prangte eine leuchtend rote Krawatte. Der schwarze Schlapphut saß schief über einem Auge. Er hielt inne, zog eine schwarze Zigarre heraus, steckte sie in den Mund und zündete sie an. Er sah auf die Bucht, hinauf zum Himmel, reckte sich gewaltig und stieß einen Juchzer aus. Er sprang auf und schlug die Hacken in der Luft zusammen. Dann begann er mit einem Cakewalk über den dreißig Meter langen Pfad zu uns. Ich konnte ihn summen hören, als er näherkam, ein großer, eleganter Mann mit schwarzem Schlapphut, der den afrikanischen Pfad hinabtanzte. Es war ein launiger, spöttischer Tanz mit kleinen Pausen, Kreiseln, Schlurfen und spottenden Verbeugungen. Ich hatte eine Begräbnisprozession von einem Friedhof in New Orleans zurückkommen sehen, und einige von ihnen hatten so getanzt wie Shartelle. Es war teils New Orleans, teils Afrika und ganz Shartelle. Er sang beim Schreiten und Drehen immer weiter vor sich hin. Es war, glaube ich, sein Siegestanz.

Ich beendete meinen Kognak, gab Anne das Glas, ging zu einem Abfalleimer und nahm den Deckel ab. Ich fing an, den Deckel mit einem Stock zu schlagen. Das gab einen schönen knalligen Sound.

Dann begann ich zu singen. »Menschen dieses Landes, verneiget euch …« Ich schlug weiter auf den Deckel ein, aber nun im Takt der Wörter. »Der Mächtigste von allen kommet daher …« Weiteres Schlagen. »Größe ist in seinem Schreiten …« Shartelle quittierte meine Litanei, indem er mit der Zigarre winkte und sich auf der Stelle drehte. »Dieser Meister der heiligen Stimmabgabe … dieser Sohn des Blitzes, aufgesucht von Königen …« Shartelles Tanzschritte wurden immer ausgefallener. Er summte weiter, und ich sang weiter. »Als Shartelle kennen ihn die Erdmenschen …« Ich sang und schlug wieder auf den Deckel.

»Bekannt ist sein Name von Og bis Kush …« Shartelle stolzierte und ich trommelte. »Hier kommet er nun, dieser Sohn des Donners … verneigt euch vor seiner Gegenwart … beschirmet die Augen, dass euch nicht blende sein Glanz … hurtig nun, er kommt hierher … mächtigster aller Wahlurnenkrieger … der Seersucker-Zweigleiser kommet zu dir.«

Shartelle nahm die Zigarre aus dem Mund und nickte dem imaginären Publikum gravitätisch zu, erst nach links, dann nach rechts. »Ich bin der Eine!« rief er fröhlich und erteilte den Segen mit einem Zigarrenwinken. »Ich bin der Eine!« Er machte einen weiteren Luftsprung, taumelte ein klein wenig und umschlang eine hilfreiche Palme mit den Armen. Er warf den Kopf zurück, stieß noch einen Juchzer aus und schaute zu den Kokosnüssen hinauf. »Ich werde euch ein schönes altes amerikanisches Volkslied singen«, teilte er ihnen mit:

Hey! Trotzki! Mach ne Revulotski!
Hey! Trotzki! Mach ne Rebellion!
Hühnchen à la King in jedem Pottski,
und dann wird bald alles hotski totski!
Hey! Trotzki! Mach ne Revulotski!
Hey! Trotzki! Mach ne Rebellion!

Er sah uns an und grinste fröhlich. Dann nahm er den Hut ab und hielt ihn uns hin, die Krone nach unten, als sammle er Spenden. »Denkt an die Scottsboro Boys, Leute. Vergesst nicht Tom Mooney.« Anne und Claude applaudierten.

»Shartelle«, sagte ich, »Sie sind betrunken.« Anne reichte mir die Kognakflasche und ein Glas. Ich schenkte ihm ein. Er akzeptierte es mit seiner höfischen Verbeugung.

»Ich bin nicht betrunken, Pete, beabsichtige aber, es zu werden.«

»Auf der ganzen Fahrt von Ubondo hierher hat er gesungen«, sagte Claude. »Er hat mir ein paar sehr unartige Lieder beigebracht.«

Shartelle blickte sich nach allen Seiten um. »Wie ist es hier, Miss Anne? Sie sind aber wirklich eine Augenweide in diesem knappen Badeanzug.«

»Oh, vielen Dank, Mistah Clint«, sagte Anne mit einem Knicks, den sie in Anbetracht dessen, dass sie so gut wie nackt war, sehr elegant vollzog. »Hier ist es wunderbar. Pete und ich bleiben für den Rest unseres Lebens hier.«

»Wie geht es M. Arceneaux?« fragte Claude. »Leicht angeschlagen?«

»Ein bisschen«, sagte Anne. »Aber es scheint seine Kochkünste nicht zu beeinträchtigen.«

Shartelle ging zu dem LaSalle und holte die Koffer. »Junge«, sagte er, »auf dem Rücksitz steht ein Karton mit sehr gutem Kognak, falls Sie Lust haben, ihn zu holen.«

Ich holte den Kognak und deponierte ihn in meinem Häuschen. Shartelle und Claude verschwanden in ihrem und tauchten wenige Minuten später im Badeanzug wieder auf. Shartelle klopfte Claude aufs Hinterteil. »Ist sie nicht ein Prachtweib, Pete?«

Das war sie wirklich. Vollständig angezogen, strahlte Claude Sex aus. In einem Bikini jedoch entsprach sie allem, was die Fantasie sich versprochen hatte. Sie küsste

Shartelle flüchtig auf die Wange und rannte zum Wasser. Es war eine Freude, ihr zuzusehen. Anne folgte ihr, und sie schwammen, während Shartelle und ich im Schatten einer Kokospalme saßen und weiter Kognak tranken.

»Ich denke, ich werde dieses kleine alte Mädchen heiraten, Petey.«

»Haben Sie sie schon gefragt?«

»Ungefähr. Ein Mann meines Alters muss vorsichtig sein.«

»Sie sind alt, das stimmt.«

»Ich glaube, ich bin einfach verliebt.«

»Ein alter Bock wie Sie? Hat sie ja gesagt?«

»Ungefähr.«

»Eine große Portion Weib für einen alten Mann.«

»Na na, so alt bin ich nun auch nicht, Junge.«

Ich trank ein Schlückchen Kognak und beobachtete die beiden Frauen beim Schwimmen.

»Wie steht es mit Ihnen und Miss Anne?«

»Ich bin einfach verliebt«, sagte ich.

»Werden Sie sie heiraten?«

»Vielleicht.«

»Vielleicht?«

»Bestimmt.«

»Geht mich ja nichts an, aber Miss Anne scheint die Richtige zu sein.«

Shartelle hatte eine Badehose angezogen, aber den Hut aufbehalten. Er zog ihn über die Augen, trank den letzten Schluck seines Kognaks und lehnte sich an den Stamm der Palme. »Ich bin noch nie so zufrieden gewesen, Pete. Einfach hier sitzen und zwei hübschen halbnackten Frauen zusehen, die im Wasser herumtollen, guten Kognak trinken und wissen, dass man gerade wieder einmal bei einem Sieg geholfen hat … Ich fühl mich richtig wohl.«

»Keine Schwierigkeiten?«

»Als ich losgefahren bin, hat es besser ausgesehen denn je.«

Wir tranken, aßen, schwammen, erzählten Geschichten und liebten uns für den Rest des Tages, den ganzen Samstag und einen Teil des Sonntags. Dann nüchterten wir M. Arceneaux soweit aus, dass er uns die Rechnung ausstellen konnte. Wir tranken einen letzten Kognak mit ihm und fuhren nach Ubondo zurück. Ich folgte dem großen weißen LaSalle. Anne saß dicht neben mir, den Kopf an meiner Schulter.

»Es war so wundervoll, Pete«, sagte sie schläfrig.

»Es war perfekt.«

»Und können wir wirklich in dem Haus am Meer leben?«

»Für den Rest unserer Tage«, sagte ich.

26

Die Wachtposten am Tor von Chief Akomolos umwalltem Quartier erkannten den weißen LaSalle und winkten uns durch, als Shartelle, Anne und ich kamen, um dem Mann unsere Reverenz zu erweisen, der allem Anschein nach der nächste Premier der Föderation von Albertia sein würde. Jenaro hatte den Tag über mit uns in Verbindung gestanden, ebenso wie Dr. Diokadu. Die Schönwetterbezirke hatten die Wahlergebnisse früh gebracht und wiesen auf eine knappe Mehrheit für Akomolo in der Föderation und einen überwältigenden Sieg für Dekko in der Region hin.

Wir hatten William und dem übrigen Personal den Tag frei gegeben, damit sie wählen und all ihre Freunde zusammentreiben konnten, die fähig waren, einen Wahlzettel in die Urne zu werfen, markiert mit dem Parteilogo aus gekreuztem Rechen und Hacke, einem hilfreichen Symbol für alle, die nicht lesen konnten. Die anderen Parteien hatten ähnlich nützliche Embleme. Nach unserem formellen Besuch bei Chief Akomolo wollten wir bei Claude essen, und danach sollten wir alle zu Jimmy Jenaro kommen, um auf die endgültigen Wahlergebnisse zu warten.

Akomolos Hof war voller Wagen, Menschen und Lärm. Der größte Teil der Menge bestand aus Marktfrauen, die in ihre besten blauen Gewänder gekleidet waren. Sie standen oder hockten im gedrängt vollen Hof, kicherten und plauderten und stießen schrille Schreie der Begeisterung aus, wenn ein prominenter Albertianer das Grundstück betrat, um Akomolo seinen Respekt zu bekunden. Sie jubelten sogar uns zu. Shartelle segnete sie mit seiner Zigarre. Die Honoratioren, dazu ein Schwarm Schnorrer, waren in einem großen Raum im Erdgeschoss versammelt, vertilgten die Getränke des Chiefs und versicherten einander, sie hätten schon immer gewusst, dass er zum Sieg bestimmt sei. So oft sie Akomolos Ohr erreichen konnten, erzählten sie ihm dasselbe. Der beinahe schon gewählte Premierminister stand auf der linken Seite des Raums, als wir eintraten. Er war von einer Gruppe Gratulanten umringt, die alle gleichzeitig redeten. Er schien mit halbem Ohr zu lauschen und nickte hin und wieder höflich. Er wirkte erschöpft, und die Stammeskerben in seinem Gesicht waren tiefer eingegraben denn je.

Der Chief lächelte, als er Shartelle erblickte. Es schien sein erstes Lächeln an diesem Abend zu sein, und es war ein erfreutes und erleichtertes Lächeln. Beide Hände zur Begrüßung ausgestreckt, kam er auf uns zu. »Ich freue mich so sehr, dass Sie kommen konnten«, sagte er. »Die Meldungen sind sehr ermutigend.«

»Es sieht gut aus, Chief«, sagte Shartelle. »Wirklich gut. Wie ich sehe, hat sich bei Ihnen schon die übliche Schar der Anhänger versammelt.«

Akomolo dämpfte die Stimme. »Schakale.«

»Ich wette, sie haben alle schon von Anfang an gewusst, dass Sie unmöglich verlieren konnten.«

Akomolo nickte. »Bis auf den letzten Mann. Aber die Marktfrauen im Hof sind der beste Hinweis. Irgendwie spüren sie den Sieger und strömen zu dessen Haus. Das ist eine alte Tradition. Ich bin wirklich nicht traurig, dass sie hier sind.«

Inzwischen hatte die Gesellschaft ihre kollektiven Stimmbänder mit dem unerschöpflichen Vorrat von Akomolos Getränken gut geölt und begann in neuer Lautstärke und Höhe zu plappern. »Gehen wir hinauf in mein Arbeitszimmer«, sagte der Chief. »Hier kann man sich unmöglich unterhalten.«

Er wandte sich an einen seiner Adjutanten, um ihm zu sagen, dass er oben zu finden sei. Wir folgten ihm die eine Treppe hinauf und machten es uns in den tiefen Couches bequem. Chief Akomolo saß hinter seinem Schreibtisch, schon damit beschäftigt, die darauf liegenden Papiere zu sortieren. Der Ventilator an der Decke drehte sich noch immer nutzlos. Ich begann zu schwitzen.

»Ich möchte diese Gelegenheit wahrnehmen, um Ihnen zu danken, Mr. Shartelle und Mr. Upshaw, für das, was Sie getan haben. Ich bin nicht so naiv, dass ich nicht wüsste, dass Sie einige – sagen wir – Kunstgriffe angewandt haben, die ich vielleicht nicht gebilligt hätte, wenn meine Billigung gefragt gewesen wäre.«

Shartelle grinste boshaft. »Also, das mag sein, Chief, aber ich und Pete wollten Sie nicht mit allen kleinen Details des Wahlkampfs behelligen. Sie hatten ohnehin genug zu tun.«

Akomolo verzog das Gesicht. »Ich dachte, ich verstünde etwas davon, wie Politik funktioniert, Mr. Shartelle. Aber dieser Wahlkampf hat meine Kenntnisse enorm erweitert. Ich überlege, irgendwann etwas darüber zu schreiben – vielleicht für Ihre Quartalschrift *Foreign Affairs*. Meinen Sie, es könnte die interessieren?«

»Danach müssen Sie Pete fragen, Chief.«

»Die würden sich die Finger danach lecken, es publizieren zu dürfen«, sagte ich.

»Ich nehme an, es wird ein paar Monate warten müssen, aber ich glaube, wenn es gut gemacht wäre, könnte es als klassische Darstellung des Einsatzes halbwegs ausgefeilter amerikanischer Polit-Techniken in einem gerade erst unabhängig gewordenen afrikanischen Staat gelten. Vielleicht kann Dr. Diokadu mir bei den Recherchen helfen.«

»Das Einzige, was gefehlt hat, sind Fernsehen und Radio«, sagte Shartelle.

Der Chief lächelte breit. »Das nächste Mal, Freund Shartelle, werden wir wohl einiges mehr über den sinnvollen Einsatz dieser beiden Medien zu sagen haben.«

Er hörte auf zu lächeln, als sie hereinkamen. Es waren sieben, ein Corporal der albertianischen Armee und sechs einfache Soldaten. Sie füllten den kleinen Raum. Die Soldaten hatten Gewehre – alte Enfields. Der Corporal hatte eine Handwaffe, einen Colt Kaliber 45. Er richtete ihn auf Akomolo.

»Sie stehen unter Arrest«, sagte der Corporal. Seine Stimme klang nicht sehr überzeugt. Er war ein hagerer Mann mit eingefallenen Wangen und einer fliehenden Stirn; für einen Corporal wirkte er zu alt. Seine stahlgefasste Brille schien in der Hitze zu beschlagen.

»Was soll das bedeuten?« sagte Akomolo. Er sortierte weiter die Papiere auf seinem Schreibtisch.

»Sie stehen unter Arrest. Das Militär hat die Regierung übernommen.«

»Sie reden dummes Zeug.«

»Sie stehen unter Arrest!« Diesmal schrie der Corporal es.

Akomolo nahm einen Stoß Papiere, öffnete die oberste rechte Schublade seines Schreibtischs und legte sie so sorgfältig hinein, als ob er sich genau merken wollte, wo er sie am kommenden Donnerstagmorgen finden würde.

Sie schossen sechsmal auf Chief Akomolo, während er nach seiner Waffe griff.

Akomolo hatte den Revolver schon halb aus der Schublade, als die Kugeln ihn in den Sessel schleuderten und den Sessel mit ihm gegen die Wand, wo er stehenblieb, weil er nicht weiter zurück konnte. Der Corporal hatte dreimal gefeuert. Drei der Soldaten hatten je einmal geschossen. Die drei anderen hielten die Gewehre auf uns gerichtet.

Akomolos Augen waren offen; Verwunderung lag darin, aber er war schon tot. Der Körper sank vornüber, ruhte kurz auf dem Schreibtisch, wo er auf einige der Papiere blutete, die er nie würde sortieren und fortlegen können, und dann fiel er auf den Boden. Anne ächzte leise. Es war der einzige Laut, den die Weißen von sich gaben.

Der Corporal winkte einem der Soldaten, die geschossen hatten. Der Soldat nahm eine Machete vom Koppel, ging hinter den Schreibtisch und lehnte sein Gewehr gegen die Wand. Hinter dem Schreibtisch kniete er nieder, und die Machete blitzte mehrere Male auf und fuhr nieder. Ich zählte nicht, wie oft. Sie machte ein schmatzendes, nasses Geräusch. Mit einem breiten Grinsen auf dem Gesicht richtete er sich auf. Seine Augen leuchteten hell, zu hell. Er hob Chief Akomolos Kopf und drehte ihn hierhin und dorthin, so dass wir ihn deutlich sehen konnten. Die goldgefasste Brille des Chiefs saß noch an ihrem Platz.

Von draußen konnte man die Rufe und Schreie der Marktfrauen wegen der Schüsse hören.

Der Corporal machte eine Handbewegung. »Hinaus«, sagte er. »Alle.«

Wir standen an der Kante des Balkons, der den Hof auf drei Seiten umgab. Die Marktfrauen schrien einander an, rempelten und schubsten sich. Es gab ein paar Schlägereien. Der Corporal nahm dem Soldaten Akomolos Kopf ab, hob ihn hoch und schwenkte ihn nach allen Seiten. Blut tropfte auf seine Uniform, ein Tropfen beschmierte seine Brille. Er schien es nicht zu bemerken.

»Der Tyrann ist tot!« kreischte er. Die Frauen hörten ihn nicht. Sie waren mit ihrem eigenen Geschrei beschäftigt. Deshalb schrie er es noch einmal. Zwei der Soldaten flankierten ihn und grinsten auf die Menge hinab. Ihr Grinsen wirkte ein bisschen irre. Ich legte den Arm um Anne und fühlte sie schaudern.

Einige der Schnorrer von der Cocktailparty tauchten am Rand der Frauenmenge auf. Das waren die unersättlich Neugierigen. Die Argwöhnischen waren beim Knallen der Schüsse geflohen. Ich konnte hören, wie Motoren angelassen wurden und Reifen quietschten, als Chief Akomolos Anhänger sich an dringende Verabredungen erinnerten.

Die Menge wurde stiller. »Der Tyrann ist tot!« brüllte der Corporal wieder mit heiserer Stimme und schwenkte weiter Akomolos Kopf. Dieses Mal hörten sie ihn, und sie schlugen sich auf die Seite des Siegers. Sie jubelten. Der Corporal schleuderte den Kopf in die Menge hinunter. Eine Frau fing ihn auf, verlor ihn, fing ihn abermals auf. Er ging von Hand zu Hand, die goldgeränderte Brille schief auf dem Gesicht. Irgendwo fiel sie ab. Dann verschwand der Kopf, und die Frauen traten ihn umher wie einen Fußball. Der Corporal stützte sich aufs Geländer und sah dem Spiel strahlend zu.

Fünf oder sechs Minuten lang amüsierten sich die Marktfrauen mit dem Kopf, aber dann hatten sie genug davon und drängten sich wieder zum Balkon, auf dem der Corporal in Siegerpose wartete. Sie hofften, dass noch mehr passierte. Der Corporal sagte ein paar Worte zu den Soldaten, die ihn flankierten. Sie grinsten, kamen schnell auf Anne zu, packten sie bei den Armen und zerrten sie zum Corporal. Ich warf mich auf die beiden, aber zwei andere Soldaten ergriffen mich bei den Armen und pressten mich an die Hauswand. Einer setzte mir die Mündung seines Gewehrs unters Kinn. Ich wehrte mich und bekam einen harten Schlag mit dem Lauf übers Ohr. Shartelle erwischte einen der anderen mit einem weitausgeholten linken Schwinger, der den Mann zu Boden warf, wobei er polternd sein Gewehr fallen ließ. Shartelle war schon fast bei Anne, als die anderen Soldaten ihn packten, zu Boden warfen und ihm die Gewehrkolben in den Rücken stießen.

Anne wehrte sich die ganze Zeit. Sie biss und tritt und fluchte. Die Marktfrauen sahen schweigend zu, wie die beiden Soldaten versuchten, sie übers Geländer zu heben. »Akomolos weiße Hexe!« brüllte der Corporal und deutete auf Anne. Anne schrie auf. Die Frauen grölten und lachten und streckten Anne die Arme entgegen. Ihre Gesichter bildeten ein dunkles Meer aus Hass, Wut und Gier.

Der Jeep raste laut hupend auf den Hof, gefolgt von einem Land Rover. Der grimmig dreinblickende Sergeant-Major, der den Jeep lenkte, feuerte aus einem Revolver dreimal in die Luft. Neben ihm saß Major Chuku. Die Soldaten ließen Anne los, und sie taumelte auf mich zu. Die beiden Soldaten, die mich festhielten, gaben mich frei und zogen sich zurück. Shartelle stöhnte, kam auf die Knie und zog sich am Geländer hoch, bis er halb darüber hing.

Major Chuku war in Felduniform und hatte ein Offiziersstöckchen. Soldaten in voller Feldausrüstung sprangen vom Land Rover und bildeten mit schussbereiten Gewehren einen Keil hinter dem Major. Major Chuku schlug sich mit seinem Stöckchen durch die Menge der Frauen. Der Sergeant benutzte Füße und Fäuste. Sie bahnten sich einen Weg zur Treppe und liefen die Stufen hinauf, dorthin, wo der Corporal und seine Leute eng beieinanderstanden. Die Waffen, mit denen Akomolo getötet worden war, lagen verloren auf dem Boden. Ich hielt Anne fest, weil sie unkontrollierbar zitterte. Ich lehnte an der Wand, weil ich nicht anders konnte, und sah Chuku und seinen Sergeant-Major die Treppe herauflaufen. Sie schienen endlos lange zu brauchen. Shartelle hing immer noch halb über die Brüstung, eine Hand an den Rücken gepresst, wo ihn die Gewehrkolben getroffen hatten.

Major Chuku gönnte dem Corporal und seinen Soldaten kaum einen Blick.

»Ist Miss Kidd unverletzt, Mr. Upshaw?«

»Uns geht's allen gut, ganz großartig.«

»Ist Mr. Shartelle verletzt worden?«

»Ich glaube nicht, dass er noch Nieren hat.«

»Wo ist Akomolo?«

»In seinem Arbeitszimmer.«

Der Major ging schnell in das kleine Büro und kam ebenso schnell wieder heraus. Er schüttelte den Kopf und schlug sich mit dem Stöckchen theatralisch in die linke Handfläche. Das bedeutete wohl, dass er empört war.

»Meine formelle Entschuldigung werde ich später aussprechen, Mr. Upshaw. Aber jetzt muss ich Ihnen eine Frage stellen. Haben die das getan?« Mit einer vagen Bewegung des Stöckchens deutete er auf die sechs Soldaten und den Corporal, die von dem Sergeant-Major in Schach gehalten wurden.

»Ja.«

Der Major wandte sich an den Sergeanten. »Stellen Sie die Leute an die Wand – dort.« Er deutete mit seinem Stöckchen. »Und erschießen Sie sie. Sorgen Sie dafür, dass die Frauen zusehen.«

»Sah!« bellte der Sergeant und salutierte zackig vor Chuku. Der magere Corporal sank auf die Knie, als er den Befehl hörte, und ließ sich dann schreiend auf den Boden fallen. Mit Fußtritten trieb der Sergeant ihn die Treppe hinunter. Der Corporal fiel wieder und bekam weitere Tritte von dem Sergeanten. Unten im Hof erteilte der Sergeant dem Keil der Soldaten einen knappen Befehl. Sechs lösten sich aus der Formation und trieben den Corporal und seine Leute zur hohen Mauer, die das Quartier umgab. Die Frauen sahen zu.

Der Corporal und die Soldaten stellten sich nicht an der Mauer auf, sie drängten sich in einem Klumpen zusammen. Der Corporal weinte. Der Sergeant gab seinen Leuten ein kurzes Kommando. Sie erschossen den Haufen aus Corporal und sechs Soldaten, während die Frauen zusahen.

Einige aus der Truppe des Sergeant mussten mehr als einmal schießen. Danach trat der Sergeant vor und jagte mit seinem Revolver jedem einzelnen noch eine Kugel in den Kopf, aber mir schienen sie alle schon tot zu sein.

Die Frauen jubelten. Sie hielten es weiter mit dem Sieger.

Shartelle, halb über dem Geländer hängend, sagte: »Scheiße.«

Der Major wandte sich an mich. »So sollte es nicht ablaufen«, sagte er.

Anne zitterte immer noch. Sie stieß leise wimmernde Töne aus, und ich hielt sie fest und streichelte ihr das Haar. Ich wiederholte wieder und wieder: »Es ist alles gut, alles gut.« Ich könnte es hundertmal gesagt haben.

Shartelle gelang es, sich aufzurichten. Sein Gesicht war verzerrt und bleich, und er drückte sich die Hände in den Rücken.

»So sollte es nicht ablaufen«, wiederholte Major Chuku.

»Wie denn?« sagte Shartelle. Seine Stimme war ein Krächzen.

»Es sollte keine Toten geben – kein Schießen.«

»Scheiße«, sagte Shartelle noch einmal. Er schwankte auf den Major zu und wäre beinahe gefallen. Ich beobachtete ihn über Annes Kopf hinweg. Der Major wich schnell zurück. »Keine Toten, wirklich?« krächzte Shartelle. »Nichts Brutales, keine Gewalt. Und wie war das mit Captain Cheatwood?«

Major Chuku blinzelte schnell. »Was soll mit Cheatwood gewesen sein?«

»Sie haben ihn getötet«, entgegnete Shartelle. »Oder töten lassen. In unserer Auffahrt.«

»Sie sind verrückt.«

Shartelle wühlte in seinen Taschen und fand eine krumme schwarze Zigarre. Er steckte sie sich in den Mund und zündete sie an. Jetzt wirkte er beinahe ruhig, als er Rauch inhalierte und Major Chuku ins Gesicht blies. Der Major wedelte ihn beiseite.

»Nein, ich bin nicht verrückt. Sie haben Cheatwood getötet, weil er hinter Ihren Coup gekommen war.«

»Das war ein bedauerlicher Vorfall, Mr. Shartelle. Es tut mir leid, dass Sie davon betroffen waren. Aber das ist nicht Ihre Angelegenheit.«

»Akomolo war mein Kandidat«, erwiderte Shartelle. »Und Sie haben ihn umbringen lassen. Was ist denn mit den anderen – dem alten Hadschi Sir und Dr. Kologo? Sind die auch bei bedauerlichen Zwischenfällen umgekommen?«

»Sie sind zu ihrem eigenen Schutz unter Arrest gestellt worden.«

»Aber Cheatwood konnten Sie nicht unter Arrest stellen, oder? Sie mussten ihn erstechen lassen. Sie, Major Chuku, denn Cheatwood hat noch versucht, uns zu informieren. Er hat versucht, Ihren Namen in den Boden zu kratzen, aber nur noch das ›C‹ und den ersten Strich des ›H‹ geschafft, bevor seine Zeit um war. Eine Minute länger, und es hätte alles dagestanden.«

»Es hätte auch sein eigener Name werden können«, sagte Chuku sanft. »Es hätte auch Ihre CIA sein können, Mr. Shartelle.«

»Hätte, war es aber nicht, weil Sie nicht dulden konnten, dass die armen Leute ihre eigenen kläglichen Fehler machen, oder? Nicht einmal für kurze Zeit. Sie konnten nicht dulden, dass sie auch nur einen Monat lang ihr eigenes Land vor die Hunde gehen lassen.« Shartelles Stimme klang wie die eines Ochsenfroschs, aber er fuhr fort: »Deshalb nehmen Sie die Verlierer in Schutzhaft, wie Sie es nennen, und den Wahlsieger bringen Sie um. Nur der Sieger ist tot, wie? Mein Sieger.«

»Das war ein Unfall. Diese Leute hatten den Befehl, am Eingang des Quartiers Wache zu beziehen. Sie sollten Chief Akomolo an der Flucht hindern. Sie haben auf eigene Faust gehandelt.«

»Die haben meinen Kandidaten ermordet, Major – *meinen!* Und sie waren unter Ihrem Kommando, und damit sind Sie verantwortlich.«

»Sie werden wohl zugeben, dass sie angemessen bestraft worden sind.«

»Und die Leute, die Cheatwood ermordet haben? Wurden die auch angemessen bestraft? Erzählen Sie mir doch keinen Quatsch, Major. Das ganze Land ist betroffen, ein geschickt ausgeheckter Coup. Cheatwood ist dahintergekommen und musste getötet werden. Wer hat Sie unterstützt? Die CIA? MI 6?«

»Sie trauen uns entschieden zu wenig zu, Mr. Shartelle. Sogar Afrikaner können manchmal ihre Angelegenheiten ohne Hilfe von Ausländern regeln. Das könnte Ihnen eine Lehre sein.«

»Sie sind also los und haben einen eigenen hausgemachten Putsch geschafft – Sie und der Rest der Armee. Und unter welchem Vorwand wollen Sie die Briten draußen halten?«

»Eine förmliche Erklärung ist ausgearbeitet worden. Sie können sie im Radio hören oder morgen in den Zeitungen lesen.«

»Etwas über Korruption und den Zwang zur Sparsamkeit und Stabilität in den harten Zeiten nach der Unabhängigkeit?«

Der Major erlaubte sich ein schwaches Lächeln. »Etwas Ähnliches.«

Die Frauen verließen den Hof, hinausgedrängt von den Soldaten unter Chukus Kommando. Sie gingen leise – ihr Schwatzen war verstummt. Im Hof herrschte Stille. Shartelle wandte sich an mich. »Ist mit Miss Anne alles in Ordnung?«

»Ich will sie von hier fortbringen.«

Er nickte und wandte sich wieder an den Major. »Ich werde Ihnen was sagen, Freundchen. Sie haben gerade einen Fehler gemacht. Sie haben gerade so was wie den unpopulärsten Staatsstreich der Geschichte durchgezogen, und wenn ein Coup nicht populär ist, dann gibt es Ärger. Wenn Sie ein, zwei Monate gewartet hätten, wäre alles klar gegangen. Aber die Leute haben gerade ihre Stimme abgegeben, und sie wollen sehen, wer gewonnen hat und was die Sieger nach der Wahl tun. Deshalb, Junge, kriegen Sie Ärger mit den Leuten, und wenn Sie Ärger mit den Leuten haben, kriegen Sie auch Ärger mit denen, die das Geld haben. Die können Sie aushungern. Und wenn die Leute hungrig genug sind, dann wird irgendein anderer Major oder Lieutenant Colonel kommen und gegen Mitternacht an Ihre Tür klopfen, und wenn Sie Glück haben, markieren die vielleicht sogar Ihr Grab.«

»Sie malen ein ziemlich düsteres Bild, Mr. Shartelle. Ich hatte nicht erwartet, dass Sie zu solch theatralischem Hass fähig wären.« Wieder lächelte er flüchtig. »Vielleicht wird sich das legen, nachdem Sie Albertia verlassen haben. Und Sie werden das Land verlassen, wissen Sie, Sie und Mr. Upshaw, innerhalb von vierundzwanzig Stunden. Ihren Hass können Sie mitnehmen.«

»Major, Sie haben meinen Klienten umgebracht. Meinen Sieger.« Shartelle klopfte sich gegen die Brust. »Meinen. Und was Hass bedeutet, können Sie erst wissen, wenn Sie von mir gehasst werden.«

Der Major erlaubte sich wieder ein Lächeln. Es war vermutlich das letzte an diesem Tag. »Vielleicht treffen Sie auf einen Hass, der Ihrem gewachsen ist. Hier in Afrika.«

Shartelle schüttelte langsam den Kopf und starrte den Major an. »Den gibt es nicht, Major. Den kann es gar nicht geben.«

27

Um sieben Uhr waren wir wieder in dem Haus mit dem vorspringenden Dach. Shartelle hatte den Wagen gelenkt, und überall in Ubondo stießen wir auf Gruppen patrouillierender Soldaten. Einmal wurden wir von ihnen angehalten, durchaus höflich, und aufgefordert, bald die Straße zu verlassen. Das Haus war verschlossen, als wir hinkamen; niemand vom Personal war da.

Auf der Rückfahrt sagte keiner von uns viel. Shartelle war sofort ans Telefon gegangen und sprach jetzt mit Claude. Anne saß auf der Couch, ein Glas Kognak in der Hand, und starrte zu Boden. Ich stand in der Tür, blickte in die Nacht hinaus und trank ebenfalls Kognak. Ich versuchte zu analysieren, was ich empfand, und hatte dabei nicht viel Glück. Mein Ohr tat weh.

Shartelle beendete sein Gespräch mit Claude und wählte eine andere Nummer. Ich hörte nicht hin. Es gab niemanden in Albertia, den ich anrufen wollte. Ich ging ins Esszimmer und schenkte mir Kognak nach. Dann kehrte ich in den Wohnraum zurück und blieb neben Anne stehen.

»Alles in Ordnung?« fragte ich.

Sie blickte auf und lächelte. »Alles in Ordnung. Es lässt nach. Der Kognak hilft.«

»Wenn Shartelle mit dem Telefonieren fertig ist, werde ich uns einen Flug buchen.«

»Wohin?«

»Wohin die erste Maschine geht. Norden, Süden, Westen – es spielt keine Rolle.«

»Ich verstehe dich nicht.«

»Das ist einfach«, sagte ich. »Wir reisen ab.«

»Ich kann nicht abreisen. Ich weiß, du musst weg, aber ich kann nicht. Morgen habe ich in der Schule zu unterrichten. Ich kann nicht einfach so weg. Erst wenn ich fertig bin.«

Ich kniete neben ihr nieder. »Was ist das für ein Unsinn? Es ist vorbei, Anne. Alles ist vorbei. Erledigt. Die Guten sind alle totgeschossen, und die Bösen haben die Ranch. Es ist Schluss.«

»Nein«, sagte sie, »ist es nicht. Die Schule ist morgen wieder offen, wie immer. Sie muss offen sein – ganz besonders morgen. Das siehst du doch ein, nicht wahr?« Sie streckte die Hand aus und strich mir sanft übers Gesicht, wo der Gewehrlauf mich getroffen hatte. »Tut es sehr weh?«

Ich schüttelte den Kopf.

»Die Kinder werden morgen da sein. Sie warten da auf mich und brauchen mich, weil sie verwirrt und ein bisschen verängstigt sein werden. Ich bin etwas Konstantes in ihrem Leben. Sie haben keine Wahl verloren – das haben nur die Kandidaten. Ich weiß nicht, vielleicht hat auch das Land etwas verloren, aber dafür darf man doch die Kinder nicht bestrafen.«

»Du kannst zurücktreten«, sagte ich. »Du bist nicht dienstverpflichtet. Du kannst aufhören, und wir können heiraten, in Rom, Paris oder London oder wo sonst das Flugzeug landet.«

»Das würde ich gern, Pete. Du weißt nicht, wie sehr ich mir das wünsche, aber ich kann hier nicht fort. Und anscheinend kann ich es dir nicht erklären oder verständlich machen.«

»Ich weiß nicht. Vielleicht verstehe ich eben Wörter wie ›Verpflichtung‹ und ›Hingabe‹ und ›Motivation‹ nicht. Für mich ist das bloß Fachjargon. Ich weiß, dass ich hier nicht länger erwünscht bin. Ich glaube nicht, dass es der neuen Regierung gefällt, wenn ich hier noch sechs oder sieben Monate herumhänge, nur damit ich deine Bücher von der Schule nach Hause tragen kann.«

Sie sah mich an, und ich sah die Tränen in ihren Augen. »Ich weiß. Ich weiß, dass du nicht bleiben kannst, aber ich weiß auch, dass ich bleiben muss. Ich muss einfach.«

Shartelle hängte ein und kam zu uns herüber. Er griff nach dem Kognak, den ich ihm eingegossen hatte, und trank einen kräftigen Schluck. »Das war Jenaro«, sagte er. »Er ist auf der Flucht zum Palast des Ile – fährt mit einem dieser Volkswagen, die er gekauft hat. Er musste dafür sorgen, dass Mamma und die Kinder sicher aufgehoben sind. Dekko und Doc Diokadu sind schon auf dem Weg zum Ile. Ich glaube, Sie und ich können mit dem Humber um Mitternacht dort sein.«

»Sie und wer?«

»Sie und ich. Junge. Beim Ile.«

»Das ist nicht Ihr Ernst, Shartelle.«

Er legte den Kopf auf die Seite und musterte mich. »Ich glaube schon, Pete. Jenaro sagt, sie hätten einen Plan für den Notfall vorbereitet. Zum Teil politisch, zum Teil Guerrilla. Sie brauchen Hilfe – jemand, der für sie denkt, nehme ich an.«

»Was haben Sie vor, Shartelle? Wollen Sie sich mit ein paar gescheiterten Politikern zusammentun, die in den Busch getürmt sind? Einen Guerrillakrieg führen? Mein

Gott, Sie sind nicht Fidel Castro. Sie sind nicht mal Che Guevara.«

»Sie kommen also nicht mit?«

»Zum Palast des Ile?«

»Ja.«

»Nein, ich komme nicht mit. Ich habe vierundzwanzig Stunden Zeit, um das Land zu verlassen. Wenn ich danach noch hier bin, ende ich vielleicht draußen auf der Auffahrt und versuche, in den Boden zu kratzen, wer auch immer mich erstochen hat. Nein, ich komme nicht, aber ich bin ja auch kein Guerrilla-Fachmann. Die brauchen mich nicht. Ich glaube auch nicht, dass sie Sie wirklich brauchen. Ich glaube nur, dass Sie zweigleisig aufs Kreuz gelegt worden sind, und das tatenlos hinzunehmen, ist bitter.«

Shartelle ging zu einem Sessel und ließ sich behutsam darauf nieder. Er streckte die langen, in Seersucker gehüllten Beine aus, legte den Kopf zurück und starrte zur Decke.

»Also, ich bin nicht beleidigt, Pete, weil ich weiß, dass Sie aufgebracht sind. Und vielleicht ist es auch so, wie Sie sagen. Vielleicht hat man mich aufs Kreuz gelegt und ich bin darüber so sauer, dass ich etwas Idiotisches tue. Aber etwas von mir hat hier Wurzeln geschlagen, und wenn ich so verschwinden würde, wie der Major gesagt hat, dann wäre es dasselbe wie eine Flucht, bei der man einen guten Arm oder ein gutes Bein oder Auge zurücklässt. Das kann ich nicht. Sie haben mir etwas weggenommen, dieser aalglatte Major und seine Bande. Und was sie genommen haben, ist alles, was ich hatte. Also, ich weiß nicht, ob Sie das verstehen, Junge, aber ich will versuchen, es zurückzubekommen. Ich kann nicht weg, ohne es zu versuchen, und vielleicht genügt der Versuch schon. Aber ich weiß, dass ich es tun muss.«

»Was haben Sie denn hier verloren, Clint? Einen Fetzen von Ihrem großen Ruf? Den Wahlkampf haben Sie nicht verloren, der Sieg wurde Ihnen mit vorgehaltener Waffe geraubt. Es war ein Überfall, ein Straßenraub. Das Einzige, was Sie hier verloren haben, ist Ihr verdammter Verstand.«

»Er will es einfach nicht verstehen, Clint«, sagte Anne. »Wenn er es verstehen wollte, würde er bleiben, und das will er niemandem schuldig sein.«

»Bleiben Sie?«

»Ja«, antwortete sie. »Ich muss. Das wissen Sie doch.«

»Ich weiß.«

Ich verstand genau, wovon sie sprachen, aber ich wusste auch, dass es für mich zu spät war. Runde vierunddreißig Jahre zu spät. Ich wusste, es war für mich zu spät, mich jemandes Konterrevolution anzuschließen. Ich stand auf, ging nach hinten in mein Zimmer, nahm meinen Koffer aus dem Schrank und begann, Kleidungsstücke hineinzuwerfen. In der untersten Schublade fand ich einen blauen Jeansrock und eine weiße Bluse. Ich legte sie in den Koffer. Dann nahm ich sie wieder heraus und legte sie zurück in die Schublade. Ich schien keine Andenken zu brauchen. Als ich mit dem Packen fertig war, brachte ich den Koffer ins Wohnzimmer. Anne war am Telefon. Sie sagte »Danke« und hängte ein.

»Um elf Uhr heute Abend geht ein Flugzeug. Das war das Konsulat. Sie wissen schon, dass du *persona non grata* bist, und sie haben dir einen Platz in der ersten Maschine gesichert. Falls du entschlossen bist, zu gehen.«

»Ich glaube nicht, dass mir die albertianischen Gefängnisse gefallen würden.«

Shartelle lag noch immer ausgestreckt in seinem Sessel, die Augen auf die Decke gerichtet. »Ich wollte, Sie würden es sich überlegen. Es könnte großen Spaß machen.«

»Der Spaß heute Abend hat mir gereicht.«

Shartelle richtete sich langsam auf, zog Stift und Notizbuch aus der Tasche und begann zu schreiben. Er reichte mir das Blatt. »William ist wieder da, hat eben reingeschaut, als Sie gepackt haben. Er bringt Sie mit dem LaSalle nach Barkandu. Ich nehme den Humber und sorge dafür, dass Anne heil und gesund nach Hause kommt.«

»Danke. Für wen ist der Zettel?«

»Erinnern Sie sich an das kleine alte Lokal auf dem halben Weg zwischen hier und Barkandu? *The Colony*? Wo wir den Amerikaner Mike getroffen haben?«

Ich nickte.

»Geben Sie ihm den Zettel unterwegs ab. Sie können ihn ruhig lesen.«

Die Nachricht lautete: »Mike, wenn Sie mit dem handeln, was ich denke, dann brauche ich einiges. Madame Claude Duquesne in Ubondo ist mein Kontakt. Shartelle.«

Ich faltete den Zettel zusammen und steckte ihn in die Tasche. »So können Sie sie umbringen«, sagte ich.

Shartelle paffte an seiner Zigarre und sah mich nachdenklich an. »Das dürfte wohl meine Sache sein, Junge. Und ihre.«

William fuhr mit dem LaSalle vor die Veranda. Das Verdeck war hochgeklappt. Er sah mich an, wollte etwas sagen, besann sich anders, nahm meinen Koffer und brachte ihn zum Wagen.

»Ich sollte wohl auch packen«, sagte Shartelle. Auf dem Weg zur Tür seines Zimmers deutete er ein Salutieren an. »Falls Sie es sich überlegen, Pete, geben Sie mir Bescheid. Sie sind ungefähr der drittbeste Schreiber der Welt. Wir könnten Sie brauchen.«

Ich nickte. »Bis dann, Shartelle.«

An der Tür seines Zimmers blieb er stehen, paffte an seiner Zigarre und zeigte mir zum letzten Mal sein boshaftes Grinsen. »Bis dann, Junge.«

Anne saß noch mit dem Kognakglas in der Hand auf der Couch. Ich setzte mich neben sie. »Das ist nicht das Ende, weißt du.«

Sie sah mich an, und in den Augen, die ich so gut kannte, standen Schmerz und Leid. »Für mich wird es nie enden, Liebling. Ich fühl mich nur krank, das ist alles. Ich fühl mich krank, weil du gehst und ich bleiben muss. Ich fühl mich krank, weil ich nicht bei dir sein kann.«

»Es ist nicht für lange.« »Ich schreibe dir jeden Tag.«

»Ich werde viel unterwegs sein.«

»Du gehst doch nach London zurück.«

»Für einige Zeit jedenfalls.«

»Ich liebe dich, Pete.«

»Das Haus am Strand. Vergiss es nicht.«

Danach küsste ich sie und hielt sie in den Armen. »Ich liebe dich«, sagte ich. Und dann dachte ich an die Zeile: »... liebt' ich nicht Ehre mehr.« Das hatte ich gerade hinter mir. Als ich ihr Schluchzen mehr spürte als hörte, küsste ich sie noch einmal sanft auf die Stirn, stand auf und ging durch die Tür, die Stufen hinunter zum Wagen. Ich setzte mich neben William. Er erhob keinen Einwand.

»Fahren wir los«, sagte ich.

»Barkandu, Sah?«

»Zum Flughafen.«

Ich blickte zurück, erst jetzt. Anne saß auf der Couch im Wohnraum des Hauses mit dem vorspringenden Dach. Sie war eingerahmt von der offenen Fenstertür. Sie saß sehr still, hielt das halbleere Kognakglas in der Hand. Sie blickte nicht auf, als wir abfuhren. Sie schien zu weinen.

William fuhr schnell, und der alte Wagen nahm die Kurven gut. Wir wurden einmal von Soldaten angehalten und schafften es bis zur *The Colony* in fünfundvierzig Minuten. Ich stieg aus und ging hinein. Der Mann namens Mike lehnte an der Bar, hörte Radio Albertia zu, das die Notwendigkeit des Staatsstreichs erklärte, und sah dem Deckenventilator beim Kreiseln zu. Gäste waren keine da.

»Was soll es sein?«

»Scotch. Ein doppelter.«

Er nickte, trat hinter die Bar und goss den Drink ein. Er schob ihn mir über das Mahagoni hin.

»Ärger, höre ich.«

»Reichlich Ärger.« Ich reichte ihm den Zettel. »Von Shartelle.«

Er las den Zettel und zerriss ihn. Er nickte zum Dank.

»Bleiben Sie?« fragte er.

»Nein. Sie?«

»Eine Zeitlang«, antwortete er. »Vielleicht kommt das Geschäft etwas in Gang.«

»Mit Waffen?«

Er sah mich nur an. »Trinken Sie einen aufs Haus.« Er goss uns beiden Doppelte ein. Ich trank, bedankte mich und wandte mich zum Gehen. An der Tür blieb ich stehen und drehte mich um. »Kennen Sie Shartelle von früher?«

Er nickte wieder. »Wir sind uns mal begegnet. Lange her, in Frankreich. Er hat mich für einen Franzosen gehalten, bis er mir einmal auf die Hand getreten hat und ich ihn Hurensohn genannt habe.«

»Er hat gesagt, er kennt Sie.«

»Er hat ein gutes Gedächtnis.«

Ich setzte mich wieder in den Wagen, und William fuhr in fünfzig Minuten bis zum Flughafen. Er war gedrängt voll von Menschen, aber ein Vertreter des Konsulats beschaffte eine Bestätigung für meine Buchung. Ich musste zwanzig Minuten warten.

»Ich lade Sie ein zu einem Drink«, sagte ich zu William.

Ich trank noch einen Whisky, er ein Bier. »Wo ist Ihr Bruder?«

»In Schule, Sah. Sehr gute Schule Madam Anne für ihn macht.«

»Geht er morgen hin?«

William schien irritiert. »Ja, Sah. Er jeden Tag hin.«

Ich nickte. »Was wünschen Sie sich mehr als alles Andere, William?«

Er lächelte scheu. »Ich wünsche Taxi.«

»So einen Morris Minor?«

»Ja, Sah.«

»Wie viel brauchen Sie dafür?«

»Viel Geld, Sah. Dreihundert Pfund.«

Ich zog meine Brieftasche. Ich hatte noch 132 albertianische Pfund. Ich gab sie William. »Für eine Anzahlung«, sagte ich. »Es ist von Shartelle und mir.«

Meine Maschine wurde aufgerufen, ehe er mir danken konnte. Ich schüttelte ihm die Hand, und er folgte mir so weit, wie es ihm die Passkontrolle erlaubte. Ich stieg in die Maschine, und sie startete. Bloß ein weiterer Flug. Sie flog über den Ozean hinaus, wendete und flog zurück über den Hafen von Barkandu in Richtung Sahara und Rom. Ich blickte nur einmal hinunter.

»Toller Hafen«, sagte ich laut. Der Mann neben mir gab vor, mich nicht zu hören.

28

Zwei Monate später saß ich in einem nagelneuen Büro in einem nagelneuen Zeitungshaus in einer dieser nagelneuen Städte, wie sie jetzt zwischen Wasser und Sumpf an der Ostküste Floridas aus dem Nichts gebaut werden. Auch das Schild an meiner Tür war neu, und darauf stand Verantwortlicher Redakteur. Mit den Füßen auf dem neuen Schreibtisch saß ich da und las meinen täglichen Brief von Anne Kidd, die schrieb: »Man hat mich gebeten, noch sechs Monate als Leiterin der Schule zu bleiben. Ich bin nicht mehr freiwillige Helferin des Friedenskorps, sondern privat angestellte Schulleiterin. In sechs Monaten kann ich jemanden ausbilden, der nach meinem Ausscheiden meinen Platz übernimmt. Ich glaube nicht, dass ich Dir erklären kann, warum ich zugesagt habe. Ich hoffe nur, dass Du mich verstehst. Das tust Du doch?

Gestern habe ich Claude getroffen, die mir eine Nachricht von Shartelle übergab, um sie an Dich weiterzuleiten. Ich wiederhole sie hier wörtlich: ›Kleine, aber wachsende Konterrevolution in Westafrika sucht fähigen, vielseitigen PR-Direktor, der die volle Verantwortung übernimmt. Schnelle Aufstiegschancen. Unsere Auftraggeber sind von dem Angebot unterrichtet.‹«

Ich las den Rest des Briefes, faltete ihn zusammen und steckte ihn wieder in die Tasche. Es war das vierte Mal, dass ich ihn gelesen hatte. Noch einmal, dann konnte ich ihn auswendig.

George Sexton, der Nachrichtenredakteur, kam in meinen Glaskasten und gab mir ein langes gelbes Blatt mit einem AP-Bericht und ein Bildtelegramm. Zuerst sah ich mir das Bildtelegramm an.

»Kennen Sie nicht diese Leute?« fragte Sexton.

Ich kannte sie. Das Bild zeigte vier Personen: Dekko in der Mitte sah angemessen grimmig und entschlossen aus. Jenaro, links von ihm, lächelte breit unter seiner Panoramabrille. Dr. Diokadu stand rechts von Dekko mit dem üblichen Papierstapel unter dem Arm. Shartelle war wie zufällig mit auf das Bild gekommen, links und etwas hinter Jenaro. Er sah so aus wie auf allen Bildern, die ich von ihm kannte: als ob er sich daran zu erinnern versuchte, ob er den Backofen ausgemacht hatte.

»Ich kenne sie«, sagte ich zu Sexton und griff nach dem Bericht. Er war von Foster Mothershand aus Barkandu. Die Einleitung besagte, dies sei das erste Interview mit Chief Dekko seit dem Putsch. Die Story war gut geschrieben und mindestens zweitausend Wörter lang. Offenbar hatte Shartelle das Versprechen gehalten, das er dem alten AP-Mann gegeben hatte.

Ich las es schnell. Dekko, der aus dem tiefen Busch heraus operierte, verursachte der neuen Militärregierung großen Ärger, und es schien, als würde er ihr noch viel mehr bereiten. Mothershand erwähnte nebenbei Shartelle und widmete dann etwa fünfhundert Wörter einer belehrenden Zusammenfassung über die Zukunft Albertias. Sie schien nicht besonders rosig zu sein.

»Streichen Sie es auf achthundert Wörter zusammen und bringen Sie es auf Seite neun«, sagte ich. »Nennen Sie Mothershand als Verfasser.«

»Was machen wir mit dem Foto?« fragte Sexton.

»Schneiden Sie den Mann links ab – den Weißen mit dem schwarzen Hut.«

»Ist das nicht Ihr Kumpel?«

»Er hat was gegen Publicity.«

»Fehlt Ihnen nicht die Aufregung ein bisschen, Pete?«

Ich sah ihn an. Er war erst dreiundzwanzig. »Nein«, sagte ich. »Fehlt mir nicht.«

Er ging zurück zu seinem Schreibtisch, und ich griff in die unterste Schublade von meinem und holte mein Mittagessen heraus – eine halbe Flasche Ancient Age. Ich drehte den Stuhl so, dass ich aus dem großen Panoramafenster blicken konnte, das eine ganze Wand meines Büros bildete. Es ging auf die Straße hinaus. Auf der anderen Straßenseite lag ein eingeschossiges Motel, und hinter dem Motel der Ozean. Ich öffnete die Flasche Ancient Age und trank einen Schluck. Zwei kleine Kinder, ein strohblonder Junge und ein Mädchen, kamen vorbei, blieben stehen und drückten ihre Nasen an meinem Fenster platt, um den Verantwortlichen Redakteur bei der Arbeit zu studieren. Ich prostete ihnen mit der Flasche zu und legte sie dann in die unterste Schreibtischschublade zurück. Der Junge streckte mir die Zunge heraus.

Ich wandte mich zur Schreibmaschine, schob ein Blatt Papier ein, überlegte kurz und tippte:

Anne Kidd
c/o USIS
UBONDO, ALBERTIA, WESTAFRIKA
BETR DEINE NACHRICHT SAG BUTTTER-
KEKS STELLENANNONCE ZURÜCKZIEHEN

DRITTBESTER KRITZLER DER WELT EINTRIFFT BALDIGST STOP SCARAMOUCHE

Ich schrie nach dem Büroboten, gab ihm zehn Dollar und befahl ihm, zur Western Union zu laufen und das Telegramm aufzugeben. »Wenn die es nicht befördern können, dann gehen Sie zur RCA.«

Ich blickte noch einmal auf den Ozean hinaus, dann griff ich nach dem Telefon und wählte eine Nummer. Ich tat es schnell, ehe ich es mir anders überlegen konnte. Als sich jemand meldete, war es das Mädchen, und ich wusste, dass es länger dauern würde. Der Mann begriff schneller.

»Ich möchte einen Platz in der ersten Maschine morgen früh nach New York reserviert haben«, sagte ich. Das war einfach. Sie konnte die Buchung bestätigen. »Ferner möchte ich einen Flug mit der nächsten Maschine von New York nach Barkandu buchen.« Das war schwerer. »Barkandu liegt in Albertia«, erklärte ich. »Und Albertia in Afrika.«

Ich musste lange warten, während sie auf einer anderen Leitung in New York anrief. Dann meldete sie sich und sagte ja, sie könne den Flug bestätigen, für morgen 16 Uhr 15 ab Kennedy Airport. Sie hatte noch eine Frage und musste sie zweimal stellen, weil ich mir die Antwort eine Weile überlegen musste. Als sie die Frage zum dritten Mal stellte, sagte ich: »Nein, ich glaube nicht. Hinflug genügt.«

Ich legte auf, saß einen Augenblick lang da und starrte ins Nichts. Dann stand ich auf, sagte Sexton, ich ginge essen, überquerte die Straße, wanderte um das Motel herum und zum Strand hinunter. Es war Ende Oktober, und die

Saison hatte noch nicht begonnen. Der Strand war leer. Ich setzte mich in den Sand und schaute den Ozean an. Drei kleine Kinder jagten dicht am Rand der anlaufenden Wellen einen großen Hund. Der Hund bellte vergnügt und wedelte mit dem Schwanz. Dann machten die Kinder kehrt und ließen sich eine Zeitlang von dem Hund jagen. Das trieben sie so eine ganze Weile, ohne dass jemals eine Partei die andere gefangen hätte. Ich saß da, sah ihnen zu und versuchte, nicht zu denken. Aber die Gedanken kamen trotzdem.

Schließlich stand ich auf und klopfte mir den Sand ab. Die Kinder und der Hund jagten immer noch hin und her. Ich bückte mich, hob einen Kiesel auf und warf damit nach ihnen. Vielleicht warf ich ihn auch auf Afrika.

Getroffen habe ich nichts.

Ross Thomas im Alexander Verlag Berlin

»Seine Helden heißen Mac McCorkle, Clinton Chartelle, Decatur Lucas, Chubb Dunjee, Ancel Easter, Quincy Durant oder auch einfach Arthur Case Wu. [...] Und ihr Autor ist ein Experte für schmutzige Wahlkampftricks, Oldtimer-Autos, Bars, selbstbewusste Frauen, die Mechanismen politischer Entscheidungsprozesse in repräsentativen Demokratien, Katzen, Westafrika, Faustfeuerwaffen, Seven-layer Mint Frappés, smarte Kleidung, einfaches, aber gutes Essen und das Zusammentragen von scheinbar nebensächlichen Einzelheiten, zum Beispiel über die Mafia.

Ein Roman von Ross Thomas ist nicht einfach ein Krimi oder ein Polit-Thriller, sondern eine diabolische Analyse unserer politischen Verhältnisse. [...] In einer Welt, in der die Hallelujarufe politischer Heilslehren seltsam kontrastieren mit nuklearen Abschreckungssystemen, haben die Romane von Ross Thomas eine geradezu luziferische Nützlichkeit: Sie immunisieren gegen ideologische Bakterien und möbeln die geistige Durchblutung auf.«

Jörg Fauser

***

Zu hoch gepokert

Ein Philip-St. Ives-Fall

»Stadt und Atmosphäre sind formvollendet gezeichnet. Der Plot – wie immer herrlich verschlungen und von süffisanten Dialogen vorangetrieben.« Philipp Haibach, *der Freitag*

Der Messingdeal

Ein Philip-St. Ives-Fall

»Eine fein geschnittene, elegant über alle verfügbaren Schnittstellen einer Gegenwart rasende Geschichte. Man möchte ein Abo abschließen beim Verlag.« Elmar Krekeler, *DIE WELT*

Protokoll für eine Entführung

Ein Philip-St. Ives-Fall

»St. Ives ist ein so angenehm unheldischer, zugleich aber so geistesgegenwärtiger Protagonist, dass man sich schon jetzt auf die nächsten Begegnungen mit ihm freut.« Peter Körte, *FAZ*

Keine weiteren Fragen

Ein Philip-St. Ives-Fall

»Auch *Keine weiteren Fragen* hat die Qualitäten, die typisch sind für den Autor: nüchtern-lakonischer Erzählstil, knackige Dialoge, trockener Humor.« Hanspeter Eggenberger, *Tages-Anzeiger*

Das Procane-Projekt

Ein Philip-St. Ives-Fall

»Thomas ist ein genialer Punchline-Schreiber, seine Sätze kommen wie eine Gerade beim Boxen. Wer diesen Sound mag, freut sich diebisch über diese Wiederentdeckung.« Oliver Creutz, *stern*

Kälter als der Kalte Krieg

Ein McCorkle-und-Padillo-Fall

»Der erste Roman von Ross Thomas in einer neuen, überarbeiteten Ausgabe – eine Blüte des Genres. Mit einem Vorwort von Meisterregisseur Dominik Graf.« Friedrich Ani

Gelbe Schatten

Ein McCorkle-und-Padillo-Fall

»Thomas' Tonfall ist so trocken wie ein Martini, seine Erzählweise so präzise wie die Mechanik eines alten Colt Python, dessen Hahn ganz langsam gespannt wird.« Hans Jörg Wangner, *Stuttgarter Zeitung*

Die Backup-Männer

Ein McCorkle-und-Padillo-Fall

»Intelligent, stilsicher, aktionsreich und unterhaltsam, garniert mit grandiosen Dialogen, ein thrillernder Abenteuerroman ohne jeden Makel.« *WDR5*

Dämmerung in Mac's Place

Ein McCorkle-und-Padillo-Fall

»Bei Thomas spürt man: Er war dabei. Er tut nicht nur so, er hat den Arbeitsmief noch im Hemd und kennt die Tricks der Hinterzimmer wirklich. Wer sich in diesen Tagen über das Ausmaß der amerikanischen Telefon- und Internetspionage wundert, hat Ross Thomas nicht gelesen.« Paul Ingendaay, *FAZ*

Umweg zur Hölle

Ein Artie-Wu-und-Quincy-Durant-Fall

»Die Dichte der Handlung ist so kunstvoll geknüpft, das Tempo so atemberaubend, die Auswahl der Figuren so raffiniert, dass man keinen Augenblick zögert, diesen Roman neben die besten der amerikanischen Literatur der 70er-Jahre zu stellen.« Jörg Fauser

Am Rand der Welt

Ein Artie-Wu-und-Quincy-Durant-Fall

»Politthriller und Gaunerstück in einem, einer der besten Krimis, die je geschrieben wurden.« *Bücher*

Voodoo, Ltd.

Ein Artie-Wu-und-Quincy-Durant-Fall

»Ross Thomas hat mit seiner Artie-Wu-Trilogie ein Standardwerk über die Korridore der Macht verfasst. Mit einer Prosa, die nur so funkelt vor Esprit und Witz.« *WDR5*

Gottes vergessene Stadt

»Einer der besten Thomas-Romane, in dem man alles findet, was seine enormen handwerklichen Fähigkeiten ausmacht: Stilsicherheit, Präzision, Lakonie und nicht zuletzt Witz.« *MDR Figaro*

Der achte Zwerg

»Plot, Politik, Pointen, alles martini-trocken, lakonisch, gelassen, ohne Illusionen, voller Einsichten.« Peter Körte, *F.A.S.*

Der Mordida-Mann

»Der Roman ist von einer so kalten Brillanz, dass man sich beim Umblättern die Finger verbrennt.«
Thekla Dannenberg, *perlentaucher.de*

Die im Dunkeln

»Thomas zeigt gnadenlos, wie Politik funktioniert. Schlafraubende Nachttischlektüre für mündige Skeptiker.« Tobias Gohlis, *FOCUS*

Fette Ernte

»Grotesker Witz, stilvolle Briganten, große Schwindel: Ross Thomas hatte es drauf wie kaum einer.« Krimi*ZEIT*-Bestenliste

Teufels Küche

»Dieses Buch ist definitiv das beste, das ich von Ross Thomas gelesen habe. Es ist bissiger, wundervoller Stoff; die scharfe Beobachtungsgabe gepaart mit derart vergnügt boshaften Handlungssträngen hat Beifall verdient.« Stephen King

Dornbusch

»Kaum einer schreibt so schön über menschliche Niedertracht und politisches Ränkespiel.« Hans Jörg Wangner, *Stuttgarter Zeitung*

Dann sei wenigstens vorsichtig

»Die Fiktion ist meist näher an der Realität, als einem lieb ist. Wie auch dieser Thriller aus der Nixon- und nicht Trump-Ära. Dass Großmeister Thomas hier noch als Geheimtipp gilt, ist leider nicht fiktiv.« Philipp Haibach, *DIE WELT*

Der Yellow-Dog-Kontrakt

»Bloß keine gelben Hunde wecken! Ross Thomas zeigt, wie schmutzig amerikanische Wahlkämpfe sein können.«
Hannes Hintermeier, *FAZ*

Porkchoppers

»Einer der besten von Ross Thomas' lakonischen, politisch überaus inkorrekten Krimis der Siebziger: Großer Gewerkschaftsverhau.«
Reinhard Brembeck, *Süddeutsche Zeitung*

Der Fall in Singapur

»Die Skala der Typen und Charaktere, die einem unterwegs begegnen, ist breit und reicht von abstoßend bis amüsant. Nur eine langweilige oder uninteressante Figur wird man nicht finden.«
Peter Körte, *FAZ*

Die Narren sind auf unserer Seite

Platz 1 Krimibestenliste August & September 2024!
»›Die Narren sind auf unserer Seite‹ erzählt lakonisch und mit vergnüglicher Bosheit von Gier und Leichtgläubigkeit, von Korruption und gesellschaftlichem Verfall – fünfzig Jahre nach Erscheinen noch immer brandaktuell.« Marianne Fischer, *Kleine Zeitung*